바진 장편소설

家

바진 장편소설

家

2

박난영 옮김

황소자리

차 례

家

공포에 싸여

 이틀 후 시내의 교통은 이전대로 회복되었다. 장 사령관의 군대는
아직 성 밖에 주둔하고 있었다. 독군은 이날 성 밖으로 나가고 시내
의 치안은 당분간 새로 임명된 성 방위사령관에게 맡겨졌다. 전쟁은
그쳤으나 시내는 아직 혼란하고 인심은 여전히 술렁거렸다.
 거리에는 패잔병들이 삼삼오오 떼지어 몰려다니고 있었다. 그들
은 몹시 낭패한 기색이었다. 모자를 잃어버린 자가 있는가 하면 각
반을 잃어버린 자도 있고 가슴을 풀어헤친 자, 군번표마저 뜯어버린
자도 있었다. 이젠 총도 별로 쓸모가 없게 되었다. 그래서 총을 손에
든 사람, 옆에 낀 사람, 어깨에 멘 사람, 등에 진 사람 등 그야말로
가지각색이었다. 그러나 그들은 이러한 형편에 처해 있으면서도 평
소에 가지고 있던 오만한 태도를 버리지 않았다. 그들은 언제나 흉
악스런 표정으로 온 거리를 두리번거렸다. 그래서 사람들은 그들이

이러한 곤경에 빠질 때마다 예사로 감행하곤 했던 이전의 행패를 두려워하지 않을 수 없었다. 거리엔 공포의 분위기가 갑자기 짙어졌다.

아침에 장씨 부인 댁 하인 장성이 가오씨네 집에 왔다. 그 집에 주둔하고 있던 소대의 병사들은 이미 떠났고 지금은 둘만 남아 있는데 그들도 곧 떠날 것이라는 것과 그 집에는 다른 병사들이 들어가지 않았기 때문에 집 안의 물건들이 그대로 남아 있다는 소식을 전했다. 그리고 메이의 하인이 장씨네 집에 들렀으며 2~3일 후면 가오씨네 집으로 와서 메이를 데려갈 것이라고도 했다. 이 소식으로 장씨 부인과 친은 마음을 놓을 수 있었다.

오후에는 첸씨네 하인이, '이번에 메이가 댁에 가서 많은 폐를 끼쳐 미안하며 수일 후 사태가 좀 안정되면 찾아가서 인사를 드리겠다'는 편지를 저우씨에게 가지고 왔다. 하인은 또 메이에게 집안이 무사하니 안심하라는 말과 만일 가오씨네 댁에서 지내고 싶으면 며칠 동안 더 놀다와도 좋다는 메이 모친의 말을 전했다.

메이는 하인과 함께 집으로 돌아가려고 했으나 저우씨와 우이쥬에의 간절한 만류를 뿌리칠 수 없어서 며칠 더 묵기로 했다.

거리는 공포에 휩싸여 있었으나 화원 안은 모든 것이 고요하고 한적했다. 이 평화로운 분위기 속에서 그들은 저녁때가 되도록 시간가는 것도 까맣게 잊고 있었다.

아직 어두워지지도 않았건만 반달이 중천에 걸려 있고 황혼이 어슴푸레 스며들었다. 어둠이 차차 짙어감에 따라 달빛도 밝아지기 시작했다. 아름답고 포근한 밤이었다.

그러나 이 저택에는 한바탕 소동이 일어나 평온하던 분위기가 깨어졌다. 넷째 마님의 친정 부친인 왕씨가 넷째 마님을 데리러 온 것이었다. 그 이유는 항간에 소문이 자자하게 돌고 있기 때문이었다. 내용인즉, 오늘 저녁쯤에는 약탈 사건이 일어날 것이며 가오씨네 집은 북문 일대에서 손꼽는 부잣집이므로 맨 먼저 피해를 입게 되리라는 것, 그렇기 때문에 미리 피하는 게 상책이라는 것 등이었다. 그리하여 가마 네 채가 와서 왕씨와 어린애 등 다섯을 실어갔다. 첸얼과 수팡의 유모 양씨도 따라갔다. 얼마 후 장씨네 댁에서도 마찬가지 이유로 사람을 보내 셋째 마님과 수잉, 쥬에잉, 쥬에렌을 데려가버렸다. 그 다음 다섯째 마님 선씨도 사태가 험악해지는 것을 보자 자진해서 수전을 데리고 친정집으로 가버렸다. 남은 사람은 저우씨와 우이쥬에뿐이었다. 그들은 친정이 시내에 있지 않기 때문에 갈 데가 없었고 친척들이 몇 집 있지만 거기에 머물기는 불편했다. 또한 집에 손님들을 두고 떠나기도 어려웠다. 게다가 이 소문이 그들의 귀에 들어갔을 때 거리에는 벌써 행인들의 발길이 뚝 끊겼고 병사들을 제외하고는 나다니는 사람이 없었다.

할아버지는 이날 아침 일찍 외사촌인 탕씨네 댁으로 몸을 피했고, 천씨도 연로한 자기 모친의 집으로 가버렸다. 커안마저 한동안 집에 있다가 처가로 떠났고 커밍만이 남아 자기의 서재에서 편지를 썼다. 이 큰 저택에 지금 남아 있는 것은 쥬에신네 식구뿐이었다. 낡은 예교에 의해 유지되고 있던 그들의 가정은 위급한 사태에 직면하자 그 내부의 공허함을 여지없이 드러냈다. 평소에는 함께 모여 같이 생활하던 사람들이 이제 와서는 서로를 못 본 척 오로지 자기의 안전만 도모하는 것이었다.

집으로 돌아갈 수 없게 된 장씨 부인은 쥬에신네 식구와 함께 가오씨네 댁에 남았다. 그는 본래부터 쥬에신네와는 사이가 좋았기 때문에 이럴 때 돌아갈 수 있었다 할지라도 그들을 그냥 두고 가버리지는 않았을 것이다. 그녀는 쥬에신에게 말했다.

"나는 나이도 많고 온갖 좋은 일, 궂은 일을 다 겪었지만 착한 사람이 불행해지는 건 못 봤네. 자네 아버지처럼 착한 사람이 어디 있었는가? 그런 양반의 자손인 자네들에게 재난이 닥쳐올 리 만무하네. 하느님이 돌보시겠지. 나야 걱정할 게 뭐 있겠나?"

그러나 이런 말도 그들을 안심시키지는 못했다. 아직 초저녁이었지만 거리는 쥐죽은 듯 고요했다. 이윽고 사방에서 개 짖는 소리가 들리기 시작했다. 평소에는 그다지 짖지도 않던 개들이 이날 저녁에는 유달리 시끄럽게 짖어댔다. 시간은 더디기도 하여 일분이 마치 일년이나 되는 것처럼 지루하게 여겨졌다. 조금만 큰 소리가 나도 사람들은 패잔병이 쳐들어온 것이 아닌가 하고 생각했다. 그래서 그들의 머릿속에는 창검이며 칼이며, 피와 불길, 그리고 발가벗긴 여자의 나체, 땅바닥에 흩어진 지전과 은화들, 되는 대로 열어젖힌 가죽가방들, 땅바닥에 이리저리 쓰러진 피에 젖은 시체들과 같은 끔찍한 장면들이 떠올랐다. 그들은 절망적인 상태에서 이런 불가항력적인 무형의 압력과 싸우고 있었다. 시간이 흐를수록 그들은 지치고 무기력해졌다. 아울러 공포심이 더욱더 위압적으로 그들을 내리눌렀다.

그들은 눈을 감고서 더이상 그 무엇도 보지 않으려고 발버둥쳤다. 아울러 모든 감각이 없어지기를 바랐다. 그러나 희미한 등불빛마저 그들의 신경을 자극했다. 그들은 시간이 좀더 빨리 흘러서 얼른 아침 해가 떠오르기를 빌고 또 빌었지만 정작 시간이 빨리 가면 그 무서운 시각이 더욱더 가까워오는 것 같아 공포에 떨었다. 그들은 마치 최후의 시각을 기다리는 사형수와도 같았다. 제각기 다른 성격과 생각을 지니고 있었으나 죽음에 대한 공포를 느끼기는 모두가 마찬가지였다. 게다가 여자들은 그네들이 당하게 될지도 모르는 일들을 상상하며 죽음보다도 더 큰 고통과 공포에 시달렸다.

"언니! 정말 패잔병들이 들어오면 우린 어떡해야 하지?"

친이 메이에게 물었다. 그들은 모두 저우씨의 방에 모여 피난할 방법을 상의하고 있었다. 친은 '어떡하지'라는 말을 할 때 자기의 가슴도 두근거리고 있다는 것을 느꼈다. 그녀는 그 뒤에 벌어지게 될 사건에 대해서는 더이상 생각하고 싶지도 않았다.

"나 같은 거야 이 하잘것없는 목숨뿐인데 뭘!"

메이는 차갑게 대답했으나 사실 그녀의 목소리는 아주 처량했다. 그녀는 얼른 손으로 얼굴을 감쌌다. 그녀의 머리는 차차 흐려졌고, 눈앞에는 아득하고 망망한 잔물결이 굽이굽이 흘러갔다.

"나는 어떻게 해야 하지?"

옆에서 듣고 있던 우이쥬에가 이렇게 스스로에게 물었다. 그녀는 메이의 말이 뜻하는 것을 잘 알고 있었으며 자기에게도 그 길밖에 없다고 생각했다. 그러나 그녀는 그렇게 되고 싶지 않았고 사랑하는 사람과 헤어지고 싶지 않았다. 그녀는 눈앞에서 놀고 있는 하이천을 보자 무수한 칼끝이 심장을 찌르는 듯했다.

친은 말없이 일어나 방 안을 천천히 거닐었다. 그녀는 마음속으로 공포와 싸우고 있었다. 아울러 속으로 '절대 그럴 수 없다'고 부르 짖으면서 메이와는 다른 방법을 찾으려고 애썼다. 그녀는 지금껏 자 신에게 생명 이외에 다른 그 무엇이 마땅히 있어야 할 것처럼 생각 해왔다. 하지만 이렇게 되고 보니 새로운 사상이니 새 출판물이니, 입센이니 엘렌 케이Ellen Key(1849~1926 : 스웨덴의 여류작가, 교육자, 자유교육론自由敎育論의 옹호자. 《20세기 아동의 세계》《여성 운동》등의 저서가 있다)니, 요사노 아끼꼬與謝野晶子(1878~1942 : 일본의 여류 시 인. 봉건도덕에 반대하여 남녀평등권을 주장. 구어체 시를 주장하여 〈명성 明星〉이라는 잡지를 창간했으며, 시집《난발亂髮》이 있다)니 하는 것들이 지금의 그녀 마음속에는 더이상 존재하지 않았다. 그녀는 생각만 해 도 소름이 끼치는, 그 참을 수 없는 치욕이 눈앞에서 징그러운 웃음 을 흘리며 자기를 비웃고 있는 듯했다. 살아서 그런 치욕을 당하는 것은 자신의 자존심이 허락하지 않을 것 같았다. 그녀는 의자에 앉 아 두 손으로 얼굴을 가리고 있는 메이와 아이의 손을 쥔 채 눈물을 흘리고 있는 우이쮸에를 바라보았다. 그녀는 등불을 등지고 앉아서 한숨을 쉬고 있는 모친 장씨 부인과 수화, 쮸에민을 포함하여 다른 사람에게도 눈길을 돌렸다. 그러나 그들 중에서 자기를 구원해줄 만 한 마땅한 사람을 찾을 수 없었다. 그렇지만 그들은 그녀에게 있어 서 결코 떠날 수 없는, 몹시 소중한 사람들이었다. 그녀는 피곤에 지

쳤고 절망감에 가슴이 답답해졌다. 이제야 그녀는 비로소 자기가 메이나 우이쥬에와 조금도 다름이 없으며 그녀 역시 그들과 마찬가지로 무기력하다는 것을 깨달았다. 그녀는 빈 의자에 앉아 얼굴을 테이블에다 대고 흐느껴 울기 시작했다.

"친아! 너 왜 그러니? 네가 그러면 어미 된 내 마음은 오죽하겠니?"

장씨 부인도 참다못해 눈물을 흘리며 슬픈 목소리로 딸을 불렀다.

친은 아무 대답도 없이 그냥 엎드려서 흐느껴 울기만 했다. 그녀는 자신의 꿈이 여지없이 깨지는 것이 슬펐다. 그녀는 이런 처지에 있는 자기 자신이 몹시 서글펐다. 여러 해 동안의 노력으로 겨우 그런 아름다운 꿈을 쌓아올렸다. 그것은 분투와 몸부림과 고통스러운 추구로써 간신히 얻어진 조그마한 성과였던 것이다. 그러나 이 공포 앞에서 그것은 너무나 무력했다. 낡은 사회는 또 다른 방향에서 그녀를 압박했고 그녀가 10여 년 간 고심참담하게 쌓아올린 모든 것을 허물어뜨리고 말았다. '인간이 되기 위한 노력'이라는 입센의 힘찬 말도 이제 와서는 설득력이 없어졌다. 그녀는 울었다. 그것은 공포 때문이라기보다는 자기 자신의 진정한 면모를 간파했기 때문이었다. 지금까지 그녀는 자기가 용감한 여성이라는 자부심을 가지고 있었고 다른 사람에게도 그런 찬사를 들어왔다. 그러나 이제 보니 자신은 그야말로 한 사람의 무기력한 여자에 불과했다. 그녀 자신 역시 개돼지처럼 아무런 힘도 없이 그저 남의 처분만 기다리는 가련한 존재였다.

그녀의 이러한 심리를 그녀의 어머니뿐 아니라 다른 사람들, 심지어는 그녀를 가장 잘 이해한다고 자처하는 쥬에민까지도 알지 못했다. 그들은 친이 그저 공포심 때문에 울고 있는 것이라 여겼다. 더욱이 자신들 역시 공포에 시달리고 있었기 때문에 그녀를 위로해줄 만한 말을 찾아내지 못했다. 도리어 그녀의 울음 소리로 인해 그들의 가슴만 더욱 미어질 따름이었다. 쥬에민은 그녀에게로 가서 그녀를 안고 위로해주고 싶었으나 용기가 없었다.

쥬에후이는 더이상 거기에 앉아 있을 수가 없어서 밖으로 나와버렸다. 그는 무심코 하늘을 쳐다보다가 깜짝 놀랐다. 동쪽 하늘 한 귀퉁이가 시뻘겋게 타오르고 있었다. 불길은 점점 확대되었다. 그는 무심결에 "불이야!" 하고 고함을 쳤다. 전신의 피가 굳는 것 같았다.

"어디야?" 하고 집 안에 있던 사람들이 놀라서 물었다.

"어디서 불이 났어?" 하고 쥬에신이 뛰어나왔다.

이어서 수화가 나오고 조금 후에는 모든 사람들이 댓돌 앞에 나와 섰다.

하늘에서는 핏빛 같은 시뻘건 불길이 솟아올랐다. 그 정경을 바라보는 사람들은 마치 자기들의 생명이 그 무엇에게 잠식당하여 차차 사라지는 듯 암담한 심정이었다.

달이 구름 속에 들어가 어두워지자 불길은 더욱 확대되는 듯했고, 붉은 빛이 동쪽 하늘 전부와 땅바닥에 놓인 돌, 지붕 위의 기왓장까지 붉게 뒤덮었다. 불길 속에서 불꽃송이가 쉴새없이 튀어올랐다. 이런 무서운 정경을 목도한 사람이라면 누구나 닥쳐올 자기의 운명에 대해서 추호의 희망도 가질 수 없었다.

"틀림없이 전당포가 타는 게로구나! 물건을 뺏어갔으면 그만이지. 저 몹쓸 것들이 집까지 저렇게 태워버리는구나." 장씨 부인이 탄식했다.

"어쩌면 좋아요?" 우이쥬에는 속이 타서 발만 동동 굴렀다.

"변장을 하고 도망가는 게 어떨까요?" 쥬에민이 말했다.

"이제 와서 어디로 도망을 한단 말이냐? 집은 누가 돌보고? 이 큰 집에 주인이라곤 하나도 없어봐라. 패잔병들이 들어와 모조리 태워버리고 말지 않겠느냐?" 쥬에신의 반박이었다. 그러나 쥬에신에게도 재앙을 막을 방법은 없었다.

갑자기 요란한 총 소리가 연거푸 울리며 밤의 정적을 깨뜨렸다. 그러자 밖에서 개들이 요란하게 짖어대고 사람들의 함성이 일어났다. 그러나 그것은 멀리서 들려오는 소리였다.

"이젠 끝장이다. 이번엔 틀림없이 당하고 말겠군." 쥬에신이 발을 구르며 목멘 소리로 말했다. 그러다가 그는 큰 소리로 외쳤다.

"그렇다고 우리가 여기 앉아서 죽음을 기다릴 수는 없는 일이다. 빨리 방법을 강구해서 도망쳐 나가야지."

"도망을 친들 어디로 간단 말이지?" 저우씨는 속이 타서 울음 섞인 어조로 말했다. "도망치다가 길바닥에서 패잔병놈들을 만나 죽을 바에야 차라리 집에 있다가 죽는 편이 낫지…."

"집에 머문다 하더라도 한 사람이라도 더 살 수 있도록 적당한 곳에 숨는 편이 낫겠어요. 우리도 대를 이을 사람 하나쯤은 남겨야지요."

쥬에신의 목소리는 슬픔으로 가득 차 있었다. 그는 어조를 바꾸어 말했다.

"쥬에민, 쥬에후이 너희들 둘은 얼른 어머니와 고모님 그리고 형수와 여동생을 데리고 화원으로 들어가거라. 거기는 숨을 데가 있고 다급한 상황이 되더라도 호수가 가까이 있으니까… 네 형수도 제 몸을 어떻게 보호해야 하는지쯤은 알고 있을 게다."

그렇게 말한 그는 우이쥬에의 머리부터 발끝까지 천천히 훑어보고는 메이를 바라보았다. 그의 눈에서 눈물이 빗방울처럼 흘러내렸다. 그는 애써 마음을 진정시키며 무슨 대단한 결심을 한 듯했으나 실상 마음속은 텅 비어 있었다.

"형은?" "오빠는?" "자네는?" 하고 모두들 일제히 물었다.

쥬에신은 한참 동안 마음을 진정시킨 후 침착한 어조로 말했다.

"내 걱정은 마세요. 나야 어떡하든 방법이 있겠지요."

"전 싫습니다. 형이 안 가면 우리도 안 가겠어요." 쥬에후이가 단호하게 말했다.

총 소리가 연이어 났다. 그러나 불길은 더이상 커지지 않았다.

"쥬에후이야, 넌 왜 내 걱정만 하니? 어머니와 고모님은 어떡하고?" 쥬에신은 속이 타서 발을 구르며 말했다.

"만일 여기에 주인이 하나도 없어봐라! 그놈들이 들어오면 화원까지 뒤지고 말 게다!"

이때 하이천을 안고 말없이 앉아 있던 우이쥬에가 갑자기 하이천을 내려놓고 쥬에신에게 다가서며 단호한 표정으로 쥬에민과 쥬에후이에게 말했다.

"큰도련님, 작은도련님, 얼른 어머님과 고모님을 모시고 가세요. 하이천도 데리고요. 내가 여기 남아서 형님을 돌봐드릴 테니…."

"당신이? 당신이 남아 있겠다고? 그래서 어쩌겠단 말이오?" 쥬에신은 깜짝 놀라 아내를 가볍게 밀어내며 비장한 어조로 말을 이었다.

"당신이 여기 남는 게 무슨 소용이 있소? 얼른 가시오! 늦기 전에…." 그는 안타까운 듯이 또 발을 굴렀다.

"나는 못 가겠어요. 죽어도 당신과 같이 죽겠어요."

하이천도 달려가 우이쥬에의 옷자락에 매달려 떼를 썼다.

"엄마! 나도 안 갈 테야."

쥬에신은 속이 탔지만 별다른 방법이 없었다. 그는 아내에게 연거푸 머리를 숙이며 애걸했다.

"제발 하이천을 봐서라도 여기를 떠나주오. 당신이 나와 함께 죽는다고 좋을 게 뭐가 있겠소? 그리고 내가 꼭 죽을 것도 아니고. 그것들이 들어오면 나도 대처할 방법이 있소. 그렇지만 만일 그것들이 들어왔을 때 당신이 여기 있으면 어떻게 되겠소? 당신도 몸을 소중히 여겨야지. 게다가 당신은 또 몸이…." 그는 뒷말을 삼켜버렸다.

우이쥬에는 마치 낯선 사람을 대하듯 눈도 깜빡이지 않고 멍하니 남편을 바라보았다. 그녀는 남편의 다정한 눈길이 자신의 얼굴에 좀 더 오랫동안 머물도록 한참 동안 그렇게 서 있었다. 얼마 후 우이쥬에는 애처롭게 말했다.

"좋아요. 당신 말씀대로 하겠어요."

그녀는 하이천더러 '아버지'라고 부르게 한 후 겨우 몸을 돌렸다.

그들은 그날 밤을 수각에서 지내기로 했다. 열린 창을 통해 달빛이 처량하게 수면을 비추는 것이 바라다보였다. 하늘을 붉게 물들이던 불길도 차차 사라져가고 모든 것이 여느 때와 다름없었으나 개 짖는 소리만은 무서우리만큼 요란했다. 호수는 달빛을 싣고 보통 때와 마찬가지로 출렁이고 있었으나 그들의 눈에는 이 호수가 다른 때보다 더 신비롭고 차갑게 보였다. 그들은 호수가 얼마나 깊은지 알고 싶었다. 심지어는 호수 안의 수초 속에 들어가 있었으면 하는 생각까지 들었다.

한동안 공포의 시간이 흘러갔다. 쥬에후이의 피곤한 얼굴을 본 저우씨는 그만 자라고 했다.

쥬에후이는 침대에 가서 누웠다. 얼마 후 어렴풋이 잠이 들려고 할 때 갑자기 저우씨가 침대에 와서 휘장을 걷고 그를 흔들어 깨우며 그 둥근 얼굴을 그의 귀에 댄 채 부드러우면서도 엄숙한 목소리로 말했다.

"방금 또 총 소리가 울렸다. 퍽 가까운 곳에서 나는 것 같으니까 깊이 잠들지 말고 정신차리고 있어야지. 무슨 일이 있으면 내가 곧 와서 부를게."

뜨거운 입김이 쥬에후이의 볼에 전해졌다. 그녀의 얼굴엔 수심이 가득했다. 그녀는 쥬에후이의 이불을 잘 덮어주고나서 휘장을 내린 후 조용히 걸어나갔다. 그녀가 좋은 소식을 가져오지는 못했으나 쥬에후이는 그래도 어머니 한 분이 더 생긴 듯하여 많은 위안을 받았다.

뜻밖의 여인

3~4일이 지나 피난 갔던 사람들이 속속 돌아오자 가오씨네 저택은 다시 활기를 띠기 시작했다. 시내 상황은 아직 다소 혼란스러웠으나 질서는 이미 회복되고 인심도 차차 안정되었다. 다만 거리를 왕래하는 병사들이 갑자기 많아져서 어딜 가든 병사들 천지인 것이 사람들에게는 마음에 걸렸다.

쥬에민네 형제는 오후에 학교에 갔다. 학교는 이미 문을 열었으나 교사들 중 휴가를 낸 사람이 몇 명쯤 되고 학생도 평소보다 3분의 1이나 적었다. 이날은 수업이 시작되지 않았기 때문에 학교에서 한참 놀다가 그냥 돌아오고 말았다. 그들이 북문 일대를 지날 때 많은 병사들이 성 내로 들어오고 있었다. 그들은 허겁지겁 달려오느라 몹시 숨이 차는 모양이었다. 비록 승리한 군대이기는 하지만 군복도 단정하지 못했고 등에는 무거운 보따리들을 짊어지고 있었다. 그 중에는 군모를 두 개씩 쓴 자도 있고 총을 두 자루씩 멘 자도 있었다. 대다수 병사들은 몹시 피로해 보였다.

그들이 집에 돌아온 지 얼마 안 되어 또다시 뜬소문이 들려오기 시작했다. 입성한 군대가 다른 데로 가지 않고 북문 일대에 있는 민가에 흩어져 주둔한다는 것이었다. 처음에는 이 소문을 곧이듣는 사람이 없었으나 얼마 안 되어 거리 어귀에 있는 몇몇 작은 저택들에 이미 유숙할 병사들이 들었다는 소문이 전해졌다. 그러자 가오씨네 집 주인들은 당황하여 모두 안채 대청에 모여 대처할 방법을 논의했다.

이때 밖에서 뛰어온 하인 가오중이 곤혹스런 표정으로 군대가 유숙하러 왔다는 보고를 했다. 이 말을 듣자 여자들은 군대가 이미 들어오기나 한듯이 모두 집 안으로 들어가 숨어버렸다. 할아버지는 아직 돌아오지 않았기 때문에 커밍이 나가서 교섭하기로 하고 그의 동생과 조카들도 따라나섰다.

뜻밖에도 대청에는 가마 한 채만 놓여 있었고 그 옆에 근무병(군장교의 심부름을 하는 병사) 하나가 위안성과 원더에게 말을 걸고 있었다. 근무병은 타지방 말을 하는 사나이로 보통 키에 의복은 형편없었지만 태도는 몹시 거만해 보였다. 그는 검붉은 얼굴에다 보기 흉하게 싯누런 이를 드러내놓고 제 가슴을 두드리면서 뭐라고 큰 소리로 호통을 치고 있었다. 그는 커밍을 보자 예의도 체면도 없이 자기가 온 목적을 말했다. 자기는 중대장 부인의 시중을 들면서 성까지 왔는데 당분간 이 저택에서 유숙해야겠다는 것이었다. 그는 말을 끝마친 후에도 웃는 기색이 전혀 없이 보기 흉하게 치켜뜬 눈으로 밉살스럽게 커밍의 얼굴을 훑어보았다. 그의 말투는 명령조나 다름없었다.

커밍은 이 말을 듣고 얼마나 화가 치솟았던지 얼굴빛이 창백해졌다. 그는 일본에 유학하던 2년 간을 제외하고는 일생을 통해 이런 무례한 언사를 들어본 일이 없었다. 42년이란 세월 동안 많은 경력을 쌓고 적지 않은 벼슬을 했으며 여러 가지 명예직을 겸임해온 그였다. 지금도 이 성 소재지의 유명한 변호사로 재직 중인 그는 가정에서나 사회에서나 존경을 받고 언제나 남들이 자기 앞에 고개를 숙이는 것만을 보아왔다. 그런데 지금 자기 앞에 서 있는 이 초라한 하급 병사는 당돌하게 자기에게 명령할 뿐 아니라 심지어 자신의 재산권마저 박탈하려는 것이었다. 그는 당장 근무병의 따귀를 갈겨주고 싶었다. 그러나 그의 시선은 무의식중에 그 근무병이 허리에 차고 있는 모젤 권총으로 옮겨갔다. 사대부 출신인 그에게는 자존심이라는 것이 있었지만 참을 수밖에 다른 도리가 없었다. 그는 '근신'과 '명철보신明哲保身'이라는 옛사람의 훈계를 떠올렸다. 그리고 마음을 진정시킨 후 근무병을 한참 노려보면서, 이 저택에는 적당한 방이 없고 중대장 부인이 혼자 거처하기에도 불편하니까 다른 곳을 찾아보라고 했다.

"방이 없다고? 이 객청은 못 쓴단 말이냐?"

근무병은 두 눈을 잔뜩 치켜뜨며 거꾸로 쓴 여덟 팔八자 모양을 해가지고 호통을 치면서 모젤 권총집에 손을 갔다댔다. 그 싯누런 이

21

빨 사이로 튀어나온 침방울이 커밍의 얼굴에까지 날아들었다.

"우리는 너희들을 위해서 목숨을 걸고 싸우고 있는 사람들이야. 우리 덕에 집 안에서 행복하게 살고 있는 것들이 그래, 방 한 칸도 빌려주기 싫단 말이냐? 우리는 기어코 이 객청을 쓰고야 말겠다."

그는 이렇게 위협하면서 가마의 주렴을 들며 "마님, 어서 나오십시오. 이런 놈들과는 아무리 사리를 따져 말해도 소용없습니다. 제 깐 놈들이야 뭐라 하든 일단 들어가고 봅시다." 하고 말했다.

가마 안에서 30세쯤 되어 보이는 여자가 나왔다. 얼굴에 연지를 잔뜩 찍어바른 이 여인은 허리통이 잘록하고 단을 댄 적삼에다 품이 넓고 역시 단을 댄 바지를 입고 있었다. 가마에서 나온 계집은 대청에 서 있는 사람들을 흘끔흘끔 쳐다보고는 머리를 들고 근무병의 뒤를 따라 바깥 객청으로 걸어갔다.

커밍은 기가 막혀 한참 동안 아무 말도 못했다. 그는 그 뒤를 쫓아가려다 마음을 고쳐먹었다. 점잖은 체면에 저런 여자의 뒤를 쫓는다는 것 자체가 조카들이나 하인들 앞에서 자기의 인격에 손상을 줄 성싶어서였다. 그는 그 자리에 선 채 여자가 근무병의 뒤를 따라 바깥 객청으로 들어가는 것을 노려보았다.

모욕감이 온몸을 휩싸고 돌았다. 화려하게 장식된 그 객청은 많은 고관대작들이 와서 소일하던 곳이었다. 거기에서 정치상의 중대한 문제들을 토의했었다. 품위 있는 사람들이 풍류놀이를 하거나 서로 중대한 의논을 하던 곳이 이제 집안 사람들의 의사와는 상관없이 비천한 시골 갈보의 침실로 이용되어야 한단 말인가? 그는 그 사실이 믿어지지 않았다. 그러나 분명히 시뻘겋게 분칠한 얼굴이 객청을 차지하고 있었다. 상스런 말투로 근무병과 뭐라고 지껄이는 여자의 말소리가 들려왔다. 그 더러운 상판때기를 보자니 눈이 시고 그 야비한 말 소리에 귀청이 아파서 더이상 참을 수가 없었다. 자신의 합법적인 재산권과 거주권을 남에게 함부로 침범당한 채 가만히 있을 수는 없었다. 그는 법률을 수호해야 했다. 동시에 그 여인이 유숙한다는 것이 이 존엄한 객청에 대한 모욕이라고 느껴졌다. 그 여자는 음탕한 독기를 이 저택에 뿌려놓아 가풍에 손상을 줄 것 같았다. 도리와 법률을 수호해야 한다는 의무감에 그는 성큼성큼 객청으로 걸어가 문을 밀어젖혔다. 그는 성난 음성으로 그 여자에게, 여기에 유숙시킬 수 없으니 당장 나가라는 것과 이 집은 유서 깊은 대가집으로 이 성 내에서도 제일 명망 높은 집이며, 또한 법률의 보호를 받고 있다고 말했다. 자신의 격정에 휘말려 그는 이런 말들을 단숨에 해버렸다. 당당한 어투로 이야기하는 그는 이 말이 어떤 결과를 불러올지에 대해서는 아예 생각하지도 않는 듯했다. 그의 뒤에서 두 동생, 커안과 커딩은 진땀을 흘리고 서 있었다. 커안은 신해혁명 때 시충西充 현에서 혼줄이 난 적이 있으며 현지사의 인장을 잃은 후 변장을 하고 이 성 소재지로 도망해왔을 정도로 무척 겁이 많았다. 그래서 그는 몇 번인가 뒤에서 형의 소매를 잡아당겨 그의 입을 막으려고 했다. 그러나 아무 소용이 없자 뜻밖의 일이 발생하면 어쩌나 하고 겁이 나서 자기가 섰던 자리를 맨 뒤에 서 있던 쥬에민 형제에게 내어주고 황급히 도망쳐버렸다.

커밍이 말을 하고 있을 때 그 근무병이 완력을 쓰려는 걸 여자가 제지했다. 그 여자는 조금도 겁내지 않고 웃으면서 경박스런 곁눈질로 커밍의 얼굴을 찬찬히 뜯어보았다. 그 눈길은 아직 청춘의 흔적이 남아 있는 커밍의 준수하고도 단정한 얼굴을 희롱하는 듯했다. 그녀는 손가락을 깨물면서 커밍의 말에 귀를 기울이는 표정을 짓거나 혹은 미소를 보내기도 했다. 이 모든 동작이 커밍에게는 별다른 감흥을 주지 못했으나 그의 뒤에 서 있던 갓 서른의 커딩은 이 여자에 대해서 차차 흥미를 품게 되었다. 그는 심지어 그 여자의 세세한 표정까지 눈여겨보았다. 동그랗게 생긴 풍만한 얼굴, 둥근 반달 눈썹, 사람을 홀리는 유혹적인 눈, 크지도 작지도 않은 입술, 이 모든 것이 그의 아내에게는 없는 것이었다. 특히 마음에 드는 것은 그녀의 날씬한 몸매로, 작고 뚱뚱한 자기 아내보다 훨씬 보기 좋았다. 그 여자가 미소를 던질 때나 사람을 흘끔흘끔 바라볼 때면 그 무어라 표현할 수 없는 매력이 뿜어져나오는 듯했다. 여자의 시선이 간혹 길다랗고 깨끗한 커딩의 얼굴과 그 오똑한 코에 머물면 커딩은 그만 얼굴이 붉어져버리곤 했다. 그러면 여자는 시선을 천천히 다른 데로 돌리며 방긋이 웃어보였다.

커밍은 자기의 말을 끝마치고 나서도 화를 이기지 못해 씩씩거렸다.

"말씀 다 하셨어요?" 여자는 놀려주기나 하듯이 고개를 뒤로 젖힌 채 조금도 성난 표정을 보이지 않고 이렇게 물었다.

커밍은 눈을 부릅뜬 채 한참 동안 아무 말도 하지 못했다.

여자는 갑자기 마음을 굳힌 듯이 근무병에게 말했다.

"좋아요, 우리 갑시다. 집주인이 저렇게까지 말씀하시는데 굳이 머물러 있을 필요는 없지요. 이이 아니어도 흔쾌히 맞아주는 집이 있을 거예요."

여자는 이렇게 말하고 나서 문 밖으로 걸어나갔다. 그녀는 마치 사람들의 동정심을 일으키려는 듯 일부러 몸을 배배 꼬면서 걸음을 느릿느릿 떼어놓았다. 커밍은 얼른 길을 비켜주었다.

이 집에서 떠날 생각이 없던 근무병은 한바탕 행패라도 부리고 싶었으나 그 여자에게 제지당했다. 그는 몹시 불쾌한 모양이었으나 주인을 따라 나갈 수밖에 없었다.

가마꾼들이 가마를 메고 거기서 떠났다. 근무병은 그 뒤를 따라가면서 증오에 찬 눈초리로 커밍 형제를 쏘아보며 화가 치미는 듯 욕설을 퍼부어댔다.

"한두 사람이 유숙하겠다는 데도 너희들이 언짢은 표정을 했지? 조금만 기다려라. 이제 내가 가서 1개 중대를 데려올 테니까. 그때 한번 맛 좀 봐라. 내가 그렇게 만만히 물러설 줄 아나."

이렇게 중얼거리며 그는 가마를 따라 중문 밖으로 나가버렸다.

근무병의 욕설을 듣자, 커밍은 무척 불쾌했다. 더군다나 1개 중대나 몰아닥친다면 어떻게 대처해야 할지 답답한 심정이었다.

커안이 안에서 나왔다. 커딩은 커안을 보자 커밍의 이번 처사가 옳지 못했으며 또한 중대장 부인에게도 실례를 범한 것이라고 말했다.

"정말 1개 중대가 와서 주둔하게 된다면 이 집은 형편없이 되고 말 겁니다. 여자 하나와 근무병 하나쯤 유숙시키는 것은 아무렇지도 않을 뿐더러 그들을 구실로 삼아 다른 군대의 유숙을 거절할 수도 있을 터인데…. 형님 때문에 이젠 좋은 기회를 놓치고 말았소." 이렇게 말하는 커딩은 이 일이 매우 유감스런 모양이었다.

"그 말에도 일리가 있네. 하지만 이런 형편이 오래 가진 않을 테니까." 커안은 팔자수염을 만지며 침울한 어조로 말을 이었다.

"어쨌든 '명철보신'이라는 교훈을 잊지 말고 형편을 봐가면서 처신해야지…."

커딩과 커안은 안으로 들어가면서도 중대장 부인에 대해 계속 이야기를 했다. 쥬에잉, 쥬에췬, 쥬에스도 그들의 뒤를 따라 들어갔으며 쥬에민과 쥬에후이도 천천히 안으로 걸어갔다. 그들은 대청마루에 커딩을 중심으로 부녀자들이 모여 있는 것을 보았다. 커안도 물론 거기에 있었다. 쥬에민 형제는 그들이 거기서 무슨 이야기를 하고 있을지 뻔히 짐작하면서도 일부러 걸음을 천천히 해 분위기를 살폈다. 아니나 다를까, 커딩은 좀전에 대청에서 했던 말을 되풀이하고 있었다. 구태여 그 말을 들을 필요가 없어서 막 떠나려고 하는데 때마침 쥬에신이 들어왔다. 커딩은 쥬에신에게 전후 사정을 또다시 이야기하면서 커밍의 처사가 좀 과격했다고 말했다. 그러자 뜻밖에도 쥬에신은 자기에게 대책이 있으니 그런 걱정은 하지 말라고 대답했다. 그의 말에 의하면 자기의 중학 동창생 한 사람이 지금 새로 입성한 장 사령관의 비서로 있는데 오늘 우연히 그 친구를 만났다는 것이었다. 그 친구에게서 새로 입성한 군대가 민가에서 유숙하게 된다는 이야기를 들었으며, 그에게 사정한 결과 사령부에 돌아가면 고시문告示文 한 장을 보내주겠다는 약속을 했다는 것이었다. 그러나 집안 식구들은 마음이 놓이지 않아 쥬에신에게 즉시 편지를 써 보내라고 독촉했다. 쥬에신은 서둘러 방에 들어가 편지를 써서 위안성에게 그것을 전하도록 했다. 그래도 사람들은 여전히 마음이 놓이지 않았다. 하인이 돌아오기 전에 그 중대가 밀어닥치면 어쩌나 하고 여전히 그들의 가슴은 두근거리고 있었다. 더구나 그 1개 중대의 병사들은 앙갚음을 하려들 것이기 때문에 봉변을 당한 후에 장 사령관의 고시문을 가지고 와봤자 아무 소용없을 것이라고 수군거렸다. 사람들은 생각하면 할수록 겁이 나 커밍이 그 여자를 쫓아낸 데 대해 슬그머니 불만을 품었다. 위안성이 오래도록 돌아오지 않자 집 안에서는 모두들 안절부절했다. 과연 얼마 지나지 않아 총을 멘 병사 하나가 저택 대문 앞에 와서 아무 거리낌없이 '인수년풍人壽年豊'이라는 주련 위에 백지에다 '×사단 ×여단 ×연대 ×대대 ×중대 ×소대가 주둔함'이라고 쓴 것을 붙여놓았다. 이 소식을 듣자 커안과 커딩은 물론 커밍까지도 몹시 긴장할 수밖에 없었다. 다행히 그 병사들이 오기 전에 위안성이 고시문을 가지고 와서 모두들 마음을 놓았다. 커안과 커딩은 자기들이 직접 나가서 주련 위에 붙인 그 종이를 뜯어버리고 고시문을 붙였다. 고시문에는 다음과 같이 씌어 있었다.

'장 사령관의 명령 : 이 민가에는 사병의 유숙을 금지한다.'

그제야 사람들은 마음이 놓여 모두들 남은 하루를 평온하게 지냈다. 밤이 되자 그들은 일찌감치 자리에 누워 마음 놓고 잠을 잤다.

그러나 커딩만은 낮에 있었던 일을 회상하면서 잠을 이루지 못했다. 그는 비록 아내 선씨의 옆에 누워 있었지만 눈앞에서 그 매력적인 눈동자가 아른거렸다. 그는 그것을 지워버리려 애를 썼으나 좀처럼 사라지지 않았다. 뿐만 아니라 차차 더 확대되어 마침내 얼굴 전부가 떠오르는 것이었다. 그 얼굴은 돌연히 그의 눈앞에 나타나 새로운 인상을 던져주었다. 이제까지 그는 그런 얼굴과 그렇게 매혹적인 미소를 보지 못했다. 때문에 여인의 출현은 그의 마음을 뒤흔들어놓기에 충분했다. 도저히 그녀를 잊을 수 없을 것 같았다. 그는 이러한 생각들은 수치스러운 것이며 그 여자를 생각해서는 안 된다고 마음을 다잡았지만 여자에 대한 생각을 떨쳐버릴 수가 없었다. 그는 이미 자기 자신을 억제할 수가 없었다.

'그것이 왜 수치스러운가? 아버지도 첩 천씨를 얻지 않는가? 그래 내가 한평생 뚱뚱보인 데다 하마 같은 입을 가진 여자와 살아야 한단 말인가?'

이렇게 생각하며 얼굴을 돌려 혐오스런 눈초리로 아내 선씨를 바라보니 그녀는 코를 골며 자고 있었다.

"괜찮을 거야. 아버지도 나를 욕하지는 못하실 거야." 그는 이렇게 중얼거리며 만족스럽게 웃었다.

연민의 개울가에서

　이튿날 아침 일찍 장성이 마중을 나와 장씨 부인과 친을 데려갔다. 메이도 집으로 돌아가려 했으나 저우씨가 만류했다. 이날 오후 첸씨 부인이 가마를 타고 저우씨를 방문했다. 원래 부인네들은 어떤 일이나 잊어버리기를 잘하는데, 사촌 자매지간인 그들도 마찬가지였다. 서로 몇 년 간 떨어져 있었기 때문에 지난 불쾌한 일들은 이미 깨끗이 잊어버렸다. 저우씨는 첸씨 부인의 방문을 진심으로 환영했다. 그들은 지나간 일들을 다정하게 이야기하며 마작을 했다. 우이쥬에와 메이도 거기에 가담했다. 쥬에신이 직장에서 돌아오자 우이쥬에는 자리를 남편에게 양보하고 일어섰다. 쥬에신은 메이와 마주 앉게 되었으나 그들은 거의 말이 없었으며 이따금 우울한 시선을 주고받을 뿐이었다. 쥬에신은 정신을 마작에 두지 않았기 때문에 마작 패를 때때로 잘못 던지곤 했다. 그의 뒤에 서 있던 우이쥬에가 그럴 때마다 남편에게 훈수를 해주었다. 쥬에신은 이따금씩 아내를 돌아보았는데 두 사람의 태도는 아주 자연스럽고 다정했다. 이런 광경을 정면으로 바라보는 메이의 마음은 몹시 쓰라렸다. 지난날, 자기의 속마음을 어머니에게 말했던들 지금 자신이 이처럼 서글프고 고독한 처지에 빠져 있지는 않았을 것이다. 그들 부부의 다정한 모습을 보며 자신의 불행한 처지와 앞으로도 계속될 쓸쓸하고 처량한 세월을 생각하자 그녀는 더이상 참을 수가 없었다. 마작패가 제대로 보이지 않고 가슴이 아프고 저려왔다. 그녀는 자리에서 일어나 자기는 일이 있어 잠깐 나갔다 올 테니 그동안 대신 놀아달라고 우이쥬에에게 부탁했다. 우이쥬에는 다정하게 그녀를 바라보며 말없이 그 자리에 대신 앉았다. 문 밖으로 천천히 걸어나가는 메이의 뒷모습을 우이쥬에는 걱정스레 바라보았다.

메이는 수화의 방(며칠 동안 그녀는 수화의 방에서 묵고 있었다)으로 돌아갔다. 방 안에는 마침 아무도 없었다. 그녀는 침대에 쓰러져 옛일과 다가올 날을 곰곰이 생각해보았다. 생각할수록 마음이 아파와 그녀는 끝내 손수건으로 눈을 가리고 흐느끼기 시작했다. 실컷 울고 나니 속이 좀 풀리는 것 같았지만 과거와 현재의 모든 것이 마음을 무겁게 짓눌러 온 몸이 솜과 같이 나른해지고 힘이 빠졌다. 그러다 그만 스르르 잠이 들고 말았다.

"아가씨!" 잠결에 다정스런 목소리가 들려왔다. 눈을 뜨니 침대 앞에는 우이쥬에가 서 있었다.

"올케, 마작은 어떡하고 오셨어요?"

메이가 피곤한 얼굴로 미소를 지으며 일어나려 하자 그냥 누워 있으라며 우이쥬에가 급히 말렸다. 우이쥬에는 침대 끝에 걸터앉아 연민의 눈길로 메이를 바라보며 말했다.

"넷째 숙모님이 오셨기에 맡기고 왔어요." 그러고는 갑자기 놀란 어조로 물었다.

"근데 울었어요?"

"울긴 누가 울어요." 메이가 웃어 보이며 대답했다.

"속일 것 없어요. 눈이 이렇게 부었는데… 무엇 때문에 울었어요?" 메이의 손을 꼭 잡아주며 우이쥬에가 물었다.

"아마 악몽을 꾸면서 울었나봐요." 메이는 아무렇지 않은 듯 억지로 웃었다. 우이쥬에에게 잡힌 그녀의 손이 가만히 떨렸다.

"아가씨! 아마도 무슨 일이 있는 것 같아요. 마음속에 있는 말을 왜 안 하지요? 아가씨를 대하는 내 태도가 진심인 것 같지 않아요? 나는 정말 진심으로 도와드리고 싶은데…."

우이쥬에가 연민이 담긴 목소리로 위로했다.

메이는 아무 말 없이 우울한 눈길로 우이쥬에의 다정한 얼굴을 바라볼 뿐이었다. 그녀가 양 미간을 찌푸리자 이마의 주름살이 깊어졌다. 고개를 천천히 가로젓더니 그녀가 갑자기 눈물을 글썽이며 말했다.

"올케, 올케는 나를 도와줄 수 없어요." 그러고는 베개 위에 쓰러져 나직하게 흐느끼기 시작했다.

우이쥬에의 가슴도 쓰려왔다. 그녀는 들썩이는 메이의 어깨를 어루만지며 슬픈 어조로 말했다.

"아가씨, 아가씨의 마음도 짐작은 돼요." 우이쥬에도 곧 울음이 쏟아지려 했다.

"그이와 아가씨 사이가 무척 좋았다는 것은 저도 알고 있어요. 그이가 저하고 결혼한 것이 잘못이었어요…. 그러고 보니 그이가 매화를 왜 그렇게 좋아하는지 이제야 겨우 알겠어요. 아가씨, 아가씬 왜 처음에 그이와 결혼하지 않았어요? 우리 둘 그리고 그이까지 우리 세 사람은 모두 잘못을 저지른 것 같아요. 그래서 빠져나갈 수 없는 이런 지경에 이르고 말았지요…. 정말 내가 물러설 수 있었으면 좋겠어요. 그러면 두 분이 함께 행복한 생활을 할 수 있을 텐데. 내가…."

메이는 울음을 그쳤다. 우이쥬에도 눈물을 삼켰다. 메이는 우이쥬에의 울음 소리를 듣고 고개를 들었다. 그녀는 가슴을 누른 채 우이쥬에의 말에 귀를 기울이다 눈물에 젖은 그녀의 얼굴을 볼 수가 없어 고개를 돌려버렸다. 그러나 우이쥬에의 마지막 말을 듣자 급히 일어나 손으로 우이쥬에의 입을 막았다. 더이상 말을 할 수 없게 된 우이쥬에는 메이의 어깨에 머리를 기댄 채 갸날프게 흐느꼈다.

"올케, 올케는 오해하고 있어요." 메이는 이렇게 말하면서 우이쥬에를 달래려 애썼다.

"내가 올케를 속일 필요가 어디 있겠어요…. 양쪽 어머니들이 우리들의 사이를 갈라놓았지요. 그와 나 사이의 연분이 깊지 않은 건 아마 팔자에 정해져 있기 때문일 거예요. 올케가 물러난다는 게 무슨 의미가 있어요? 그와 나는 이생에서는 결합될 수 없는 운명인걸요. 올케는 아직 젊어요. 그렇지만 내 마음은 벌써 늙어버렸어요. 내이마의 주름살이 보이지 않아요? 이건 내가 지금까지 얼마나 마음고생을 해왔는가를 말해주는 증거예요. 나는 더이상 살고 싶지가 않아요. 나는 이미 잎이 떨어질 시절이 되었지만 올케는 한창 꽃피고열매 맺을 때예요. 올케, 나는 올케가 정말 부러워요. 나 같은 것이이 세상에서 하루라도 더 산다는 건 쓸모없는 목숨을 지연시키는 것이나 마찬가지예요. 내가 살아보았자 다른 사람에게 누를 끼칠 뿐이지요." 그녀는 서글픈 미소를 띠며 말을 이었다.

"절망보다 더 큰 슬픔은 없다고 사람들은 말하잖아요? 저는 벌써절망한 사람이에요. 다시는 이 저택에 와서 올케의 생활에 누를 끼치지 않겠어요⋯." 그녀의 온몸이 떨렸다. 그 떨림은 아주 미세한 것이었지만 우이쥬에는 알아차릴 수 있었다.

"내 이 가슴을 어떻게 하면 좋겠어요?" 메이가 절망적으로 토해내었다. 그러다가 마음을 가라앉힌 뒤 서글픈 미소를 지으며 말을이었다.

"박명薄命한 여자란 말은 나를 두고 하는 말 같아요. 저희 집안에는 저를 이해해주는 사람이 하나도 없어요. 어머니는 자기 생각만하시고 동생은 아직 어려요. 답답한 내 가슴을 누가 알아주겠어요⋯. 이따금씩 더이상 견딜 수 없게 되면 혼자 방구석에 틀어박혀울기도 하고 남에게 들키지 않으려고 침대에 쓰러져 이불을 뒤집어쓰고 울기도 해요. 올케, 내가 울기를 잘한다고 비웃지 마세요. 요

몇 해 동안에 이렇게 된 거예요. 우리 어머니와 그의 계모께서 싸움을 하고부터는 항상 울기만 했지요. 그 후 이곳을 떠나 다른 곳으로 가게 되었을 때도 여러 번 울었어요. 그렇지만 그건 모두 타고난 팔자겠지요. 저는 지금도 만일 그의 친어머니가 살아계셨다면 이렇게까지 되지는 않았을 거라고 생각해요. 그분은 저를 무척 좋아했으니까요. 우리 어머니와는 친자매간이었기 때문에 사촌자매보다 더 친하고 사이도 좋았어요. 올케, 내 안타까운 사정을 누구에게 하소연하겠어요? 하소연을 들어줄 사람은 아무도 없어요. 하는 수 없이 눈물을 삼킬 뿐이지요…." 그녀는 잠시 말을 멈추더니 손수건으로 입을 막으며 마른기침을 해댔다.

"그러다가 시집을 갔지요. 전혀 내키지 않았지만 내 뜻대로 되는 일이 아니니 어떻게 하겠어요? 자오씨네 가문에서 지낸 일년은 그야말로 고통스러웠지요. 저는 지금도 그때 내가 어떻게 지냈는지 모르겠어요. 울고 싶어도 울 수가 없었어요. 만일 내가 자오씨네 집에 몇 년만 더 있었어도 아마 지금 이렇게 올케를 볼 수 없었을 거예요…. 울고 나면 그나마 속이 좀 시원해졌지요. 다른 일은 내 마음대로 못했지만 내 마음대로 울 수는 있었으니까요. 그런데 요즘에 와서는 눈물도 적어진 것 같아요. 너무 울어서 이제는 눈물마저 말라버렸는지도 몰라요. 두보의 시에 '눈이 말라 뼈가 보이건만 천지는 무심하구나眼枯卽見骨, 天地終無情'라는 구절이 있지만 내 눈이 말라버리지 않는 한 내 마음을 어떻게 달랠 수 있겠어요? 요즘 눈물은 좀 적어졌지만 눈물이 속으로 흐르고 있는지 가슴이 아파서 못 견딜 지경이에요. 올케! 나를 위해 슬퍼하실 것 없어요. 나는 올케에게 그런 동정을 받을 만한 가치가 없어요…. 나는 다시는 그를 만나지 않기로 결심했지만 나도 모를 그 무엇이 나를 그에게로 끌어당기고 동시에 나를 밀어내기도 해요. 나는 이 세상에서 아무 희망이 없는 사람이라는 것을 뻔히 알면서도 완전히 체념하지 못하고 있어요. 그렇다고 나를 꾸짖지는 마세요…. 이제는 돌아가겠어요. 지금까지 한 말들은 잠시 동안의 악몽이라고 생각하세요. 양심 없는 사람이라고 저를 나무라지 마시고요…."

그녀는 이런 말을 할 때 서글픈 미소를 띠었을 뿐 눈물은 흘리지 않았으나 마음속으로는 애끓는 눈물을 떨구고 있었다.

그녀의 말 속에는 불행한 삶의 비애가 물결치고 있었다. 그녀의 구슬픈 하소연 한 마디 한 마디가 온순하고 부드러우며 민감한 우이쥬에의 마음을 무겁게 짓눌렀다. 우이쥬에는 한 구절 한 마디도 빠뜨리지 않으려고 온 정신을 집중하여 그녀의 말에 귀를 기울였다. 우이쥬에도 울음을 그치고 머리를 들어 슬픈 미소를 짓고 있는 메이의 얼굴을 가만히 바라보았다. 그녀의 얼굴에는 웃음이라곤 보이지 않았다. 화사하게 화장을 한 얼굴은 눈물로 얼룩졌으나 그녀의 아름다움을 손상시키지는 않았다. 메이의 말이 끝나자 우이쥬에는 마치 애교를 부리는 소녀와도 같이 메이에게 머리를 갸웃거리더니 양 볼에 보조개가 패이도록 방긋 웃어 보였다. 그것은 우수에 찬 미소였다. 자신의 슬픔을 잊으려 노력하면서 그녀는 메이의 어깨에 두 손을 올려놓았다. 그리고 친절하고 낭랑한 목소리로 말했다.

"아가씨, 나는 아가씨가 그렇게 고통을 받고 있는 줄은 몰랐어요. 그런 말을 꺼낸 내가 잘못이었어요. 제가 너무도 이기적이었나봐요. 아가씨의 처지가 훨씬 더 고통스럽다는 것도 모르고… 앞으로도 계속 우리 집에 놀러오시겠다고 약속해주세요. 아가씨, 나는 정말 아가씨가 좋아요. 내 모든 것을 아가씨에게 주고 싶어요. 이건 진심에서 우러나오는 말이에요. 내게는 언니가 하나 있었지만 불쌍하게도 먼저 저 세상으로 갔어요. 아가씨는 저보다 한 살 많지요? 아가씨만 괜찮으시다면 나를 동생으로 여겨주세요. 아가씨는 위로해줄 사람이 없다고 했는데 이제부터는 내가 위로해줄게요…. 아가씨가 행복하기만 하다면 나도 기쁘겠어요. 앞으로 자주 놀러와주세요. 아가씨가 정말 나를 미워하지 않으신다면 꼭 그 약속을 해주셔야 해요."

메이의 두 눈이 부드럽게 빛나며 우이쥬에의 얼굴을 바라보고 있었다. 그녀는 자기 어깨에 얹힌 우이쥬에의 손을 힘주어 감싸며 다정하게 그녀에게 몸을 기대었다. 이윽고 그녀가 말문을 열었다.

"올케, 올케에게 어떻게 감사를 표하면 좋을지 모르겠어요." 그녀는 고개를 숙인 채 복스럽게 생긴 우이쥬에의 두 손을 어루만질 뿐이었다.

메이는 연거푸 기침을 해댔다. 심한 기침으로 숨이 가빠지는 것을 본 우이쥬에가 걱정스레 물었다.

"늘 그렇게 기침을 하시나요?"

"기침이 날 때도 있고 안 날 때도 있지만 밤이 되면 기침을 심하게 하곤 해요. 요즘엔 좀 덜한 편인데 가슴이 이따금씩 아파요."

"약은 쓰고 있어요? 그런 병은 가능하면 빨리 치료해서 뿌리를 뽑아야 해요." 우이쮸에는 무척 염려가 되는 모양이었다.

"전에 약을 써서 좀 낫긴 했지만 그리 큰 효과는 없었어요. 지금은 매일 환약을 먹고 있어요. 어머니는 병이 크지 않으니까 보약이나 좀 쓰고 집에서 휴양하며 푹 쉬면 나을 거라 했어요."

그녀의 목소리는 유달리 사람의 가슴 속으로 찡하게 파고들었다. 우이쮸에는 그 목소리에 몹시 감동되어 강렬한 동정심에 휩싸였다. 그녀는 메이의 얼굴을 뚫어질 듯 바라보며 두 손을 꼭 쥐었다. 두 사람의 심정은 그들 자신도 형용하기 어려웠다. 그들은 계속 고개를 맞대고 한참 동안 얘기를 주고받았다.

마침내 우이쮸에가 일어서며 말했다.

"우리 이제 나가봐야지요."

그녀는 화장대 앞으로 가서 분갑을 열고 거울을 들여다보며 머리를 빗어올린 뒤 얼굴을 매만졌다. 우이쮸에는 메이를 거울 앞으로 데리고 가서 그녀의 머리를 만지고 화장을 고쳐주었다. 이윽고 두 사람은 손을 맞잡고 밖으로 나왔다.

새로운 세대

공포의 시간은 어느덧 지나갔다. 전쟁은 이미 지나간 이야기가 되어버렸고 평화가 다시 찾아왔다. 마치 악몽과도 같던 전쟁이 끝나자 사람들은 평화롭게(적어도 표면적으로는) 생활하고 있었다. 그러나 실제로는 변화가 일어나고 있었다. 연합군의 우두머리들에 의해 군사지도자로 추대된 장 사령관은 정치적 영수 자리에 올랐다. 그는 정권을 손아귀에 넣고 새로운 정치를 시도할 의사를 공공연하게 표명했다. 사회에는 조금씩 새로운 기운이 돌기 시작했다. 학생들도 활발하게 움직였고 때를 같이하여 새로운 간행물들이 출판되었다. 쥬에민 형제의 몇몇 동창생들도 신문화 운동 소식을 게재하고 새로운 사상을 소개하여 불합리한 제도와 낡은 사상을 공격하는 〈여명주보黎明週報〉라는 잡지를 창간했다. 쥬에후이는 이 일에 열성적으로 참가하여 그 주보에 글을 발표했다. 물론 소재와 논점은 대부분 상하이나 베이징 등지에서 발간되는 새로운 잡지에서 베낀 것이었다. 그는 자신의 경험과 출판물에서 얻은 약간의 지식, 그리고 젊은 혈기를 가졌을 뿐, 아직 새로운 사상을 깊이 연구하지도, 사회의 상황을 세밀하게 관찰하지도 못했기 때문이다. 쥬에민은 낮이면 학과공부에 바빴고 밤이면 친의 영어교습 때문에 다른 일에 신경 쓸 여유가 없었다. 그래서 주보 발간에 대해 그다지 열성적인 태도를 보이지 않았다.

이 잡지는 청년들의 환영을 받아 창간호 1,000부는 1주일도 못 되어 다 팔려버렸고 제2호도 마찬가지였다. 제3호를 출판했을 때는 벌써 100여 명의 정기구독자를 확보했을 정도였다. 이 잡지사의 중심인물은 쥬에후이의 동급생인 장후이루張惠如와 그들보다 한 학년 위인 황춘렌黃存仁, 그리고 고등사범에 다니는 장후이루의 동생 장환루張還如등이었다. 그들은 모두 쥬에후이가 존경하는 친구들이었다.

주간지가 발간되면서부터 쥬에후이의 생활은 다소 달라졌다. 그는 처음으로 자신의 열정을 바칠 수 있는 일을 발견했다. 그의 사상이 종이에 찍혀 1,000부씩 배포되었기 때문에 각지의 사람들이 그가 쓴 글을 읽고 공감하거나 호응하는 글을 써서 보내왔다. 이로 인해 그는 환상적이며 숭고한 기쁨을 누리게 되었다. 그는 과외 시간을 전적으로 이 주간지 운영에 돌리고 싶은 생각이 간절했으나 할아버지의 간섭으로 큰형에게 걱정을 끼칠까 두려워 자기와 주간지와의 관계를 숨길 수밖에 없었다.

그러나 그것도 소용이 없었다. 어느날 커밍이 쥬에후이의 방에서 주간지와 거기 실린 그의 글을 보았던 것이다. 커밍은 아무 말도 하지 않고 코웃음을 치며 나가버렸다. 그가 할아버지에게 일러바치지는 않았으나 이때부터 쥬에후이는 집에서 더욱 조심할 수밖에 없었다. 그는 자기의 활동과 일, 자기의 이상을 가족들이 알아차리지 못하도록 숨겼으며 심지어 쥬에신에게도 알리지 않았다. 큰형이 자신의 행동에 동조하지 않을 게 뻔했기 때문이다.

이런 새로운 삶의 방식에 대한 흥미는 갈수록 깊이를 더해, 그의 청년다운 열정이 폭발할 듯 분출되었다. 그들의 잡지사는 금세 신문화를 연구하고 전파하는 단체로 발전했다. 일요일마다 샤오청공원 연못 가에 있는 찻집에서 주말회합을 열고 10~20명의 청년들이 테이블에 둘러앉아 각종 사회문제를 열렬히 토론했다. 그리고 매주 한두 번씩은 저녁에 동인 너댓 명이 어느 친구의 집에 모여 각자의 장래 계획과 다른 동지를 어떻게 도울 것인가에 대한 이야기를 나눴다. 스무 살도 채 안 된 이 새로운 사상의 전파자들은 벌써 인도주의와 사회주의 사조에 물들어 있었다. 뿐만 아니라 이러한 모임에 참석하는 청년들은 사회를 개혁하고 인류를 해방시키고자 하는 중대한 책임을 자신의 어깨에 짊어졌다는 과대한 자부심까지 지니고 있었다. 한 페이지 한 페이지씩 식자植字가 끝난 후의 교정지 검토, 인쇄기의 규칙적인 회전, 마지막으로 인쇄기에서 한 장 한 장 찍혀 나오는 선명하고 질서정연한 인쇄물, 그리고 알지 못하는 사람들에게서 오는 무수한 격려의 편지들, 이 모든 것이 쥬에후이에게는 새롭고 흥미로웠다. 이제껏 상상도 못했던 일이었지만 지금은 그것이 현실화되고 있었다. 이러한 현실은 소박하지만 열정에 찬 삶을 갈망하는 그의 젊은 패기를 휩싸고 있었다.

그는 새로운 삶에 더욱 깊이 발을 들여놓으면서 가정과는 점점 멀어졌다. 그는 가족이 자신을 이해하지 못하리라 생각했다. 할아버지는 시종일관 완고한 표정이었고 첩 천씨는 항상 얼룩덜룩 분칠을 한 교활한 얼굴이었으며 계모는 잘 대해주기는 했지만 쥬에후이에게 깊은 관심을 보이지는 않았다. 큰형은 여전히 자기의 '작읍주의'(류반농劉半農의 〈作揖主義〉라는 논문에서 사용된 말로 봉건 예교에 의해 길러진, 어떤 일에나 비판 없이 복종하기만 하는 유약한 태도를 가리킴)를 실천하고 있었고 형수는 뱃속의 아이 때문에 그 복스럽던 얼굴이 초췌해지기 시작했다. 숙부와 숙모들은 그가 요즘 자기들을 대하는 것이 건방지며 조카로서의 예의를 지키지 않는다고 뒤에서 비난했다. 그의 계모에게 아들을 제대로 교육시키라는 충고를 하면서 간접적으로 그를 나무랐다. 지금 이 집에서 그와 가까운 사람은 쥬에민뿐이었다. 그러나 쥬에민 마저도 나름의 계획을 가지고 있어 자기 일에 바빴다. 게다가 그들 사이에는 사상적으로도 현저한 차이가 있었다. 이밖에 또 한 사람이 있는데 그는 그 사람의 이름만 떠올려도 마음이 포근해졌다. 쥬에후이는 이 넓은 저택에서 오직 한 사람만은 자기를 사랑하고 있을 거라 생각했다. 그 소녀만은 순결하고도 사심 없이 그를 사랑했으며 언제나 그의 행복을 위해 기도했다. 그는 소녀의 눈, 입보다도 자신의 생각과 느낌을 더 잘 표현하는 그 눈, 순결한 사랑에 불타는 그 눈을 바라볼 때마다 마음속에서 끓어오르는 어떤 욕망을 느꼈다. 그는 그 눈에서 자기의 모든 것을 읽어내려 했으며 자기 삶의 목적을 찾고자 했다. 때로는 감동과 격정이 치밀어 올라 그야말로 그 눈을 위해서는 모든 것을 포기하고 싶었고 그렇게 해도 전혀 아깝지 않을 것 같았다.

그러나 일단 집을 나가 새로운 학교 친구들을 접하면 그의 시야는 넓어졌다. 그는 자기 앞에 있는 광활한 세계로 눈을 돌렸다. 자신의 뜨거운 정열을 바쳐 그 일에 몰두해야만 보람이 있는 것처럼 여겨졌다. 그는 삶의 의의가 그렇게 단순하지만은 않다는 것을 알게 되었으며 그녀의 두 눈은 광활한 세계에 비하면 너무나 작은 존재라고 느끼기 시작했다. 그는 오로지 그 두 눈을 위해서 자기의 모든 것을 바칠 수는 없다고 생각했다.

그는 최근 베이징에서 출판된 격주간지 〈분투〉에서 격렬한 논조의 글 한 편을 읽었다. '현대 중국의 청년은 결코 사치품이어서는 안 된다. 그들은 향락을 위해 이 세상에 태어난 것이 아니라 고난을 위해 태어났다. 이러한 암흑과 같은 사회에서 그들의 책임은 그야말로 막중하다. 그들은 모든 사회 문제를 자기의 어깨에 짊어지고 하나하나 그것을 해결해가야 한다. 그러므로 그들에게는 당연히 다른 일에 신경 쓸 여력이 없는 것이다.' 마지막으로 필자는 청년들에게 '연애에 몰두하는 것에 반대해야 하며 경솔하게 사랑에 사로잡혀서는 안 된다'고 충고했다. 이 글은 이론적 근거가 아주 빈약했지만 당시에 수많은 청년들, 특히 사회 진보를 위해 열정적으로 헌신하고자 하는, 사회개혁의 포부를 지니고 있던 청년들에게 감동을 주었다. 이 글은 쥬에후이에게도 큰 영향을 미쳤다. 쥬에후이는 떨리는 가슴으로 그 글을 읽고 몹시 감동되어 필자가 바라는 그러한 청년이 될 것을 맹세했다. 이때 그의 머리에는 이미 구체화된 아름다운 사회상이 떠올라, 순결한 그 소녀의 사랑을 완전히 잊어버리고 있었다.

그러나 그것은 잠시뿐이었다. 밖에 나가서 활동하고 있을 때에는 확실히 밍펑을 잊을 수 있었으나 집에 돌아오기만 하면 그녀를 생각하지 않을 수 없었다. 또한 그녀에 대한 그리움 때문에 번민에 휩싸였다. '사회'와 '밍펑' 사이에 싸움이 벌어졌다. 이 싸움에서 밍펑은 고립되어 있을 뿐만 아니라 그녀에게는 유교사상 전체와 가오씨 집 모든 가족이 적이었으므로 밍펑은 완전히 패배한 것이나 다름없었다.

그러나 밍펑 자신은 이런 일을 전혀 모르고 있었다. 그녀는 여전히 남몰래 쥬에후이를 열렬히 사랑하고 축복했으며 쥬에후이가 자기를 진흙구덩이에서 건져줄 날이 오기를 기원하며 기다렸다. 그녀의 삶도 이전처럼 고달프지 않았다. 상전들도 그녀에게 비교적 친절하게 대해주었고 또한 그 순결한 사랑으로 인해 많은 힘을 얻었다. 그럼에도 불구하고 그녀의 마음속 한구석은 항상 무거웠다. 사랑이 가져다준 환상에 잠겨 종종 현실의 고달픔을 잊을 수는 있었지만 그녀 자신이 쥬에후이와 함께 동등하게 생활한다는 것은 생각조차 하지 못했다. 그녀는 단지 쥬에후이의 충실한 노예가 되겠다는 생각, 오직 그 한 사람의 시중을 들어주는 노예가 되겠다는 생각밖에 하지 않았다. 그 꿈이 실현된다면 그것만이 자신의 최대 행복일 것이라고 생각했다. 그러나 현실은 소망과는 상반된 것으로 사람들의 희망을 무자비하게 깨뜨리지 않는가. 마침내 밍펑은 자기에게 어떤 운명이 닥쳐오는지를 알게 될 것이었다.

〈여명주보〉 제4호가 인쇄에 넘어간 후 어느날 저녁 쥬에후이는 쥬에민과 함께 친의 집으로 갔다.

장씨 부인과 친은 창 밑에 있는 돌층계 위에 앉아서 이야기를 하다 그들이 들어오는 것을 보고 리씨 어멈에게 의자 두 개를 내오게 했다.

그들은 그곳에서 마주앉아 이야기를 나누었다.

"쥬에후이네가 발간하는 〈주보〉 제3호를 읽었는데 낡은 가족제도를 공격하는 그 글은 틀림없이 쥬에후이가 쓴 거지? 어째서 렌밍이라는 괴상한 이름을 썼어?" 친이 웃으며 쥬에후이에게 물었다.

"어째서 내가 썼을 것이라고 생각하지요? 그건 내가 쓴 게 아닌데." 쥬에후이가 웃으면서 대답했다.

"아니야. 그 글의 어투로 보아 틀림없이 쥬에후이가 쓴 거야. 그래도 인정하지 않는다면 오빠에게 물어보겠어." 그녀는 이렇게 말하며 쥬에민에게로 얼굴을 돌렸다. 쥬에민은 빙긋이 웃으며 고개를 끄덕였다.

"그럼 우리 〈주보〉에 글을 좀 써보는 게 어때요?" 쥬에후이는 이 기회를 놓치지 않고 친에게 부탁했다.

"내가 글을 못 쓴다는 걸 뻔히 알면서 왜 사람을 망신시키려고 하니? 그냥 충실한 독자나 되게 가만히 내버려둬." 친이 쑥스러운 듯

겸손하게 대답했다.

"〈주보〉 제4호도 벌써 인쇄소에 넘어갔는데 그 안엔 남자가 쓰긴 했지만 여자의 단발을 장려하는 글이 실려 있어요. 이 문제는 상하이의 신문에서도 논의된 적이 있었고 베이징이나 상하이 같은 큰 도시에서는 벌써 실천한 사람이 있나봅니다. 그런데 우리 지방에서는 단지 화젯거리밖에 되지 않으니… 여성 측에서 의견을 좀 발표해주는 게 어때요? 우리 주보사에서는 그런 투고를 몹시 기다리고 있는데!"

친이 빙긋이 웃었다. 그녀는 크고 매력적인 눈으로 쥬에후이를 바라보며 열정적인 어조로 나직이 말했다.

"그 문제는 요즘 우리학교 학생들 사이에서도 열렬히 토론이 전개되고 있어. 물론 우리 대부분 단발에 찬성이지. 그 중 서너 명은 당장에라도 머리를 잘라버리고 싶어하지만 또 다른 문제가 발생할까봐 망설이는 모양이야. 모두들 결심이 안 서고 용기가 없어서 탈이지. 쉬첸루도 단발할 결심은 했지만 아직 실천에 옮기지는 못하고 있는 것 같애. 선구자가 되는 건 확실히 어려운 일이야. 네 말처럼 우리가 여러 출판물들을 통해서 극력 고취하기는 해야겠는데…."

"누나가 시작하면 되잖아?" 쥬에후이는 일부러 친을 곤경에 빠뜨리려는 듯 웃으면서 물었다.

친은 어머니를 슬그머니 바라보았다. 등의자에 기대누워 미소를 띤 채 눈을 감고 있는 장씨 부인은 그들의 이야기에 그리 관심을 기울이지 않는 듯했다. 장씨 부인의 태도는 늘 그랬기 때문에 쥬에민 형제는 고모에게 그다지 신경을 쓰지 않았다.

"나 말이지? 조금만 두고봐." 그녀는 미소로 자신의 표정을 감추며 말했다.

'영리한 친 누나는 확정적인 대답을 주지 않으면서도 자기가 비겁하다는 것을 드러내지 않으려 하는 거야.' 쥬에후이는 이렇게 생각하지 않을 수 없었다.

"그러면 내가 써달라는 글은 어떻게 할 거예요?" 쥬에후이는 틈을 주지 않고 물었다.

친은 말없이 미소를 지은 채 한참 동안 생각하다가 나직이 말했다.

"좋아, 그럼 내가 글 한 편을 쓰기로 하지. 단발의 좋은 점을 열거해보는 게 어떨까? 물론 여러 가지 좋은 점이 있겠지. 예를 들면 위생적이고 시간이 절약되며 일하는 데 편리하고 사회적으로 여자를 멸시하는 심리를 감소시킬 수 있고…. 하지만 내가 쓰려는 것이 지난 호의 것과 내용이 같다면 구태여 쓸 필요가 있을까?"

쥬에후이는 대단히 기뻐하는 표정으로 얼른 그녀의 말을 받았다.

"완전히 같지는 않으니 곧 써줘. 다음 호에 꼭 실을 테니."

그들은 한동안 침묵에 잠겼다. 이윽고 친이 쥬에민에게 물었다.

"오빠, 학예회는 대체 언제 열려요? 이 학기도 이제는 얼마 남지 않았는데…."

"아마 그만두게 될 모양이야. 지금 그걸 하자는 사람이 아무도 없으니까." 쥬에민이 대답했다.

"작년에 많은 시간을 들여 겨우 〈보물섬〉 공연을 준비했는데 이제 무대에 오를 기회조차 없어졌으니 정말 유감천만이야. 이것도 물론 그 전쟁 때문이지만…. 쥬에후이와 나는 무대에 올라갈 때 양복이 몸에 어울리지 않으면 어쩌나, 혹은 아예 입지 못하면 어쩌나 하고 여간 걱정하지 않았는데…. 우리 학교에서는 영국 사람인 저우 선생님만 항상 양복 차림이고, 교장선생님도 고작 양복 한 벌을 가지고 있을 뿐이라서 해마다 학예회 때나 한 번 양복을 입지 그밖엔 아무도 양복을 입지 않잖아."

"연극뿐만 아니라 남녀공학 문제도 전쟁 때문에 유야무야 되고 말았지요. 이번 학기도 다 지나가는데 여학생을 모집한다는 소문은 전혀 없으니까. 교장도 이제 와서는 그 말을 입 밖에 내지도 않아. 실상 교장은 뭐든 큰소리치기만 좋아하는 사람이지."

쥬에후이가 분개하며 말했다. 쥬에민은 친 앞에서 그런 말을 하는 쥬에후이를 못마땅한 시선으로 노려보았다. 쥬에후이의 말을 듣자 친의 얼굴에 실망의 빛이 떠올랐다. 그녀는 걱정스럽게 쥬에민에게 가만히 물었다.

"정말이에요?"

그녀는 쥬에민의 대답을 초조하게 기다렸다. 그녀는 쥬에민의 입에서 쥬에후이가 그녀를 놀려주려고 한 말이라는 대답이 나오기를 간절히 바랐다.

그러나 쥬에민은 실망한 친의 표정을 보기가 두려워 고개를 다른 데로 돌리며 우울한 목소리로 대답했다.

"지금은 어떻게 되는지 아직 확답할 수 없지만 형편을 보니 희망이 거의 없는 것 같아. 무슨 일이나 첫 시작은 몹시 힘든 법이고 비상한 용기가 있어야 하니까."

쥬에민은 자기 말이 친에게 실망을 안겨줄까봐 이렇게 위로했다.

"사실 말이지, 우리 학교도 그다지 좋은 편은 못 되니까 못 들어오게 되었다 해서 그리 실망할 것까지는 없어. 기회가 있으면 상하이나 베이징 같은 데 가서 진학하는게 어떻겠어? 더구나 졸업까지 아직 일년이나 더 남았잖아. 우리 학교는 중학교 재학생과 동등한 실력을 가진 학생을 모집하고 있는데 친이 지금 다니는 학교를 졸업하고 나서 시험을 친다면, 입학은 더욱 확실하게 될 거고 그때 가면 여자 금지령도 해제될 거야."

그의 말은 오로지 친을 위로하기 위한 것이었고 얼마만한 가능성이 있을지는 아예 염두에도 두지 않았다.

친도 그것을 알고 있었기 때문에 더이상 아무 말 하지 않았다. 자기 주위에 행복한 삶을 가로막는 유형 무형의 장애물들이 많다는 것도, 이러한 장애물들을 극복하자면 아직도 더욱 많은 용기와 힘이 필요하다는 것도 그녀는 알고 있었다.

사흘 후 친은 과연 자기가 쓰기로 약속한 글을 써냈다. 새하얀 원고지에 정성을 다해 씌어진 글을 쥬에후이는 마치 무슨 보배나 얻은 듯 가지고 돌아갔다. 〈주보〉 제5호에는 친의 글이 게재되었고 쥬에후이가 쓴 편집자의 말이 첨부되었다. 제6호에는 쉐첸루가 쓴 글이 게재되었고 20여 명의 여학생들이 편지를 보내 동의를 표시했다. 오래지 않아 여자의 단발문제가 사회를 떠들썩하게 만들었다. 이러한 와중에 모든 장애를 박차고 솔선수범하여 실천의 길을 걸은 사람은 쉐첸루였다.

어느날 아침 친이 학교 교문에 들어섰을 때 운동장 모퉁이의 버드나무 밑에서 많은 급우들이 쉐첸루를 에워싼 채 수군거리고 있었다. 그녀도 즉시 끼어들었다. 그녀는 모든 사람들의 시선이 쉐첸루의 머리에 쏠려 있는 것을 보고 그곳으로 시선을 보냈다. 그녀는 쉐첸루의 머리가 그날따라 특히 예쁘게 보인다고 생각했다. 마침 쉐첸루가 어느 학우의 질문에 대답하느라 고개를 뒤로 돌렸을 때 그녀의 목덜미에서 무언가 빛을 발하는 듯했다.

예전의 윤기 도는 긴 머리채는 보이지 않고 칼라 위로 눈처럼 흰 피부와 귀밑까지 가지런히 잘린 머리칼이 자리하고 있었다. 그 머리는 더욱 생기 있고 귀여워 보일 뿐만 아니라 열변을 토할 때의 활발한 태도와도 잘 어울리는 것 같았다.

지금까지 친도 단발을 주장하고 있었지만 단발하게 되면 모습이 보기 싫지나 않을까 해서 마음속으로 은근히 걱정하던 차였다. 그러나 그 걱정은 첸루의 머리를 보자마자 씻은 듯 사라졌다. 동시에 그녀는 첸루의 앞에 서 있는 자기 모습이 어쩐지 초라하게 느껴졌다. 그녀는 흠모와 찬미의 눈길로 첸루의 머리를 쳐다보며 다정하게 이야기를 건넸다. 첸루의 친구라는 것이 이제 영광스럽기까지 했다.

"어떻게 머리를 잘랐니?" 친이 웃으면서 물었다.

첸루도 웃으며 그녀를 바라보았다. 그녀는 경쾌한 어조로 대답했다.

"가위 한 개만 있으면 되는데 뭐." 그녀는 가위로 머리를 자르는 시늉을 해보였다.

"그렇게 간단하리라고는 생각되지 않는데." 다른 학우가 입을 내밀며 말했다.

"누가 잘라주었느냔 말이야."

"누가 잘라준 것 같니?" 첸루는 웃으면서 말했다.

"사실은 우리 유모가 잘라주었어. 우리 집에 또 누가 있니? 우리 아버지가 잘라줄 리는 없잖아."

"유모가? 유모가 어떻게 잘라주니?" 친이 의아해하면서 물었다.

"왜 못 잘라줘? 내가 잘라달라고 하면 잘라줘야지. 유모는 본래 내 말을 잘 들어주거든. 우리 아버지도 내가 하겠다는 일은 반대하지 않으셔! 실상 반대한다 해도 소용없지 뭐! 난 하겠다고 하면 기어이 하고 마는 성미니까. 내가 하겠다는 걸 다른 사람이 간섭하지는 못하지…." 이렇게 말하는 첸루의 태도는 단호했고 얼굴에는 만족스런 미소가 떠올라 있었다.

"그 말이 맞아. 나도 내일은 잘라버리겠어." 키가 작고 예쁘게 생긴 한 여학생이 얼굴을 붉히며 말했다.

"음! 너에게는 그런 용기가 있을 거야!" 첸루는 그 친구에게 고개를 끄덕여 칭찬의 뜻을 표시했다. 그녀의 이름은 원文이었다. 첸루는 다시 총기 있는 눈으로 친구들의 얼굴을 둘러보았으나 원의 말에 호응해주는 사람이 없자 의아하게 여기며 "머리를 자를 용기를 가진 사람이 더 없니?" 하고 조롱하듯 물었다.

"나도 자르겠어."

야무진 목소리가 뒤에서 들리며 얼굴이 야윈 한 여학생이 나왔다. 그녀는 이 학교 학생 가운데서 가장 활동적이고 나이도 제일 많아서 '올드미스' 라는 별명으로 불렸는데 그녀 역시 말과 행동이 일치하는 여학생이었다.

첸루는 시선을 친에게 돌렸다.

"원화(친의 본명)야, 넌 어쩔 테야?"

친은 첸루의 시선을 정면으로 받을 수가 없었다. 그녀는 얼굴을 붉히며 고개를 숙인 채 한동안 아무 말도 하지 못했다. 그녀는 자기에게 머리를 자를 만한 용기가 있는지 없는지 아직 확실히 알지 못했던 것이다.

"원화야, 나도 잘 알아. 지금 네 처지로는 매우 어려울 거야." 첸루의 목소리는 명랑했다. 친은 첸루가 자기를 비웃는지 동정하는지 쉽게 판단할 수가 없었다.

"너의 집처럼 그런 양반집에서는 시나 읊조리고 술이나 먹고 마작이나 하며 싸움질이나 하는 것이 맞겠지? 학교에 다니며 공부하는 것만 해도 예외 중의 예외일 텐데. 거기에다 유행을 좇아 남자들처럼 머리를 자른다고 해봐라. 모두들 반대하고 나설 것이 분명하잖아. 너의 가문에는 그런 양반들이 너무 많아서 탈이야."

모두가 왁자지껄하게 웃으며 친에게로 시선을 돌렸다. 친은 수치감과 회한으로 인해 흘러내리는 눈물을 어찌 할 수 없어 말없이 그곳을 떠났다.

그러자 첸루의 말이 계속되었다.

"지금 단발을 하는 데는 확실히 용기가 필요할 거야. 오늘 아침 내가 학교로 오고 있는데 불량학생과 시덥잖은 건달 녀석들이 뒤를 쫓아오더니 '중대가리'니 '꽁지 빠진 암탉'이니 하고 입에 담지 못할 별별 망측한 소리를 주절댔어. 녀석들은 손짓 발짓까지 해가며 나를 놀려대지 않겠니? 그래도 못 본 체하고 그냥 걸어온 거야. 집에서 나올 때 길에서 그런 것들을 만나지 않도록 가마를 타고 가라고 유모가 말했지만 일부러 내 용기를 시험해보기 위해서 그냥 걸어왔던 거야. 내가 무엇 때문에 남들을 무서워해야 하니? 나도 당당한 사람인데 내가 하는 일이 다른 사람에게 무슨 상관이란 말이야? 내가 하고 싶은 대로 해야지. 그들도 나를 어쩌지는 못하더구나."

그녀는 분노에 찬 어조로 말을 이었다.

"하지만 그런 건달들은 밉살스럽게도 끈질기게 사람을 따라다니며 귀찮게 군단 말이야. 의지가 좀 약한 사람이라면 어디 견뎌냈겠니? 어쨌든 남자는 모두가 다 그렇고 그런 나쁜 동물이야."

"그럼 너는 앞으로 시집도 안 갈 작정이니?"

농담을 좋아하는 한 친구가 이렇게 말하며 킥킥 웃었다.

"나 말이야? 난 시집 안 가." 그녀는 자신 있게 친구들에게 조소의 말을 던졌다.

"나는 밤낮 자기 마음에 드는 이상적인 남자와 결혼할 생각만 하는 너희들과는 달라. 나는 외사촌 오빠나 고종사촌 동생이 있고 또 수양 오빠도 있지. 룽蓉아! 너의 외사촌 오빠한테서 아직도 편지가 오니?" 그녀는 이렇게 말하고는 큰 소리로 웃었다.

룽이란 바로 농담을 즐기는 학생이었다. 그녀의 얼굴이 붉어지더니 첸루의 입을 비틀어놓겠다고 고함을 지르며 대들었다. 그러자 모두들 주먹을 휘두르며 첸루에게로 달려들었다. 첸루는 비웃으며 얼른 거기서 빠져나와 교실 쪽으로 도망쳤다. 그러다가 문득 옆에 있는 버드나무 밑에 친이 혼자 멍하니 서 있는 것을 바라보았다. 그녀는 그제야 아까 친에게 그런 말들을 해서 마음을 상하게 한 것을 후회했다. 미안한 생각이 든 첸루가 사과하리라고 마음먹고 두어 걸음 다가서자마자 수업종이 울렸다.

쉐첸루와 친은 서로 짝이었다. 쉰이 가까운, 돋보기를 낀 국어 선생이 교단에서 《고문관지古文觀止》를 펼쳐놓고 한유韓愈의 〈사설師說〉을 강의하고 있었다. 학생들은 학생들대로 각자 자기 할 일을 하느라고 여념이 없었다. 소설책을 펴놓고 읽는 학생, 영어 교과서를 읽는 학생, 뜨개질을 하는 학생, 옆에 앉은 학생의 귀에 대고 소곤거리는 학생 등 천태만상이었다. 첸루는 앞에 놓인 《고문관지》를 들여다보며 멍하니 앉아 있는 친에게 노트 한 장을 찢어 글을 몇 줄 써서 말없이 내밀었다. 거기에는 이렇게 씌어 있었다.

'너는 날 원망하고 있겠지? 조금 전에 한 말은 별 뜻 없이 한 거야. 너를 난처하게 만들려고 그런 말을 한 것은 아니란다. 내 말이 너를 고통스럽게 할 줄 알았다면 그런 말을 하지 않았을 텐데. 용서해주기 바란다.'

친은 쪽지를 읽고 나서 자기도 그 옆에다 몇 줄 써서 첸루에게 주었다.

'그건 너의 오해야. 난 결코 너를 원망하지 않아. 오히려 네가 자랑스럽고 부럽단다. 어쨌든 너에겐 용기가 있으나 나에겐 없어. 넌 내 희망과 소원을 알고 내가 처해 있는 환경도 알 게다. 나는 어떻게 해야 하니?'

'윈화야, 난 널 용기 없는 여자라고 생각하지 않아. 우리는 모든 것을 돌아보지 말고 용감히 싸워 뒤에 오는 자매들에게 새 길을 개척해주어야 한다고 너 스스로 한 말을 잊어버렸니?'

'첸루야, 나는 이제야 겨우 나 자신을 알게 되었다. 나는 확실히 용기가 없는 여자야. 나는 희망을 품고 그 희망을 달성하기 위해서 전진할 것을 결심했지만 일단 그것을 위해 행동해야 할 때가 오면 그만 겁을 먹고 별별 걱정을 다 하면서 결연히 전진하지 못한단다.'

'윈화야, 그러면 너 자신을 더욱 불행한 처지에 밀어넣게 된다는 걸 너도 모르지는 않겠지?'

'첸루야, 나는 자신의 앞날도 생각하지만 어머니 생각도 하고 있단다. 남녀공학이나 여자의 단발 같은 문제를 어머니가 반대하고 있단 말이다. 나도 평소에는 어머니의 반대와 친척들의 조소, 비난에 구애받지 말고 결심한 대로 실천에 옮겨야겠다고 생각한단다. 하지만 일단 행동으로 실천해야 할 때에 가서는 내가 이렇게 하면 어머니에게 얼마나 큰 충격을 주게 될 것인지 마음이 쓰여 주저하고 동요하게 돼. 어머니가 쓰라린 과부생활을 하면서 나를 이만큼 길러주셨고 언제까지나 나를 변함없이 사랑하고 아껴주시는데 내가 도리어 그분께 사회의 조소와 친척들의 비난을 받게 만들고 어머니의 희망마저 깨뜨린다면 그게 말이나 되겠니? 어머니는 이런 충격을 견디지 못하실 거야. 그래서 나는 어머니를 위해서라면 내 앞날을 희생해도 좋다고 생각했어.'

'윈화야, 너는 그러한 희생이 아무런 의미가 없다는 것을 모르겠니? 만일 우리가 희생해야 한다면 한 사람을 위해서가 아니라 무수한 자매들을 위해서 희생해야 돼. 우리가 희생되어 그들이 장차 행복해질 수 있다면 그러한 희생이야말로 가치가 있고 의의가 있는 거야.'

되는 대로 갈겨쓴 첸루의 글씨에서 그녀가 얼마나 분개하고 있는지를 짐작할 수 있었다. 벌써 종이 두 장에 여백도 없이 글자가 빽빽이 들어차 있었다.

'첸루야, 그게 바로 우리 둘의 다른 점이야. 너는 이성으로 감정을 정복할 수 있지만 나는 감정이 이성을 정복하고 만다. 이론적으로는 네 말을 부인할 수 없지만 실제로는 네 말대로 되지 않는구나. 나는 어머니 생각만 하면 그만 결심이 무디어지고 말아. 뿐만 아니라 사실대로 말하자면 내가 보지도 못할 그런 장래의 자매들을 위해서 희생하기보다는 차라리 나를 사랑해주시고 내가 사랑하는 어머니를 위해서 희생하는 것이 오히려 더 현실적인 것 같아.'

'애, 그게 진심에서 나오는 말이니? 그렇다면 묻겠다. 만일 너의 어머니가 너를 생판 무식쟁이 장사꾼이나 중늙은이쯤 되는 관료나 그렇지 않으면 거들먹거리는 부잣집 아들에게 시집을 보내겠다고 해도 반항하지 않겠니? 그렇게 되어도 역시 어머니를 위해서 희생하겠니? 이 문제에 대해서 얼른 대답해봐. 회피하지 말고…' 빠르게 써내려간 글씨에 첸루의 분노와 안타까움이 그대로 묻어났다.

'그런 건 묻지 말아다오. 제발 그런 건 묻지 말아줘.'

종이에 눈물 방울이 떨어졌다.

'원화야, 내 또 한 가지 묻겠다. 너와 네 외사촌 오빠의 사이가 아주 좋다는 걸 알고 있다. 가령 그 오빠네 집이 구차하다 치고 다른 어느 부잣집에서 네 어머니에게 청혼을 한다고 하자. 이때 네가 기어코 그 오빠에게 시집가겠다고 한다면 너의 어머니는 이렇게 말할 것이다. "내가 너를 이렇게 고생하며 기른 것은 너를 부잣집에 시집 보내 행복하게 살도록 하기 위해서였다. 그래야 나도 마음을 놓을 수 있으니까. 그런데 네가 내 말을 듣지 않고 기어코 구차한 집으로 가서 고생을 하겠다고 한다면 너를 내 딸이라고 할 수 없다." 이럴 때 너는 어떻게 하겠니? 어느 어머니를 막론하고 사위를 고를 때에는 자기 딸에게 '행복하게 살고 싶냐, 고생하면서 살고 싶냐?' 하는 질문을 던질 거야. 어머니가 원하는 것은 두말할 것도 없이 딸의 행복이겠지. 그러나 그들은 사랑이 없는 결혼이라든가, 정신적 고통이라든가 이 모든 것에 대해서는 염두에도 두지 않는단다. 어머니라고 해서 이러한 희생을 당당하게 요구할 권리가 있을까? 나는 없다고 생각해. 어머니라 해도 그럴 권리는 없는 거야. 예를 들면 네가 나에게 이야기해준 너의 큰외사촌 오빠와 메이 언니를 보렴. 만일 네 어머니가 너를 메이 언니와 같은 운명에 빠지게 한다면 너는 그래도 어머니 말에 순종하겠니? 너는 메이 언니처럼 그렇게 온순하게 자기의 일생을 남의 장난감이 되게 해도 좋겠니???????' 첸루는 마지막 문장에 예닐곱 개의 의문부호를 붙여놓았다.

'첸루야, 제발 부탁이다. 그런 말은 묻지 말아다오. 지금 내 마음은 너무 혼란스러워. 좀 천천히 생각하게 해줘''

'윈화야, 왜 너는 지금에 와서도 눈을 뜨지 못하니? 주저해서는 안 돼. 너는 낡은 가정에 오래 살았기 때문에 낡은 관습에 깊이 물든 모양이다. 구습을 탈피할 수 있는 방법을 강구하지 않는다면 너도 장차 제2의 메이 언니가 되고 말 거다…'

친은 대답의 말을 쓰지 않았다. 첸루는 고개를 돌려 친의 얼굴을 쳐다보았다. 친의 눈에 눈물이 고여 있는 것을 봤지만 그녀는 그제야 답답했던 속이 트이는 심정이었고 분노도 차츰 가라앉았다. 그녀는 가만히 손을 내밀어 무릎에 놓인 친의 떨리는 손을 꼭 쥐어주었다. 그녀는 그곳이 교실이 아니라면 정말 친을 꼭 껴안아주고 싶었다. 이때 교단의 국어선생님은 등을 돌린 채 칠판에 글씨를 쓰고 있었다. 첸루는 친의 귀에 입을 대고 귓속말로 소곤거렸다.

"애! 내 말이 좀 지나쳤는지 모르겠다. 그렇지만 난 너를 좋아해. 네가 용감한 신여성이 되어 메이 언니와 같은 운명에 빠지지 말기를 바라기 때문에 그러는 거야. 용기를 내서 싸워나가기를 진정으로 바란다. 시대에 따라 전진하는 사람이라야만 최후의 보상을 받게 되는 거야. 낙오자가 되어 일생을 그르친다는 건 서글픈 일이야."

그녀의 입은 거의 친의 볼에 닿을 지경이었다.

친은 대답이 없었다. 그녀는 감격에 찬 눈으로 첸루를 바라보며 말없이 고개를 끄덕였다.

두 시간 동안의 국어 수업은 끝이 났다. 첸루는 자리에서 일어나 친과 함께 교정으로 나가려고 문 앞까지 갔다가 때마침 국어선생과 마주쳐 걸음을 멈추고 그에게 길을 양보했다. 그 순간 그녀의 짧은 머리가 선생의 눈에 띄었다. 눈이 휘둥그래지며 그녀의 머리를 바라보던 선생은 마치 악마라도 본 듯 급히 자리를 피해버렸다. 첸루는 얼굴도 붉히지 않고 늠름하게 그 뒤를 따라가며 미소를 지었다. 그녀는 친을 운동장에 있는 버드나무 밑으로 데리고 가서 넷째 시간이 시작될 때까지 여러 가지 이야기를 나누었다. 셋째 시간은 선생이 휴가를 얻어 나오지 않았기 때문에 휴강이 되었던 것이다.

오후 수업이 끝난 후 친과 첸루가 하교를 서두르자 원文과 '올드 미스'가 그들을 붙들고 머리를 잘라달라고 했다.

10여 명의 학생들이 기숙사에 있는 원의 방으로 몰려갔다. 그들은 방문을 닫아걸고 원을 창 앞에 앉혔다. 그러고는 가위로 윤기 도는 그녀의 검은 머리를 뭉텅뭉텅 잘라내기 시작했다. 원은 거울을 들여다보며 자신의 마음에 들 때까지 머리를 다듬고 또 다듬었다. '올드 미스'의 머리는 그다지 까다롭지 않아서 힘들이지 않고 잘랐다.

갑자기 노크 소리가 났다. 그것은 사람이 오고 있다는 암호였기 때문에 그들은 급히 문을 열고 나가 뿔뿔이 흩어졌다.

친은 첸루와 함께 거리로 나왔다. 사람들의 시선이 모두 그들의 머리와 얼굴에 쏠렸다. 친은 마치 자기 자신도 단발을 한 것처럼 경멸과 모욕의 눈초리를 느꼈다. 무슨 신기한 구경거리나 만난 듯이 그들의 뒤를 따르고 있는 할일 없는 건달들에게서는 차마 입에 담지 못할 별별 해괴망측한 야유가 터져나오곤 했다. 친은 얼굴이 새빨개져서 고개를 푹 숙인 채 말 없이 걸음만 재촉할 뿐이었다.

네거리 어귀에 이르러 첸루는 친과 헤어지려고 했으나 친은 한사코 자기 집까지 같이 가자고 졸라댔다. 거기서 집까지 혼자서는 너무 무서워 못 가겠으며 둘이 함께 걸으면 다소 힘이 된다는 것이었다.

실상 친이 첸루를 자기 집으로 데리고 간 데는 다른 의도가 있었다. 그녀는 이 기회에 단발에 대한 자기 어머니의 태도를 알아보려는 것이었고, 또 첸루가 청산유수 같은 언변으로 자기 어머니를 설득시켜 주길 바랐다. 그러나 첸루의 방문은 별 효과가 없었다. 장씨 부인은 첸루 앞에서는 아무 말도 하지 않았으나 그녀의 어조와 태도에서 여자의 단발을 반대하는 속내가 역력히 드러났다.

그날 저녁 첸루가 돌아간 뒤 장씨 부인은 과연 한숨을 쉬며 개탄하듯 말했다.

"그 몹쓸 신식바람이 들어 저렇게 얌전한 처녀가 처녀인지 중인지 모를 몰골을 하고 다니는구나. 양반집 규수가 그게 무슨 꼴이람? 생기기는 귀엽게 생겼는데 불쌍하게도 어미가 일찍 죽어 단속하는 사람도 없이 제멋대로 내버려두니까 저렇게 되었겠지. 이제 앞으로는 또 어떻게 될 것인지… 가엾기도 해라."

장씨 부인은 다시 긴 한숨을 내쉬었다. 그녀는 날로 망측해지는 세상이 이러다가 또 어떻게 변할 것인지 걱정스러웠다. 그녀는 과거의 좋았던 시절을 회상하고 있었다. 그녀는 무슨 말을 할 듯하다 머뭇거리고 있는 딸의 표정을 보자 의아하다는 듯이 물었다.

"친아, 너 왜 그러니?"

"어머니, 저도 첸루처럼 머리를 자르고 싶어요." 친이 이렇게 말하고 고개를 숙였다.

"뭐라고! 첸루처럼 하고 싶다고? 아니, 나를 망신시키고 싶어서 그러는 거냐?"

장씨 부인은 뜻밖의 충격으로 깜짝 놀라 자기 귀를 의심할 지경이었다.

"첸루처럼 하는 게 뭐가 나빠요?"

친의 얼굴이 새빨개졌다. 그녀는 희망이 거의 없음을 알아차렸으나 그래도 여전히 용기를 내어 말을 이었다.

"학교에는 단발한 애들이 아주 많아요. 단발을 하면 편리하고 보기도 좋고, 여러 가지로 아주 좋아요…." 그녀는 자세히 설명하려고 했으나 어머니에게 제지당하고 말았다.

장씨 부인은 듣기 싫다는 듯 손을 내저으며 말했다.

"그런 사설은 듣고 싶지도 않다. 말로야 내가 어떻게 널 당해내겠니? 네가 얼마나 야무진데! 오늘은 이러겠다 하고 내일은 저러겠다하고. 그런데 너에게 말해둘 게 있다. 며칠 전 큰어머니가 첸씨네 집안 중매 자리를 봐가지고 왔더라. 돈이 많고 당사자도 잘생겼고… 공부는 그리 많이 하지 못했지만 집에 있는 돈만 해도 평생 써도 남을 테니 그 집에 시집가면 아주 행복하게 살 수 있다고 하더구나. 네큰어머니는 자꾸 승낙을 하라고 조르더라만 네가 싫다고 할 것 같아서 거절해버리고 말았다. 네 나이가 아직 어리고 자식이라곤 너 하나밖에 없기 때문에 몇 해 더 지나서 시집을 보내겠다고 대답했다. 하지만 이제 보니 역시 너를 일찌감치 시집이라도 보내버리는 게 상책일 것 같다. 그러면 네가 변덕을 좀 덜 부릴 테니까 말이다. 이제 안 좋은 소문이 나기만 해봐라. 너를 데려가려는 사람도 없을 게다." 장씨 부인은 무표정한 얼굴로 피곤한 듯 천천히 말했다. 친은 자신의 어머니가 마음속으로 도대체 무슨 생각을 하고 있는지 알 수 없었다.

방금 어머니가 쏟아낸 말들은 친에게 커다란 충격이었다. '집에 돈이 많고' '당사자도 잘생겼고' '공부는 그리 많이 하지 못했지만' '너를 일찌감치 시집이라도 보내버리는 게 상책일 것 같다.' 이 몇 마디가 번갈아서 그녀의 귀청을 울렸다. 그녀의 눈앞에는 끝없이 펼쳐진 길이 나타났고 그 길에는 젊은 여자의 시체가 수없이 널브러져 있었다. 그녀의 눈앞에서 시작된 그 길은 어디까지 뻗어 있는지 끝없이 아득하기만 했다. 그녀는 그 길이 수천 년 전에 닦여졌다는 것을 알고 있었다. 거기에는 많은 여자들의 피눈물이 스며들 대로 스며들어 있었다. 여자들은 쇠사슬에 묶여 그 길을 걸었으며 거기에 꿇어앉아 피눈물로 길바닥을 적셨고 그들의 육체는 야수들에 의해 찢기고 삼켜졌다. 처음에는 그들도 신음하고 구슬피 울며 누가 와서 자기들을 구해내주기를 기도했었다. 그러나 얼마 지나지 않아 그들의 희망은 여지없이 깨져버렸고 눈에서 흐르던 피눈물까지 말라버렸으며 끝내는 그 자리에 쓰러져 숨을 거두고 말았다. 수천 년 전 아득한 옛날부터 지금에 이르기까지 이 길에서 청춘을 잃어버린 여자는 그 얼마며 이 길바닥에 적셔진 여자의 피눈물은 얼마인가! 자세히 보면 그 길은 온통 피와 살로 뒤덮여 있으며 제대로 된 깨끗한 시체라곤 하나도 없었다. 눈물은 말라버리고 피는 흐를 대로 다 흘러 최후의 발악을 하다가 쓰러진 여자들은 불길처럼 타오르는 두 눈을 감았던 것이다. 아! 이 속에는 얼마나 많은 애끓는 역사가 묻혀 있을까!

일종의 정의감이 친의 가슴 속에서 솟구치며 몇 가지 중대한 문제들이 그녀의 머릿속에 맴돌았다.

'희생, 이러한 희생이 도대체 누구에게 행복을 가져다준단 말인가? 과거 수천 년 동안 이 길이 여성들의 눈물로 얼룩졌다고 해서 현재와 미래에도 여성들이 이곳에 자기들의 청춘을 바치고 눈물을 쏟으며 육신을 다 태워야 한단 말인가?' '여자는 남자의 노리개란 말인가?' 마지막 한 가지, 가장 중요한 문제는 '너는 네가 사랑하는 사람을 다른 사람의 노리개가 되게 하고 싶으냐?' 하는 것이었다. 그녀는 자기가 이미 그 길 앞에 꿇어앉혀진 것같은 착각이 들었다. 곧바로 신음 소리가 들리고 유혈이 낭자한 참상이 보이는 듯했다. 하지만 그녀에게는 이런 문제에 대답할 용기가 없었으며 정의감도 희미해졌다. 그리하여 그녀의 희망은 완전히 산산조각이 나버렸다. 그녀는 더이상 참을 수가 없어 두 손으로 얼굴을 가리고 흐느끼기 시작했다.

"친아! 너 왜 그러니? 무슨 속상한 일이 있니?"

놀란 장씨 부인이 일어나 딸을 다정스레 어루만지며 물었다.

친은 더욱 슬프게 울었다. 그녀는 매정하게 어머니의 손을 뿌리치며 슬픈 목소리로 중얼거렸다.

"저는 그런 길로는 가지 않겠어요. 저도 사람이에요. 남자들과 똑같은 사람이란 말예요! 나는 그 길로는 가지 않겠어요. 나는 새로운 길로 가야 해요. 새 길로 가겠어요."

꽃잎은 떨어지고

친이 슬피 통곡하던 그날, 으슥한 밤에 밍펑은 마님 앞에 불려갔다. 희미한 등잔불 아래 인상은 좋으나 무표정한 저우씨의 살찐 얼굴이 보였다. 밍펑은 그녀가 무슨 말을 하려는지 짐작할 수는 없었으나 좋은 소식을 들려줄 것 같지는 않았다. 그녀의 머리에는 이날 오후 펑씨네 노마님이 영감마님과 함께 천씨를 찾아왔던 일이 떠올랐다. 저우씨 앞에 서 있는 밍펑의 가슴이 떨려왔고 눈까지 흐릿해졌다. 말을 하고 있는 저우씨의 분 바른 둥근 얼굴이 점점 확대되어, 마치 둥근 물체처럼 그녀 눈앞에서 어른거리고 있었다. 밍펑은 더욱 겁이 났다.

"밍펑아, 네가 우리 집에 온 지 벌써 몇 해가 지났고 그만큼 했으면 너도 네 할 일은 다한 셈이다."

저우씨는 천천히 이야기를 시작했다. 그러나 다른 사람에 비해 말이 빠른 저우씨의 이야기는 갈수록 더욱 속도가 빨라져 마치 쟁반에 구슬을 굴리는 듯 정신없이 흘러갔다.

"너도 빨리 떠나고 싶겠지만 오늘 할아버님께서 너를 펑씨 어르신네의 첩으로 보내라는 분부를 내리셨다. 내달 초하룻날이 길일이라 그날 와서 너를 데려가기로 했다. 오늘이 스무 여드레니까 초하루까지는 이제 사흘 남았구나. 내일부터는 아무 일도 하지 말고 며칠 동안 푹 쉬다가 펑씨 댁으로 가도록 해라… 펑씨 댁에 가서는 영감마님과 노마님을 잘 모셔야 한다. 그분들은 성미가 괴팍하니까 무슨 일이나 시키는 대로 고분고분해야 해. 그 집에는 또 나리님과 마님들 그리고 손주 도련님들이 계시니 그분들도 잘 받들어야 한다. 네가 우리 집에 와서 여러 해 동안 일을 했어도 아무것도 해준 것이 없구나. 그렇지만 이번에 네 혼사를 정해놓고 보니 마음이 좀 놓인다. 펑씨 댁은 돈이 많으니 네 분수만 지킨다면 평생 먹을 걱정, 입을 걱정은 하지 않아도 될 게다. 다섯째 마님 집에 있는 시얼보다야 훨씬 낫지. 몇 해 동안 내 시중을 들어줬는데 아무런 보답도 못했으니 내일 재봉사를 불러 네 몸에 맞는 옷이나 두 벌 지어줄까 한다. 그리고 장신구도 좀 사주마…."

그녀는 말을 더 이으려 했으나 밍펑의 울음 소리에 그만 중단하지 않을 수 없었다.

장씨 부인의 한 마디 한 마디가 예리한 칼끝처럼 밍펑의 가슴을 찔렀다. 밍펑은 그 칼끝 앞에서 방어할 힘조차 없이 무너져내렸다. 희망은 산산조각났고, 사람들은 그녀의 삶을 지탱해주는 사랑마저

도 빼앗으려 하고 있었다. 더구나 성미가 괴팍한 늙은이에게 자기의
청춘을 바치도록 강요하는 것에 대해 조금의 연민도 없었다. 그런
집에서 첩살이를 하는 여자의 운명은 그야말로 뻔한 것이었다. 눈물
흘리고 매 맞고 꾸중 듣고 화풀이 당하는 것이 그녀 삶의 전부가 될
것이다. 게다가 성미가 괴팍한 늙은이에게 자신의 몸까지 유린당하
지 않으면 안 되는 것이다. 첩살이를 하라니, 얼마나 수치스러운 일
인가! 하인들도 남을 욕할 때 '첩질이나 해먹을 년'이라는 말을 할
정도다. 그런데 8년 동안이나 충실하게 시중들고 애써 일한 대가가
남의 첩으로 가서 유린을 당하며 사는 것이란 말인가? 앞이 캄캄해
졌다. 순결한 사랑이 가져다준 한 줄기 햇살마저 무참히 사라지고 말
았다. 한 청년의 온화한 얼굴이 얼핏 떠올랐다 사라졌다. 이어서 능
글맞게 웃고 있는 뒤틀린 얼굴들이 그녀를 덮쳐오는 듯했다. 그녀는
무서운 환영을 밀어내기라도 하듯 두 손으로 얼굴을 가리고 말았다.
귓가에 '모든 것은 다 팔자 탓이다. 네 힘으로는 어쩔 수 없는 거야.'
하는 환청이 들리는 것 같았다. 어찌할 수 없는 절망감이 그녀를 엄
습해왔다. 그녀는 참을 수 없는 슬픔으로 흐느끼기 시작했다.

구슬을 굴리는 듯한 저우씨의 언변은 단숨에 그렇게 많은 말들을
토해놓고도 좀체 멎을 것 같지 않았다. 그러나 저우씨는 무언가 심
상치 않음을 느꼈는지 밍펑의 울음 소리에 주의를 기울였다. 그녀는
밍펑이 무엇 때문에 그렇게 슬피 우는지 알 수 없었다. 그러나 소녀
의 울음 소리에 가슴이 뭉클해진 저우씨는 달래듯 물었다.

"밍펑아, 왜 그러니? 왜 그렇게 울지?"

"마님 전 가기 싫어요." 밍펑의 입에서 울음 섞인 탄식이 터져나왔다.

"전 차라리 한평생 이 댁 하녀로 있겠어요. 마님과 아씨와 도련님들의 시중을 들겠어요. 마님, 제발 절 보내지 말아주세요. 전 아직 이 댁에서 할일이 남아 있어요…. 제가 이 댁에 온 지 겨우 8년이에요. 마님 전 아직 어려요. 제발 저를 내쫓지 말아주세요."

이 가련한 소녀의 간청은 평소엔 좀처럼 보이지 않던 저우씨의 모성애를 일깨워 그녀는 쓸쓸한 미소를 띠며 말했다.

"나도 네가 싫어할 거라 생각했다. 사실 말이지 펑씨 영감마님은 나이가 너무 많아. 네 할아버지뻘 되니까…. 그렇지만 이건 할아버님이 시키시는 일이기 때문에 따를 수밖에 다른 도리가 없다. 게다가 그 댁에 가서 노인을 잘 모시기만 하면 그다지 속을 태울 일도 없을 거야. 어쨌든 구차한 집에 시집가서 먹을 것도 못 먹고 입을 것도 못 입는 것보다야 낫겠지…."

"마님, 전 굶주리고 헐벗을지언정 남의 첩이 되는 건 죽어도 싫어요." 이 말을 내뱉은 밍펑은 마룻바닥에 힘없이 쓰러지며 저우씨의 무릎을 안고 애걸했다.

"제발 저를 내쫓지 말아주세요. 저는 이 댁에서 평생을 하녀로 있고 싶어요. 저는 일평생 마님을 모시는 것이 소원이에요. 마님, 저를 불쌍히 여겨주세요. 저는 아직 어려요…. 저를 때려주셔도 좋고 욕을 하셔도 좋으니 제발 저를 펑씨 댁으로 보내지만 말아주세요. 저는 그런 생활은 싫어요. 저는… 저는 그런 생활이 무서워요. 마님,

제발 자비를 베푸셔서 저를 가엾게 여겨주세요. 마님, 전 정말 가기 싫어요."

여기까지 말한 밍펑은 더 큰 설움이 복받쳐올랐다. 온갖 설움이 밀물처럼 몰려와, 할 말이 더 있었음에도 불구하고 그녀는 그것을 삼켜버렸다. 목구멍에 무엇이 막힌 듯 그녀는 더이상 말을 잇지 못하고 나직이 흐느낄 뿐이었다. 울면 울수록 더욱 슬퍼져서 그녀는 심장이 터지도록 울면 좀 속이 시원할 성싶었다.

발밑에 꿇어앉아 머리를 자기의 무릎에 대고 서럽게 울고 있는 소녀를 보자 저우씨 부인도 애달픈 마음이 들었다. 모성애에 흠뻑 젖은 그녀는 밍펑의 머리를 다정하게 쓰다듬어주며 연민 어린 목소리로 말했다.

"나도 네가 아직 너무 어리다는 걸 알고 있다. 사실은 나도 널 그 집으로 보내고 싶지는 않다. 그렇지만 이미 할아버님이 결정을 내리신 일인걸 어쩌겠니? 할아버님의 분부에 따라야지. 며느리인 나로서는 어쩔 도리가 없구나. 이렇게 된 이상 이제는 별 수 없는 거다. 세상없어도 너는 초하룻날 그 집으로 가야 할 처지야…. 울지 마라. 울어도 소용이 없다. 그 댁에 가면 여기서 생각하던 것보다 즐거울지도 모르니… 너무 겁내지 마라. 착한 사람이 잘못 되는 일은 없는 법이다. 어서 일어나거라. 이제 가서 자야지."

밍펑은 그것밖에는 자기를 구원해줄 만한 것이 없을 성싶어 저우씨의 종아리를 더욱 힘주어 끌어안았다. 절망에 빠진 그녀는 마지막으로 있는 힘을 다해 애원했다.

"마님, 정말 절 구해주지 않으시겠어요? 제가 조금도 불쌍하지 않으세요? 살려주세요. 저는 죽어도 펑씨네 집으로 가기는 싫어요." 그녀는 눈물에 젖은 눈으로 저우씨의 얼굴을 애처롭게 쳐다보면서 저우씨의 한 손을 잡고 다시 빌기 시작했다.

"마님, 제발 구해주세요." 그녀의 목소리는 그야말로 처참하기까지 했다.

저우씨는 고개를 저으며 안타까운 표정으로 말했다.

"이제는 방법이 없다. 나도 널 내보내고 싶지 않다만 그건 불가능하구나. 할아버님의 말씀을 난들 어떻게 거역하겠니? 얼른 일어나거라. 이젠 돌아가야지." 그녀는 밍펑의 손을 잡아 일으켰다.

밍펑은 아무런 저항도 없이 저우씨의 손에 이끌려 일어났다. 그녀는 넋이 나간 듯 저우씨 앞에 우두커니 서 있었다. 한참 동안 망연히 서 있던 그녀는 사방을 둘러보았다. 주위는 깜깜했다. 통곡은 그쳤으나 아직도 밍펑은 숨죽여 흐느끼고 있었다. 그 소리도 조금 후에는 차차 잦아들었다. 그녀는 설움을 억지로 참고 옷자락을 들어 눈물을 훔친 다음 단호하면서도 서글픈 목소리로 말했다.

"마님, 이제 가서 잘게요…." 밍펑은 무슨 말인가 더 하려 했으나 저우씨가 피로한 기색으로 자리에서 일어서며 말을 가로막았다.

"오냐, 네가 내 말에 따르겠다면 나도 마음을 놓겠다."

밍펑은 마님의 성격을 잘 알기 때문에 더이상 말을 해도 소용이 없다고 생각했다. 그녀는 기진맥진한 채 말했다.

"마님, 갈게요."

천천히 발길을 옮겨 저우씨의 방에서 나온 그녀는 자기의 심장이 터지지나 않았나 가슴을 쓸어내렸다. 저우씨는 밖으로 나가는 밍펑의 뒷모습을 바라보면서 한숨을 두어 번 내쉬었다. 저우씨는 밍펑의 처지를 동정하면서도 그녀를 도와줄 수 없는 것이 안타까웠다. 그러나 반 시간도 채 지나지 않아 마님은 밍펑에 대한 일을 까맣게 잊어버리고 말았다.

뜰에는 칠흑 같은 어둠이 깔려 아무것도 보이지 않았다. 희미한 불빛이 쥬에후이의 방에서 새어나오고 있었다. 밍펑은 자기 방에 돌아가 잘 생각이었으나 그 불빛에 끌려 자신도 모르게 쥬에후이의 방 창 밑까지 오고 말았다. 유리 창문 세 개에는 모두 흰 커튼이 드리워져 있었는데 불빛이 커튼 사이로 새어나와 땅바닥에 아름다운 무늬가 만들어졌다. 지금 그녀에게는 그 커튼, 그 유리창, 그 방이 여간 다정스럽지 않았다. 그녀는 창 밑 돌층계에 서서 눈도 깜빡이지 않은 채 그 흰 커튼을 하염없이 지켜보았다. 방 안에 있는 사람에게 들킬까봐 그녀는 숨을 죽였다. 그 흰 커튼은 점점 환상적인 색을 띠었다. 그 속에서 아름답게 차려입은 남녀들의 당당한 모습이 어렴풋이 나타나는 듯했다. 그들은 경멸의 눈초리를 던지며 그녀 앞을 지나쳤다. 문득 그 사람들 중에 그녀가 밤낮으로 그리워하고 있는 사람이 나타나 다정한 시선을 던지며 무슨 말을 할 듯 머뭇거리고 있었다. 그러나 잠시뿐 그는 다른 사람들에게 밀려 어디론가 사라지고 말았다. 그녀는 눈을 크게 뜨고 그를 찾으려 애썼으나 흰 커튼이 그녀의 시선을 가로막아 아무것도 보이지 않았다. 정신을 차린 그녀는 창 밑에 다가서서 목을 치켜든 채 방 안을 들여다보려 했으나 창턱이 너무 높아서 보이지 않았다. 그녀는 몇 번의 시도에도 목적을 달성하지 못하고 실망하며 뒤로 몇 걸음 물러섰다. 그 순간 약간의 부주의로 그녀의 손이 그만 창살에 닿아 달그락하는 소리를 냈다. 그때 방 안에서 기침 소리가 들려왔다. 바로 그의 기침소리였다. 그제야 밍펑은 그가 아직 잠들지 않았다는 것을 알았다. 그가 커튼을 들어 밖을 내다보겠거니 하면서 그녀는 떨리는 가슴으로 은근히 기다렸다. 그러나 방 안은 다시 고요해지고 글을 쓰는 소리만 간간히 들려올 뿐이었다. 그녀는 다시 창 밑으로 걸어가서 창살을 두어 번 가볍게 두드렸다. 안에서 그 소리를 들어주었으면 하고 간절히 바랐으나 이번에는 의자를 고쳐 앉는 소리가 몇 번 났을 뿐이었다. 이렇게 가볍게 두드려서는 안 되겠다는 생각이 들었지만 그의 형이 함께 있기 때문에 더이상 큰 소리는 낼 수가 없었다. 그러나 그녀는 마지막으로 용기를 내서 다시 한 번 창문을 가볍게 노크한 뒤 나직한 목소리로 "셋째 도련님." 하고 부른 후 두어 걸음 물러나 조용히 그를 기다렸다. 이번에는 꼭 나타나리라고 생각했으나 한참이 지나도록 아무런 기척도 없고 글씨 쓰는 소리만 점점 더 크게 들려왔다. 그때 안에서 붓대를 놓는 소리와 자못 놀란 듯 중얼거리는 쥬에후이의 목소리가 들렸다.

"제길, 벌써 2시가 넘었군. 내일 8시에 수업이 있는데…." 그리고 계속 글 쓰는 소리만 들려올 뿐이었다.

그녀는 그냥 그 자리에 멍하니 서 있었다. 더 두드린다 해도 그가 듣지 못할 거라는 생각이 들었다. 그러나 원망보다는 그를 사랑하는 마음이 더욱 간절해졌다. 그의 목소리가 아직도 귀에 울리는 듯했으며 그 이상 듣기 좋은 음악이 없을 것 같았다. 그녀는 묵묵히 서서 그의 말을 음미해보았다. 마치 그가 자기 곁에 명랑하고 정열적인 모습으로 서 있는 것 같은 착각이 들었다. 다른 생각도 떠올랐다. 그에게도 이제는 한 여성의 사랑과 보살핌이 필요할 것이었다. 그리고 세상에 자기만큼 그를 사랑하는 사람은 없으며 그를 위해서라면 자신은 그야말로 무슨 일이든 다 할 수 있을 것 같았다. 그러나 그와 자기 사이에는 높다란 장벽이 가로막혀 있다는 것을 알았다. 뿐만 아니라 이곳 사람들은 자신을 사흘 후에 펑씨 집으로 보내려하는 것이다. 그렇게 되면 자기는 펑씨 집 사람이 될 것이며 다시는 그를 만날 기회가 없을 것이다. 자신이 아무리 모욕을 당해 괴로워하고 울부짖어도 그는 알지 못할 것이며 자기를 구원하러 오지도 못할 것이다. 이별, 영원한 이별, 그것은 죽음보다 더 견디기 어려웠다. 그녀에게 그러한 삶은 아무런 가치도 없었다. 그녀가 마님 앞에서 '죽어도 펑씨네 집에는 가지 않겠다'고 한 것은 빈말이 아니었다. 죽은 큰 아가씨는 그녀에게 '죽음'이란 팔자가 기박한 여자가 택할 유일한 길이라고 여러 번 얘기했었는데 그녀도 이제야 그 의미를 알게 되었다.

그녀가 번민과 갈등 속에서 헤매고 있을 때 방에서 긴 한숨 소리가 새어 나왔다. 그녀는 참담한 심정으로 눈을 들어 사방을 한 번 둘러보았다. 주위는 쥐죽은 듯 고요하고 인기척이라곤 없었으며 짙은 어둠에 갇혀 있었다. 그녀는 몇 달 전에도 이와 비슷한 상황에 있었던 것이 생각났다. 그때 그는 창 밖에 있었고 자신은 방 안에 있었다. 뿐만 아니라 그때에는 뜬소문이었던 것이 지금에 와서는 사실로 되어버렸다. 그녀는 그날 밤의 일을 곰곰이 돌이켜보았다. 그녀는 그가 자기에게 취한 태도와 또 자신이 '저는 다른 사람에게 시집가지 않겠어요.'라고 한 말을 되씹어보았다. 그녀의 가슴은 마치 무엇에 옥죄이듯 저려왔다. 그리고 눈물이 흘러내리기 시작했다. 창 밖으로 새어나오는 희미한 불빛은 그녀를 가엾게 여기는 듯 머리를 어루만져주었다. 그 불빛을 망연히 바라보고 있던 밍펑에게 문득 어떤 욕망이 스며들기 시작했다. 그녀는 정신없이 방으로 뛰어들어가 그의 앞에 무릎을 꿇고 자기의 서러운 심정을 낱낱이 하소연한 뒤 불쌍한 육신을 구원해달라고 애원해보고 싶었다. 영원히 그의 노예가 되어 그를 사랑하고 그의 시중을 드는 것이 그녀의 진정한 소원이었다.

그녀는 결심했다. 그러나 갑자기 눈앞이 캄캄해졌다. 방 안의 등불이 사라진 것이었다. 그녀가 아무리 눈을 크게 떠도 아무것도 보이지 않았다. 그녀는 꼼짝도 못한 채 쓸쓸히 오래도록 어둠 속에 서 있었다. 무정한 어둠은 사면팔방에서 그녀를 포위해왔다. 얼마 동안의 시간이 지나서야 그녀는 겨우 그곳을 떠나 자기 방 쪽으로 걸음을 옮겨놓았다. 어둠 속을 더듬어가며 한참을 헤매고 나서야 겨우 방에 이른 그녀는 절반쯤 열린 문을 밀고 쓰러질 듯 안으로 들어섰다.

등잔 위 시들해진 불꽃이 어두컴컴한 방에 침울한 분위기를 더했다. 좌우로 놓인 나무 침대에는 하인들이 시체처럼 이리저리 쓰러져 깊이 잠들어 있었다. 장씨 어멈의 침대에서 나는 코고는 소리가 무서우리만큼 요란하게 방 안을 울렸다. 방 안에 들어선 그녀는 그 소리에 깜짝 놀라 주춤하고 섰다가 정신을 가다듬고 사방을 돌아보았다. 그녀는 힘없이 등잔 앞으로 다가가 불똥을 잘라냈다. 방 안은 훨씬 밝아졌다. 옷을 갈아입으려던 그녀는 문득 설움이 북받쳐올라 참지 못하고 침대에 쓰러져 흐느끼기 시작했다. 얼마 안 가서 이부자리의 한 쪽이 흠뻑 젖고 말았다. 그녀의 울음 소리는 점점 더 높아졌다. 그 소리에 황씨 어멈이 잠에서 깨어났다. 황씨 어멈은 잠에 취한 목소리로 물었다.

"밍펑아, 왜 울고 있느냐?"

그녀는 대답도 없이 그저 울기만 했다. 황씨 어멈은 두어 마디 어르더니 돌아누워 다시 깊이 잠들어버렸다. 밍펑은 혼자 남아 잠이 들 때까지 그저 슬피 울기만 했다.

이튿날 밍펑의 태도는 완전히 달라졌다. 종일토록 웃는 일이 없었고 일을 하는데도 풀이 죽어 있었으며 사람들 대하기를 무척 꺼렸다. 사람을 보기만 하면 그가 자기의 일을 벌써 알고 있지나 않은가 의심을 품었고 그 사람의 표정에 조금이라도 멸시나 조소의 빛이 보이면 황급히 숨어버렸다. 몇몇 하녀나 하인 혹은 가마꾼들이 한데 모여 이야기하는 것을 보기만 해도 그녀는 그들이 자기의 말을 하고 있진 않은가 의심했다. '첩' 이니 '작은댁' 이니 하는 말이 온 집안 사람들의 입에 오르내리는 것 같았고 나중에는 심지어 상전들까지도 그런 말을 하는 것 같았다. 그녀는 커딩이 다른 사람과 이런 말을 하는 것을 얼핏 듣기도 했다.

"그렇게 예쁘게 생긴 계집애를 그런 늙은이의 첩으로 주기는 정말 아깝지."

또 한번은 부엌에서 뚱뚱보 장씨 어멈이 투덜거리는 소리를 들은 것 같았다.

"흥, 앞날이 구만리 같은 어린 계집애가 그런 다 죽어가는 늙은이의 첩으로 가다니! 돈이 아무리 많다 해도 나는 그 짓은 못해!"

그녀는 가는 곳마다 이런 조소의 말을 들어야 했다. 때문에 그녀는 아무 데도 갈 생각이 없었고 매일 두 끼의 밥 먹는 시간 외에는 자기 방에 틀어박히거나 그렇지 않으면 화원에 가서 숨어 있었다. 간혹 완얼, 첸얼, 혹은 시얼이 말동무를 해주러 오기는 했지만 그들도 남몰래 시간을 빼내어 오는 것이기 때문에 위로를 해주고는 즉시 가버렸다. 늙은 황씨 어멈이 찾아와 다정한 말씨로 말을 건네었으나 밍펑은 그녀의 얘기가 채 끝나기도 전에 핑계를 대고 그 자리를 피했다. 분수를 지켜야 한다거나 운명에 순종해야 한다는 따위의 말들이 듣기 싫었던 것이다.

그 사이에 밍펑은 어떻게 하면 쥬에후이를 만나 그에게 이야기를 건넬까 하고 기회를 엿보았으나 쥬에민 형제는 이전보다 더욱더 바쁜 모양이었다. 그들은 아침 일찍 학교로 출발했고 저녁 늦게 돌아와 저녁밥을 먹기가 무섭게 곧 나가버렸다. 밤 9시, 10시가 되기 전에는 돌아오지 않았으며 돌아와서도 방 안에 틀어박혀 글을 쓰거나 공부를 했다. 그녀는 쥬에후이의 얼굴을 보는 것조차 여간 힘들지 않았다. 간혹 만난다 해도 사랑 어린 시선을 던지거나 다정스럽게 미소를 지을 뿐 말을 건네는 일은 없었다. 그것도 물론 자기에 대한 사랑의 표시이기는 했다. 쥬에후이가 바쁜 것은 당연한 것이었으므로 자기를 좀 소원하게 대한다고 해서 그를 원망할 수는 없었다.

그러나 그녀에게는 이틀밖에 여유가 없었다. 그녀는 어떻게든 쥬에후이를 만나 자기의 쓰라린 심정을 하소연하고 쥬에후이의 의견을 들어보고 싶었다. 그러나 쥬에후이는 그런 상황을 전혀 모르는 듯했다. 요즈음 그는 화원에도 나오지 않아 식사 시간밖에는 그를 볼 수가 없었다. 그러나 그는 식사를 마치면 서둘러 나가버리기 때문에 미처 쫓아가 이야기할 새도 없었으며 귀가 시간도 아주 늦기 때문에 예전처럼 쥬에후이와 담소할 기회를 갖는다는 것은 불가능했다.

드디어 그믐날이 닥쳐왔지만 이 저택 안에서 밍펑에 대한 일을 아는 사람은 그다지 많지 않았다. 더욱이 쥬에후이는 그 사실을 까맣게 모르고 있었다. 그들의 주보사에 사고가 생겨서 거기에 온 정신을 쏟느라 집안 일에 신경을 쓸 새가 없었고, 집에 돌아와도 글쓰기와 학과 복습에 바빠 다른 사람에게서 밍펑에 대한 이야기를 들을 기회가 없었기 때문이었다.

그믐날이 쥬에후이에게는 이 달의 마지막 날에 불과했으나 밍펑에게는 일생의 마지막 날이었다. 영원히 쥬에후이와 헤어지든지 아니면 영원히 그와 함께 있든지 그날 결정되는 것이었다. 그렇지만 후자가 될 가능성은 아주 희박하다는 것을 밍펑 자신도 잘 알고 있었다. 물론 밍펑은 쥬에후이가 자기를 구해주어서 영원히 그와 함께 있게 되기를 간절히 바랐지만 두 사람 사이에는 도저히 넘을 수 없는 높은 장벽, 상전과 하인이라는 신분상의 차이가 엄연히 존재했다. 그녀가 예전에 화원에서 쥬에후이에게 "안 돼요, 그건 안 돼요. 저는 그런 팔자를 타고나지 못했어요." 하고 말했을 때부터 그녀는 이미 그 사실을 알고 있었던 것이다. 비록 쥬에후이는 자기와 결혼하겠다고 했지만 할아버지와 마님들과 기타 이 집안 사람들 전부가 반대할 것은 분명한 일이었다. 그러니 그에겐들 무슨 방법이 있으랴! 할아버지의 명령이라면 큰마님조차 어쩌지 못하시는데 더구나 손자인 그가 어떻게 거역할 수 있단 말인가? 운명은 이미 결정된 것이나 마찬가지였지만 그녀는 최후의 희망을 버리지 않았다. 그녀는 결코 파멸의 길을 걷고 싶지 않았다. 자그마한 희망이나마 있다면 붙잡고 싶었다. 그러나 그것은 자기 기만에 지나지 않았다. 눈앞에는 아무런 희망도 보이지 않았고 그런 것이 존재하지도 않는다는 사실을 그녀는 알고 있었기 때문이다.

밍펑은 이날 떨리는 마음을 가누면서 쥬에후이가 돌아오기를 고대했으나 그는 밤 9시가 넘어서야 돌아왔다. 그녀는 쥬에후이의 방창 밑으로 걸어갔으나 방 안에서 들려오는 쥬에민의 목소리에 가슴이 떨려 감히 들어가지 못하고 주위를 서성일 뿐이었다. 그러나 이 기회를 놓쳐버리면 살아 있든 죽어버리든 두 번 다시 쥬에후이를 만날 수 없는 몸이었기에 그녀는 차마 그 자리를 뜰 수 없었다.

한참 지난 후, 방 안에서 발자국 소리가 들렸다. 그녀는 누가 밖으로 나오고 있다는 것을 알아차리고 구석에 숨어버렸다. 과연 그림자 하나가 안에서 나타났는데 쥬에민이었다. 쥬에민이 사라지는 것을 확인한 그녀는 재빨리 방으로 들어갔다.

쥬에후이는 전등불 아래 책상에 엎드려 무엇인가를 열중하여 쓰고 있었다. 그는 발자국 소리를 들었으나 누구인지 알려고도 하지 않고 글쓰기에만 전념했다.

고개도 들지 않는 쥬에후이를 본 밍펑이 책상 옆으로 다가가서 조심스럽게 그를 불렀다.

"셋째 도련님."

"밍펑이구나! 나는 또 누구라고." 그가 놀란 표정으로 웃으며 물었다.

"무슨 일로 왔니?"

"좀 뵈려고 왔어요. 저는…." 그녀는 우울한 시선으로 쥬에후이의 웃음 띤 얼굴을 빤히 바라보며 말했다. 그러나 그녀의 말이 채 끝나기도 전에 쥬에후이가 입을 열었다.

"내가 요즘 너하고 말도 하지 않는다고 탓하는 것은 아니겠지?" 그가 여전히 웃음을 띤 채 말했다.

"그런 생각은 추호도 하지 말아. 보다시피 요즘 나는 정말 눈코뜰 새 없이 바빠. 공부 해야지, 글도 써야지, 게다가 다른 일도 해야지…." 그는 자기 앞에 산더미처럼 쌓인 원고 뭉치와 잡지책들을 가리키며 말을 이었다.

"자, 봐. 개미같이 바쁘단다. 며칠만 지나면 좀 나아질 거야. 이틀 후에는 이 일을 다 끝낼 거니까, 기다려줘. 이틀만."

"이틀만 지나면….." 밍펑은 절망적으로 중얼거리며 그것이 무슨 의미가 있냐는 듯 망연한 표정으로 물었다.

"이틀 후라구요?"

"그래." 그가 웃으며 대답했다.

"이제 이틀만 지나면 일이 끝나니까 기다려줘. 그럼 많은 이야기들을 나눌 수 있어." 그는 다시 글을 쓰기 시작했다.

"셋째 도련님, 몇 마디 드릴 말씀이 있어요." 그녀는 흐르는 눈물을 애써 참으며 말했다.

"밍펑아! 이렇게 바쁘다는 걸 너도 보고 있잖니?"

이렇게 짤막하게 말하고 그는 고개를 들어 눈물 어린 밍펑의 눈을 바라보았다. 그러자 그는 즉시 태도를 바꿔 밍펑의 손을 잡고 자리에서 일어나며 부드럽게 물었다.

"무슨 억울한 일이라도 있었니? 너무 슬퍼 말고 얘기해봐!" 그는 앞에 놓인 원고지를 밀어버리고 밍펑을 데리고 화원에 가서 위로해주고 싶었다. 그러나 내일 아침에 내야 할 원고와 주보사의 일이 생각나 마음을 고쳐 먹었다.

"며칠만 참아. 이틀만 지나면 우리 둘이 실컷 이야기할 수 있으니, 꼭 널 도와주마. 내일 내가 찾아갈게. 지금은 조용히 일하게 해줘."

그는 이렇게 말하고 그녀의 손을 놓았다. 그러고는 어떤 기대에 찬 눈으로 자기를 바라보는 밍펑의 눈과 마주치자 솟구쳐오르는 감정을 억제할 수 없어 자기도 모르게 그녀의 볼을 받쳐들고 입술에 가볍게 키스를 한 후 얼굴을 들여다보며 빙그레 웃었다. 그는 곧 제자리에 돌아가 앉아 다시 한 번 그 소녀를 바라보고는 하던 일을 계속했다. 그러나 이것은 그에게 첫 키스였기 때문에 격렬하게 고동치는 심장이 쉽게 진정되지 않았다.

밍펑은 넋이 나간 듯 그 자리에 멍하니 서 있었다. 이때 그녀는 자기가 무슨 생각을 하고 있는지 어떠한 느낌이 드는지조차 알지 못했다. 그녀는 키스를 당한 자기의 입술을 슬며시 만져보았다. 그 충격이 조금 가시고 나자 그녀는 다시 "이제 이틀만 지나면….." 하고 중얼거렸다.

이때 밖에서 휘파람 소리가 들려왔다. 쥬에후이는 당황해서 고개를 들고 급히 재촉했다.

"얼른 돌아가. 형이 돌아오고 있어."

밍펑은 막 꿈에서 깨어난 사람처럼 창백한 낯빛이 되었다. 입술엔 약간 경련이 일었으나 끝내 아무 말도 하지 못했다. 그녀는 수심에 가득 찬 눈길로 쥬에후이를 몇 차례 바라보다가 그만 눈물을 떨구고 말았다.

"셋째 도련님." 그녀는 슬픈 목소리로 겨우 한 마디를 내뱉었다. 쥬에후이는 이상하다는 듯 고개를 들었으나 이때 그녀의 모습은 벌써 문 밖으로 사라지고 있었다.

"여자들의 심리란 정말 이해할 수 없어!" 그는 탄식하듯 중얼거리고는 다시 엎드려 글을 써내려갔다.

쥬에민은 방 안으로 들어서자마자 동생에게 물었다.

"방금 밍펑이 왔다 갔지?"

"응." 쥬에후이는 한참 지나서야 이렇게 짤막하게 대답했을 뿐 여전히 글을 쓰느라 쥬에민을 쳐다보지도 않았다.

"그앤 조금도 하녀 티가 나지 않고 영리하고 예쁘기도 하고 글도 알고 있으니… 그런데 참 애석하게도….'쥬에민이 혼잣말처럼 중얼거리며 탄식했다.

"그게 무슨 소리야? 애석하다니?" 쥬에후이가 놀라 붓을 놓고 물었다.

"밍펑이 시집가게 되었다는 것을 여태 모르고 있었니?"

"밍펑이 시집을 간다고? 누가 그래요? 아직 그렇게 어린걸?"

"할아버지가 펑러산의 첩으로 주었단다."

"펑러산한테? 믿을 수 없어. 그 영감은 공교회孔教會의 중요한 인물 아니에요? 이제 예순이 다 되었을 텐데 또 첩을 얻다니!"

"벌써 잊어버린 모양이구나. 그 작자들이 작년에 연극배우들의 등급을 매기면서 여배우 비웨추薛月秋를 1위로 뽑아, 고등사범학교 팡지순方繼舜이 〈학생조學生潮〉 잡지를 통해서 신랄하게 비난했잖니? 그런 작자들은 못하는 일이 없는 법이야. 어쨌든 그 작자들은 우리 성의 일류 명사들이니까. 내일 밍펑을 데려간다더라. 정말 불쌍해서… 이제 겨우 열일곱인데….'

"나는 어째서 이제껏 몰랐을까…. 나도 확실히 그런 소문을 들었을 텐데 어째서 기억에 남아 있지 않지?"

쥬에후이는 이렇게 고함을 치며 벌떡 일어나 자기의 머리를 쥐어 뜯으며 밖으로 달려나갔다.

그의 온몸이 심하게 떨려왔다.

'내일 펑러산의 첩으로 간다'는 말이 가죽채찍처럼 머리를 세차게 내리쳐 머리가 곧 깨져버릴 것 같았다. 문을 나서자 비참하게 울부짖는 소리가 들리는 것만 같았다. 갑자기 눈앞이 캄캄해지고 주변이 쥐죽은 듯 고요해졌다. 이 망망한 하늘과 땅 사이에 도대체 내가 갈 곳은 어디인가? 그는 넋을 잃은 사람처럼 어둠 속을 배회했다. 자기 머리를 쥐어뜯고 가슴을 쳤으나 그것도 마음을 안정시켜주지는 못했다. 문득 무서운 생각이 그를 엄습하기 시작했다. 그는 이제야 겨우 깨달았다. 밍펑이 조금 전 자기를 찾아온 것은 죽는 것보다 더한 고통을 안고 자기에게 구원을 청하러 온 것이라고. 밍펑은 그의 사랑을 믿고 또 그를 사랑하고 있다. 그렇기 때문에 자신을 보호해줄 것과 펑러산의 손에서 구해줄 것을 그에게 요청하러 왔던 것이다. 그러나 그녀에게 무엇을 주었던가? 아무것도 주지 못했다. 그녀에게 아무것도 주지 못했다. 뿐만 아니라 그녀의 애처로운 하소연을 들어보려 하지도 않고 오히려 쫓아버렸던 것이다. 그녀는 가버렸다. 영원히 가버리고 말았다. 내일 밤이면 그 늙은이의 품에 안겨서 유린당하는 자기의 청춘을 위해 구슬피 울고 있을 것이다. 또한 순결한 그녀의 사랑을 속이고 호랑이 굴에 밀어넣은 쥬에후이 자신을 저주할 것이다. 이런 생각이 떠오르자 그는 몸서리를 쳤다. 더이상 참을 수가 없었다.

가자, 그녀에게 가서 용서를 빌자.

그는 하인의 숙소로 가서 문을 살며시 밀어보았다. 방 안은 캄캄했다.

"밍펑아!"

나직이 그녀를 몇 번 불렀으나 대답이 없었다. 잠이 들었나? 그 방에는 여러 명의 하녀들이 자고 있기 때문에 들어가서 깨울 수는 없었다. 그는 자기 방으로 돌아오긴 했으나 초조함을 견디지 못하고 밖으로 나왔다. 그는 다시 하녀들의 침실로 가서 살며시 문을 열어보았으나 안에서는 코 고는 소리밖에 들리지 않았다. 그는 화원으로 들어가 어두운 매화 숲속을 한참 돌아다니면서 "밍펑아!"하고 불러보았으나 아무런 대답도 없었다. 그의 얼굴은 매화나무 가지에 찔려 여러 곳에서 피가 배어나왔지만 아픈 줄도 몰랐다. 마침내 그는 절망적인 심정이 되어 방으로 돌아왔다. 모든 것이 자기 주위를 맹렬한 속도로 돌고 있는 것 같았다.

이때, 그가 그렇게 찾아 헤매던 밍펑은 화원에 있었다.

쥬에후이의 방에서 나온 밍펑은 이제는 정말 '모든 희망이 완전히 사라졌다'고 체념했다. 그래도 그녀는 쥬에후이를 원망하기는커녕 그를 더욱 사랑했다. 뿐만 아니라 그녀는 쥬에후이가 아직도 예전처럼 자기를 사랑하고 있다는 것을 확신하게 되었다. 방금 전 쥬에후이의 입술이 스쳐간 곳에는 그 온기가 지금까지 남아 있었고, 쥬에후이가 잡아주었던 손 역시 그의 감촉이 살아 있었다. 그것은 그가 자기를 사랑한다는 것을 증명해주는 것이었다. 그러나 현실은 밍펑에게서 사랑을 빼앗고 흉물스러운 늙은이의 손 안으로 그녀를 밀어넣었다. 생전에는 다시 그를 보지 못하게 될 것이다. 이제부터 기나긴 세월은 끝없이 고통스런 가시밭길의 연속이 될 것이다. 사랑이 없는 이런 세상에 무슨 미련이 있으랴? 그녀는 마침내 결심했다.

그녀는 자기 방으로 돌아가지 않고 바로 정원으로 들어갔다. 그녀는 어둠 속의 길을 더듬어 겨우 호수에 닿았다. 호수는 어둠 속에서도 빛을 반사하며 물결치고 있었고 수면에서는 이따금 물고기들이 먹이를 먹는 소리가 들려왔다. 그녀는 망연자실 그곳에 서서 한 많은 지난날들을 돌이켜보았다. 쥬에후이와의 관계 하나하나가 그녀의 머릿속에서 재현되었다. 그녀는 점차 어둠 속에 눈이 익어 풀 한 포기, 나무 한 그루도 어렴풋이나마 볼 수 있게 되었다. 그것들은 여간 사랑스럽지 않았다. 그러나 동시에 그녀는 자기가 이 모든 것과 이제 곧 헤어져야 한다는 것을 잘 알고 있었다. 삼라만상은 정적에 잠겨 있고 사람들은 모두 깊은 잠 속에 빠져 있었다. 그 모든 것들은 살아 있을 것이다. 그러나 오직 자신만이 죽어야 한다. 지난 17년 간의 삶에서 남은 것이라고는 매를 맞고 꾸중을 듣고 눈물을 흘리며 남에게 혹사당한 기억뿐이었으며 그 외에는 오직 한 가지, 이제 자기가 목숨을 바치려 하는 사랑이 있을 뿐이었다. 삶에서 누린 기쁨은 다른 사람에 비하면 보잘것없지만 이렇게 어린 나이로 벌써 이 세상을 떠나려 하는 것이다. 내일, 모든 사람들에게는 내일이 있겠지만 자기에게는 끝없는 암흑이 가로놓여 있을 뿐 내일이란 존재하지 않는다. 그렇다! 그녀의 삶에는 영원히 내일이란 없다. 아침 햇살에 황금빛으로 물든 나뭇가지에 새들이 앉아 노래를 부르고 호수에 진주 같은 물방울들이 찬란하게 부서질 때, 그녀의 눈은 이미 감겨져 있어 이 모든 것을 영원히 다시 볼 수 없을 것이다. 이 모든 것은 얼마나 사랑스러우며 세상은 얼마나 아름다운가! 그녀는 남을 괴롭힌 적이라고는 한 번도 없었다. 그녀도 다른 소녀들과 마찬가지로 예쁜 얼굴과 총명한 머리와 건강한 신체를 가지고 있었다. 그런 그녀를 왜 사람들은 한사코 유린하고 괴롭히려 하는가? 왜 한 번도 그녀에게 따스한 눈길을 주지 않고 작은 동정조차 베풀려 하지 않는가? 심지어 그녀를 위해 어느 누구도 연민의 정조차 표현해주지 않았다. 그녀는 모든 불행을 운명으로 받아들였으며 원망의 말 한 마디 한 적이 없었다. 그러던 그녀에게 한 가지 위안은 순결한 사나이의 사랑이었다. 밍펑은 어렵게 그녀 자신이 숭배할 만한 남성을 찾아냈던 것이다. 그녀는 거기에 만족했다. 그렇지만 그의 사랑도 자기를 구원해줄 수 없었으며 오히려 고통스런 추억을 더해주었을 뿐이다. 그의 사랑은 한때는 아름다운 꿈을 가져다주었으나 지금은 그녀를 절망의 구렁텅이로 몰아넣고 말았다. 그녀는 삶과 세상의 모든 것을 사랑했지만 삶의 문은 그녀의 눈앞에서 닫혀버렸고 오직 어두운 심연밖에 남지 않았다. 여기까지 생각하자 그녀의 눈앞에는 가야 할 길이 또렷하게 떠올랐다. 그녀는 두려움에 찬 시선으로 자신의 몸을 훑어보았다. 어둠 속이라 똑똑히 볼 수는 없었지만 그래도 자기의 몸이 순결하게 빛나고 있음을 그녀는 잘 알았다. 그 순결한 몸을 마치 누가 타락의 길로 밀어넣는 것만 같아서 그녀는 스스로를 가엾게 여기며 자신의 몸을 어루만졌다. 그녀는 결심을 굳혔다. 더이상 망설일 필요가 없었다. 그녀는 잔잔하게 일렁이는 수면을 뚫어지게 바라보았다. 맑고 깨끗한 그 호수에 자기의 몸을 던지려는 것이었다. 그곳만이 자기의 몸을 맡길 안식처 같았고 그곳에서만이 순결한 몸으로 남을 수 있을 것 같았다. 그녀는 호수에 뛰어들기로 결심했다.

그러나 다른 한 가지 생각이 그녀를 붙들었다. 불현듯 이렇게 죽어버릴 수는 없다는 생각이 들었던 것이다. 그에게 다시 한 번 가슴속에 있는 말들을 털어놓으면 무슨 방법이 나올 듯싶었다. 그녀의 입술에는 그의 뜨거운 키스의 흔적이 남아 있었고, 동시에 그의 얼굴이 눈앞에 아른거렸다. 그녀는 진정 쥬에후이를 사랑하고 있기 때문에 그 사랑을 잃고 싶지 않았다. 삶에서 그녀가 얻은 것이 있다면 오직 그것뿐이었다. 오직 그이의 사랑뿐이었다. 이러한 행복마저도 얻어서는 안 된단 말인가? 일생을 통하여 이런 작은 행복조차 누려서는 안 된다는 말인가? 다른 사람들은 다 살아 있는데 왜 이렇게 어린 나이에 세상을 떠나야 한단 말인가? 이러한 생각들이 그녀의 머릿속에서 꼬리를 물고 이어졌다. 이와 동시에 그녀의 눈앞에는 어렴풋이 한 폭의 그림 같은 낙원이 떠올랐다. 자기와 같은 또래의 무수한 부잣집 소녀들이 거기에서 즐겁게 웃으며 뛰놀고 있었다. 그녀는 그것이 환상이 아니라 이 넓고 넓은 세상에는 가는 곳마다 그런 행복한 소녀들이 있고 곳곳에 낙원이 존재한다는 것을 알았다. 그러나 한순간 그녀는 자기의 꽃다운 청춘이 사라져가지 않으면 안 된다는 생각을 했다. 이런 시각에도 자기를 위하여 동정의 눈물 한 방울 흘려주거나 위안의 말 한두 마디 던져줄 사람조차 없었다. 자기가 죽는다 해도 이 세상과 이 저택에 아무런 아쉬움도 주지 못할 것이며 사람들은 마치 자기가 이 세상에 없었던 것처럼 그 존재를 까맣게 잊고 말 것이다. '나라는 존재는 이다지도 쓸모없는가?' 라는 생각이 들자 그녀의 가슴은 하소연할 데 없는 애처로운 원망으로 가득 찼다. 눈물이 흘러 그녀의 눈은 다시 흐릿해졌다. 그녀는 그만 땅바닥에 주저앉고 말았다. 그런데 갑자기 귓전에 '밍펑아!' 하고 부르는 소리가 들렸다. 그것은 틀림없는 그 사람의 목소리였기에 급히 눈물을 닦고 귀를 기울였다. 그러나 주위는 고요하기만 하고 인기척이라곤 없었다. 그래도 행여나 그 목소리가 다시 들릴까 해서 계속 귀를 기울였으나 아무리 기다려도 다시는 들려오지 않았다. 그녀는 이 시각에 그가 이곳에 올 리가 없다는 것을 잘 알고 있었다. 요원한 장벽이 두 사람 사이에 가로막혀 있었으며 그는 자신과 완전히 다른 세계에 사는 사람이었다. 그에게는 그의 앞날이 따로 있으며 그는 훌륭한 인물이 되어야 할 사람이었다. 자기로서는 그를 붙잡을 수도 그의 방해물이 될 수도 없었다. 자기는 그를 떠나야 한다. 그라는 존재가 자신보다 더욱 중요하다. 그에게 모든 것을 희생시켜 자기를 구원해달라고 할 수는 없었다. 자신은 이제 그의 눈앞에서 영원히 사라져야 하는 것이다. 이렇게 생각하자 그녀는 또 한 차례 가슴이 저려오는 고통을 느꼈다. 아무리 가슴을 쓰다듬어도 아픔은 좀처럼 가시질 않았다. 그녀는 여전히 땅바닥에 주저앉은 채 한 많은 시선으로 어둠에 잠긴 주위의 모든 것을 바라보며 골똘히 생각에 잠겼다. 그녀가 생각하고 있는 것은 오로지 쥬에후이에 대한 것뿐이었다. 깊은 생각에 잠긴 그녀의 얼굴에는 이따금 씁쓸하고 자조적인 미소가, 눈에는 눈물이 고여 있었다.

마침내 간신히 몸을 일으킨 밍펑은 부드러우면서도 애끓는 목소리로 "셋째 도련님! 쥬에후이 씨!"하고 부르고는 호수에 몸을 던지고 말았다.

잔잔하던 수면에 파문이 일고 요란한 물 소리는 고요하던 밤공기를 오랫동안 진동시켰다. 잠시 후 수면에서는 애처로운 부르짖음이 서너 번 들렸다. 소리는 아주 낮았으나 그 비참한 메아리는 어둠 속으로 깊이 스며들었다. 얼마 후 격렬하게 소용돌이치던 수면은 아무 일도 없었다는 듯 평정을 되찾았다. 오직 그 안타까운 부르짖음의 여음만이 대기에 가득 찼다. 정원 전체가 흐느껴 우는 듯했다.

절망의 늪

쥬에후이는 마침내 원고 쓰기를 마쳤다. 밤새 잠을 이루지 못했기 때문에 초하룻날 아침 그는 늦게야 눈을 떴다. 그의 형이 여러 번 깨워서야 겨우 침상에서 일어났고 분주히 서둘러 쥬에민과 등교했으나 10분이나 늦게 학교에 도착했다.

교실에서는 영어 교사인 저우 선생이 낭랑한 목소리로 소설 《부활》에 나오는 구절들을 읽고 있었다. 쥬에후이는 다른 학우들과 마찬가지로 선생의 질문에 대답할 준비를 하며 조용히 강의를 들었다. 그러나 아무리 애를 써도 밍펑의 일이 머리를 떠나지 않아 책에 정신을 집중할 수 없었다. 그녀의 일이 머리에 떠오르면 자기도 모르게 가슴이 떨려왔다. 그렇다고 해서 밍펑을 붙들고 놓지 않으려는 것은 아니었다. 하룻밤 동안의 생각 끝에 그는 오히려 그녀를 단념하기로 작정했다. 물론 이러한 결심에는 큰 고통이 따랐지만 그는 참을 수 있었다. 진보적 사상을 지닌 젊은이의 헌신적 열성과 쁘띠 부르주아적 자존심, 이 두 가지가 그를 지탱해 주고 있었던 것이다.

하루의 수업이 끝났다. 집으로 돌아오면서 그는 모순되는 생각으로 괴로웠다. 그는 말이 없었고 얼굴에는 수심이 가득했다. 쥬에민도 이런 동생의 심사를 헤아리고 별로 말을 건네지 않았다.

집에 다다라 중문으로 막 들어선 그들은 마침 펑러산의 집에서 온 가마와 마주쳤다. 가마 옆에는 호송하는 하인 둘이 따르고 있었다. 가마 안에서 새어나오는 처절한 흐느낌 소리는 자그마했으나 쥬에후이의 가슴을 쓰리게 파고들었다. 그는 그것이 누구의 울음 소리인지 들어보려고도 않은 채 '그녀는 가는구나! 영원히 가는구나!' 하고 생각했다.

가마는 울음 소리를 싣고 가버렸다. 마당에는 하녀들과 하인, 가마꾼들이 모여 수군거리고 있었다. 새빨개진 얼굴로 "망할 놈의 늙은이." 하고 욕을 내뱉는 가오중을, 옆에 선 원더가 말조심하라고 타이르고 있었다.

쥬에후이는 그들이 틀림없이 밍펑의 이야기를 하고 있으리라고 짐작하면서 무리를 피해 급히 발걸음을 재촉했다.

안으로 들어서자 침울한 목소리가 그들을 맞이했다.

"오늘은 어떻게 이처럼 일찍 돌아오지?" 목소리의 주인공은 천지엔윈이었다.

그의 여윈 얼굴에는 앓고난 뒤의 초췌한 흔적이 역력했다. 그는 돌층계 위에 서서 쥬에신과 이야기를 나누다 쥬에후이를 보자 곧 다가왔다. 쥬에신은 아무 말 없이 자기 방으로 들어갔다.

"요즘 언제나 이때면 돌아온다네. 머지않아 기말시험이라 오후에
는 한 시간밖에 수업이 없거든!" 쥬에민이 친절하게 대답했다.

"자네 몸은 괜찮은가?"

"고맙네, 이제 완쾌되었네."

지엔윈은 억지로 웃어 보이며 이렇게 대답하고 쥬에민을 따라 방
으로 들어갔다. 지엔윈은 방에 들어가자마자 등의자에 주저앉으며
긴 한숨을 쉬었다.

"지엔윈, 자네는 어째서 늘 그렇게 풀이 죽어 있지?" 쥬에민이 물
었다.

쥬에후이는 책을 책상 위에 놓고 말없이 침대에 몸을 던졌다.

"인생이 너무도 비참해서 그러네." 지엔윈이 고통스러운 듯 머리
를 내저으며 말했다.

쥬에민은 문득 지엔윈이 늘 '몸이 쇠약했기에 망정이지 그렇지
않으면 일찍 여읜 부모님을 쫓아갈 텐데'라고 하던 말을 생각해내고
는 동정 어린 말투로 충고했다.

"지엔윈, 그런 나약한 생각만 하지 말고 마음을 좀 다져먹지 그
래."

"너무도 비참하네, 너무도 비참해…." 지엔윈은 쥬에민의 말을 듣
지 못한 모양인지 혼자 계속 중얼거렸다.

"아무 생각 없이 이 집에 발을 들이려는 데 때마침 그애를 가마에
앉히는 참이었네. 그 아이의 울부짖음과 괴로운 몸부림을 보니 나도

모르게 눈물이 나더군. 어째서 사람을 물건처럼 이 사람 저 사람에게 넘겨주나 말일세…."

"무슨 말이지? 밍펑 말인가?" 쥬에민이 물었다.

"밍펑?" 지엔윈이 쥬에민을 흘끗 쳐다보며 떨리는 목소리로 말을 이었다.

"완얼 말이야. 가마가 방금 나갔는데 자넨 못 봤나?"

"완얼이라고? 그럼 밍펑은 가지 않았나?" 쥬에후이가 침대에서 벌떡 일어나 앉으며 물었다.

"밍펑은…." 지엔윈은 말을 하려다가 멈추었다. 그는 힘없는 시선으로 쥬에후이를 멍하니 바라보다 나직이 말했다.

"그애는… 그애는 호수에 뛰어들어 자살했다네."

"뭐라고? 밍펑이 자살했다고?"

깜짝 놀란 쥬에후이는 자리에서 벌떡 일어났다. 그리고 절망스러운 낯빛으로 자기의 머리칼을 움켜쥐고 방 안을 이리저리 서성거렸다.

"나도 말만 들었지 보지는 못했네만 밍펑의 시체는 벌써 내갔다더군…."

"아, 그렇군. 밍펑이 자살해버리니 할아버지가 완얼을 대신 보냈군. 어쨌든 할아버지의 눈에는 하녀 같은 게 사람으로 보일 리 없으니 선물처럼 주거니 받거니 할 수 있겠지. 나는 밍펑이 제 목숨을 제 손으로 끊을, 그렇게 강인한 여자로 보이지 않았는데 끝내…." 분노와 동정심이 뒤섞인 어조로 쥬에민이 말했다.

"그렇지만 그 때문에 곤경에 빠진 건 완얼이지." 지엔윈이 말을 이었다.

"가지 않겠다고 발버둥치는 그 모습을 본 사람이면 누구나 눈물이 나왔을 걸세. 내 생각에는 그애도 밍펑의 뒤를 쫓을 것만 같아…."

"할아버지가 그렇게까지 잔인한 사람인 줄은 몰랐네. 밍펑이 자살하니까 다른 애를 대신 주다니… 남의 귀한 딸자식을 어쩌면 그렇게까지 학대할 수 있을까?" 쥬에민이 분노를 이기지 못하고 외쳤다.

"그런데 밍펑은 어떻게 자살했다던가?"

침울한 표정으로 말이 없던 쥬에후이가 갑자기 지엔윈에게 다가가 그의 어깨를 사정없이 흔들며 물었다.

지엔윈은 쥬에후이가 무엇 때문에 이렇게까지 흥분하는지 영문을 몰라 놀라는 표정으로 쥬에후이를 물끄러미 바라볼 뿐이었다. 그러고는 흥분한 어조로 대답했다.

"나는 모르네. 아마 아무도 모를걸세. 듣자니 그애의 시체가 호수에 떠 있는 것을 본 자오씨가 사람을 불러서 건져냈나 봐. 시신을 메고 나갔으니 그만이지…. 이 세상이… 이 인간 세상이 너무도 메말라 있어…."

쥬에후이는 병색 짙은 지엔윈의 꺼칠한 얼굴을 물끄러미 들여다보고 있었다. 갑자기 그는 지엔윈의 어깨에서 손을 떼고 아무 말 없이 밖으로 달려나갔다. 방 안에는 지엔윈과 쥬에민만 남게 되었다.

"쥬에후이가 왜 저러지?" 놀란 지엔윈이 쥬에민에게 물었다.

"이제야 알만 하네." 쥬에민이 혼자 중얼거리며 고개를 끄덕였다.

"자네는 아는지 모르겠지만 난 영문을 모르겠네." 지엔윈은 이렇게 말하며 고개를 떨구었다. 그는 언제나처럼 소심한 태도로 일관했다.

"사랑 때문이라는 것을 자넨 눈치채지 못하겠나?" 분노로 쥬에민의 목소리가 높아졌다.

아무런 대답이 없어 방 안은 쥐죽은 듯 고요했다. 창 밖에서 이따금 들리는 발자국 소리가 마치 그들의 심장을 짓밟는 것 같았다.

한동안 침묵이 흐른 후, 지엔윈은 겨우 고개를 들며 힘없는 눈초리로 방 안을 휘둘러보고 혼잣말로 중얼거렸다.

"나도… 알겠네… 알만 하네…."

쥬에민은 자리에서 일어나 방 안을 한참 동안 서성이다 다시 책상 옆에 있는 의자에 걸터앉았다. 그의 시선이 지엔윈의 얼굴에 닿자 두 사람의 음울한 시선이 마주쳤다.

"모두가 사랑 때문이야." 쥬에민의 목소리는 고뇌에 휩싸여 있었다.

"쥬에후이와 밍펑의 관계에 대해서 예전에도 다소 의심이 가긴 했지만 이제야 확실히 알게 되었네…. 그러나 이런 결말을 가져올 줄이야 누가 알았겠나. 난 밍펑이 그렇게 쥬에후이를 열렬히 사랑하는 줄은 모르고 있었네. 안타까운 일이지. 만일 그애가 부잣집에서 태어났더라면…."

그는 더이상 말을 잇지 못했다. 그의 얼굴이 고통으로 일그러져 있었다. 몇 분이 지난 후 그는 흥분된 어조로 말을 이었다.

"모두가 사랑 때문이야…. 큰형도 요즘 형편없이 여위고 몹시 침울한데 이것 역시 사랑 때문이지 뭐겠나? 사랑, 나는 사랑이라는 것이 사람들에게 행복을 가져다주어야 된다고 생각했는데 왜 이런 고통을 안겨주는지!"

그의 목소리가 떨렸다. 쥬에민은 자신의 일과 앞날을 생각하자 거의 울상이 되었다. 그의 미래는 어두운 그림자가 짙게 드리워져 있었고 형의 일생이 곧 자신의 일생을 예언하는 것만 같았다.

지엔윈은 쥬에민이 슬퍼하는 이유를 알 수 없었기 때문에 단순한 동정심에서 비롯된 것이라고 생각했다. 지엔윈 역시 비애에 빠져들기 시작했다. 그의 삶에는 누구 못지 않은 커다란 슬픔이 자리하고 있었으며 때문에 사람들의 동정을 필요로 했다. 오랫동안 그는 슬픔에 잠겨 살아왔으나 자기의 하소연을 들어줄 사람을 찾지 못했다. 그는 자신을 하잘것없는 존재로 여겼으며 너무도 무력하여 어느 누구와도 비교할 수 없다고 생각했다. 그는 항상 겸손을 미덕으로 알아왔고 언제나 성실한 마음으로 사람을 대해왔으나 그가 얻은 것이라고는 냉대와 조소뿐이었다. 그도 이따금 동정을 받는 일이 있었지만 그것은 겉치레에 불과했다. 하지만 그것마저도 분에 넘치는 것으로 황송하게 여겼다. 이렇게 멸시를 당하면서도 그는 타인에게 원한을 품은 적이라고는 없었으며 멸시와 냉대도 조용히 받아넘겼다. 어쩌면 다른 사람들을 두려워하며 살아왔다는 것이 더 적절할 것이다. 그는 지금까지 이렇게 살아왔다. 그런데 지금 쥬에민이 다른 사람의 불행에 대해 깊은 연민을 느끼는 것을 보자 자신의 하소연을 들어줄 사람을 이제야 찾아낸 것 같이 생각되었다. 그의 마음속에 쌓여 있던 고통스런 사연들이 자제력을 잃고 쏟아져 나오려 하고 있었다. 그는 몇 번을 망설이다가 마침내 입을 열었다.

"쥬에민! 자네에게 좀 할 말이 있는데…."

입을 다문 채 쥬에민의 눈치를 살피던 그는 쥬에민의 부드러운 시선을 확인하고서야 용기를 얻어 말을 이었다.

"나는 이번에 중병을 앓고 나서부터 때때로 죽음이라는 것을 생각하게 되었네. 물론 나처럼 살 바에야 차라리 죽는 편이 낫겠지만 그래도 죽음은 왠지 두렵다네. 생각해보게. 살아 있어도 이렇게 외로운데 죽으면 얼마나 더 외롭고 쓸쓸하겠나? 내가 죽어도 누구 하나 슬퍼해줄 사람이 없고 내 죽음을 돌봐줄 사람도 없을 걸세. 영원히 이렇게 외로워할 것을 생각하면 몸서리가 쳐진다네. 이번에 병을 앓고 있을 때 자네 형제들이 여러 번 문병을 와주어서 뭐라고 감사를 하면 좋을지 모르겠네. 결코 잊지 못할 걸세…."

"무슨 그런 쓸데없는 말을 하나?" 듣기 거북해진 쥬에민이 화제를 다른 데로 돌리려고 했다.

"아닐세, 나는 기어코 말해야겠네. 자네가 나의 삶을 동정한다면 내가 죽은 후 일년에 두 번씩 봄 가을에 내 무덤을 찾아와주겠나?" 지엔윈이 처량하게 말했다.

"지엔윈, 어째서 그런 쓸데없는 말을 하나? 지금 우리가 받고 있는 고통만으로도 가슴이 터지려 한다는 것을 자네도 알지 않는가?"

비난이 담겨 있긴 했으나 쥬에민의 목소리는 몹시 부드러웠다.

지엔윈이 손등으로 눈물을 훔치며 말을 이었다.

"꼭 말해야겠네. 내 처지를 기어코 말해야겠어. 내 하소연을 들어줄 사람은 자네밖에 없네⋯. 큰형님은 나름대로 큰 슬픔에 젖어 있고 쥬에후이는 쥬에후이대로 자신의 고통이 있기 때문에 내 슬픔까지 더하여 그들을 괴롭힐 수는 없네. 나는 지금 한 여자를 몹시도 사모하고 있네. 나 자신도 이것이 분수에 넘치는 일방적인 짝사랑이라는 걸, 그 여자가 나를 사랑해줄 리 없다는 것을 잘 알고 있네. 나 같은 사람은 그런 여자와 전혀 어울리지 않는다는 것까지도⋯. 나는 늘 자신에게 '쓸데없는 꿈은 버리자. 내가 어쩌자고 그 여자를 사모하게 되었단 말인가? 나 같은 주제가 누구의 사랑을 받겠다는 건가? 그런 절망적인 짝사랑은 그만 집어치워라' 하고 꾸짖고 있네. 그러나 실상 어디 그렇게 되는가? 아무리 잊으려고 애써도 안 된단 말일세. 그녀의 이름을 듣기만 해도 가슴이 두근거리고 그녀의 얼굴을 보기만 해도 축복이라도 받은 것같이 행복하단 말일세. 나는 이따금 그녀의 이름을 가만히 불러보곤 하네. 때로는 그 이름이 내게 위안을 주고 사기를 북돋워주기도 하지만 더욱 큰 고통을 안겨주기도 한다네. 그 이름을 불러보면 나는 한층 더 그녀가 그리워져 단숨에 그녀 앞에 달려가 내 사랑을 고백하고 싶어 견딜 수 없게 되기 때문이라네. 하지만 내게 어디 그런 용기가 있는가? 이런 보잘것없고 무능한 위인이 어떻게 그녀에게 사랑을 구할 수 있겠는가? 천대와 멸시 속에서 자란 나 같은 사람에게도 왜 사랑의 욕구가 있는지 모르겠어.

그리고 왜 하필이면 그녀를 사랑하게 되었는지…. 그녀는 너무도 고결해서 그녀 앞에서 나는 사랑이라는 말을 입 밖에 내어보지도 못했다네. 이런 사랑, 이렇게 절망적인 사랑은 나에게 많은 고통을 가져다준다네. 이것은 내 잘못이니 그녀를 원망할 수는 없지. 그녀는 조금도 눈치채지 못하고 있으니… 나는 온종일 이런 절망적인 사랑에 시달리고 있네. 나는 늘 그 집 근처에 가서 그녀의 창문을 바라본다네. 그녀가 집에 없을 때도 더러 있지만 그 하얀 커튼을 바라보기만 해도 황홀해지곤 했다네. 그야말로 아름다운 환상이지. 방 안에 있는 그녀의 모습이 보이는 것 같기도 하고 또 내가 그녀 옆에 있는 것 같기도 해. 그러나 위안을 얻는 것도 일시적인 것에 불과하네. 곧 제정신으로 돌아와 내 처지를 깨닫게 되기 때문이지. 그러면 나는 또 더러운 진흙탕 속에 빠지고 만다네…. 그녀가 집에 있을 때면 나는 그녀의 기침 소리, 말 소리를 듣게 되는데 그건 그야말로 아름다운 음악과도 같다네. 그럴 때면 나는 정신을 책에 집중시킬 수 없을 뿐만 아니라 학생을 잘 가르칠 수도 없게 된다네…. 나는 그녀 때문에 건강이 이 지경에 이르렀지만 그녀는 조금도 모르고 있어. 이 사실을 아는 사람은 한 사람도 없으니… 사실을 그녀가 안다고 해도 기껏해야 나를 불쌍히 여길 정도이지, 나를 사랑하지는 않을 걸세…. 나를 사랑해줄 여자라곤 한 사람도 없다는 것을 잘 알고 있네. 나는 보잘것없는 인간이니까 말이야. 세상에는 행복이라는 것이 산재해 있고, 흔하고 흔한 게 사랑이지만 나와는 아무런 인연도 없더란 말일세. 나는 행복으로부터 외면당한 사람이니까…."

그는 여기까지 말하고 입을 닫았다. 쥬에민은 뭐라고 할 말이 없었다. 지엔윈은 손수건을 꺼내 눈물을 닦으며 소심하고 우울한 시선으로 쥬에민을 바라보았다. 그는 쓰디쓴 웃음을 지으며 다시 천천히 말했다.

"쥬에민, 자네는 나를 객쩍은 친구라고 비웃겠지만 나도 이따금 내가 어떤 사람인지를 잊어버릴 때가 있네. 나는 때때로 절망에 빠져 나를 이러한 환경에 처하게 한 부모를 원망하기까지 했네. 환경만 바뀔 수 있다면 가령 자네와 같은 그런 환경이라면 나도 이렇게까지 고통을 받지는 않을 걸세…. 쥬에민, 정말 자네가 부럽네. 내가 얼마나 자네처럼 되기를 바랐는지 몰라. 내가 자네와 같은 그런 환경에서 그렇게 그녀를 가까이 할 수 있고 말을 건넬 수만 있다면 10년을 덜 산다 해도 행복하겠네. 나는 자주 몸이 아팠는데 때로는 그녀 때문에 앓는 일도 있었다네. 병상에 누워서도 그녀 생각을 했고 때로는 몸부림칠 정도로 그리워한 적도 있었네. 그래서 그녀가 단 한 번이라도 문병을 와주기를 매일같이 기도했지. 남몰래 그녀의 이름을 부르면서 그녀가 언젠가 그 소리를 듣고 와주기를 목마르게 기다렸다네…. 인기척이 나면 그녀의 발 소리인가 하고. 그녀의 발자국 소리를 나는 분명하게 분간할 수 있다네. 그녀의 발은 온종일 나의 마음을 밟고 있기 때문이지. 그렇지만 그녀가 나를 보러온 적은 한 번도 없다네. 그러다 그녀와 늘 함께 있는 자네들이 문병을 왔을 땐 마치 그녀를 만난 것 같은 생각이 들었네. 그리고 어쩌다 자네들의 말 가운데서 그녀의 이름이 나오기라도 하면 가슴이 두근거리며 내 병이 당장 나을 것 같기도 했다네…. 그렇지만 자네들은 곧 돌아갈 것이고 언제 다시 올지 모를 일이 아닌가? 자네들이 돌아간 후 밀려올 고독을 생각하면 당장 죽을 것만 같았네. 자네들은 내가 어떤 눈으로 자네들을 바라보고 있었는지, 어떤 심정으로 감사하고 있었는지 몰랐을 걸세. 자네들에게 그녀의 안부를 묻거나 그녀의 형편을 묻고도 싶었지만 그러면 자네들이 내 속을 들여다보지나 않을까 하여 말을 할 수 없었고 행여 나를 조소하거나 책망할 것 같아서 한마디도 입 밖에 내지 못했네. 또 자네들이 두 번째 왔을 때 나는 쥬에후이가 가지고온 〈여명주보〉에서 그녀가 쓴 글의 제목과 그녀의 서명署名을 보았네. 그때 나는 쥬에후이에게서 그 잡지를 빌려 자세히 읽어봤으면 하는 생각이 간절했지만 끝내 그 말을 하지 못했네. 그런 말을 했다가는 자네들이 내 비밀을 알게 될 것이고, 나를 책망하며 상대도 해주지 않을 것 같아서…. 그 후 나도 그것이 너무 지나친 생각이고 쓸데없는 걱정이었다는 것을 알았네만 당시 내 마음은 그러했네…. 자네들이 돌아간 후 그 제목을 몇 번이나 되뇌었는지."

그는 두 손을 깍지끼며 비틀었다. 쥬에민이 갑자기 기침을 했다.

"내 말은 거의 다 끝나가네." 지엔윈이 깍지를 풀고 말을 이었다.

"이런 쓸데없는 이야기로 자네의 시간을 허비하는 것이 옳지 못한 줄 나도 잘 아네만 내 하소연을 들어줄 사람이 자네밖에 없네…. 자네도 틀림없이 그녀를 사랑하고 있겠지만 자네가 나를 질투하지는 않으리라고 생각하네. 나 같은 걸 질투할 사람이 어디 있겠나? 나는 정말 자네가 부럽네. 나는 자네가 그녀와 결혼해서 행복하게 살기를 진정으로 빌고 있어. 혹시 내가 그때까지 살지 못하면 죽은 후에라도 자네 부부가 함께 내 무덤을 찾아와주겠나? 그래준다면 나는 땅 속에 묻혀서라도 무척 고마워할 걸세. 약속해주겠나?"

그는 애원하는 시선으로 쥬에민을 바라보았다.

쥬에민은 그 시선을 받을 수가 없어서 눈길을 다른 데로 돌려버렸다. 그는 지엔윈의 말을 들으면서 표정이 여러 번 달라졌다. 그러나 입을 다물고 아무 말도 하지 않았다. 그러나 마지막에는 몹시 감동되어 더이상 참을 수 없었다. 동정심과 연민이 모든 것을 압도해버렸다. 그는 마침내 비통한 목소리로 대답했다.

"약속하겠네, 약속하네." 그는 더이상 아무 말도 하지 못했다.

"무어라 감사해야 좋을지 모르겠네."

지엔윈의 여윈 얼굴에는 감격에 찬 눈물이 흘러내리고 있었다. 겸손하고 우울한 그의 얼굴에 기쁜 빛이 스쳐갔다. 이런 사소한 약속의 말도 미미한 존재인 그에게 있어서는 절대적인 위안이었다.

이 넓고 넓은 세상에는 무수한 빛과 행복과 사랑이 있을 테지만 영락한 백부의 집에 머물면서 모든 것을 빼앗긴 이 겸손한 사람에게는, 이런 사소한 약속만이 희망의 전부였다.

꿈속을 헤매며

　지엔윈을 배웅한 후, 쥬에민은 흥분되고 고통스러운 마음으로 화원에 들어갔다. 쥬에후이가 거기 있을 거라 생각했기 때문이다. 과연 그는 호숫가에서 쥬에후이를 찾아냈다.

　쥬에후이는 고개를 떨군 채 호숫가를 거닐고 있었다. 그는 때로 걸음을 멈추고 잔잔한 수면을 한참 동안 멍하니 들여다보다 긴 한숨을 내쉬었다. 그는 쥬에민이 다가오는 것도 모르고 있었다.

　"쥬에후이야!"

　매화나무 숲에서 나온 쥬에민은 동생을 부르며 다가갔다. 쥬에후이는 걸음을 멈추고 형을 돌아보았으나 아무 대답도 하지 않았다. 쥬에민은 동생 앞으로 다가서며 다정하게 물었다.

　"네 얼굴색이 그게 뭐냐? 무슨 일이 있니?"

　쥬에후이는 여전히 말없이 걷기만 했다. 쥬에민은 다가가 동생의 소매를 잡으며 떨리는 목소리로 말했다.

"네 심정은 나도 잘 알고 있다. 그러나 일이 이렇게 된 이상 어쩔 수 없잖니? 잊어버려라. 그게 상책이다."

"잊어버리라고? 난 절대로 잊을 수 없어!"

그의 목소리는 분노에 차 있었고 눈은 증오에 불탔다.

"세상에는 잊으려 해도 좀처럼 잊혀지지 않는 일이 얼마든지 있지. 나는 아까부터 여기 서서 이 호수를 들여다보고 있었어. 그녀가 이 호수에 몸을 던졌기 때문에 그녀의 흔적을 찾아내려 애쓰고 있지만 이 잔잔한 호수는 아무것도 모르는 척 태연하단 말이야. 정말 괘씸해. 그녀의 생명을 삼켜버리고도 이 호수는 어쩌면 이렇게 태연할 수 있는 거지?"

그는 쥬에민의 손을 뿌리치고 오른손을 불끈 쥔 채 호수를 노려보았다.

"하지만 그녀가 아무런 흔적도 남기지 않고 가버린 건 절대 아니야. 여기 있는 풀 한 포기, 나무 한 그루가 모두 증명해줄 거야. 그녀가 물에 뛰어들 당시의 심정을 상상할 수는 없지만 그래도 나는 기어코 그걸 생각해봐야겠어. 내가 그녀를 죽인 장본인이기 때문이야. 아니, 나뿐만 아니라 우리 가정도 그렇고 우리 사회도 그래."

동생의 말을 듣고 난 쥬에민이 쥬에후이의 손을 잡으며 부드럽게 얘기했다.

"쥬에후이야, 나도 너를 이해하고 동정한다. 요즘 나는 나 자신의 행복과 앞날, 그리고 사랑만을 생각하고 있었지. 우리가 어릴 때 함께 서당에 다니던 생각이 난다. 그때 우리 형제의 우애가 얼마나 좋았니? 서당을 오갈 때 그림자처럼 붙어다녔지. 네가 늦게 끝나면 내가 널 기다리고 내가 늦게 끝나면 네가 날 기다리고…. 그 후 중학에 다닐 때나 '외국어 전문학교'에 들어간 후에도 여전히 그렇게 사이가 좋았었지. 집에 돌아오면 둘이 함께 공부하며 서로를 도와주었지. 그러던 것이 최근에 와서 반 년 이상 나 자신의 일 때문에 너와 많이 멀어지고 말았다…. 그나저나 이 일을 왜 일찌감치 말하지 않았니? 그랬더라면 우리 둘이서 무슨 좋은 방법을 생각해냈을지도 모르잖아. 두 사람의 힘을 합치면 어쨌든 혼자보다 낫다고 우리가 늘 말했던 거 기억 안 나니?"

쥬에후이의 눈에는 굵은 눈물방울이 맺혀 있었다. 그는 씁쓸한 웃음을 지으며 말했다.

"형, 그건 나도 기억하고 있지만 이젠 늦었어. 그녀가 이런 일을 저지를 줄은 생각지도 못했어. 나는 확실히 그녀를 사랑하고 있었지만 우리 집 같은 곳에서 내가 어떻게 그녀와 결합될 수 있겠어? 내가 너무 이기적이었거나 다른 것에 눈이 어두워 그녀를 희생시킨 것 같아. 그녀는 이 호수에 몸을 던져버렸고 또 완얼은 눈물을 머금고 펑씨 집으로 끌려가서 청춘을 유린당하고 늙은이의 음욕을 채워주는 도구가 되어버렸어. 나는 이 일을 절대로 잊지 않을 거야. 생각해 봐! 이제 내가 어떻게 마음 편히 살 수 있겠어…."

쥬에민의 얼굴에 회한의 표정이 떠올랐다. 금테안경 너머 그의 눈에서는 눈물이 흘러내렸다.

"이제 너무 늦었구나." 쥬에민은 고통스런 표정으로 동생의 손을 꼭 잡았다.

"형! 정월 보름날 저녁에 놀던 일이 생각나?"

쥬에후이는 애틋한 추억과 고뇌로 뒤범벅된 채 형에게 물었다. 쥬에민이 묵묵히 고개를 끄덕이는 것을 본 그는 말을 이었다.

"그날 밤, 우리는 정말 즐겁게 놀았지. 그게 바로 엊그제 같은데 이제 그녀는 떠나버렸네…. 그 목소리, 그 얼굴을 어디 가서 찾아야 하지? 그녀는 언제나 내가 저를 구원해줄 걸로 믿고 있었건만 나는 그녀를 저버리고 말았어. 내가 그녀를 죽인 거야. 나는 용기가 부족했어…. 과거에 나는 큰형과 형이 대담하지 못하다고 비난했지만 나 역시 형들과 마찬가지라는 걸 이제야 깨달았어. 우리는 한 부모에게서 태어나 한 가정에서 자라났기 때문에 모두 같은가봐…. 나 자신을 저주하고 싶어."

그의 감정은 극도로 날카로워져 더이상 말을 계속할 수 없었다. 그는 호흡이 가빠지고 온몸이 타는 듯 열이 올랐다. 가슴 속에는 하고 싶은 말이 많았으나 목이 메어 말이 나오지 않았다. 심장이 세차게 뛰었다. 쥬에후이는 쥬에민의 손을 뿌리치고 주먹으로 쿵쿵 가슴을 두드렸다. 그러나 또 쥬에민에게 손을 잡혀버렸다. 그러자 그는 손을 빼려고 미친 듯이 몸부림쳤다. 이때 그는 자기가 어떤 행동을 하는지 전혀 모르고 있었다. 그의 머릿속은 텅 빈 듯했다. 그는 격한 감정에 빠져 그를 억누르는 어떤 힘과 싸우고 있었다. 그는 이미 자기 앞에 서 있는 사람이 사랑하는 형이라는 것도 잊고 있었다. 평소와는 다른 이상한 힘이 쥬에후이에게서 솟아나고 있었기 때문에 쥬에민으로서도 당해낼 수 없을 정도였다. 그러나 결국 쥬에민은 그를 길가에 있는 매화나무 옆으로 끌고 갔다. 쥬에후이는 기진맥진하여 나무에 기대 입을 벌린 채 숨을 헐떡였다.

"너 왜 이러는 거냐?"

쥬에민은 상기된 얼굴로 동생을 보며 애원했다.

"이놈의 집구석에 나는 더이상 있을 수가 없어…."

쥬에후이는 숨을 돌려 겨우 이렇게 한마디했다. 이 말은 쥬에민에게 한 말이라기보다 오히려 자기 자신에게 한 말이었다. 그는 머리를 떨어뜨리고 손을 주물렀다.

쥬에민의 안색이 창백해졌다. 그는 무슨 말인가를 하고 싶었으나 말이 나오지 않았다. 그는 자기 동생과 매화나무 숲을 번갈아 쳐다 보았다. 이때 까치 한 마리가 나뭇가지에 앉아 울기 시작했다. 그의 눈이 점점 빛나기 시작하더니 얼굴빛도 온화해지고 웃는 표정이 되었다. 슬픔을 감춘 그런 웃음이었다. 쥬에민의 눈에서 곧 눈물이 흘러내리기 시작했다.

"쥬에후이야, 어째서 예전처럼 나를 믿고 따르지 않니? 전에는 무슨 일이나 나한테 상의했고 우린 즐거움이나 슬픔이나 모두 같이 한 사이가 아니냐? 지금은 어째서 예전 같지 않지?"

"아니야, 지금은 우리 둘 다 달라졌어!" 쥬에후이가 격분한 어조로 말했다.

"형은 사랑하는 사람이 있지만 나에게는 이제 아무도 없어. 우리 둘이 무슨 고락을 같이 한단 말이야?"

이 말은 쥬에민의 감정을 상하게 하려는 것이 아니라 자기 울분에 못 이겨 나온 말이었다. 그는 자기와 형 사이에 물이 흠뻑 젖은 시체가 가로놓여 있는 것처럼 생각되었다. 쥬에민은 고개를 들며 큰 소리라도 칠 것처럼 입을 벌렸다가 곧 다물어버렸다. 그는 다시 고개를 숙이고 한동안 침묵을 지키다가 고개를 들며 애원하듯 말했다.

"쥬에후이야, 좀전에 너에게 사죄를 했는데 그래도 날 용서하지 못하겠니? 보다시피 나는 지금 이렇게 후회하고 있잖아? 우리 앞으로도 옛날처럼 서로 도우며 살아가기로 하자, 응?"

"그게 다 무슨 소용이 있어? 이젠 늦었어. 나는 사는 것이 싫어졌어."

쥬에후이는 마치 전의를 상실한 병사처럼 분노마저 사라져버린 절망적인 어조로 말했다.

"그런 말을 아무렇게나 하면 못써. 밍펑 하나 때문에 모든 것을 포기한단 말이야? 그렇다면 평소에 네가 하던 말과 행동은 전혀 일치하지 않는구나." 쥬에민이 동생을 꾸짖듯 말했다.

"아니, 그런 게 아니라…"

쥬에후이가 급히 변명을 하려 했다. 그러나 그는 잠시 말을 끊고 따지는 듯한 형의 시선을 피하며 천천히 말을 이었다.

"밍펑이 하나 때문에 그런 생각을 하는 게 아니야."

그는 다시 격한 어조로 바뀌었다.

"나는 이런 생활이 근본적으로 싫어서 그러는 거야."

"너는 아직 그런 말을 할 처지가 아니야. 너나 나나 지금은 너무 어려서 생활이라는 걸 잘 모르고 있지 않니?" 쥬에민이 그를 달랬다.

"우리가 지금까지 본 것만 해도 충분하지 않아? 두고봐. 이제 얼마 안 가서 더욱더 무서운 일이 벌어질 거야. 단언할 수 있어." 쥬에후이의 얼굴이 분노로 새빨개졌다.

"네 성미는 언제나 그 모양이구나. 이렇게 되어버린 이상 이제 와서 무슨 방법이 있겠니? 너 자신의 장래를 생각하지 않는 건 아니겠지? 네가 입버릇처럼 하던 말을 잊어버린 것이 이상하구나."

"무슨 말?"

쥬에민은 잠시 대답을 미루다 책을 읽듯 큰 소리로 말했다.

"나는 청년이다. 불구도 아니고 바보도 아니다. 나는 자신에게 행복을 쟁취해 보이겠다."

쥬에후이는 아무런 말도 하지 않았다. 그러나 급변한 그의 표정이 마음속에서 얼마나 격렬한 투쟁이 일어나고 있는가를 말해주었다. 그는 양미간을 찌푸리며 입을 약간 벌리고 혼잣말로 중얼거렸다. "나는 청년이다." 그리고 한참 지나서 그는 다시 회의적인 어조로 천천히 중얼거렸다. "내가 청년인가?" 그런가 하면 이번에는 뭔가를 깨달았다는 듯 말했다. "나는 청년이다." 마지막에 그는 단호한 어조로 긍정했다. "나는 청년이다. 그렇다. 나는 청년이다." 그는 쥬에민의 오른 손을 덥석 쥐고 형의 얼굴을 주시했다. 따뜻한 악수와 흔들림 없는 그의 시선에서 쥬에민은 그 순간 동생의 심중을 헤아릴 수 있었다. 그도 갑자기 용기를 얻어 쥬에후이의 손을 힘 있게 쥐었다.

저녁을 먹고 나서 쥬에민과 쥬에후이는 큰형의 방에 들렀다. 한동안 한담을 나누다가 거리로 산책하러 가자는 쥬에민의 제의에 쥬에후이도 동의했다. 그들은 걸으면서 현재와 장래에 대해 얘기를 주고받았다. 두 사람 다 몹시 유쾌해졌다. 최근 반 년 간 이처럼 기분 좋게 많은 이야기들을 주고받은 적이 없었다.

차차 어둠이 짙어가고 하늘에는 먹구름이 몰려들기 시작했다. 해질 무렵이어서 공기는 서늘하고 상쾌했다. 거리에는 행인들이 별로 없었으나 저택 문 앞에는 가마꾼들과 하인들이 모여 한담을 즐기고 있었다.

골목 몇 개를 지났다. 거리 어귀에 저택 한 채가 있었는데 그 문 앞에는 벽돌담장이, 좌우 양쪽에 장방형의 널빤지로 만들어진 간판이 걸려 있었다. 간판들은 누런 바탕에 파란색의 해서체 글씨로 한쪽에는 '가오커밍 변호사 사무소'라 씌어 있고 다른 한쪽에는 '천커자陳克家 변호사 사무소'라고 씌어 있었다.

"우리가 어쩌다 여기까지 왔을까?"

쥬에민이 말했다. 다시 그들은 조용한 골목길로 접어들었다. 골목은 꼬불꼬불한 데다 바닥에는 자갈을 깔았기 때문에 구두를 신고 걷기에는 불편했다. 길 양편에는 나지막한 토담들이 있고 그 토담 밖으로 높다랗게 자란 홰나무들이 보였다. 어느 집 뜨락에는 석류나무 두 그루가 서 있었으나 이미 꽃들은 져버리고 도시 복판에서 자라나는 초췌한 담홍색 어린 석류가, 푸른 잎이 소담하게 돋은 나뭇가지에 여기저기 달려 있었다. 이 일대는 유달리 조용했다. 검은 칠을 한 조그마한 대문들은 굳게 닫혀 있었고 이따금 한두 사람이 드나들 뿐이었다.

"집으로 돌아갈까? 하늘을 보니 비가 올 것 같은데."

먹구름이 몰려오는 하늘을 바라보며 쥬에후이가 말했다.

"쉬, 조용히 해."

쥬에민이 얼른 동생의 소매를 잡아당겨 귀에 대고 나직이 속삭였다.

"저기 봐."

그들이 걷고 있는 쪽 담 안에서 사람이 나오다가 그들을 보고는 얼른 돌아서서 다시 안으로 들어가며 문을 쾅 닫아버렸다.

"넷째 숙부군! 저 집에서 뭘 하는 거지?" 눈치 빠른 쥬에후이가 이상스럽다는 듯 나직이 말했다.

"왜 우리를 보자마자 달아나지? 수상하잖아?"

"떠들지 말고 가서 뭘 하는 곳인지 살펴보자." 쥬에민이 제의했다.

그들 형제는 걸음을 늦추고 발자국 소리를 죽여가며 그 집 앞까지 가서 대문을 가만히 밀어보았으나 열리지 않았다. 말 소리를 들어보려고 대문 안쪽에 귀를 기울였으나 아무 소리도 들리지 않았다. 안에서 발자국 소리가 조심스레 나는 듯했지만 아무리 귀를 기울여도 사람의 말 소리는 들을 수 없었다. 두 사람은 다시 새로 칠한 대문짝을 쳐다보았다. 대문에는 '진링 가오씨 댁' 이라고 쓴 붉은 종잇조각이 붙어 있었다.

쥬에민은 혀를 내밀고 웃음을 지으며 쥬에후이를 데리고 그곳을 떠났다.

"이상한 일도 다 있군. 진링 가오씨네 집이라면 바로 우리 집 아니야?" 골목을 나온 쥬에후이는 호기심에 가득 차 형에게 물었다.

"이 시내에 진링 가오씨네가 우리 집뿐인 건 아니지. 그렇지만 그 글씨가 누구 글씬지 눈여겨보지 않았니?"

쥬에후이는 처음엔 형이 어째서 이렇게 묻는지 이상스럽게 여겼으나 곧 알아차리고 웃으면서 대답했다.

"그게 넷째 숙부 글씨잖아? 틀림없어. 내가 봐도 알겠던데…."

"그래, 넷째 숙부의 글씨다."

쥬에민은 고개를 끄덕였다. 그러나 그는 곧 의아한 듯 혼잣말로 중얼거렸다.

"그런데 어째서 그게 그 집 대문에 붙어 있을까?"

"그거야 그 집이 자기 집이니까 그렇겠지요."

쥬에후이가 갑자기 웃음을 터뜨리며 말했다. 그는 그제야 모든 상황이 이해되었다.

"자기 집이라니? 숙부의 집은 우리 저택 안에 있지 않니?"

쥬에민이 동생의 말귀를 못 알아듣겠다는 듯 재차 물었다.

"물론, 지금 그 숙부에게는 집이 두 군데 있지요…. 얼마 전에 가오중에게서 그런 말을 들은 적이 있었지만 그때는 귓전으로 흘려버렸는데 이제야 생각이 났어. 재미있는데! 얼마 안 가 재미있는 연극

한 편을 구경할 수 있겠군."

"짐작은 간다. 그렇지만 집에서는 아직 아무도 모르고 있을 게다!" 쥬에민은 고소한 듯 웃었다.

"여긴 둘째 숙부의 법률사무소에서 멀지 않은데 둘째 숙부가 왜 모르겠어? 내가 보기엔 곧 알게 될 것 같은데. 어쨌든 연극 구경은 재미있겠지."

쥬에후이가 경멸조로 말했다. 그는 도덕성이 결여되어 점차 무너져가는 한 가정을 지켜보는 듯한 느낌이었다. 이것이 과장된 생각이라고는 여겨지지 않았다.

"얘, 큰일이다. 빗방울이 떨어지는구나." 쥬에민이 동생의 말에 대답하려 할 때 마침 그의 이마에 빗방울이 떨어지기 시작했다. 그는 당황해서 걸음을 재촉했다.

"빨리 뛰자. 큰 비가 올 것 같네." 쥬에후이도 이렇게 말하며 뛰기 시작했다.

조금 후 비가 억수같이 쏟아졌다. 집에 도착했을 때는 이미 그들의 옷이 흠뻑 젖어 있었다.

"밍펑아, 씻을 물 좀 떠오너라."

쥬에후이는 창 밑에 가서 입에서 나오는 대로 이렇게 말했다. 그는 자기의 실수를 깨닫지 못했다.

"밍펑이라니? 아직도 밍펑이 어떻게 된 줄 몰라? 그애는…." 쥬에민은 그만 입을 다물었다.

쥬에후이는 형을 흘끗 바라보고 아무 말도 하지 못했다. 그는 통명스럽게 "어멈! 어멈!" 하고 황씨 어멈을 불렀다. 대답 소리가 나자 세숫물을 떠오라고 분부하고는 힘없이 방에 들어가 옷을 갈아입었다. 비를 무릅쓰고 집까지 달려오던 좀전의 활기는 조금도 찾아볼 수 없었다.

세숫물을 가지고 들어온 황씨 어멈은 그들의 몰골을 보고 걱정스레 잔소리를 늘어놓기 시작했다. 어멈은 눈물을 글썽이며 말했다.

'마님이 살아계셨다면 도련님들을 이 모양으로 내버려두시지는 않았을 텐데.' 라느니 '돌아가신 어머님을 위해서라도 몸을 이렇게 함부로 하지 말고 건강을 돌봐야 한다.' 느니, '내가 여태 이 집에 있는 건 두 도련님들 때문이고 그렇지 않다면 벌써 고향으로 돌아갔을 것이다.' 라느니, '이제는 밍펑도 없고 시중들 사람은 나뿐인데 만일 나까지 죽으면 누가 도련님들을 알뜰히 돌봐드리겠는가.' 라느니, 또 '밍펑이 죽었기 때문에 지금 이 저택은 물이 흐려져서 정말 더는 있고 싶지 않다.' 느니 하고 어멈의 잔소리는 길게 이어졌다.

이런 감상적인 얘기 때문에 그들 형제는 다시 침울해졌다.

황씨 어멈은 하고 싶은 말을 다 해버렸고 그들도 옷을 다 갈아입었다. 그제야 어멈은 한숨을 내쉬고 그 작은 발을 절뚝거리며 방을 나갔다.

쥬에후이는 옷을 갈아입고 밖으로 나왔다. 비는 벌써 멎어 있었고 시원한 바람이 불어와 후텁지근한 기운은 전혀 없었다. 그는 한참 동안 돌층계 위에 서서 방마다 켜져 있는 전등불을 바라보다가 발길이 닿는 대로 걸음을 옮겼다. 대청 앞에 이르자 서재에서 글 읽는 소리가 들렸다. 별로 들을 생각도 없었으나 소리는 이따금 그의 귀청을 울렸다.

"남의 자식된 자는 사랑채에 거처하지 않으며, 길 복판으로 걷지 않으며, 문 가운데 서지 않느니라." 쥬에잉의 목소리였다.

"오형五刑에 속하는 죄명 3천이 있되 불효보다 더 큰 죄란 없느니라. 임금을 공경하지 않는 자는 지상至上을 모르는 자이며, 성인을 업신여기는 자는 법을 모르는 자이며, 효행을 하지 않는 자는 어버이를 모르는 자이다." 쥬에췬의 목소리였다.

"길을 가다 돌아보지 말 것이며, 말을 하는 데 입술을 내밀지 말 것이며, 길을 걷는 데 치맛자락을 흔들지 말지니라." 이것은 수전의 목소리였다.

그는 듣다 못해 거기서 떠났으나 글 읽는 소리는 계속 귓전을 울렸다. 그는 두어 걸음 옮겨놓다가 다시 멈추었다. 가슴이 미어질 듯 아파왔다. 그는 사방을 둘러보았다. 그리고 자기 눈을 의심하기 시작했다. 그의 눈에 보이는 것은 공허한 그림자뿐이고 귀에 들리는 것은 무의미한 음향뿐이었다. 그는 지금 자기가 대체 어디에 서 있는지 알 수 없었다.

"저게 바로 그들의 교육이라는 거다."

이런 말소리가 머릿속으로 파고들어 그를 혼란시켰다. 깜짝 놀라 돌아보니 거기에는 쥬에민이 서 있었다. 그는 광막한 사막의 무인지경에서 사람을 만난 것처럼 형의 소매를 잡으며 몹시 반가워했다. 동생의 돌연한 행동에 쥬에민은 까닭을 몰라 어리둥절했다.

두 사람에게 이 넓은 세상에 단 둘만 남겨진 듯한 고독감이 엄습해 왔다.

"셋째 도련님."

쥬에후이는 귀에 익은 목소리가 자기를 부르고 있는 것만 같았다. 그는 고개를 들고 소리가 나는 쪽을 바라보았다. 커다란 소나무 뒤에서 밍펑이 웃음을 담뿍 머금은 얼굴을 내밀고 맑은 두 눈을 반짝거리며 자기에게 오라고 손짓하고 있었다. 그는 보던 책을 집어던지고 벌떡 일어나 달려갔다.

소나무 밑까지 갔을 때 소녀는 갑자기 머리와 손을 움츠리더니 온데간데 없이 사라져버렸다. 그의 눈앞에는 자줏빛 그림자가 얼핏 지나가고 이어서 바스락거리는 소리가 멀리서 들려왔다. 그것은 확실히 밍펑이 마른 가지와 낙엽을 밟으며 도망치는 소리일 것이다. 그는 정신을 가다듬고 이리저리 살펴보았으나 밍펑은 어디로 갔는지 찾을 수 없었다. 망설이고 있을 때 오른쪽에서 다시 그를 부르는 밍펑의 맑은 목소리가 들려왔다. 그가 돌아보자 그녀의 얼굴이 보였다. 살찌고 윤기 있는 얼굴이었다. 그가 그곳으로 달려갔을 때 그 얼굴은 다시 사라지고 말았다. 얼마 후 그녀는 다른 곳에서 나타났다. 이번에는 전신이 다 나타나 강변으로 달려가고 있었다. 그도 뒤에서 그녀를 쫓아갔다. 이상스럽게도 그녀는 매우 화려한 옷을 입고 있었다. 그는 밍펑이 이처럼 예쁘게 차려입은 것을 본 적이 없었다.

밍펑은 머리채를 연신 좌우로 찰랑이며 재빨리 달려갔다. 그러다가 이따금씩 뒤를 돌아보며 그에게 미소를 보내는 것이었다. 밍펑은 좀체 멈추려 하지 않고 계속 강변으로 달려갔다. 그는 뒤에서 큰 소리로 그녀를 부르며 기다리라느니, 강물에 빠지지 않도록 조심하라느니 하는 경고를 보냈다. 그 무렵 밍펑은 강변에 이르렀고 그의 말이 채 끝나기도 전에 그만 넘어지고 말았다. 더구나 거기는 강기슭에서 아주 가까운 곳이었다.

쥬에후이는 깜짝 놀라 고함을 치며 그녀에게로 달려갔다. 그러나 그가 그곳에 다다랐을 때 그녀는 두 손을 베고 기분좋게 반듯이 누워 방글방글 웃으며 구름 한점 없는 푸른 하늘을 한가로이 올려다보고 있었다.

"넘어져서 다치지나 않았니?" 쥬에후이는 그녀의 얼굴을 내려다보며 걱정스레 물었다.

그녀는 킥 웃으며 얼른 일어나 쥬에후이의 손을 이끌고 강가에 있는 바위에 올라 앉았다. 두 사람은 마주앉아 서로의 얼굴을 바라보았다. 밑에는 거센 급류가 바위에 부딪히며 세차게 흘러가고 있었다.

"쥬에후이 씨."

그녀는 쥬에후이의 손을 잡으며 그의 이름을 불렀다. 그는 일부러 못 들은 척했고 밍펑은 안타까운 듯 그의 이름을 재차 불러댔다.

"왜 불러도 대답을 안 하세요?" 그녀가 화를 내며 물었다.

"평소에 나를 그렇게 부른 적이 없지 않니?" 쥬에후이가 고개를 저으며 농담조로 말했다.

"저도 이제는 달라졌어요. 저는 이제 당신 집 하녀가 아니에요.

저는 지금 친 아가씨처럼 훌륭한 아가씨가 되었어요."

"정말이야? 어째서 그런 얘기를 듣지 못했을까?" 쥬에후이가 기쁜 듯 물었다.

"그렇지만 이렇게 당신 눈으로 직접 보고 있잖아요. 이제는 아무런 문제도 없어졌어요. 나도 쥬에후이 씨와 동등한 사람이에요. 우리 아버지를 만나보시겠어요?"

"너희 아버지? 너에게 아버지가 있다는 말은 처음 듣는구나."

"우리 아버지도 이젠 부자예요. 오래전부터 저를 찾아 사방으로 헤매시다 내가 당신 집에 하녀로 있다는 걸 겨우 알게 되었지요. 바로 당신 할아버지가 저를 펑러산의 첩으로 보내던 날이에요. 우리 아버지가 당신 어머니와 상의하시고 저를 데려왔지요. 그리고 또 당신 어머니가 내가 입던 헌 옷들을 호수에 던지게 하여 내가 물에 빠져 죽은 것처럼 가장했지요. 나는 아버지를 따라 이곳으로 왔어요. 이곳은 우리 아버지의 정원인데 저쪽에 양옥이 보이시죠? 저는 아버지와 저 2층 양옥에서 살고 있어요. 이제는 저와 당신 사이에 아무런 장애도 없어졌어요. 어때요? 지금도 당신은 나를 사랑하시나요?"

쥬에후이는 그녀가 가리키는 아담한 양옥집을 바라보았다. 그 말을 들은 그는 속으로는 여간 기쁘지 않았으나 겉으로는 짐짓 태연한 척 반문했다.

"너를 사랑하면 어쩔 테고 사랑하지 않으면 어쩔 테냐?"

"아직도 저를 사랑하신다면 저는 당신이 하자는 대로 하겠어요." 그녀는 천천히 이렇게 말하며 얼굴을 붉혔다.

"정말?" 쥬에후이가 환한 낯빛이 되어 물었다.

"……."

"조용히 하세요." 그녀는 쥬에후이의 입에서 말이 나오기도 전에 손짓으로 그의 입을 막았다.

"아버지께서 저를 부르고 있어요. 가야겠어요. 아버지한테 들키지 않게 조심하세요."

밍펑은 쥬에후이를 바위에 남겨두고 뛰어내려 숲속으로 사라져버렸다. 그녀의 뒷모습을 멍하니 바라보는 쥬에후이의 귀에 "밍펑아!" 하고 부르는 소리가 들리는 듯했고 그것은 귀에 익은 목소리 같았다.

쥬에후이는 밍펑이 다시 오기를 기다렸다. 기다려달라고 하지는 않았지만 그는 그녀가 반드시 돌아오리라는 것을 확신하고 있었고, 또 자기 혼자서는 길을 찾아나갈 수도 없었다. 그는 자기가 어째서 책을 들고 남의 집 정원에 와 있는지 알 수가 없었다. 그는 오랫동안 그곳에서 밍펑을 기다렸다.

갑자기 그의 앞에 자주빛 그림자가 다가왔다. 그녀가 돌아온 것이다. 밍펑은 무슨 중대한 일을 생각하는 모양인지 고개를 숙이고 느린 걸음으로 다가오고 있었다. 그녀는 바위에 올라와 좀전처럼 그 앞에 앉았다. 그녀는 고개를 숙이고 괴로운 듯 입을 열었다.

"우리 일은 다 틀렸어요."

그는 밍펑의 태도가 이렇게 돌변한 것이 이상스럽기만 했다.

"뭐가 다 틀렸단 말이냐?"

쥬에후이는 두 손으로 그녀의 얼굴을 감싸쥔 채 가만히 들여다보왔다. 어디서 울었는지 그녀는 눈이 부어 있었고 얼굴에는 눈물 자국이 남아 있었다. 연지와 분은 말끔이 씻겨져버렸다.

"울었구나. 무슨 일로 이렇게 울었니?" 그는 애처로워하며 조심스레 물었다.

이 말에 그녀는 다시 울음을 터뜨렸다. 그는 애써 밍펑을 진정시켰다. 그제야 밍펑은 자기 처지를 이야기했다. 자기 아버지가 돈과 관직에 대한 욕심 때문에 그녀를 어느 중년의 관리에게 주기로 했다는 것이다. 그녀는 아버지에게 자기에겐 이미 마음을 정한 사람이 있다는 것과 다른 사람에게는 가지 않겠다는 의지를 밝혔으나 부친의 마음을 움직일 수는 없었다. 그래서 그녀는 자기 방에 돌아가 여태까지 울었다는 것이다. 밍펑은 사정 이야기를 다 하고 나자 다시 머리를 떨구고 흐느끼기 시작했다.

쥬에후이는 다시 심연에 빠진 듯했다. 그는 자기의 짧은 생애를 통해 벌써 많은 것을 잃어버렸는데 또다시 밍펑을 잃을 수는 없었다. 그는 그녀를 절대로 놓치지 않으리라고 결심했다.

'도망치자!' 이 생각이 번개같이 그의 머리를 스쳐갔다. 도망치는 것 외에는 다른 방도가 없는 것 같았다. 그는 자기 계획을 그녀에게 말했다.

그녀는 그의 계획에 전적으로 찬성했을 뿐만 아니라 울음을 멈추고 좋은 방법이 있다고 제의했다. 그녀는 바위에서 뛰어내려 그의 손을 이끌고 꼬불꼬불한 오솔길을 빠져나가 움푹하게 들어간 강 기슭에 이르렀다. 거기에는 버드나무 한 그루가 서 있었고 그 나무에 조그마한 배 한 척이 매여 있었다. 그녀는 그 쪽배에 잠가놓은 자물쇠를 열었다. 두 사람은 급히 배에 뛰어올라 노를 젓기 시작했다.

"물결이 세차면 이 배는 젓기 힘드니까 조심하세요."

그녀는 미소를 지으며 불안한 듯 말했다.

"걱정 마. 조심할 테니까. 이제는 이 길밖에 없어." 쥬에후이가 이렇게 대답했다.

배는 맞은편 언덕을 향해 미끌어지기 시작했다. 처음에는 아주 순조롭게 빨리 달렸으나 차차 바람이 세차게 불어와 파도가 커지기 시작했다. 파도는 조각배를 집어삼키기라도 할 듯 제멋대로 뒤흔들어 놓았다. 배가 앞으로 나아갈수록 수면은 점점 더 넓어지고 처음에는 곧장 바라보이던 강기슭이 점점 더 아득하게 멀어지는 것 같았다. 두 사람은 죽을 힘을 다해 노를 저었으나 배는 강 복판에서 흔들리고 있을 뿐, 바람을 피할 곳도 없었다. 산더미 같은 파도가 그들을 집어삼키려는 듯이 달려들었다. 흰 거품이 일고 물결이 맹렬한 기세로 출렁거렸다. 그들은 피할 수 있을 때는 가능한 한 피했으나 그렇지 못할 때는 참고 견디는 수밖에 없었다. 옷은 흠뻑 젖어버렸고 때때로 파도를 피해 눈을 가려야만 했다. 파도가 한 번 지나가면 그들은 때를 놓칠 새라 필사적으로 노를 젓다가 다시 파도가 밀려오면 저항할 힘을 완전히 잃어버리고 금방이라도 배가 뒤집힐 듯한 두려움에 빠지곤 했다.

"이러다가는 아무리 해도 저편 언덕까지 저어갈 수 없을 것 같은데?" 쥬에후이가 절망적으로 중얼거렸다.

"그렇지만 달리 방법이 없잖아요?" 밍펑이 우울한 표정으로 반문했다.

"저길 좀 봐! 저게 뭐지?" 그는 갑자기 뒤를 돌아보며 외쳤다.

발동선 한 척이 전속력으로 이쪽으로 달려오고 있었다.

"아버지가 쫓아오시는 모양이에요. 빨리 노를 저어요."

그녀는 새파랗게 질려 떨리는 목소리로 이렇게 말하고는 있는 힘을 다해 필사적으로 노를 저었다. 배는 여전히 풍랑 속에서 흔들리기만 했고 발동선은 점점 더 거리를 좁혀왔다.

이번에는 오른쪽에서 큰 파도가 내리쳤다. 선체는 심하게 요동쳐 거의 뒤집힐 지경이었다. 두 사람은 있는 힘을 다해 배를 안정시키려고 애썼으나 배는 여전히 나뭇잎처럼 흔들렸다. 뒤에서 총 소리가 울리며 총알이 날아왔다. 그들은 본능적으로 머리를 숙여 그것을 피했다. 총알은 쥬에후이의 머리 위를 지나 강물에 빠져 파도 속에 휩쓸렸다.

뒤에서 다시 총 소리가 울렸다. 이번 총알은 처음보다 더 낮게 날아와 쥬에후이의 바로 옆에 떨어졌다. 이어서 다시 큰 파도가 배를 덮치자 배는 오른쪽으로 기울어졌다. 밍펑은 얼떨결에 그만 노를 물에 떨어뜨렸다. 노는 순식간에 파도에 휩쓸려 멀리 떠내려가고 말았다. 밍펑은 당황하여 비명을 질렀다.

"왜 그러니?" 쥬에후이가 놀라서 물었다.

이때 큰 파도가 쥬에후이의 머리를 내리쳤고 그의 입으로 강물이 흘러 들어갔다. 그래도 그는 노를 꼭 틀어쥘 뿐 물투성이가 된 얼굴에 아랑곳하지 않았다. 그는 필사적인 노력으로 모든 것을 참고 견뎠다. 그가 겨우 눈을 떴을 때 발동선은 이미 가까운 거리에까지 다가와 있었다. 발동선 역시 풍랑과 싸우고 있었으나 조각배보다는 훨씬 덜 흔들렸다. 흰 거품이 이는 파도가 아우성치며 다시 그들을 덮쳤다.

"되돌아가는 편이 낫지 않겠어요?"

밍펑의 얼굴은 더욱 창백해졌다. 그녀의 얼굴에는 물방울이 튀어올라 눈물 자국처럼 어지러이 흩어졌고 헝클어진 머리카락이 이마를 뒤덮었다. 그녀는 떨리는 목소리로 말했다.

"이제 도망치기는 틀렸어요. 당신에게 나쁜 일이 없도록 저를 다시 돌아가게 해주세요. 저는 상관없어요. 제가 돌아가기만 한다면 저 사람들도 당신을 해치지는 않을 거예요." 그녀는 이렇게 말하고 소리내어 흐느끼기 시작했다.

쥬에후이는 아무 말 없이 노만 저었다. 있는 힘을 다해 저었으나 희망은 그림자도 보이지 않았다. 그녀는 얼굴을 가린 채 구슬피 울고 있었다. 그녀의 울음 소리는 그의 창자를 도려내는 것 같았다. 앞에는 물결만 망망히 펼쳐져 있을 뿐 이제는 언덕도 보이지 않았다. 뒤에서는 발동선의 모터 소리가 요란하게 울렸고 사람들의 고함 소리도 들려왔다. 파도는 좀 잔잔해진 것 같았지만 두 손과 노 한 개로는 어쩔 도리가 없었다. 그러나 이런 절망적인 처지에 있으면서도 그는 오직 그녀를 잃지 않으려는 마음으로 필사의 힘을 다해 몸부림쳤다.

그러나 희망은 완전히 사라져버렸다. 그의 힘으로는 풍랑 속에서 허덕이는 조각배를 더이상 전진시킬 수 없었다. 죽음을 기다리는 수밖에 달리 방법이 없었다. 그가 손을 까딱하거나 몸을 한쪽으로 약간 기울이기만 해도 배가 뒤집혀 그들 두 사람은 물귀신이 될 것이었다. 그러면 밍펑을 다른 사람들에게 다시 빼앗기지 않아도 되리라. 그러나 그는 자기 눈으로 그녀가 죽는 것을 차마 볼 수 없었기 때문에 주저했다. 그는 손을 멈추고 자기들의 운명을 거센 파도와 추격하는 발동선에 맡겼다.

어느새 사람들은 그녀를 발동선으로 끌고갔다. 그는 그녀를 구하려고 벌떡 일어섰다. 바로 이 순간 조각배는 뒤집혀 산산조각이 나고 말았다. 어떻게 이 지경이 되었는지 알 수 없었다. 순식간에 그는 나뭇조각을 붙들고 물 위에 떠 있는 신세가 되었다. 그녀는 발동선 위에서 사람들에게 안겨 발버둥치며 그를 향해 두 손을 흔들었다. 그녀는 울면서 그의 이름을 부르고 있었고, 쥬에후이도 목이 터지도록 그녀를 불렀다. 그는 자신을 잊은 채 온 힘을 다해 고함을 쳤다. 그러나 발동선은 뱃머리를 돌려 되돌아갔다.

그녀의 목소리는 파도 소리에 잠기고 얼굴도 어렴풋해지기 시작했다. 그는 혼자 물 위에 뜬 채 그녀가 붙들려가는 것을 바라보고만 있었다. 아무도 자기를 구원하러 오지 않았으며 발동선도 마침내 사라져버렸다. 멀리서 한 가닥 검은 연기가 솟아오르고 있을 뿐이었다. 그 검은 연기 속에서 그는 마치 몸부림치는 그녀의 가엾은 모습을 보는 듯 했으며 파도 소리 속에서도 그녀의 비참하고 애처로운 소리를 듣는 듯했다. 강물은 끝없이 넓었으며 이제는 그도 기진맥진해 있었다. 물 속에서 무언가 자기를 밀었다 당겼다 하는 것 같아 그는 더이상 나뭇조각을 붙잡고 있을 수 없었다. 당장이라도 그 나뭇조각을 놓칠 것 같았지만 그는 희미한 목소리로 끊임없이 그녀의 이름을 불렀다. 이제 그 검은 연기마저 보이지 않게 되었으나 그는 그래도 발동선이 사라진 쪽을 멍하니 바라보았다. 그의 손에서 차차 나뭇조각이 빠져나가고 있었다. 곧이어 큰 파도가 밀려오며 눈앞이 캄캄해지고 말았다.

그는 꿈에서 깨어났다. 눈앞에는 파도도 발동선도 아무것도 없었다. 그는 돗자리를 깐 침대 위에 누워 있었고 얇은 홑이불을 거머쥔 손이 제 가슴을 내리누르고 있었다. 가슴이 몹시 뛰었다. 마치 한 번 죽었다가 살아난 것 같았다. 그는 천천히 이불을 젖혔다. 심장 뛰는 소리가 들리는 듯했고 눈가에는 아직도 눈물 흔적이 남아 있었다. 삼베로 된 모기장 밖 책상 위에서는 기름등잔이 어슴푸레한 빛을 던졌고 방 안은 쥐죽은 듯 고요했다. 모기장 안에서 모기 한 마리가 앵앵거렸다. 창 밖에는 언제부터인지 비가 내리고 있었다. 섬돌에 떨어지는 빗방울이 마치 자기 가슴 속에도 떨어지는 듯했다. 이제까지 겪은 모든 광경이 꿈이었다는 것을 그제야 깨달았다. 그러나 그것은 실제 일어난 일처럼 기억에 생생하게 남았다. 그의 가슴은 여전히 뛰고 있었다.

그는 가슴 속에 가득 찬 말을 누구에겐가 털어놓고 싶었다. 고개를 돌려 옆에서 자고 있는 형을 바라보았으나 형은 달콤한 잠에 취

해 있었다. 형은 아름다운 꿈을 꾸는 모양이었다. 그는 형의 얼굴을
한참 바라보다가 서너 번 헛기침을 했다. 그러나 잠시 후 다시 까닭
모를 비애에 잠기고 말았다.

번뇌의 숲을 헤치고

　가오씨네 큰 저택에서는 밍펑이 죽고 완얼이 첩으로 간 일을 얼마 안 되어 깨끗이 잊어버렸다. 동시에 일어난 이 커다란 두 비극도 가오씨네 집에는 아무 영향도 미치지 않았다. 그들은 어린 하녀 두 사람이 없어졌거니 하는 정도에서 그쳤고 어른들은 그들 대신 새로 하녀를 사들였기 때문에 현실적으로 아무런 아쉬움도 없었다. 치사綺霞는 밥만 먹여주는 하녀로 집은 시골에 있었고, 추이환翠環은 그녀가 모시는 수잉과 동갑으로 유일한 육친인 아버지가 죽은 후 이 집에 팔려온 것이었다. 그래서 얼마 안 가 밍펑에 대한 일은 까맣게 잊혀졌다. 오직 시얼, 첸얼, 황씨 어멈 등 몇몇 사람의 기억 속에서 그녀의 이름이 남아 이따금 그들에게 고통스러운 기억을 불러일으킬 따름이었다.

　쥬에후이도 이때부터 다시는 밍펑의 이름을 입 밖에 내지 않았다.

겉으로 보면 그는 그녀를 완전히 잊어버린 듯했으나 마음속 한가운데에는 일생 동안 치유할 수 없을 깊은 상처로 남아 있었다. 그러나 그에게는 또 다른 사건이 돌발하여 그녀의 죽음만 슬퍼하고 있을 겨를이 없었다.

〈여명주보〉 제6호가 출판되자 항간에는 당국이 이 잡지의 출판을 금지시킬 것이라는 소문이 떠돌았다. 소문은 동인들에게 충격적이기는 했지만 그들은 그다지 신경을 쓰지 않았다. 그 까닭은 우선 그들에게 그러한 경험이 없었고 또 장 사령관이 자기의 부하에게 그렇게 시키지는 않을 것이라고 믿었기 때문이었다. 제7호도 무사히 출판되었으며 정기구독자도 더욱 증가했다. 그들은 이미 쥬에신이 근무하고 있는 아케이드 2층을 빌려 주보사의 사무실을 차려놓고 매일 저녁 그곳에 모였다. 일요일을 제외하고 낮에는 언제나 문이 닫혀 있기 때문에 쥬에신조차 쥬에후이가 늘 그곳에 간다는 사실을 모르고 있었다.

아케이드의 주요한 영업은 아랫층에서 하고 있었기 때문에 2층에는 겨우 20여 개의 점포가 있을 뿐이고 나머지 대부분은 비어 있는 상태인데 주보사는 바로 이 빈 점포 가운데 자리잡고 있었다. 매일 저녁이 되면 두세 명의 학생들이 먼저 와서 덧문을 열어젖히고 전등을 켜고 책상을 정돈했다. 그러고 나서 약 10분 후면 유쾌한 모임이 시작되었다. 매일 저녁 모이는 사람은 그다지 많지 않아 대개 6~7명에 불과했으며 이따금 여자들이 오기도 했다. 쉐첸루도 한두 번 온 일이 있었다. 그들은 이곳에 모여 거추장스러운 회의는 피하고 생각나는 대로 이야기를 주고받을 뿐이었으며 화제도 제한이 없어서 무슨 이야기든 할 수 있었다. 집에서는 말하기 힘든 것일지라도 이곳에서는 거리낌 없이 이야기할 수 있었다. 그들에게 있어서 이 사무실은 마치 구락부와도 같이 유쾌하게 담소할 수 있는 장소였다.

쥬에후이는 여기에 늘 오는 사람 중의 하나였다. 그러나 매일 저녁 오는 것은 아니었다. 때로는 쥬에민을 데리고 오기도 했는데 쥬에민은 쥬에후이보다 나타나는 횟수가 드물었다. 매주 화요일 저녁이면 쥬에후이는 언제나 이곳에 와야 했다. 주보의 원고가 수요일 아침에 인쇄소에 넘겨지기 때문에 화요일 밤까지는 원고 편집을 마쳐야 했다. 이때는 장후이루와 황춘렌도 모두 나와 원고 교정을 보았다.

〈주보〉제8호의 원고는 밍펑이 죽은 지 고작 이틀이 지났을 때 마감에 들어갔지만 쥬에후이는 여전히 주보사에 나왔다. 그가 들어왔을 때, 쉐첸루는 몇 사람에게 신문을 읽어주고 있었다. 그녀가 읽는 것은 여자의 단발을 금지한다는 경찰청의 포고문이었다. 그녀는 이 포고를 이미 알고 있었다. 이 포고는 청조 때의 수재秀才(명청조明清朝 생원生員의 통칭)인 어느 작가가 초안을 쓴 것이라고 하는데 내용면에서 사고가 천박할 뿐만 아니라 문장도 어색했다. 그래서 쉐첸루가 한 구절을 읽을 때마다 모두가 한바탕씩 웃곤 했다.

"어쩌면 이럴 수가 있담. 정말 무슨 소릴 하는지 모르겠네."

첸루는 화가 나서 신문을 마룻바닥에 내던지고 등의자에 털썩 주저앉았다.

"그걸 제8호의 '이게 웬 말인가?' 란에 게재했으면 좋겠군." 황춘 렌이 웃으며 제의했다.

"그러는 게 좋겠어요." 쉐첸루가 제일 먼저 찬성했다.

다른 사람들도 모두들 찬성했다. 장후이루는 이 포고문을 준열하 게 논박하는 글을 써서 발표하자고 제의했다. 모두들 이 의견에도 동의하고 일을 황춘렌에게 일임했다. 황춘렌이 글 쓰는 일을 쥬에후 이에게 맡기자 가슴 속에 가득 차 있는 울분을 풀 기회를 찾던 쥬에 후이는 사양하지 않고 즉시 책상 앞에 앉아 글을 쓰기 시작했다.

그는 먼저 '여자의 단발을 금지한다는 경찰청의 포고문을 읽고 서'라는 제목을 적고 계속 써내려갔다. 때로는 펜을 입에 물고 그 포 고문을 들여다보기도 했다. 사람들은 책상을 에워싸고 그가 글을 쓰 는 모습을 지켜보았다. 그는 오래 걸리지 않아 펜을 놓았다. 그리 길 지 않은 글이었다. 쥬에후이가 낭독하는 것을 듣고 모두들 그만하면 잘 썼다고 했다. 황춘렌이 펜을 들어 약간 고친 후, 〈주보〉 제8호 1 면에 싣기로 했다. 이때 비교적 나이가 들고 신중한 동인인 우징스 吳京士가 말했다.

"그랬다가는 아마 북을 울리는 모양이 될걸."

"걱정 말게. 울려서 소리가 나면 날수록 좋겠네." 장후이루가 흥 분해서 대꾸했다.

〈여명주보〉8호는 일요일 아침에 출판되었다. 이날 오후 쥬에후 이는 쥬에민과 함께 평소처럼 쥬에신의 사무실에 갔다. 쥬에후이는 잠깐 앉아 있다가 혼자 빠져나와 주보사로 갔다. 주보사 사무실에는 장후이루, 장환루, 황춘렌 그리고 서너 사람이 더 있었다. 쥬에후이는 그들에게 이번 호의 판매상황을 물었다. 그들은 괜찮은 편이라고 하면서 방금 판매처 두어 군데에 들러 물어보고 왔는데 주보가 도착하자마자 많은 사람들이 사갔다는 것이었다.

"자네도 이달분 회비를 내야겠네."

회계 일을 맡고 있는 황춘렌이 웃으면서 쥬에후이에게 말했다.

"내일 가지고 올게. 오늘은 돈이 한 푼도 없네."

쥬에후이가 주머니를 뒤져보고 미안해하며 웃는 얼굴로 대답했다.

"내일은 꼭 가져와야 하네." 황춘렌도 웃으며 말했다.

"이 사람 돈 받아내는 재간이 보통이 아니야. 나도 한참 동안 시달렸다네."

장후이루가 그에게로 다가가며 한마디 던졌다. 그는 세모진 얼굴에 웃음을 띠고 황춘렌을 손가락으로 가리켰다.

"오늘 재미있는 일이 있었네. 아침에 나올 때 농 속에서 작년에 새로 지은 얇은 솜두루마기를 꺼내 입지 않았겠나. 이런 계절에 솜두루마기를 입는다는 건 그야말로 웃음거리지. 누님이 보시고는 내가 미치지나 않았나 걱정하더구만. 내가 추워서 기어이 입어야겠다고 우겨댔더니 누님도 어쩔 도리가 없는 모양이데. 하하하…."

장후이루의 말에 모두들 웃음을 터뜨렸다. 그는 웃으면서 말을 이었다.

"그래서 그놈의 솜두루마기를 입고 집에서 나오기는 했지만 어디 더워서 견디겠는가? 정말 더워서 죽을 지경이었네. 다행히 전당포가 우리 집에서 멀지 않기 때문에 얼른 들어가서 두루마기를 맡겼지. 전당포에서 나올 때는 가뿐한 기분이더군. 게다가 돈이 생기니 회비도 낼 수 있었고…. 환루도 아직 집에 돌아가지 않았는데 아까 길에서 만나 그 이야기를 했더니 배꼽을 잡고 웃더군."

말을 마친 그는 사람들과 함께 또 한바탕 웃어대었다.

"그럼 자넨 집에 돌아가 누님에게 뭐라고 할 작정인가?" 쥬에후이가 물었다.

"그거야 벌써부터 생각하고 있었지. 더워서 하는 수 없이 친구네 집에 벗어놓고 왔다고 하면 곧이들을 게 아닌가? 곧이듣지 않는다면 사실대로 말해도 좋고. 그러면 아마 누님이 찾아다줄 걸세." 장후이루가 자신 있게 말했다.

"정말…." 쥬에후이는 '정말 자네에겐 탄복한다네.' 라는 말을 하려했으나 군인 두 명이 들어오는 것을 보고 그만 입을 다물어버렸다.

"이번 호 주보가 있나?" 수염이 덥수룩한 병사가 물었다.

"있습니다. 한 부에 동전 세 닢입니다." 황춘렌이 주보 한 부를 건네주며 대답했다.

"사러 온 게 아니야. 상관의 명령을 받고 온 거다." 젊은 병사가 말을 가로챘다.

"남아 있는 주보를 모두 압수하라는 명령이다."

그는 거기에 남아 있던 주보 두 묶음을 몽땅 걸어안았다.

"자네들도 경찰서에 가줘야겠네. 다 갈 건 없고 대표 두 사람만 가면 되니까." 수염이 덥수룩한 병사가 부드럽게 말했다.

모두들 놀라며 잠시 동안 서로의 얼굴만 바라보다가 서로 가겠다고 나섰다.

"너무 많아. 두 사람이면 된다니까."

그 병사는 난처한 표정으로 손을 내저으며 말했다. 그러고서 그는 장후이루와 쥬에후이를 가리키며 경찰서까지 같이 가자고 했다.

두 사람이 병사를 따라 나섰고 나머지 사람들도 그 뒤를 따랐다.

그들이 2층 복도 커브를 돌아 계단으로 내려가려고 할 때 수염이 덥수룩한 병사가 문득 쥬에후이를 돌아보며 말했다.

"그만두게, 자네들은 가지 않아도 되니 돌아가게."

"도대체 무슨 까닭이오? 무슨 이유로 우리 주보를 압수해가는 겁니까?" 장후이루가 불끈하여 소리쳤다.

"상관의 명령을 받고 왔을 뿐, 우리도 잘 모른다네."

젊은 병사는 벌써 주보 묶음을 안고 계단을 내려가버렸고 그 뒤를 따라 내려가던 수염이 덥수룩한 병사는 여전히 온화하게 대답했다. 계단을 내려가던 그는 걸음을 멈추고 뒤를 돌아보며 말했다.

"젊은이들도 참 철이 없군. 공부나 잘하고 있으면 됐지, 왜 쓸데없이 이런 신문을 내서 일을 저지르나 말일세."

이렇게 말하고서 그는 천천히 내려가버렸다. 그들도 사무실로 돌아와 대책을 강구하기로 했다.

모두가 자기의 견해를 피력하기 시작했다. 그들은 아주 오랜 시간을 두고 토의했으나 결론을 얻어내지 못했다. 이때 병사 한 사람이 공문 한 장을 가지고 다시 왔다. 장후이루가 겉봉투를 뜯어 사람들

앞에서 그것을 읽었다. 거기에는 다음과 같이 씌어 있었다.

'귀지貴紙는 과격한 언론으로 국가 사회의 안녕과 질서를 크게 저해하고 있으므로 발간 정지를 명합니다.'

완곡하면서도 단호한 명령이었다. 이런 식으로 간행물의 발행을 금지하는 것은 새로운 수완이었다. 그리하여 〈여명주보〉는 발행이 중단되었다.

한동안 무거운 침묵이 흘렀다. 주보에 큰 애착을 가지고 있던 사람들에게 이 공문은 그야말로 큰 충격을 안겨주었다. 그들은 성실한 마음자세와 희생정신 그리고 사회에 유익한 일을 하려는 불타는 의욕을 가지고 있었다. 유치한 경험과 짧은 지식으로 한 줄기 광명을 찾아낸 그들은 자신들의 연약한 힘으로 일반 대중들에게 그 빛을 알려주려고 했다. 이 주보를 통해 그들은 정열적인 많은 청년들의 지지를 얻었으며 이러한 우정과 신뢰로부터 위안을 얻었다. 그러나 이제는 모든 것이 끝장났다. 8~9주일이란 짧은 시간은 꿈결과 같이 지나갔다. 얼마나 아쉬운 일인가!

"이제야 알겠네. 개혁이라는 것도 모두 거짓말이고 장 사령관인지 뭔지 하는 사람도 역시 마찬가지라는 것을 나는 이제 깨달았네." 분개한 장후이루가 독설을 퍼부었다.

"자네는 이 사회 내부에 낡은 세력의 뿌리가 얼마나 깊게 박혀 있는지를 모르나?"

황춘롄이 일어나 짧게 깎은 머리를 긁적이며 안타까워했다.

"장 사령관 같은 인간은 하나가 아니라 열이 온대도 소용이 없을

133

걸세."

"그 작자를 혁신적인 사람이라고 하는 것은 마땅치 않네."

장후이루는 증오에 불타는 눈빛으로 주위를 쏘아보았다.

"그 작자의 새로움이란 비서와 고문으로 해외유학생 몇몇을 고용하고 여학생 몇을 첩으로 얻어서 데리고 사는 것뿐일 테지."

"그렇지만 그 사람이 작년에 지방에 주둔하고 있을 때는 상하이나 난징 방면에서 새 인재들을 초빙해다가 강연을 하게 했다는데…." 황춘렌이 생각나는 대로 얘기했다.

"그만두게." 장후이루가 냉소하며 말했다.

"자넨 벌써 잊어버렸나? 그 작자가 환영회 석상에서 한 인사말을! 비서가 원고를 써주기까지 했지만 왜 그랬는지 연설을 할 때는 그만 엉뚱한 말을 지껄여 환영은커녕 환영인사들을 아주 당황하게 만들었네. 그에 대한 우스운 얘기는 다 셀 수 없을 정도지."

황춘렌은 그만 입을 다물고 말았다. 그의 머릿속은 보다 큰 문제가 지배하고 있었다. 장후이루가 이런 말들을 늘어놓긴 했으나 그것이 당면한 큰 문제에 아무런 도움도 줄 수 없을 뿐만 아니라 분노만 더할 뿐이었다. 그에게는 아직 하고 싶은 말들이 속에서 부글부글 끓어오르고 있었다.

"내 생각엔 내용은 그대로 두고 이름만 바꿔 그냥 계속 발간하는 것이 좋을 것 같네. 그 작자들이 어떤 반응을 보이는지 살펴볼 겸…."

"그게 좋겠네. 나도 찬성이야."

아무 말이 없던 쥬에후이가 거기에 동의했다.

"그렇지만 먼저 적당한 방법을 신중히 생각해보아야 하네."

생각에 잠겨 있던 황춘렌이 머리를 들며 띄엄띄엄 말했다. 장시간의 토론을 거쳐 마침내 최후의 결정을 내렸다.

최후의 결정이란 〈여명주보〉를 폐간하고 독자들에게 통고문을 보내는 동시에 새로운 간행물 발간을 준비하자는 것이었다. 그들은 지금의 주보사를 도서실로 고치고 동인들이 가지고 있는 새 출판물 전부를 진열하여 무료로 사람들에게 열람시키기로 했다. 이것은 신문화를 전파하는 좋은 방법의 하나였다.

이렇게 결정되자 고민이 좀 줄어들었고 분노도 어느 정도 가라앉았다. 그들은 즉시 새로운 일에 착수했다.

열정이란 아름다운 것이다. 이 젊은이들은 자신들의 열정으로 단시일 내에 고난을 극복했다. 이튿날에는 '이군열람소利群閱覽所'가 세워졌고 〈이군주보〉의 발간 준비도 착착 진행되었다.

진급시험이 닥쳐오고 있었기 때문에 화요일에는 수업이 없었다. 쥬에후이는 쥬에민과 함께 '이군열람소'의 개막식에 참가했다가 점심식사 때가 되어서야 겨우 집에 돌아왔다. 이날 하루의 일은 쥬에후이에게 깊은 인상을 남겼다. 그는 아직까지 이처럼 감동에 휩싸인 적이 없었다. 담소와 우정과 열정과 신뢰… 이러한 것들이 오늘처럼 아름답게 표현되는 것을 본 적이 없었다. 열 명 남짓한 젊은이들의 다과회는 그야말로 우애가 흘러넘치는 모임이었다. 그러나 이 가정적인 모임의 성원들은 결코 혈연이나 금전에 의해 연결된 것이 아니라 따뜻한 마음과 이상으로 한데 결합된 것이었다. 이러한 분위기 속에서 그는 이해관계의 속박에서 완전히 탈피하여 오로지 진심과 진심이 만나는 것을 느꼈다. 거기에는 낯선 사람도 없었고 고독하지도 않았다. 그는 주위 사람들을 사랑했으며 주위 사람들도 그를 사랑했다.

그는 그들을 이해하고 신뢰했으며 그들 역시 그랬다. 그는 다른 사람들과 마찬가지로 모든 준비 작업에 열정적으로 참가했으며, 다과회가 시작되자 다른 사람들과 함께 차를 마시고 과자를 들며 즐거운 만남이 주는 기쁨을 누렸다. 그들은 온갖 유쾌한 이야기를 나눴다. 그 순간만은 비참하고 고통스러운 일들을 잊을 수 있었다.

"이런 모임이 자주 있으면 좋을 텐데."

쥬에후이가 감격에 찬 목소리로 쥬에민에게 말했다. 그는 너무 감격해서 눈물이 날 정도였다. 감동한 쥬에민도 고개를 끄덕였다.

그러나 다과회도 마침내 막을 내렸다. 집으로 돌아오면서 쥬에후이와 쥬에민은 여러 가지 이야기들을 주고받았다. 쥬에후이는 여전히 유쾌했다. 그러나 집에 돌아와 대청에 들어서자 갑자기 고독감이 밀려왔다. 그는 차디찬 깊은 구렁텅이나 인적 없는 사막에 들어선 심정이었다. 그의 눈앞에 전개된 것이라고는 모두 구시대의 유물뿐이었다. 근대적인 사상을 가진 사람이라고는 한 명도 없었다. 그는 벽을 마주하고 앉은 듯 답답하기만 했다.

"아, 쓸쓸해! 정말 쓸쓸해 죽겠군."

쥬에후이는 탄식했다. 쥬에후이의 고민은 점점 더해만 갔다. 저녁을 먹으면서 그는 같이 식사를 하는 사람들의 얼굴에 어느 누구 할 것 없이 고뇌의 흔적이 남아 있는 것을 보았다. 계모는 셋째 숙모와 넷째 숙모의 술수가 지독하다고 하소연을 하고 있었다. 집 뒤에서는 셋째 숙모가 하녀를 꾸짖는 소리가 이곳까지 들려왔다. 마당에서는 넷째 숙모와 첩 천씨의 싸움이 벌어졌다. 그는 식사를 급히 마친 후 수저를 놓자마자 누가 뒤에서 쫓아오기나 하듯이 뛰어나갔다.

"'진링 가오씨 댁'에 한 번 가볼까?" 쥬에민이 웃으며 동생에게 물었다.

"그것도 좋지."

그들은 잠시 후, 조용하기만 한 그 골목에 들어섰다.

맑게 갠 날씨로 하늘에는 구름 한 점 없었다. 달은 나뭇가지 사이로 솟아올라 이 황혼의 거리를 차차 은빛으로 물들였고 거리에는 인적도 없었다. 담장 안에 서 있는 나무에서는 매미들이 처량하게 울고 있었다. 그들은 자신의 그림자를 밟으며 자갈이 깔린 길을 걸어 '진링 가오씨 댁' 문 앞에 이르렀다. 검은 칠을 한 대문은 여전히 꽉 닫혀 있었다. 회화나무 밑까지 오자 나무 위에서 새 우는 소리가 들리기에 걸음을 멈추고 올려다보았다. 굵은 나뭇가지 위에 까마귀 둥지가 있고 새끼 까마귀 두 마리가 앉아서 머리를 밖으로 내밀고 까옥까옥 울고 있었다.

아주 평범한 일이었으나 그 정경이 두 청년에겐 무척 감동스러웠다. 그들은 한참 동안 쳐다보며 말뚝처럼 붙박여 그 자리에서 떠나지 않았다. 형제는 자기도 모르게 서로 가까이 다가섰다. 쥬에민은 떨리는 손을 내밀어 동생의 손을 힘주어 잡으며 탄식하듯 말했다.

"우리가 꼭 어미를 잃은 저 까마귀 새끼 같구나."

그의 눈에서 눈물이 흘러내렸다. 쥬에후이는 아무 대답 없이 형의 손을 힘 있게 쥐었다.

갑자기 그들의 머리 위에서 까마귀 우는 소리가 들리더니 날개를 퍼덕거리면서 검은 그림자 하나가 눈물 어린 그들의 눈앞을 스쳐 지나갔다. 어미 까마귀가 둥지로 날아갔다. 새끼 까마귀는 어미에게로 다가가며 재잘거리고 있었다. 어미 까마귀는 사랑스럽다는 듯 머리를 맞대고 새끼들의 부리를 쪼아주었다. 둥지는 기쁨에 넘치는 지저귐으로 가득 했다.

"저것들에게는 어미가 있는데."

쥬에민은 서글픈 목소리로 이렇게 중얼거리며 고개를 돌려 자기 곁에 서 있는 동생을 바라보았다. 쥬에후이의 눈에서도 눈물이 글썽거렸다.

"이제 돌아가자."

"좀더 보고 갑시다."

쥬에후이는 이렇게 대답하며 그냥 까마귀 둥지를 바라보았다.

이때 그 집 정원에서 갑자기 피리 소리가 들려왔다. 그 곡조는 상사곡相思曲이었다. 피리 소리는 그야말로 슬프고 처량하여 사람의 가슴을 쥐어뜯는 듯한 애수가 서려 있었다. 한 여인이 창가에 서서 반달을 보며 멀리 떠난 정든 임을 그리는, 그 애끓는 심정을 가느다란 대나무 피리에 실은 것처럼 사람의 마음을 울리는 애달픈 가락이었다. 그 음조에는 구슬픈 사랑의 속삭임 혹은 고독한 인생의 비애가 담겨 있었다. 이것은 민간에 유행하는 곡조로 그들 형제도 잘 알고 있었다. 그들 집에도 이따금 노래를 파는 장님이 와서 여자 목소리로 이런 곡조들을 부르곤 했던 것이다. 가사는 속된 것이었지만 결국 인간의 울부짖음이었다. 더구나 이러한 분위기에서 피리 소리는 한층 더 절절하게 느껴졌다.

"누가 온다."

쥬에민은 문득 누군가 오는 것을 발견하고 쥬에후이의 소매를 잡아끌었다. 그는 그 사람이 누구인지를 알고 있었다.

쥬에후이도 흘끗 돌아보았다. 커딩의 가마꾼들이 가마를 메고 모퉁이를 막 돌아 멀리서 그들 쪽으로 다가오고 있었다. 가오중도 옆에서 숨을 헐떡이며 뛰어왔다.

"겁낼 거 없잖아? 모르는 척하고 돌아서 있으면 되지."

쥬에후이는 좀처럼 거기서 떠나려 하지 않았다. 그래서 쥬에민도 거기에 서 있을 수밖에 없었다.

이윽고 가마가 그들 옆을 스쳐갔다. 가오중이 한 걸음 앞서 달려가 문을 두드리자 대문이 곧 열리고 가마꾼들의 발자국 소리는 그 안으로 사라져버렸다. 대문은 곧 닫히고 피리 소리도 멎었다.

"이제는 돌아갑시다." 쥬에후이는 몸을 돌렸다.

두 사람이 천천히 걷고 있는데 그 골목을 채 벗어나기도 전에 가마 한 대가 또 달려왔다. 그들은 멍하니 가마가 지나가는 것을 바라보았다. 가마 뒤를 커안의 하인인 자오성이 몹시 가쁘게 숨을 쉬며 따라가고 있었다.

"이상도 하군. 설마 셋째 숙부님도 그 집으로 가지야 않겠지?" 골목을 나서자 쥬에민은 의아해하며 중얼거렸다.

"셋째 숙부라고 왜 그런 델 가지 않겠어?" 쥬에후이가 냉소를 지었다.

"그의 그럴 듯한 글씨나 점잖은 태도 같은 겉모습 그대로만 봐서는 안 되지. 그동안 숙부 집에서 있었던 여러 번의 추태를 생각해봐."

쥬에후이의 머리에는 커안에 관한 여러 가지 일들이 떠올랐다. 하녀와 부정한 관계가 있은 일로부터 여배우 장비슈를 집에 데리고와서 화장을 시키고 사진을 찍던 일까지 생각났다.

"다 같은 한통속들인걸. 모두 똑같단 말이야. 그러면서도 우리 앞에서는 어른인 척하고 조카로서의 예의를 모르느니 어쩌니 떠벌려대잖아." 쥬에후이가 격분한 어조로 말했다. "그런데도 큰형은 저들 앞에서 벌벌 떨고 허리를 굽신거리니, 그것 참…."

"그렇지만 큰형의 처지는 딱할 때가 많지." 쥬에민이 담담한 어조로 말했다.

집에 돌아가자 쥬에민은 즉시 시험을 치기 위한 학과 복습을 시작했다. 그는 원래 이런 성격의 소유자였다. 언제나 낙관적이었으며, 슬프고 괴로웠던 일도 쉽게 잊어버리곤 했다. 여의치 않은 일이 있다 해도 곧 망각하고 책을 펼쳐놓으면 즉시 공부에 몰두할 수 있었다. 그러나 쥬에후이는 그렇지 않았다. 그는 형보다 더 정열적이고 성급한 편이었다. 그도 복습을 하려고 책을 펼쳐 놓았으나 가슴이 답답해오며 참기 어려운 적막감이 그를 괴롭혔다. 까닭 모를 고민에 휩싸여 마치 불더미 위에 앉아 있는 듯 잠시도 가만히 있을 수가 없었다. 그래서 그는 긴 한숨을 내쉬며 책을 덮고 일어섰다.

"너 어디 가려고 그러니?" 쥬에민이 물었다.

"바람 좀 쐬고 와야지. 속이 답답해서 못 견디겠어."

"그럼 나갔다가 얼른 돌아와. 모레부터는 학년 말 시험이니까. 너도 복습을 게을리해서는 안 되지." 쥬에민이 부드럽게 말했다.

쥬에후이는 밖으로 나와 혼자 화원에 갔다.

화원에 들어서자 딴 세상에 온 듯 마음이 좀 가벼워졌다. 그는 천천히 거닐었다.

새하얀 달빛이 대지를 비추고 어디서나 귀뚜라미들이 구슬피 울고 있었다. 밤의 정적이 대기에 가득 차 부드러운 그물과도 같이 삼라만상을 뒤덮고 있었다. 눈길이 닿는 곳마다 모두 부드러운 망으로 덮어씌워져 풀 한 포기, 나무 한 그루도 대낮처럼 현실적이지 않고 어렴풋하게 환상적인 색채를 띠고 있었다. 온갖 사물 하나하나가 섬세한 비밀을 숨기고 있는 듯하여 마치 꿈나라에서 헤매는 느낌이었다.

쥬에후이는 차차 이러한 밤풍경에 이끌렸다. 그는 말없이 주변 풍경을 감상했고 그 모든 것에 흥미를 느꼈다. 그는 발길이 닿는 대로 거닐며 정월 보름날 밤에 여러 사람들과 함께 뱃놀이를 하러 갔던 그 길로 들어섰다. 그러나 그 옛날 같이 놀던 사람들을 회상하는 것은 아니었다.

다리에 올라간 그는 난간에 기대서서 호수를 물끄러미 내려다보왔다. 수면에는 자기의 검은 그림자가 비치고 있었다. 시야를 좀 넓히자 물 속에는 푸른 하늘이 있고 거기서 반달이 천천히 찰랑거리며 움직였다. 불현듯 수면에 그가 가장 사랑했던 아름다운 얼굴이 떠올랐다. 그는 다시 가슴이 아파오며 그 소녀에 대한 추억에 잠겼다.

그는 더이상 수면을 들여다볼 용기가 없어서 얼른 몸을 돌려 다리를 건넜다.

다리를 건너 풀밭에 이르자 그는 무의식중에 버드나무에 매인 조각배를 쳐다보았다. 그것마저 지난날의 아름다웠던 기억을 떠올리게 만들었다. 그는 얼른 거기서 시선을 돌린 후 좀전에 건넜던 다리를 급히 지나쳐 기슭으로 되돌아왔다.

그는 호숫가에 있는 오솔길을 따라 천천히 걸었다. 소나무숲을 지나 수각 앞에 이르렀다. 수각문을 열고 들어가 쉬려고 하는데 문득 앞에 있는 동산 뒤에서 불빛이 피어오르는 것이 보였다. 그는 깜짝 놀라 소리를 지를 뻔했다. 그는 목련나무 밑에 서서 동산 저쪽을 가만히 바라보았다. 불길은 그리 크지 않았으나 타오르다가는 꺼지고 꺼졌다가는 다시 타오르곤 했다. 이 시각에 이런 곳에서 어째서 불길이 타오르고 있을까? 게다가 아무런 소리도 없이! 아무리 생각해도 까닭을 알 길이 없어서 마음을 단단히 먹은 후 가만가만 거기로 걸어갔다.

쥬에후이는 동산을 돌아갔으나 아무것도 보이지 않았다. 불빛은 맞은편 동산 뒤에서 솟아오르고 있었다. 그쪽으로 가서 산모퉁이를 돌아서자 한 여자가 땅에 웅크리고 앉아 지전紙錢(죽은 사람을 위해 태우는 돈처럼 찍은 종이)을 태우고 있었다.

"여기서 뭘하고 있어?" 놀란 쥬에후이가 큰 소리로 불렀다.

그러자 키가 호리호리한 그 소녀는 깜짝 놀라며 일어나 "셋째 도련님." 하고 그를 불렀다.

그녀는 넷째 숙모의 하녀인 첸얼이었다.

"누군가 했더니 너였구나! 몹시 놀랐다. 누구를 위해서 지전을 태우는 거냐? 이런 데까지 와서…."

"셋째 도련님, 제발 아무에게도 말하지 말아주세요. 우리 마님이 아시면 또 꾸중을 하실 거예요."

첸얼은 손에 쥐었던 지전을 내려놓고 쥬에후이에게 다가와서 애원했다.

"누구를 위해서 태우는지 말해봐." 첸얼이 고개를 떨구고 말했다.

"오늘은 밍펑이 죽은 지 이레째 되는 날이에요…. 그애가 불쌍하게 죽었기 때문에 남몰래 지전을 사다가 태워주는 중이에요. 그애가 생전에 저와 의좋게 지내던 걸 생각해서요. 저는 여기까지 나오면 아무에게도 들키지 않으리라고 생각했는데… 도련님한테 들킬 줄이야 어찌 알았겠어요. 도련님, 밍펑은 도련님댁 하녀로 8∼9년 동안 시중을 들었지요. 도련님도 그애를 불쌍히 여기시어 제가 이 지전을 태우는 걸 그냥 내버려두세요. 그애가 저승에 가서라도 헐벗고 굶주리지 않도록 빌고 싶어요…."

"오냐, 맘 놓고 태워라. 아무에게도 말하지 않을 테니."

그는 이렇게 말하며 한쪽 손으로 가슴을 내리눌렀다. 그는 무엇에 가슴을 찔린 것 같았다. 그는 눈도 깜빡이지 않고 첸얼이 지전을 태우는 것을 지켜보았다. 첸얼은 이런 쥬에후이의 심정을 알 길이 없었다.

"어째서 두 군데로 갈라서 태우니?"

쥬에후이는 문득 비감한 어조로 첸얼에게 물었다.

"하나는 완얼의 몫이에요." 첸얼은 한쪽 무더기를 가리키며 말했다.

"완얼 몫이라고? 그앤 아직 죽지도 않았는데…." 그는 놀라서 물었다.

"그래요, 그렇지만 그애가 저더러 이렇게 해달라고 부탁했어요. 그애가 가마에 실려가게 되었을 때 저에게 '나도 죽을 거야. 죽지 않는다고 해도 이제부터는 사는 보람이 없을 것이고 산다는 것이 차라리 죽는 것보다 못할 거야. 그러니까 내가 죽은 셈 치고 밍펑의 지전을 태워줄 때 내 몫도 태워줘. 내가 죽었다고 생각하며 말이야.' 이렇게 부탁하고 갔어요. 그래서 지금 그애 몫까지 태워주는 거예요."

참으로 가련하고 무지한 일이었다. 이렇게 한다고 두 소녀에게 닥친 비극을 돌이킬 수 있을까. 그러나 그는 첸얼의 무지를 비웃을 수가 없었다. 그는 한참 동안 지전을 태우는 첸얼을 내려다보다가 간신히 한마디를 남겼다.

"그래, 그들의 명복을 잘 빌어주렴." 그는 비틀거리며 그곳을 떠났다. 그는 첸얼을 다시 돌아볼 용기조차 없었다.

'어째서 이 세상엔 이다지도 많은 괴로움이 있을까?' 그는 혼미해진 머리로 이렇게 중얼거리며 상처입은 가슴을 안고 화원에서 걸어나왔다.

등불이 훤히 켜져 있는 쥬에신의 창 밑을 지날 때 방 안에서 도란도란 이야기 소리가 들려왔다. 그는 마치 딴 세상에 온 것 같았다. 문득 며칠 전에 프랑스어 선생이 교단에서 했던 말을 상기했다.

"프랑스 청년들은 여러분들과 같은 시절에는 슬픔을 모릅니다."

그렇지만 중국의 청년인 자신은 이처럼 젊은 나이에 벌써 슬픔에 짓눌려 헤어나지 못하는 처지인 것이다.

굴복이냐 싸움이냐

여름방학이 시작되었다. 그 무렵 쥬에민은 친과 함께 있을 기회가 더욱 많아졌고, 쥬에후이도 친구들과 어울려 일할 수 있는 시간적 여유가 생겼다. 새로운 각오로 출판한 간행물은 또 다른 독자들을 많이 얻었고, 모든 일들이 순조롭게 진행되고 있었다.

여름방학 중에 가오씨 집안에는 또 하나의 경사가 있었다. 쥬에후이 할아버지의 예순여섯 번째 생일이 얼마 남지 않은 것이었다.

커딩은 이날 성대한 의식을 치르자고 주장했다. 그는 공동재산에서 상당한 금액을 지출하여 축하연을 벌이자고 했다.

"돈이야 얼마든지 있는 거고, 해마다 받아들이는 소작료만 해도 상당하잖아. 시골에 다녀온 유승의 말을 들으니 금년엔 병란이 있었지만 그래도 날씨가 좋아서 작년보다는 더 들어올 것이라고 하니 좀 많이 써도 괜찮겠지!"

소작료를 받아들이는 유승의 말은 모두 같이 들었고 커안도 물론 커딩의 주장에 찬성이었다. 평소 장부를 맡고 있는 커밍도 잠깐 생각하는 듯하더니 이에 동의했다. 그는 당사자인 부친에게 이 의견을 전하고 부친과 함께 구체적인 계획도 마련했다.

축하연 날짜가 가까워오자 선물이 꼬리를 물고 밀려 들어왔다. 집 안 사람들은 사무소를 차려놓고 선물 접수와 초대장 발송 업무를 처리하느라 눈코뜰새 없이 바빴으며 쥬에신은 이 일 때문에 회사에서 휴가까지 일주일 얻어야 했다. 휘황한 전등들을 더 가설한 데다 곳곳을 아름답게 단장한 저택은 그야말로 눈이 부시게 화려했다.

중문 안 본채 맞은편에는 산뜻한 무대를 꾸미고 시내 각 극단의 유명한 배우들을 경극京劇 배우건, 사천극四川劇 배우건 가리지 않고 모두 청하여 사흘 동안을 공연했다. 중문 밖 대청에는 남색 천으로 휘장을 둘러 배우들의 분장실로 쓰고 왼쪽 객청 안에는 여배우들의 분장실 두 개를 꾸며놓았다. 공연하게 될 연극 프로그램은 커딩이 작성했다. 그는 이런 일에도 상당한 전문가인 듯싶었다.

이 기간 중에는 모두가 한 가지씩 할 일을 맡아 몹시 분주했다. 쥬에민과 쥬에후이만은 한가했다. 그들은 아무 일도 하지 않았을 뿐 아니라 늘 밖으로 나돌아다녔다. 그러나 정식으로 축하연이 베풀어진 사흘 동안은 그들도 집을 나가지 않고 사람들 앞에 모습을 나타냈다.

이 사흘 동안 그들은 지금까지 겪어보지 못한 많은 경험들을 했다. 평소 집은 그들에게 혐오의 대상이었지만 그래도 그들은 다소나마 이 집이 어떻다는 것을 알고 있었다. 그러나 그 며칠 동안 집의 모습은 일변했다. 온 집안이 극장으로 바뀌고 시장통처럼 번잡해져, 가는 곳마다 사람들로 붐볐고 떠들썩했으며 누구나 할 것 없이 부자연스런 웃음을 짓고 있었다. 심지어 그들 형제의 방까지도 안면이 좀 있는 손님들에게 빼앗겨버린 형편이었다. 한 무리의 사람들이 둘러앉아 몇몇 장님이 양금洋琴을 켜며 부르는 타령 따위를 듣고 있었다. 저쪽에서는 장님이 호금胡琴을 켜고 남자가 여자 목소리를 내면 여자는 남자 목소리를 흉내내 음탕한 노래를 주고받았다. 또 다른 곳에서는 천막을 치고 둘러앉아 그 안에서 무언가를 흉내내는 기묘한 소리를 듣고 있었다. 천막 속에서 나는 소리는 느물느물한 사나이와 계집의 농짓거리였기 때문에 아직 경험이 없는 젊은이들은 듣지 못하게 했다.

연극은 첫날 오후부터 시작되었다. 축하연에 어울리는 몇 가지 창극을 제외하고는 거의 전부가 프로그램에 없는 것이었다. 이는 결코 행사 진행자의 미숙함 때문이 아니었다. 일부 귀하신 분들이 때때로 자기들의 마음에 드는, 보다 질 낮고 흥미 위주인 극을 요청하면서 최대한 잘 해달라고 부탁했기 때문이다. 그리하여 지방극 중에서는 〈타병조숙打餠調叔〉〈계화정桂花亭〉이, 경극 중에서 〈취병산翠屛山〉〈전완성戰宛城〉 따위가 연속 상연되었는데 극장 공연보다 연기가 더 능숙했다. 여자 손님과 젊은이들의 얼굴이 붉어지고 중년이나 노년들이 고개를 끄덕이며 빙그레 웃음짓게 되는 장면에서는 커밍의 하인인, 목소리가 크고 발음이 똑똑한 원더가 무대에 나타나 손에 붉은 종잇장을 들고 "대인께서(혹은 나리님께서) 여배우에게 상금 몇 원元을 주신다"고 높은 소리로 외치곤 했다. 그러면 상금을 받은 배우는 그 귀하신 분에게 문안과 사례를 드리고 아양을 떨었다. 그러면 점잖은 손님들의 얼굴에는 흡족한 웃음이 떠오르는 것이었다.

그러나 그것만으로는 손님들에게 만족을 줄 수 없는 모양이었다. 연극 한 막이 끝나면 상금을 받은 배우는 무대복을 입은 채로 좌석에 내려와 상금을 준 손님의 술시중을 들었다. 커안의 장인되는 왕 나으리는 후이팡惠芳의 손을 잡은 채 술을 들이붓고 있었고, 커밍의 동업자인 천커자陳克家는 장샤오타오張小挑에게 몸을 기대며 술을 따르게 했다. 곳곳에서 웃음 소리, 고함 소리가 터지고 별별 저속한 추태가 다 벌어졌다. 젊은 축들로서는 상상할 수도 없는 일까지 이 점잖은 손님들의 좌석에서 연출되어 옆에서 시중을 들던 하인들조차 끼리끼리 귓속말로 그 무례함을 쑥덕거렸다.

무대 정면에는 이 사흘 동안 모든 사람들의 축복의 대상이 되고 있는 할아버지가 고종사촌인 탕唐노인과 자기 벗인 펑러산 노인 곁에 앉아 있었다. 그도 이러한 광경을 보고 만족스럽게 미소를 지었다. 그때 커안이 좋아하는 여배우 장비슈가 무대에 나오자 그는 고개 한 번 돌리는 법 없이 무대에 온 신경을 쏟으며 지켜보았다. 구슬과 비취로 머리를 장식한 장비슈는 붉은 비단에 꽃을 수놓은 옷으로 전신을 휘감고 무대 위를 거닐었다. 커밍 3형제는 시종일관 웃음을 머금고 손님 접대를 했고 쥬에신도 그 뒤를 따라 바쁘게 좌석 사이를 오갔다.

쥬에민과 쥬에후이는 이 모든 것들에 대해 강한 반감을 지닌 채 곁에서 지켜보고 있었다. 집안의 이러한 분위기 속에서 그들은 완전히 낯선 사람이 되어버렸다.

주위에서 들려오는 소란스런 말 소리들을 그들은 전혀 알아들을 수 없었다. 이리저리 오가며 고함을 쳐대는 술 취한 사람들은 자기들과는 전혀 다른 부류의 인간인 것 같았다.

그 많은 사람들은 어디서 보았던 것 같기도 했지만 자세히 들여다보면 낯선 얼굴이었다. 쥬에민과 쥬에후이는 몇 번이나 여기가 어딘가 하는 의문이 생겼다. 어떻게 해야 좋을지 알 수 없었다. 다른 사람들의 거동이나 표정도 이곳에는 그들이 전혀 필요 없다는 듯했다.

그러나 커밍과 쥬에신이 자리를 지켜야 한다며 그들을 떠나지 못하게 했다. 그들 형제의 처지는 마치 무대에 나오는 두 명의 병사와도 같았다. 그들은 대단치 않은 손님들의 좌석에 끌려가 자리나 지키며 억지웃음을 짓고 술잔을 들거나 안주를 집거나 하며 기계적으로 주인 노릇을 하고 있을 뿐이었다.

쥬에후이도 첫날은 어떻게든 참아보려고 했다. 그날 밤 그는 밤새도록 악몽을 꾸었다. 이튿날은 도저히 견뎌낼 수가 없어 오전 중에는 몰래 빠져나가 새로운 친구들을 찾아갔다. 그들에게 위안과 용기를 얻은 그는 다시 집에 돌아와 모욕(쥬에후이는 그것을 모욕이라고 불렀다)을 참아내었다. 사흘째 되는 날은 그만 도망칠 기회를 잃고 말았다.

메이가 첸씨 부인을 따라왔다. 그녀는 평소에는 잘 입지 않는 엷은 색깔 저고리에 흰 치마를 입고 마냥 웃음을 띠며 우이쥬에의 융숭한 대접을 받았다. 그들은 많은 이야기를 나누었다. 메이는 이날 저녁 일찍 돌아가더니 이튿날 아침 심부름꾼을 시켜 몸이 불편하다는 편지를 우이쥬에에게 보내왔다.

메이의 병은 꽤 심각했는데 요즘에는 날로 악화되고 있었다. 얼굴은 병색이 완연했으나 도리어 어떤 반사적인 아름다움을 발산하고 있었다. 민감한 사람이라면 누구나 그 아름다운 별이 곧 떨어질 것 같은 애처로운 느낌을 받았다. 그러나 집에서는 그런 감정을 느낄 사람이 별로 없었다. 물론 쥬에신은 메이에게 가장 관심을 쏟는 사람일는지 몰랐다. 그러나 그와 메이 사이에는 보이지 않는 장벽이 가로놓여 있어(적어도 그가 보기에는) 서로 멀리서 바라보며 무언의 대화를 주고받을 뿐이었다.

그들은 단둘이서 말을 할 기회가 있어도 피하려 했다. 그렇게 하는 것이 피차 고통을 덜어줄 수 있으리라고 생각한 것이다. 그러나 그것은 정반대의 결과를 가져왔다. 쥬에신은 날로 여위기만 했고 메이 또한 파리해지며 자주 피를 토했다.

저우씨도 메이가 마음에 들었으나 그녀는 메이의 심정을 잘 모르기 때문에 진정한 위안을 줄 수는 없었다. 사실은 아무도 메이에게 위안을 줄 수 없었다. 최근 메이와 가까워져 그녀를 잘 이해한다는 우이쥬에조차 그랬다.

친도 찾아오기는 했으나 건강이 좋지 않다는 이유로 수잉의 방에서 하룻밤을 자고는 이튿날 아침 일찍 돌아가버렸다. 영리한 그녀는 꾀병을 앓았던 것이다. 이튿날 그녀는 하인 장성 편에 편지를 보내 쥬에민에게 자기네 집으로 오라는 기별을 보내왔다.

친의 편지를 받은 쥬에민은 기회를 엿보아 몰래 집을 빠져나가 그녀에게로 향했다. 둘은 그동안 피차 하고 싶었던 말들을 모두 털어놓았다. 고모집에서 나온 그는 몹시 기쁜 마음으로 걸음을 재촉하여 바삐 집으로 돌아왔다. 그러나 대청마루 문어귀에 채 들어서기도 전에 마주나오던 쥬에신에게 들켜버렸다. 쥬에신이 나지막히 물었다.

"너 친의 집에 다녀오는 길이지?"

깜짝 놀란 쥬에민은 아무 말도 못하다가 한참 후에야 겨우 고개를 끄덕여 보였다.

"나는 벌써 알고 있었다. 아까 장성이 몰래 네게 편지를 주는 걸 보고 그애가 거짓말을 하고 돌아갔다는 걸 짐작했지. 너희들의 관계도 알고 있어."

씁쓸한 웃음을 띤 채 쥬에신이 나직이 말했다.

쥬에민도 말없이 따라 웃었다. 그러나 쥬에신과는 달리 만족스런 미소였다.

쥬에신은 주위를 둘러보다가 지나치려는 커밍에게 몇 마디 말을 건넨 후 다시 쥬에민과 얘기를 계속했다. 그의 음성은 여전히 낮았으나 얼굴빛이 조금 전과는 달랐다.

"너는 그래도 행복하구나! 네가 하고 싶은 일을 할 수 있으니까 말이다. 나도 메이의 문병을 가고 싶지만 내겐 그런 자유조차 없다. 그녀가 그렇게 병이 중하다는데 그녀에게로 갈 수가 없단 말이다.

그녀가 오늘 너의 형수에게 편지를 보내서 내 안색이 좋지 않으니 유쾌해지도록 위로해주라고 간절하게 부탁했더구나. 하지만 너도 잘 알겠지만 내가 어떻게 유쾌할 수 있겠니? 나는 그녀가 나를 몹시 기다리고 있다는 것을 누구보다 잘 안다. 그녀는… 그녀는….”

그는 더이상 말을 잇지 못했다.

이 말을 들은 쥬에민은 몹시 흥분했다.

“형! 이제는 메이 누님을 잊어버리는 게 어때요? 메이 누님을 생각하면 할수록 형이 고통을 받게 될 거예요. 형수님께도 미안한 일이구요. 형은 형수님을 사랑하고 있지요?”

쥬에신은 안색이 창백해진 채 눈물 고인 눈으로 쥬에민을 보다가 갑자기 화를 내며 떠듬떠듬 말했다.

“너도 그녀와 같은 말을 하는구나! 모두들 그렇게 말하고 있지. 네 생각도 그들과 똑같구나…. 하지만 지금 이런 말을 한다고 무슨 소용이 있겠니?”

그는 말꼬리를 흐리며 다른 쪽으로 가버렸다.

그제야 쥬에민은 형이 기대한 것은 결코 그런 대답이 아니었음을 깨달았다. 그러나 달리 어떻게 말했어야 하는가? 그는 형이 말과 행동이 다른 사람이라고 생각되었다. 뭐가 뭔지 갈피를 잡을 수 없었다. 이 가정이 도대체 어떻게 될지 오리무중이었고 모든 것이 아리송하기만 했다.

그는 멍하니 그 자리에 선 채 무심하게 무대를 지켜보았다. 무대에서는 난쟁이 익살꾼과 호리호리한 여배우(그는 그녀가 셋째 숙부가 좋아하는 장비슈라는 것을 알고 있었다)가 달콤한 사랑을 속삭이고 있었다. 관람석에서는 양반들로부터 중간층 그리고 그렇지 못한 축들에 이르기까지 많은 사람들이 왁자지껄하게 웃음보를 터뜨리고 있었다.

쥬에민은 이러한 광경에 쓰디쓴 웃음을 지었다. 그는 방금 쥬에신이 했던 말들도 까맣게 잊어버리고 말았다. 그는 천천히 거닐면서 자신의 일을 심각하게 생각했다. 그러자 눈앞에 차차 아름다운 환영이 떠올랐다.

지나간 일들과 앞으로의 일들을 그는 여러 측면에서 생각해보았다. 모두가 그와 친에 관련된 일들이었다. 친이 그에게 용기와 확신을 주었기 때문에 그는 아주 낙관적이었다. 친은 그를 철저히 믿고 있었으며 그에게 실망을 주지 않겠다는 단호한 결심도 보여주었다. 그와 친 사이의 일은 순조롭게 진행되고 있었다. 처음 한동안은 매일 영어를 복습한 후 피차의 성격과 장래희망에 대한 이야기만을 했으나 그 다음에는 차차 서로의 생활에 대한 사소한 얘기들을 나누었고, 끝내는 각자의 속마음까지 털어놓아 서로 깊이 이해하게 되었다. 그 후 두 사람의 관계는 한층 더 깊어져 서로 떨어질 수 없는 정도에까지 이르렀다. 그들은 사랑에 관한 이야기로부터 친구들의 연애사건, 메이와 쥬에신의 일까지 언급했고, 후에는 자신들의 일을 얘기하게 되었다.

문득 그는 어느날 친이 얼굴을 붉힌 채 고개를 떨구고 한 손으로 책장을 넘기며 애써 아무렇지도 않은 듯한 표정으로 자신에게 그가 절실히 필요한 존재이며 죽어도 그를 떠나지 않겠다는 말을 하던 것이 생각났다. 친은 또 자신의 앞날에 있게 될 장애물이 무엇인지, 지금 어떠한 곤경에 처해 있으며 자신의 처지가 얼마나 외로운지를 그에게 털어놓았다. 나아가 자신은 이 모든 난관에도 불구하고 새로운 길을 찾을 결심을 했으며, 쥐에민처럼 자기를 이해하고 편안케 해줄 사람이 절실히 필요하다는 말을 했다. 그들 두 사람은 벌써 오래전부터 마음속으로 서로의 마음을 이해했지만 입 밖에 내지 않고 있을 따름이었다.

그러던 차에 기회가 온 것이다. 그래서 그는 지금까지 생각하면서도 말하지 못한, 오랫동안 쌓아두었던 많은 말들을 했고, 그런 자신이 마치 영웅이라도 된 것처럼 느껴졌다. 그는 친을 위해서라면 모든 것을 희생해도 좋다고까지 말했으며 친 또한 가슴 속에 있던 말을 다 털어놓았다.

두 사람은 서로 한 마디만 해도 열 마디를 알아들을 수 있을 정도로 이해가 깊었다. 그들은 서로를 신뢰했으며 자기들의 희망에 대해 확신을 가졌다. 그들의 대화는 마치 어두운 장막을 활짝 열어젖히듯 중요한 문제를 하나씩 해결해나갔다. 그것이 바로 오늘 있었던 일이었다.

미래의 생활에 대한 아름다운 환영이 꼬리를 물고 나타났다. 물론 그것은 과장된 것이었으나 그 환영으로 인해 그의 앞에 나타날 수 있는 온갖 장애물마저 모두 잊어버릴 수 있었다. 그는 안채의 대청마루 댓돌 위에 올라서서 여전히 사랑을 속삭이고 있는 무대의 배우

(좀전에 그 작달만한 익살꾼과 키가 호리호리한 여배우가 아니라, 눈썹을 그리고 분을 바른 젊은이와 키가 작고 예쁘게 생긴 창기였다)들을 다시 한 번 바라보고 나서 여전히 왁자지껄하게 웃고 있는 관람석 쪽으로 시선을 돌렸다. 그때 원더가 무대 위에서 '천 나으리님께서 장샤오타오에게 상금 20원을 희사하셨습니다.' 하고 외치는 소리가 들렸다. 무대 위에서 어린 여배우가 웃음을 머금고 관람석에 있는 한 덥석부리에게 인사를 하는 광경이 보였다. 쥬에민의 입에는 다시 한 번 차디찬 조소가 흘렀다.

그러나 그에게는 이미 그러한 사람들이 무서운 장애물로 생각되지 않았다. 그는 곧 아득한 시선으로 이상 속의 삶을 꿈꾸기 시작했다. 뒤에서 누가 어깨를 칠 때까지 그는 환상에 잠겨 있었다.

그것은 낯익은 손길이었다. 다시 현실로 돌아온 그가 뒤를 돌아보니 동생 쥬에후이가 웃으며 그를 지켜보고 있었다.

"너도 빠져나왔니?"

"물론이지. 집 안이 소란하고 답답해 죽겠는걸. 견딜 수가 있어야지." 쥬에후이가 의기양양하게 웃으며 말했다.

"형은 틀림없이 좋은 일이 있었나보군." 쥬에후이가 형의 표정을 살피며 말했다.

쥬에민은 얼굴을 붉히며 고개를 끄덕였다.

"우리 일은 결정되었다. 첫걸음은 아무런 문제가 없었어. 오늘 우리는 속마음을 다 터놓았단다. 이제 두 번째 걸음을 내디뎌야 하는데…." 그는 만족스런 웃음을 지으며 금테안경 너머로 부드럽게 쥬에후이의 표정을 살폈다.

쥬에후이의 얼굴에는 형언할 수 없는 표정이 스쳐지나갔다. 그것은 질투의 미소였다. 그는 그런 내색을 하지 않으려고 노력했으나 허사였다. 그러나 다른 사람은 느끼지 못할 정도였다. 그는 지금까지 느껴본 적 없는 그런 감정이 일었다. 그는 이전에 쥬에민에게 자기는 친을 누나로서 좋아한다고 말했다. 쥬에후이는 다른 여성을 사랑했고 그 여성이 자기로 인해 희생되었지만, 그리고 평소에 형의 연애가 순조롭게 진행되어 친이 자기의 형수가 되기를 바라고 있었지만, 사실은 쥬에후이도 한때 친을 사랑한 적이 있었다. 잠시나마 자신이 사랑했던 여자가 다른 사람을 사랑하고 있다는 말을 듣게 되자 질투가 나지 않을 수 없었다. 그러나 그것도 순간일 뿐이었다. 그는 속으로 그런 감정을 품은 자신을 꾸짖었고, 또 형에게 그런 감정을 잠시라도 품은 것을 뉘우쳤다.

"조심하세요. 너무 낙관하지 말고…." 사실 일리있는 말이었지만, 아직 사그라들지 않은 질투심과 빈정거림이 다소 섞여 있었다.

"문제될 건 아무것도 없다." 기쁨으로 가득 찬 쥬에민은 쥬에후이의 말을 염두에 두지 않았다.

"평소에는 그렇게 용감하던 네가 오늘은 어째서 그런 쓸데없는 걱정을 하니?"

쥬에후이는 형의 진지한 태도를 보며 형이 자기의 질투를 눈치채지 못했다는 것을 알았다. 그는 웃으면서 말했다.

"형의 말이 옳아. 성공을 축하해요."

그는 무의식중에 시선을 무대 쪽으로 돌렸다. 무대에서는 징 소리 북 소리가 요란하게 울리며 윗도리를 입지 않은 몇몇 사람들이 나와서 재주를 넘고 있었다. 그 다음에는 얼굴에 온통 누런 칠을 한 두세 명의 배우들이 나와서 격투를 벌였다. 무대 정면에 앉아 있는 할아버지는 고개를 비스듬히 젖히고 웃으면서 옆에 앉은, 머리가 반백이 다 된 손님과 즐겁게 담소를 나누고 있었다. 주근깨와 주름살투성이인 얼굴에 순대같이 시뻘건 그 콧등을 보자 쥬에후이는 그만 속이 뒤틀려 주먹을 불끈 쥐고 이를 갈면서 내뱉듯이 중얼거렸다.

　"뻔뻔스럽게도 저 작자가 왔네!"

　"누구 말이냐?" 쥬에민이 의아해하면서 물었다. 그는 할아버지와 이야기하고 있는 그 손님을 보지 못했던 것이다.

　"펑러산, 저 인간 백정 말이에요." 쥬에후이는 그쪽을 가리켰다.

　"조용히 해! 누가 들으면 어쩌려고?" 쥬에민이 당황하며 쥬에후이를 말렸다.

　"뭐가 겁나서? 나는 차라리 누가 들었으면 좋겠어. 형도 방금 용감해야 된다는 말을 하지 않았어?"

　쥬에민이 한동안 동생을 타이를 말을 찾지 못해 난처해하고 있을 때 마침 구원의 손길이 뻗쳐왔다. 구원의 손길이란 바로 수화와 수전 자매였다. 그러나 그들이 가져온 것은 그다지 좋은 소식이 아니었다.

　"둘째 오빠, 펑씨네 새 작은댁이 왔는데 가보지 않겠어요?"

　수전이 즐겁게 쥬에민의 소매를 잡아당겼다.

"펑씨네 새 작은댁이라니? 나는 그런 사람을 알지도 못하는데 어째서 내가 가봐야 하니? 별 소리를 다 듣겠구나." 쥬에민은 어리둥절했다.

"완얼이 왔단 말이로구나." 쥬에후이는 즉시 알아차렸다.

"완얼이 지금 어디 있는데?" 마치 완얼을 무덤에서라도 구해올 듯 쥬에후이가 다그쳐 물었다.

"제 방에 있어요. 다른 사람은 아무도 없구요. 오빠들도 가보지 않겠어요?" 수화는 의미 있는 웃음을 지었다.

"그래, 가보자." 쥬에후이는 즉시 동생들을 따라나섰고 쥬에민은 만날 생각이 없는지 그곳에 남았다.

"완얼은 정말 죽지 못해 산대요. 그 영감이 귀여워해주기는 하지만 성미가 까다로워 늘 못 살게 들볶아대고 노마님이 화가 나면 영감도 꼼짝 못한대요. 노마님은 그저 완얼에게만 화풀이를 한대요…." 수화는 자신이 알고 있는 일들이 자랑이나 되듯 쉴새없이 종알거렸다.

세 사람은 방으로 들어갔다. 방에는 우이쥬에, 수잉, 첸얼, 시얼, 셋째집 하녀 추이환과 완얼이 있었다. 완얼은 화려하게 차려입고 얼굴엔 화장도 하고 귀걸이도 달았으나 옛날보다 퍽이나 초췌해 보였다. 더구나 첸얼과 시얼에게 자기 설움을 하소연하고 있었기 때문에 옆에 있던 우이쥬에와 수잉까지도 눈물을 흘리던 참이었다.

완얼은 문의 맞은편 창 밑에 놓인 의자에 앉아 있었기 때문에 쥬에후이가 들어서자 즉시 그녀의 눈에 띄었다. 그녀는 얼른 일어나

부채를 접으면서 "셋째 도련님." 하고 웃으면서 말했다.

"않지 그러니? 이젠 펑씨네 집 작은댁이고 이 집 손님인데…."

완얼은 고개를 푹 숙이고 아무 말도 하지 않았다. 침대에 걸터앉아 있던 우이쥬에가 나무라는 시선으로 쥬에후이를 바라보며 타일렀다.

"작은도련님도 정말… 저렇게 속이 타서 죽겠는 사람에게 무슨 농담이에요?"

"잘못했다. 무심코 한 말이었는데…." 쥬에후이는 즉시 자기 잘못을 인정했다.

문득 화원에서 들은 첸얼의 말이 생각난 그는 완얼에게 깊은 동정심이 일었다. 그래서 그녀에게 위로의 말이라도 해주고 싶었다. 그는 우이쥬에에게 말했다.

"형수님은 내 잘못만 나무라지만 완얼이 오늘 어쩌다 이렇게 들렀는데 밖에 나가서 연극 구경이라도 시키지 않고, 왜 이렇게 모두들 방 안에 틀어박혀서 울기만 해요? 기막힐 일 아니겠어요?"

"하여튼 말로는 못 당한다니까. 어쩌면 입담이 저렇게 좋을까?"

우이쥬에는 화난 듯 손에 든 부채를 몇 번 휘저었고 수화와 수전은 가만히 웃기만 했다.

"올케가 못 당한다면 내가 해볼께요." 수잉이 말을 받았다. 수잉은 완얼이 그냥 서 있는 것을 보고 말했다.

"어서 앉아. 그런 예절은 지키지 않아도 되니까…."

그러자 쥬에후이는 자리를 찾아 앉았고, 완얼도 말없이 그 자리에 앉았다. 그러자 수잉이 쥬에후이에게 말했다.

"밖에서 하는 연극은 하나도 재미가 없어요. 남자 손님들은 정말 부끄러운 줄도 모르고 눈이나 더럽힐 그 따위 연극을 구경하지 않겠어요. 완얼은 우리 집에 올 기회가 많지 않은데 첸얼과 만나서 할 말이 있다 하고, 나는 못 만난 지 몇 달이 되어 이 애가 보고 싶었어요. 그래서 이 방으로 데려온 거예요. 서로 만나 한참 이야기를 하는 중인데 그만 오빠가 들어왔잖아요. 그런데 오빠는 도련님의 신분으로 어째 이런 델 들어온 거지요?"

"나더러 나가라는 말 같구나. 그렇지 않아도 곧 나가려고 했는데. 많은 사람이 한데 모여서 덥고 갑갑한 것이 뭐 그리 좋겠냐." 쥬에후이는 이렇게 말했으나 좀처럼 나갈 성싶지 않은 눈치였다.

"셋째 오빠, 왜 간다고만 하고 안 가는 거요? 오빠도 늘 우쭐거리지만은 못할 거요. 둘째 오빠에게 벌써 혼인 말이 나고 있으니까 다음번엔 오빠 차례지요." 수화가 옆에서 참견했다. 입바른 그녀는 마침내 그 소문을 이야기하고야 말았다.

"뭐라고? 작은형에게 혼인 말이 오간다고? 혼인 말을 누가 했는데?" 쥬에후이가 놀라서 물었다.

"펑씨네 할아버지가 했나봐요. 바로 그 할아버지의 조카손녀인데 나이는 쥬에민 오빠와 동갑이고 고집이 세다나요." 수화가 대답했다.

"둘째 도련님보다 한 달이 늦어요." 완얼이 설명했다.

"생김새도 그만하면 괜찮구요."

"또 그 늙은이가…." 그는 이렇게 내뱉으며 벌떡 일어섰다.

"작은형한테 말해줘야지." 그는 밖으로 달려나가다 고개를 돌려 다시는 못 보게 될 사람을 바라보듯 완얼을 바라보았다. 그때 완얼 은 첸얼과 뭐라고 소곤거리는 중이었고 수화와 수전은 야릇하게 웃 으며 자신을 바라보고 있었다.

"얼른 이 소식을 형에게 전해줘야지." 그는 마치 중대한 소문이나 들은 듯 이렇게 중얼거렸다.

그러나 방을 나와 안방 대청마루 앞에 간 그는 뜻밖의 일에 실망 했다. 쥬에민이 할아버지와 펑러산의 곁에 서 있고, 펑러산은 금색 부채를 부치면서 웃는 얼굴로 쥬에민에게 말을 하는데, 쥬에민은 아 주 공손한 태도로 그의 말에 대답하고 있는 것이었다.

'어째서 형은 저 늙은이에게 저렇게 굽신거리고 있담? 저런 백정 하고 할 말이 뭐 있다고. 형은 바로 저 자가 자기의 적, 자기의 행복 을 파괴하는 작자인 줄도 모른단 말인가….' 쥬에후이는 속으로 형 을 책망했다.

마침내 쥬에민도 자신의 혼사를 알게 되었다. 쥬에후이가 일러주 었을 뿐만 아니라 쥬에신이 할아버지의 명령을 받들어 쥬에민의 의 견을 물으러 왔던 것이다. 의견을 묻는다는 건 결코 할아버지의 본 의가 아니었다. 할아버지는 명령을 내렸을 뿐이고 할아버지의 명령 은 언제나 준수되어야 했다. 쥬에신 역시 할아버지가 이렇게 하는 데 대해서 찬성하는 건 아니었지만 그대로 따라야 할 것으로 생각하 고 있었다.

이것은 쥬에민에게 있어서 커다란 충격이었다. 그는 싫다고 한 마디로 대답했다.

"내 결혼문제는 나 자신이 결정해야지요. 나는 아직 어리고 한창 공부를 해야 할 때이므로 결혼할 생각이 없어요."

그는 아직도 할 말이 많았으나 그만 입을 다물고 말았다.

"네 마음대로 하겠다는 말은 할아버지께 통하지 않아. 아직 어리다는 핑계를 댈 수 있겠지만 우리 집안에서 열아홉 살에 결혼하는 것이 그리 이른 편은 아니다. 나도 열아홉 살에 결혼했으니까. 할아버지 앞에서는 그것도 이유가 될 수 없다." 쥬에신은 주저하면서 이렇게 말했다.

"형의 말대로라면 결국 방법이 없다는 이야기군요." 쥬에민이 발끈 화를 냈다.

"내가 어디 방법이 없다고 했니?" 쥬에신은 얼른 변명하듯 말했으나 뒷말을 잇지 못했다.

쥬에민은 형의 마음을 꿰뚫어보기라도 할 듯 그의 얼굴을 살폈다. 그러면서 그는 한 가지 일이 생각나 목소리를 높여 말했다.

"오늘 오후에 형이 한 말을 잊어버렸어요? 형은 나더러 형의 비극을 재연하라는 거예요?"

"그렇지만 할아버지가…." 쥬에신은 할아버지의 뜻이라며 자기를 변호하려 했다. 쥬에민의 말이 옳지만 동시에 할아버지의 명령도 준수해야 하기 때문이었다.

"할아버지란 말은 그만두세요. 나는 나대로 갈 길을 가겠어요." 쥬에민은 형의 말이 채 끝나기도 전에 이렇게 한마디를 던지고는 즉시 자기 방으로 가버렸다.

　밤이 깊어서도 그는 잠을 이룰 수 없었다. 그는 쥬에후이와 오랜 시간을 두고 상의했다. 그런 다음, 다음과 같이 결정을 내렸다. 그것은 우선 반항해보고, 반항하다가 안 되면 도망칠 것. 어쨌든 절대 굴복하지 않겠다는 것이었다. 쥬에후이는 힘써 형을 격려했다. 그것은 우선 형을 동정해서였고 다음으론 형이 이 집에서 하나의 선례를 만들어냄으로써 자기와 다른 동생들을 위해 새 길을 개척해주기를 바랐기 때문이었다. 쥬에민은 흥분된 심정으로 친에게 보낼 짤막한 편지 한 장을 썼다. 그리고 이튿날 아침 책 속에 끼워 친에게 보내기로 했다. 편지의 내용은 이러했다.

　　친에게

　　나에 대한 어떤 소문이 들리더라도 절대 흔들리지 않기를 바라오. 지금 어떤 사람이 나에게 청혼을 해왔지만 나는 이미 나 자신을 당신에게 맡겼소. 나는 결코 포기하지 않을 것이오. 당신도 그동안 나를 믿어왔으니까 끝까지 나를 믿어주시오. 그리고 내가 얼마나 용감히 싸우는지를, 그리고 내가 어떻게 이겨나가는지를 보아주오.

　　　　　　　　　　　　　　　　　　　　　　　　　　쥬에민

　쥬에민은 자기가 쓴 편지를 두 번씩이나 곱씹어 읽어보고 의기양양해서 중얼거렸다.

　"이것은 우리의 연애사에서 귀중한 기념품이 될 거다." 그는 편지를 쥬에후이에게 보이며 물었다.

"어떠냐?"

"대단해. 중세의 기사답군." 쥬에후이는 편지를 보고 비웃듯 칭찬했다. 그는 나오려는 웃음을 간신히 참으며 속으로 '어디 어떻게 싸우나 보자' 하고 생각했다.

할아버지의 생신이 지나가자 쥬에민의 혼담이 정식으로 거론되었다. 펑러산이 중신아비를 내세워 청혼을 하자 할아버지는 두말없이 승낙했다. 저우씨는 그의 며느리이긴 하지만 쥬에민의 계모이기 때문에 자기의 의견을 내놓기가 거북했다. 사실 그녀도 이 청혼에 반대하지는 않았다. 쥬에신은 이제야 문제가 심각하다는 것을 느꼈다. 그는 이 혼담이 일단 결정되면 만회할 수 없을 것이고 따라서 한 청년의 생명이 여기서 끊어지게 되리라 생각했다.

반대를 한다? 그에게는 할아버지의 의사를 거역할 용기가 없었다. 그래서 여러 가지로 생각한 끝에 미신의 힘을 빌기로 했다. 그는 할아버지로 하여금 셋째 숙모의 부친 왕 나으리에게 부탁해서 펑씨네 아가씨의 사주를 가져온 후에 점쟁이를 불러 궁합을 보게 했다. 그는 점쟁이의 입에서 '불길不吉'이라는 말이 나오기를 바랐고 심지어 점쟁이에게 뇌물을 주려고까지 했다. 그러나 결과는 그가 뜻하던 바와 정반대였다. 궁합이 너무 좋아 '부영처귀夫榮妻貴' '대길대리大吉大利'라는 것이었다. 그러자 저우씨 부인의 마음은 더욱 기울었다. 쥬에신은 점쟁이의 힘을 입으려고 은근히 바라던 것이 오히려 방해가 되고 보니 더이상 다른 방법이 없는 듯했다. 그는 점쟁이가 써주는 것을 받아들고 어리석었던 자기의 생각에 코웃음을 쳤다. 아울러 쥬에민의 앞길을 위해 슬퍼했다. 그는 허황한 소리들만 늘어놓은 그 종이쪽지를 찢어버릴까 하는 생각도 했으나 그럴 만한 용기조차 없었다. 그는 긴 한숨을 내쉬며 "이만하면 내가 할 노력은 다 한 셈이지." 하고 중얼거렸다. 그는 자기가 할 수 있는 일은 여기까지라고 생각했다.

혼인을 위한 준비는 당사자인 쥬에민에게 알리지 않고 비밀리에 진행되었다. 가오씨네 집에서 이런 일은 언제나 은밀히 처리되었고 당사자는 오히려 허수아비에 불과했다. 그뿐 아니라 과거에 허수아비 노릇을 하던 사람이 이제 와서는 다른 사람을 허수아비로 만드는 것이었다. 과거에도 그러했거니와 앞으로도 영원히 그러할 것이다. 이것은 할아버지와 모든 사람들의 공통된 견해였다. 그러나 그들은 쥬에민을 잘못 보았다. 쥬에민은 결코 그런 허수아비 노릇을 할 사람이 아니었다.

쥬에민은 손위 어른들과는 전혀 달랐다. 그는 자신의 혼사에 대해 많은 관심을 기울였다. 그는 조금도 부끄러워하지 않고 그러한 소식들을 탐문했고 쥬에후이도 함께 염탐해주었다. 쥬에민과 친과 쥬에후이는 소그룹을 형성해서 어떻게 하면 이 혼사를 취소시킬 수 있을 것인가, 또 쥬에민과 친의 관계를 어떻게 공개할 것인가 하는 문제들을 상의했다.

전투의 제1보로 그는 형에게 자신의 태도를 표명했으나 형은 자기 힘으로서는 어쩔 수 없다고 대답했다. 그 다음 계모에게 자신의 혼사를 취소시켜달라고 요청했으나 계모는 할아버지가 하시는 일에 자기가 어떻게 간섭할 수 있겠냐며 난색을 표했다. 그렇다고 해서 직접 할아버지를 찾아가 말할 수는 없었다. 결국 쥬에민은 유력한 원조자를 찾아내지 못했다. 이 가정에서는 할아버지의 말이면 그만이었고 쥬에민은 다른 사람의 동정을 얻을 수 없었다. 며칠 후에는 형편이 더 악화되어 친네 집에도 자주 갈 수 없게 되었다. 고모는 그를 동정했지만 고모 역시 어쩔 도리가 없었고 그를 원조해주려고 하지도 않았다. 뿐만 아니라 쓸데없는 오해를 받지 않으려고 그에게 자기 집에 자주 드나들지 말아달라고 충고했다. 가오씨네 집에서는 쥬에민이 그런 행동을 취하는 데 대해서 고모가 친을 그에게 시집보내기 위해 그를 충동질한 것 같다는 말이 떠돌고 있었기 때문이다. 친은 이러한 소문을 듣고 더욱 속이 상해서 울기만 했다.

완전히 실패한 쥬에민은 즉시 두 번째 전략을 취했다. 그것은 밖에 나가서 만일 집안에서 자기 의견을 존중하지 않는다면 최후의 수단을 취할 것이라는 말을 퍼뜨리는 것이었다. 그러나 이러한 말이 할아버지의 귀에 들어갈 리 만무했기 때문에 역시 아무런 효과도 거두지 못했다.

그러는 사이에 또 다른 소문이 떠돌았다. 즉, 사주를 교환하고 길일을 택했다는 것이다. 할아버지의 생일잔치가 있은 후 불과 두 주일 후의 일이었다. 그동안 쥬에신은 쥬에민의 의견을 할아버지에게 전달해보았으나 할아버지는 성을 내며 야단만 쳤다.

"내가 하는 일에는 틀림이 없다. 어느 놈이 감히 틀렸다고 하더냐? 내가 한번 하라고 하면 그대로 해야 한다."

쥬에민은 혼자 화원에 들어가 몇 시간 동안 거닐면서 '굴복하느냐, 끝까지 싸우느냐?' 하고 자문해보았다. 이때 그는 다소 주저했다. 일단 결심하고 행동하면 그 후에는 그것을 다시 만회할 여지가 없기 때문이었다. 도망을 치자니 집을 떠나면 앞날에 많은 곤란이 따를 것 같았다. 앞으로 어떻게 생활을 할 것인가? 이것이 큰 문제였다. 집에서 그는 여태껏 의식에 대한 걱정을 해본 적이 없었지만 집을 나간 뒤에는 어떻게 할 것인가? 무엇으로 생활할 것인가? 그는 사전에 아무런 준비도 해두지 않았던 것이다. 사태가 급박해서 즉시 결정을 내려야 할 형편이었지만 그는 이제 와서 오히려 주저하고 있었다.

그는 다시 쥬에신을 찾아가 상의했다. 그는 단도직입적으로 말을 꺼냈다.

"이번 혼사를 물릴 여지가 있는 것 같습니까?"

"내가 보기에는 방법이 없는 것 같다." 쥬에신이 우울하게 말했다.

"형은 정말 최선의 노력을 다했습니까?" 그가 절망적으로 물었다.

"그래."

"그러면 이제 어떻게 해요?"

"어떻게 하느냐고? 네 심정은 나도 알고 있다. 그러나 나에게는 방법이 없구나. 내 생각엔 할아버지가 시키는 대로 하는 수밖에 없을 것 같다. 이런 시대에 태어난 우리들에겐 희생자가 될 자격밖에 없는 거다."

쥬에신의 음성은 점점 더 슬퍼졌고, 금방이라도 눈물을 흘릴 듯했다.

"훌륭한 무저항주의자, 훌륭한 겸손철학가시군요." 쥬에민은 쓴웃음을 짓고 밖으로 나왔다. 그는 속으로 '역시 쥬에후이와 상의해 보는 게 좋겠군.' 하고 생각했다.

굴레에서 벗어나

이튿날 아침 쥬에신이 할아버지의 방에 문안을 드리러 갔을 때 할아버지는 펑씨 집안과의 혼사가 이미 결정되었다고 통보했다. 그러니 두 달 후 아무 날로 혼인날을 정해 그 댁으로 가서 먼저 사주를 교환하라고 만족스럽게 말하며 달력을 뒤적거렸다. 쥬에신은 공손하게 대답하고 물러나오다가 마침 할아버지 방으로 들어가는 쥬에후이와 마주쳤다. 쥬에후이는 그를 보더니 의미 있는 미소를 지었다.

쥬에신이 자기 방에 돌아가자마자 할아버지가 또 그를 불러오라고 자오씨 어멈을 보냈다. 그가 다시 할아버지의 서재에 들어갔을 때 할아버지는 성난 목소리로 쥬에후이를 꾸짖고 있었다. 할아버지는 위아래 흰 명주옷을 입고 소파에 앉아 있었다. 첩 천씨는 둥글고 넓은 소매의 호주산 비단저고리를 입고 머리를 반들반들하게 빗어올린 채 온통 분칠을 한 얼굴로 소파 한쪽에 걸터앉아 할아버지의 등을 두드리고 있었다. 쥬에후이는 조용히 할아버지 앞에 서 있었다.

"그놈이 나를 거역했다. 이런 일이 어디 있단 말이냐? 네가 나가서 쥬에민을 찾아오너라." 할아버지는 쥬에신이 들어오자 언성을 높여 말했다. 쥬에신은 영문을 몰라 어리둥절했다.

할아버지는 말을 마치자 기침을 심하게 했다. 천씨는 힘을 주어 그의 등을 문질러주면서 카랑카랑한 목소리로 위로했다.

"어째서 그렇게 화를 내세요? 연세도 많으신 이가 젊은이들 때문에 노여워하다 건강이라도 해치면 어쩌시려구요?"

"그놈이 내 말을 안 듣다니! 그놈이 내게 반항을 하다니!" 할아버지는 가쁜 숨을 몰아쉬고 얼굴을 붉히며 띄엄띄엄 말을 이었다.

"그놈이 내가 정해준 혼처를 싫다고 했단 말이냐? 되지도 않을 소리다. 네가 나가서 그놈을 찾아오너라. 내 단단히 버릇을 고쳐줘야겠다."

쥬에신은 공손히 "예, 예." 하고 대답만 했다. 그제야 쥬에신도 할아버지가 화를 낸 이유를 대강 짐작할 수 있었다.

"이게 모두 그 되지 못한 학교교육 때문이다. 내 본래부터 아이들을 학교에 넣지 말라고 했는데 너희들이 내 말을 듣지 않았기 때문이야. 이제 봐라, 어떠냐? 쥬에민이라는 놈까지 나쁜 물이 들어서 이 할애비를 거역하고 나섰단 말이다…. 내 말 똑똑히 들어라. 이제부터 가오가의 자손은 누구도 학교에 가면 안 된다. 알아들었느냐?" 그는 말을 마치고는 또 기침을 하기 시작했다.

"예, 예." 쥬에신은 몸 둘 바를 몰라하며 그 자리에 서 있었다. 할아버지의 말 한 마디 한 마디가 벽력과도 같이 그의 귀청에 울렸다.

쥬에후이는 쥬에신의 옆에 서 있었으나 그의 심정은 쥬에신과 전혀 달랐다. 그도 그러한 분위기 속에서 압박감을 느끼기는 했지만 조금도 겁을 내지 않았다. 그는 오히려 속으로 웃고 있었다. 그는 '종이로 바른 등롱은 곧 찢어지게 마련이지.' 하고 생각했다.

할아버지의 기침은 멎었으나 몹시 피곤한지 곧 드러누우며 조용히 눈을 감았다. 그의 얼굴에 파리가 앉지 못하게 천씨가 살살 부채질을 했다. 쥬에신 형제는 여전히 그 앞에 단정히 서서 다음 말을 기다렸다. 그들은 천씨가 나가라고 손짓을 한 후에야 그 방에서 나왔다.

할아버지의 방에서 나오자 쥬에후이가 먼저 입을 열었다.

"형, 작은형이 편지를 한 장 써놓고 갔는데 내 방에 가서 보시겠어요?"

"너 할아버지께 뭐라고 했니? 어째서 내게 먼저 말하지 않고 할아버지께 갔단 말이냐? 정말 소견머리도 없이." 쥬에신이 쥬에후이를 원망했다.

"소견머리가 없다구요? 나는 할아버지에게 알리고 싶어서 그랬어요. 할아버지에게 우리가 개돼지처럼 그렇게 고분고분하지는 않다는 것을 알려주고 싶었단 말입니다."

쥬에신은 그 말이 자기에게 하는 말이라는 것을 알았기에 그저 괴로울 뿐이었다. 그는 자기의 안타까움을 말할 수도 없었다. 아무리 자기 입장을 밝히려 해도 쥬에후이가 곧이들을 리 없다는 것을 그는 알고 있었다.

쥬에후이는 형을 자기 방으로 데리고 가 쥬에민의 편지를 건네주었다. 쥬에신은 편지를 읽을 엄두가 나지 않았지만 읽지 않을 수 없었다.

형님께.

나는 지금까지 우리 집에서 아무도 하지 못한 일을 하기로 했습니다. 저는 강압적인 혼사를 치를 수 없어 집을 떠납니다. 집에는 나의 앞날과 운명에 대해 관심을 가져주는 사람이 하나도 없습니다. 그래서 나는 결연히 내가 가야 할 길을 가기로 결심했습니다. 나는 구세대의 세력과 끝까지 싸워보겠습니다. 이번 결혼문제를 취소시키지 않는다면 죽어도 집에 돌아오지 않겠습니다. 아직도 이번 혼담을 취소할 여지가 없지는 않습니다. 형님이 우리 형제간의 정을 생각해서라도 도와주시기 바랍니다.

××일 밤 3시
쥬에민 올림

편지를 읽고 난 쥬에신은 창백한 얼굴로 손을 부들부들 떨면서 편지를 바닥에 떨어뜨렸다. 그러고는 혼잣말로 중얼거렸다.

"나더러 어쩌란 말이냐? 정말 내 사정은 몰라주는구나."

"형은 도대체 어쩔 작정입니까? 이제 와서 사정을 알아주느니 몰라주느니 할 문제가 아니에요." 쥬에후이가 냉정하게 말했다.

쥬에신은 깜짝 놀란 듯 벌떡 일어나며 간신히 말했다.

"가서 쥬에민을 찾아와야겠다."

"형은 찾아내지 못할 거예요." 쥬에후이가 코웃음을 쳤다.

"찾아낼 수가 없다고?" 쥬에신이 말끝을 흐렸다.

"그렇고 말고요. 어디 있는지 아무도 모르니까요."

"너는 알고 있지? 그렇지? 넌 틀림없이 알고 있을 거다. 어서 말해라. 어디 있니? 어서 말해." 쥬에신이 사정했다.

"알고는 있지만 형에게는 절대로 일러드리지 못하겠어요." 쥬에후이의 대답은 단호했다.

"나를 믿지 못하겠다는 거냐?" 쥬에신이 괴로워하며 말했다.

"형 같은 사람을 믿어서 무슨 소용이 있겠어요? 큰형의 무저항주의와 작읍주의 철학이 작은형의 앞날을 망칠 뿐이죠. 어쨌든 형은 너무 무기력해요."

쥬에후이의 목소리는 격분으로 떨리고 있었다. 쥬에신은 계속 방안을 서성거렸다.

"꼭 쥬에민을 찾아야 돼. 쥬에민이 있는 곳이 어디냐?"

"절대 말 못해요."

"말하지 않고는 못 배길걸. 나 말고라도 다른 사람이… 우선 할아버지가 기어코 말하게 하실 거다."

"절대 말하지 않겠어요. 아무리 그래도 우리 집에서 사형私刑으로 나를 고문하지는 못할 겁니다." 쥬에후이는 조금도 굴복하지 않고 오히려 강경하게 말했다. 그는 잠시나마 복수의 만족감을 맛보고 싶었을 뿐 형의 고통스러운 심경은 생각하려 들지 않았다.

쥬에신은 절망적인 심정으로 방에서 나갔다. 조금 후 그는 다시 들어와 쥬에후이와 구체적인 방법을 상의하려고 했으나 아무런 결과도 얻지 못했다. 할아버지와 쥬에민이 모두 받아들일 수 있는 그런 타협책이 떠오르지 않았다.

이날 저우씨의 방에서 조그만 가족회의가 열렸다. 모인 사람은 저우씨, 쥬에신 부부, 수화 그리고 쥬에후이였다. 모임은 쥬에후이 혼자서 나머지 사람들에게 심문당하듯 몰리는 상황이었다. 회의라고는 해도 처음부터 쥬에후이에게 쥬에민의 거처를 말하고 쥬에민을 데려오라 강요하기 위해 모인 것이었다. 그들은 그럴 듯한 온갖 말로 쥬에후이를 달랬고 심지어는 그 혼사를 취소시키는 데 모든 힘을 다할 거라는 말까지 나왔다. 그러나 쥬에후이는 완강하게 버텼다.

쥬에후이로부터 쥬에민의 거처를 알아낼 수도 없고 쥬에민이 제시한 조건을 받아들일 수도 없었기 때문에 쥬에신과 저우씨는 속만 태웠다. 그들은 커밍에게 할아버지 몰래 사주 교환을 며칠 간 늦추어달라고 부탁하고 한편으로는 사람을 풀어 쥬에민의 거처를 알아내려고 했다.

그러나 위안성, 쑤푸, 그리고 원더까지 나서서 아무리 찾으려고 애써도 그의 거처를 알아내지 못했다.

커밍은 쥬에후이를 자기 서재에 불러다놓고 엄한 말로 훈계를 하고 부드러운 말로 타이르기도 하고 달래보기도 했으나 아무런 소용이 없었다. 쥬에후이는 계속해서 모른다는 말만 반복했다.

저우씨와 쥬에신은 다시 쥬에후이를 붙들고 모든 조건을 다 들어줄 테니 우선 데려오라면서 쥬에민이 돌아오기만 하면 서로 차근차근 상의하자고 말했으나 쥬에후이는 안심할 수 있는 보증을 받기 전에는 누구의 말도 곧이들으려 하지 않았다.

저우씨는 쥬에후이를 한바탕 꾸짖고 속이 상해서 울었다. 그녀는 평소에 쥬에민 형제에게 방임하는 태도를 취해왔으나 그들의 장래에는 많은 관심을 가지고 있었다. 그녀는 그들의 불행한 결과를 보고 싶지 않았으며 계모라서 아이들을 등한히 했다는 좋지 못한 평판을 듣기는 더더욱 싫었다. 그녀는 어른을 몰라보는 쥬에후이의 태도에 불만이었고, 결혼하기 싫다고 집안 어른들에게 반항하여 도망쳐나간 쥬에민의 행동도 못마땅했다. 그러나 문제의 해결책은 도무지 생각나지 않았다.

이러한 난처한 입장에 처한 쥬에신은 어찌할 바를 몰랐다. 그도 쥬에민의 행동이 옳다는 것을 인정하고는 있었지만 동생에게 도움을 줄 수 없었다. 도움을 줄 수 없을 뿐만 아니라 오히려 할아버지와 함께 쥬에민을 압박해야 했다. 따라서 쥬에후이까지 그를 적으로 보게 된 것이다. 쥬에민을 찾아오지 못하면 할아버지를 대할 면목이 없고 쥬에민을 찾아오자니 동생에게 미안했다. 그리고 사실상 쥬에민을 찾아올래야 찾을 수도 없었다.

쥬에민은 한 부모에게서 태어난 친동생이고 쥬에신도 그를 지극히 사랑했다. 뿐만 아니라 부친은 임종시에 동생들을 자기에게 맡겼다. 그런데 지금 쥬에민의 일이 이렇게 되어가고 있으니 그야말로 부친에게 미안한 일이었다. 이런 생각이 들자 그는 견딜 수 없이 슬퍼져 눈물을 흘렸다. 그의 울음으로 인해 우이쥬에마저 눈물을 보였다.

이러한 사정을 할아버지는 전혀 알려고도 하지 않았다. 그는 자신의 권위와 체면만 중요시했을 뿐 다른 사람의 행복 따위는 안중에도 없었다. 그는 쥬에민을 찾아오라고 쥬에신만 못살게 굴었다. 그는 때때로 화를 내며 쥬에신을 꾸짖고 커밍을 책망했다. 나아가 저우씨까지도 꾸중을 들어야 했다.

그러나 아무리 꾸짖어도 소용이 없었다. 쥬에민은 전혀 굴복하려 들지 않았고 그의 거처를 알 도리도 없었다. 할아버지는 절대 밖으로 비밀이 누설되지 않도록 온 집안 사람들을 철저히 단속했다.

하루하루 날짜가 지나갔다. 할아버지는 자주 화를 냈고 쥬에신네 가족들은 기를 펴지 못하여 웃음이라곤 찾아볼 수가 없었다. 다른 사람들은 가오씨 일가의 불행을 기뻐하며 속으로 은근히 그들을 비웃었다.

어느날 쥬에후이는 고통스러운 마음으로 비밀리에 쥬에민을 만나고 집으로 돌아왔다. 절망에 빠져 괴로워하는 형을 남겨두고 집에 돌아온 그는 마치 광명의 세계에서 버림받은 것 같았다. 그의 눈에는 '집'이라는 것이 사막과 같았으며 낡은 세력의 근거지이자 적의 본거지였다. 그는 집에 돌아오자 즉시 쥬에신을 찾아가 성난 어조로 말했다.

"형, 형은 도대체 작은형을 구해줄 생각이 있는 거예요? 벌써 일주일이 지났는데."

"난들 어쩌란 말이냐?" 쥬에신은 고통스러운 표정을 지으며 두 손을 펴보였다. 그리고 속으로 '이제는 네가 오히려 속이 타는 모양이구나.' 하고 생각했다.

"그렇다면 형은 이 일을 이대로 내버려둘 작정입니까?"

"내버려두다니? 할아버지는 이제 보름 안에 쥬에민이 돌아오지 않는다면 그애를 영원히 이 집에서 쫓아버리고 신문에다 가오가의 자식이 아니라는 성명을 내시겠다더구나." 쥬에신이 괴로운 듯 말했다.

"할아버지가 정말 그러실 거라고 생각해요?" 쥬에후이는 고통스러웠으나 용기를 잃지는 않았다.

"못할 건 뭐냐? 지금 잔뜩 화가 나서 어쩔 줄 모르시는데…. 그뿐만 아니라 할아버지는 수잉이 혼사까지 한꺼번에 정해버릴 모양이시더라."

"수잉이 혼사라니? 할아버지가 수잉이를 누구와 혼인시킨답니까?"

"너 아직 모르고 있었니? 그애는 천씨네 집으로 가게 되었다. 아직 사주는 교환하지 않았지만… 바로 천커자陳克家의 아들이다. 둘째 숙부는 본래 천커자와 친한 사이고 게다가 동업자라서 두말없이 이 혼사를 찬성하셨다."

천커자라는 이름을 쥬에후이도 잘 알고 있었다. 천커자는 공교회를 유지해가는 중요한 인물이었다. 그 덥석부리 천커자가 '웨라이悅來' 찻집의 이등 기녀 장샤오타오와 눈이 맞아 지내고 있다는 것은 누구나 다 아는 사실이었다. 그는 언제나 장샤오타오를 데리고 변호사 사무실을 출입했으며 '풍류객'으로 이름이 났다. 쥬에후이는 얼굴까지 붉히며 큰 소리를 쳤다.

"천가 덥석부리네 집이라면 뻔하지 않겠어요? 바로 애비와 자식이 한꺼번에 제 집의 하녀와 간통을 해서 아이를 배니까 제 첩으로 삼았다는 그 작자 아니에요?"

"아니다. 수잉을 주자는 건 바로 그 사람의 동생이다. 그 하녀와의 일은 항간에 떠도는 말이니까 곧이들을 것도 못 되고 우리와 상관없는 일이다. 어쨌든 자기네들끼리 해결하겠지. 이 혼사의 중매인은 펑러산이다."

"우리와 상관없다고요? 형은 수잉이 그런 놈의 집으로 가게 되어도 아무렇지 않아요? 이건 소중한 젊은 생명을 망치는 것을 의미합니다. 아마 수잉도 싫어할 거예요." 쥬에후이가 분노에 떨며 말했다.

"그애가 싫어한들 어쩌겠니? 어쨌든 어른들이 결정할 일이니까."

"그렇지만 그애는 아직 어리지 않습니까? 이제 겨우 열여섯 살인데."

"금년에 열여섯이니 내년이면 열일곱이고 그만하면 시집을 가야지. 네 형수도 시집올 때 겨우 열여덟 살 아니었니? 한 살이라도 어릴 때 보내버려야 반항도 없고 말썽도 없는 법이다."

"그렇지만 본인의 동의도 구하지 않고 어리다는 것을 빌미삼아 그애의 운명을 아무렇게나 결정해버리면 본인은 평생 한을 품게 될 텐데. 어른들은 이런 생각도 하지 않겠지요? 그야말로 비열한 짓이에요." 쥬에후이의 입에서는 악담이 쏟아져나왔다.

"왜 그렇게 성을 내는 거냐?" 쥬에신이 고통스럽게 말했다.

"그분들이야 자기들의 의사에 복종시키는 것밖에 모르지. 그래서 쥬에민의 반항도 쓸데없는 거다."

"쓸데없다고요? 형도 그렇게 말하는 겁니까? 그래서 작은형을 도와주려고 하지 않는 거로군요."

"난들 어쩌겠니?" 쥬에신은 자기가 세상에서 가장 불행한 인간이라고 생각했다.

"아버지가 돌아가실 때 뭐라고 하시면서 우리를 형에게 맡겼는지 기억하고 있어요? 아버지께 미안하지도 않습니까?" 쥬에후이는 화가 나서 쥬에신에게 대들었다.

쥬에신은 말없이 흐느껴 울기 시작했다.

"내가 만일 형의 입장이라면 나는 결코 그렇게 일을 무능하게 처리하지 않겠어요. 내가 직접 펑씨네 집에 찾아가서 그 혼사를 거절하겠어요. 나 같으면 꼭 그렇게 하겠어요."

"그러면 할아버지는?" 한참만에야 쥬에신은 머리를 들고 이렇게 물었다.

"할아버지의 시대는 벌써 지나갔어요. 형도 설마 작은형을 할아버지 때문에 희생시키고 싶지 않겠지요?" 쥬에신은 고개를 떨구고 아무 말도 하지 않았다.

"형도 정말 한심해요." 쥬에후이는 멸시하듯 이 한마디를 던지고 밖으로 나가버렸다.

쥬에후이가 가버리자 쥬에신은 홀로 방에 남았다. 방 안은 너무나 적적하고 암울했으며 무거운 공기가 그를 누르고 있었다. 그의 작읍

주의 철학과 무저항주의는 더이상 이 대가족의 현실을 조화시킬 수 없었다. 그는 모든 사람에게 만족을 주기 위해 자신의 행복까지 희생했으나 그것이 그에게 평화와 안녕을 가져다주지는 않았다. 그는 자진해서 부친이 지고 있던 짐을 떠맡아 동생들을 양육하는 일을 자기 삶의 목표로 삼았으며 그들을 위해 모든 것을 희생하려 했다. 그러나 도리어 동생 하나를 내쫓은 격이 되어버렸고 다른 동생은 자기를 무능한 인간이라고 멸시하는 지경에 이르렀다. 이러한 처지에 빠진 그가 무엇으로 자신을 위로할 수 있을 것인가? 한참 동안 이런 생각을 하던 그는 마침내 쥬에민에게 성심껏 편지 한 장을 썼다. 그는 편지에다 자기 심정을 토로하고 자신이 처한 입장과 슬픔을 적은 후 그들 형제간의 정을 낱낱이 썼다. 마지막으로 쥬에민에게 돌아가신 부친의 체면과 가정의 평화를 위해 즉시 돌아오기를 바란다고 썼다.

그는 쥬에후이를 찾아 편지를 보이고 그것을 쥬에민에게 전해달라고 부탁했다. 편지를 읽은 쥬에후이는 눈물을 흘렸다. 그는 고개를 끄덕이며 편지를 봉투에 넣었다.

얼마 되지 않아 쥬에민의 회답이 왔다. 쥬에후이가 가지고온 편지에는 다음과 같이 씌어 있었다.

오랫동안 기다리고 있었는데 형의 그러한 편지를 받은 저는 무척 실망했습니다. 형님은 그냥 돌아오라는 말만 거듭거듭 되풀이했을 뿐입니다. 지금 저는 좁디좁은 방 안에 갇혀 있습니다. 마치 탈옥한 죄수라도 되는 것처럼 마음 놓고 움직이지도 못하는 형편입니다. 조금이라도 움직였다가는 그 즉시 붙들려 사형수의 감방으로 끌려가게 될 것입니다. 그런데 그 사형수의 감방이라는 것이 바로 우리집이고 저의 생명을 노리는 망나니들이 바로 우리 가족들입니다. 우리 가족들은 모두 한데 뭉쳐서 부모도 없는 이 고아를 죽이려 하고 있습니다. 나의 행복을 돌려주려는 사람도 없고 저를 사랑해주는 사람도 없습니다. 물론 가족들은 제가 돌아가기를 바라고 있을 것입니다. 제가 돌아가면 문제는 해결되고 가족들의 마음은 편안해질 테지요. 그렇지만 가족들은 제가 희생되는 모습을 보게 될 것입니다. 제가 순순히 돌아갈 거란 망상은 버리십시오. 제 요구조건이 실행되지 않는 한 절대로 돌아가지 않을 것입니다. 집에 대해서는 이미 아무런 미련도 없습니다. 많은 고통과 추억을 가지고 집에서 나왔고 그 추억이 지금도 저를 슬프게 하며 언제나 저를 억눌러 저는 사랑으로 제 자신을 간신히 지탱하고 있습니다. 형님은 이번에 제가 이처럼 큰 용기를 낸 것에 대해 아마도 깜짝 놀라셨을 것입니다. 그렇습니다. 이 것은 저 자신도 이전에는 생각하지 못했던 일입니다. 그러나 지금 저에게는 사랑이라는 것이 있습니다. 저는 저 자신을 위해서뿐만 아니라 두 사람의 행복을 위해서 싸우는 것입니다. 그녀의 행복을 위해서 저는 끝까지 싸울 것입니다. 형님! 지금 제가 무슨 생각을 하고 있는지 아십니까? 저는 지금 우리 집 화원을, 예전에 거기서 같이 놀던 사람들과 어릴 적에 놀던 일을 생각하고 있습니다. 이 동생을 도와주십시오. 아버지의 얼굴을 보아서나 형님으로서의 책임을 생각해서라도… 제발 도와주십시오. 저를 위하지 않더라도 형님은 그녀를 위해 나서야 할 것입니다. 그녀의 행복을 염두에 둔다면 형님은 그녀를 도와주어야 할 것입니다. 우리

집안에서 불행한 사람은 메이 누님 하나만으로 충분합니다. 절대로 제2
의 메이 누님을 만들지 말아주십시오….'

쥬에신의 눈에서 눈물이 흘러내렸다. 그러나 스스로 마음의 갈피
를 잡지 못했다. 그는 깊은 구렁텅이에 빠진 것처럼, 주위가 온통 새
까맣고 광명이나 희망은 조금도 없는 것처럼 여겨졌다.

"쥬에민은 나를 이해하지 못해. 나를 이해해주는 사람은 하나도
없군." 그는 혼자서 중얼거렸다.

옆에서 보고 있는 쥬에후이는 화가 나기도 하고 불쌍한 느낌이 들
기도 했다. 쥬에민의 편지는 그가 먼저 읽어보았을 뿐만 아니라 어
떤 구절은 쥬에민과 그가 상의해서 쓴 것이었다. 그는 이만하면 반
드시 쥬에신을 감동시켜 쥬에민을 도와줄 용기를 갖게 될 것이라고
예상했다. 그러나 그에게 돌아온 것은 실망스러운 말뿐이었다. 그는
쥬에신을 책망하려 했으나 책망해봤자 무슨 소용이 있을까 여겨졌
다. 더구나 쥬에신은 이제 자기의 주장도 없는 그런 사람이 아닌가
하는 생각까지 들었다.

'이 집안은 아무런 희망도 없다. 아예 이 집안에서 나가버리는 편
이 나을지도 모른다.' 쥬에후이는 속으로 이런 생각을 했다. 이제 그
는 쥬에민의 일에 대해 비관하지 않았을 뿐만 아니라 자기 자신에
대해 새로운 생각을 하고 있었다. 이 생각은 방금 싹이 트기 시작한
것이었지만 머지않아 더욱 굳어질 터였다.

요 며칠 동안 몇몇 사람들은 쥬에민의 일로 인해 심각한 나날을 보냈다. 당사자인 쥬에민도 물론 예외일 수 없었다. 친구 황춘롄의 집에 머물고 있는 그는 아무런 부족함 없이 황춘롄의 보살핌을 받았으나 온종일 답답한 방 안에 갇혀 지내자니 행동이 부자유했고 언제나 공포에 시달렸다. 쥬에민처럼 경험이 없는 사람에게 도피생활은 확실히 견디기 어려운 일이었다.

쥬에민은 좋은 소식이 오기를 날마다 애타게 기다렸지만 쥬에후이가 가져오는 것은 늘 반갑지 않은 소식뿐이었다. 희망은 점점 사라져갔다. 그러나 절망만 한다고 일이 해결될 리도 없기 때문에 그는 용기를 내어 이 모든 고통을 참고 견뎠다. 동시에 쥬에후이가 끊임없이 '최후의 승리'라는 말로 그를 격려해주었고 친의 사랑과 그녀의 모습이 그에게 막대한 힘을 주었다. 그래서 그는 굴복하지 않고 끝까지 버텨나갔다.

이 며칠 동안 그의 머릿속에서는 친의 모습이 사라지지 않았다. 그는 언제나 친만 생각했고, 낮잠을 잘 때도 꿈에 보이는 것은 자기와 친에 관계되는 일뿐이었다. 희망이 적어지면 적어질수록 그는 더욱 친을 그리워했다. 그리움이 사무칠수록 만나보고 싶은 생각이 간절해졌다. 그러나 친의 집에는 고모가 있기 때문에 만나러 갈 수가 없었다. 그가 지금 있는 곳에서 친의 집까지는 아주 가까운 거리였으나 서로 만날 수 없을 뿐 아니라 소식을 전하기조차 불편했다. 쥬에후이가 왔을 때 편지를 써서 친에게 전달해달라고 부탁할까 했으나 정작 펜을 들고 보면 할 말이 너무 많아서 무엇부터 쓰는 것이 좋을지 난감했다. 그렇다고 해서 간단히 써보내자니 친에게 오히려 걱정을 끼치게 될 것 같았다. 그래서 그는 기회를 보아 그녀를 만나서 이야기하기로 결심했다. 뜻밖에도 얼마 안 가 기회가 왔다. 고모가 집에 없다는 것을 알게 된 쥬에후이가 곧 달려와서 쥬에민과 함께 친에게로 갔던 것이다.

쥬에후이는 쥬에민을 문 밖에 숨겨두고 자기 혼자 먼저 들어가 친을 불러 의기양양한 어조로 말했다.

"누나, 내가 누나에게 좋은 소식을 가져왔어요."

친은 흰 적삼 차림으로 손에 책을 들고 침대에 비스듬히 누워 잠을 자려 하다가 쥬에후이의 목소리를 듣고 얼른 일어나 앉았다. 그녀는 책을 한쪽에 놓고 머리카락을 쓰다듬어 올리며 축 처진 목소리로 말했다.

"뭔데?" 그녀의 얼굴은 몹시 수척하여 핏기라곤 찾아볼 수 없었고 눈꺼풀마저 아래로 축 늘어져 있었다. 미소조차 짓지 못하는 걸로 봐서 며칠 동안 잠을 설친 것 같았다.

"많이 수척해졌구먼." 쥬에후이는 대답하는 것도 잊어버리고 자기도 모르게 이렇게 말했다.

"요 얼마간 왜 그리 소식이 없었어?" 친이 쓴웃음을 지으며 말했다.

"둘째 오빠 일은 어떻게 되었어? 왜 소식을 전해주지 않지?" 그녀는 가까스로 일어섰다.

"며칠 동안이라고? 나는 그저께도 왔다 갔고 지금도 막 뛰어오느라고 땀을 뻘뻘 흘렸는데…. 이래도 고맙단 말을 안 하겠어?" 쥬에후이는 웃으면서 손수건을 꺼내 땀을 닦았다.

친은 테이블 위의 꽃부채를 건네면서 쥬에후이에게 하소연했다.

"시간이 얼마나 지루한지 모르겠어. 어서 말해봐. 둘째 오빠 일은 어떻게 됐어?" 그녀는 우울과 수심이 가득한 눈을 크게 떴다.

"작은형은 굴복했어요." 쥬에후이는 이런 거짓말을 할 생각이 없었지만 그 순간 어쩐지 그렇게 말하고 싶어져 별 생각 없이 내뱉듯 말했다.

"굴복했다고?" 그녀는 고통스러운 어조로 그 말을 받아 되풀이하다가 즉시 그 말을 단호히 부정했다.

"믿을 수 없어…."

그녀는 이 거짓말에 그렇게 큰 타격을 받지 않은 것 같았다.

친의 말대로였다. 이 말이 끝나자 그녀의 방에는 갑자기 다른 한 청년이 나타났다. 그녀의 눈은 즉시 기쁨으로 빛났다.

"오빠!"

이 부르짖음은 놀람인지, 기쁨인지, 책망인지, 그녀 자신도 분간할 수 없었다. 그녀는 거의 쥬에민에게 달려가 매달릴 지경이었다. 그러나 그녀는 곧 걸음을 멈추고 여러 가지 의미를 담은 시선으로 쥬에민을 뚫어지게 바라보았다.

"친! 나야." 이렇게 말하는 쥬에민의 마음속에서는 기쁨과 슬픔이 교차했다. 비록 눈물을 흘릴 정도는 아니었지만.

"진작 한 번 찾아왔어야 하지만, 고모님께 들킬 것 같아서 오지 못하다가 이제야 겨우 온 거야."

"오빠가 오리란 걸 알고 있었어요. 난 벌써부터 오리라고 생각하고 있었어요."

그녀가 기쁨에 넘쳐 말했다. 그녀의 눈에서는 눈물이 줄줄 흘러내렸다. 친은 원망하는 시선으로 쥬에후이를 노려보며 말했다.

"네가 조금 전에 나를 속였지만 난 알고 있었어. 그가 그리 쉽게 굴복하지 않으리라는 것을 확신하고 있었어. 그를 믿으니까."

"'그'라는 게 누구요? 누가 그이란 말이에요?" 쥬에후이는 미소를 지었다. 그는 마땅히 대답할 말이 생각나지 않아서 이런 말로 친을 놀려주었다.

친은 조금도 얼굴을 붉히지 않고 자랑스러운 듯이 쥬에민을 가리키며 "그이는 바로 이 사람이지."라고 대답하고는 만족스럽게 방긋 웃었다. 그녀는 사랑이 담긴 시선으로 쥬에민을 쳐다보았다.

친의 이러한 태도는 쥬에후이에게 의외의 일이었으나 나쁜 인상을 주지는 않았다. 그녀는 웃으며 쥬에민을 바라보았다. 쥬에민은 친으로부터 분에 넘치는 말을 듣자 영웅이나 된 것처럼 우쭐거리며 서 있었다.

쥬에후이는 이제 와서야 자기의 추측이 틀렸다는 것을 알았다. 그는 이 두 사람의 만남이 슬픔으로 가득 찰 줄 알았고 눈물과 울음이 가득한 비극의 한 장면이 펼쳐지리라 생각했다. 그들의 가정에서는 그렇게 되는 것이 아주 당연한 일이었기 때문이다. 그러나 사실은 그의 예측과 정반대였다. 그들 두 사람은 그야말로 사랑과 믿음으로 결합되어 있었고 그 속에서 희망과 위안을 얻었다. 어떠한 장애도 그들을 갈라놓을 수 없을 성싶었다. 그들은 벌써 불가항력적인 사랑의 힘으로 결합되어 있었다. 그들에게는 슬픔도 실망도 없었으며 서로에 대한 믿음이 있을 뿐이었다. 지금 이 순간 친과 쥬에민은 확실히 그 앞에서 사랑의 가장 숭고한 한 장면을 연출하고 있었다. 그것은 마치 암흑세계 속의 한 줄기 빛처럼 그에게 희망을 가져다주었다. 앞으로는 자기가 쥬에민을 격려하지 않더라도 쥬에민은 결코 굴복하지 않으리라는 확신이 들었다. 정열이 넘치는 젊은이는 쉽게 남을 신뢰하게 되는 법이다.

"그만하세요. 연극은 이쯤 하면 됐어요. 그리고 할 말 있으면 어서들 하세요. 시간이 자꾸 가는데…." 쥬에후이가 웃으면서 그들에게 말했다.

"내가 밖으로 나가줄까요?" 그는 또 이렇게 물었다. 그는 속으로 '어쨌든 내게 놀림을 받고야 말지' 하고 생각했다.

그들은 쥬에후이를 바라보고 미소를 지을 뿐 아무 대꾸도 없이 서로 손을 마주잡고 침대에 걸터앉아 친밀하게 이야기를 주고받았다. 쥬에후이는 그들에게 등을 돌린 채 책상 앞에 앉아 손에 잡히는 대로 책을 한 권 집었다. 그것은 《입센 작품집》으로 페이지마다 접었던 자리들이 있고 군데군데 밑줄이 그어져 있었다. 그 책을 주의 깊게 들여다보고 있던 그는 친이 요즈음 《국민의 적》을 읽는 중이라는 것을 알 수 있었다. 친이 그 작품에서 격려와 위안을 찾았으리라 생각하니 얼굴에 저절로 미소가 떠올랐다. 그가 뒤를 돌아보니 친과 쥬에민은 이야기를 하는 데 여념이 없었다. 그들은 아주 다정하게 속삭이고 있었다. 선의에 찬 친의 미소는 그녀의 얼굴을 한층 더 아름답게 해주었다. 방금 전에 보았던 초췌한 모습은 온데간데 없이 사라지고 없었다. 쥬에후이는 자기도 모르게 시선이 자꾸 친에게로 쏠리는 것을 느꼈다. 그는 형이 은근히 부러웠다. 그러다가 다시 고개를 돌려 부채질을 하면서 《국민의 적》을 읽기 시작했다. 그는 제1막을 다 읽고 나서 또 친을 돌아보았다. 친은 여전히 쥬에민과 이야기를 하는 중이었다. 제2막을 다 읽었을 때까지도 그들의 이야기는 끝나지 않았다. 책 한 권을 다 읽었을 때도 그들은 여전히 재미있게 이야기를 하고 있었다.

"무슨 할 말이 그렇게도 많아?" 쥬에후이가 재촉하기 시작했다.

친은 그를 흘끗 바라보더니 방긋이 웃고는 또 이야기를 계속했다.

"형, 이제는 돌아가야지. 그만큼 이야기했으면 됐잖아요?" 30분쯤 지나자 쥬에후이가 또 재촉했다.

쥬에민이 대답하려는 것을 친이 가로채었다.

"조금만 더 기다려. 아직 시간도 많은데 그렇게 조급해 할 것 없잖아?" 그녀는 쥬에민을 놓치지 않으려는 듯 쥬에민의 손을 꼭 붙잡았다.

"나는 돌아가야겠는데." 쥬에후이가 일부러 심술궂게 말했다.

"좋아, 그럼 먼저 돌아가라고. 우리 집 같은 이런 누추한 곳에 쥬에후이 같은 훌륭한 분이 어떻게 앉아 있겠어?" 친이 뾰루퉁해서 말했다. 그러나 쥬에후이가 정말 나가려는 것을 보자 그들은 함께 말렸다.

"쥬에후이, 너 정말 가려는 거니? 이 정도 사정은 좀 봐줘야지."
쥬에민이 진심으로 사정했다.

그제야 쥬에후이도 웃으면서 말했다.

"농담이야. 하지만 나를 너무 푸대접하잖아. 누나는 내가 온 지
이렇게 오래됐는데 여태 앉으라는 인사도 없고 말 한 마디도 하지
않으니…. 형이 있으니까 나 같은 건 그만 잊어버리고 말았지?"

두 사람은 웃었다.

"입이 하나밖에 없는데 어떻게 두 사람과 한꺼번에 이야기를 하
겠니? 쥬에후이, 내 말 좀 들어봐. 오늘만은 오빠하고 이야기하게
해줘. 그리고 할 말이 있으면 두었다가 내일 와서 실컷 하면 되잖
아." 친이 어린아이를 달래듯 말했다.

"그런 말로 속이려고. 하지만 넘어갈 사람이 어디 있어요. 나는
형 같은 그런 복이 없다니까…."

"쥬에후이야." 쥬에민이 말을 하려고 하는데 친이 또 가로챘다.

"말로는 도저히 쥬에후이를 당해낼 수 없어. 이것만 대답해 봐.
너 쉐첸루에게 혹시 마음이 있니? 그애는 나보다 몇 배 더 훌륭하고
그애야말로 신여성이야! 소개해줄까?" 그녀의 얼굴에 의미 있는 미
소가 떠올랐다.

"그야 내 마음에 들 수도 있고 안 들 수도 있지만, 그게 누나와 무
슨 상관이야? 우린 서로 아는 사이니까 누나가 새삼스레 소개할 필
요도 없어요." 쥬에후이는 그 말을 농담으로 돌렸으나 그런 종류의
화제에 대해서 커다란 흥미를 느꼈다.

"그래, 정말 좋은 말이로군. 나도 그런 생각을 하고 있었어. 둘 다 사상도 진보적이고 매우 정열적이지." 친이 대답을 하기도 전에 쥬에민이 문득 무엇을 생각했는지 싱글벙글하며 고개를 끄덕여 친의 의견에 찬성했다. 쥬에후이는 물론 그들의 생각을 짐작하고 있었다. 그는 웃는 얼굴로 손을 내저으며 말했다.

"그만들 둬요. 난 형이나 누나와는 다르다오. 난 연극을 할 줄 몰라요." 그는 고개를 돌려버렸다. 이때 제일 먼저 그에게 떠오르는 것은 '내 마음에 드는 것은 바로 당신이오' 하는 생각이었다. 그러나 또다시 '나는 벌써 한 소녀의 생명을 빼앗아버렸어. 난 다시는 사랑을 하지 않을 거야' 하는 생각이 떠올라 이런저런 상념들을 지워버렸다. 그는 웃기만 했다. 그것은 쓴웃음이었다.

친과 쥬에민의 이야기가 마침내 끝났다. 이제 그들은 서로 헤어지지 않을 수 없었다. 그러나 쥬에민은 정말 그곳에서 떠나고 싶지 않았다. 저 아름다운 여자뿐만 아니라 방 안에 있는 모든 것이 그에게는 아주 소중했다. 그는 친을 바라보며 주저했다. 자기를 기다리고 있을 그 보잘것없고 쓸쓸한 뒷방 구석을 생각하자 좀체 돌아갈 용기가 나지 않았다. 그러나 쥬에후이가 옆에서 재촉하듯 바라보자 돌아가지 않을 수 없다는 것을 깨닫게 되었다. 그에게는 다른 도리가 없었다. 그는 마치 햇빛 찬란하게 빛나는 하늘로부터 깊은 암흑의 구렁텅이에 빠져들어가는 듯 절망적이고 슬픈 어조로 "가야지."라고 말했다. 그러나 발길이 떨어지지 않았다. 그는 친에게 몇 마디 위로를 하고 싶었으나 좀처럼 적당한 말을 찾을 수 없었다.

"날 걱정하지 마." 그는 이렇게 말했으나 본 마음은 결코 그렇지 않았다. 그는 오히려 친이 언제나 자기를 그리워해주었으면 하고 바랐다.

친은 쥬에민 앞에 서서 그 서글서글한 두 눈으로 그를 바라보고 있었다. 그녀는 쥬에민의 입에서 무언가 중요한 말이 나올 것 같아 그의 말에 귀를 기울였다. 그러나 그 예상치 못했던 말에 실망하고 말았다. 그녀는 쥬에민이 곧 가버리지나 않을까 해서 얼른 그를 만류했다.

"잠깐만 기다리세요. 난 아직 할 말이 있어요." 그녀는 이렇게 말하며 그의 소매를 붙잡았다.

친의 말을 마치 맛있는 음식을 삼키듯 통째로 삼키며 쥬에민은 감정이 북받쳐오는 그녀의 얼굴만 바라보았다. 그의 눈빛은 안경 유리알을 꿰뚫고 나와 친의 눈 속으로 파고 들어갔다. 그는 미소를 지으며 천천히 말했다.

"걱정 마. 지금 돌아가진 않을 테니까." 그는 웃었지만 그 표정은 마치 우는 것 같았다. 옆에 있던 쥬에후이는 그가 울고 있다고 생각했다.

친은 쥬에민의 따뜻하고 부드러운 시선이 자신의 눈과 얼굴을 애무하며 마치 '어서 말해, 어서 말해봐. 네가 하는 말이라면 한마디도 빼놓지 않고 다 들을 테니까' 하고 말하는 듯했다. 그녀는 쥬에민에게 영원히 잊혀지지 않을, 영원히 위안이 될 수 있을 그런 말을 해주고 싶었으나 적당한 말이 얼른 떠오르지 않았다. 그녀는 그를 똑바로 바라보며 몹시 당황해했다. 그녀는 쥬에민이 곧 돌아가버릴 것 같아서 여전히 소매를 붙잡고 놓지 않았다. 그녀는 더이상 말을 가리지도 않고 생각나는 대로 무엇이나 다 말해버렸다.

"첸루가 그러는데, 우리 학교에 다니는 원과 '올드미스'는 베이징으로 공부하러 간대요. 그애들도 이런 환경에서는 견뎌낼 수 없는 모양이에요. 집에서 그애들이 단발한 것을 몹시 나무라나봐요."

친은 이런 식으로 이야기를 시작했다. 그녀는 쥬에민이 원이니, '올드미스'니 하는 이름과 별명을 잘 알고 있기나 하듯이 그들이 누구인지를 설명해주지도 않았다. 그러나 쥬에민은 매우 흥미를 느끼는 듯 주의 깊게 듣고 있었다.

"첸루도 아마 가게 될 모양이에요. 그녀 아버지는 그애 때문에 지금 공격을 받고 있다나봐요. 그래서 그애 아버지는 몹시 분개해서 외무부를 그만두고, 딸과 함께 상하이나 난징에 가서 살기로 했대요." 쥬에민은 여전히 그녀의 말에 귀를 기울였다.

"메이 언니는 요즘 병세가 심해졌어요. 매일 각혈을 한대요. 그다지 많이 토하지는 않지만… 그 언니는 그 일을 자기 어머니에게도 말하지 않고 나에게도 다른 사람에게 말을 하지 말라고 했어요. 그런데도 약 먹기를 싫어해요. 하루라도 더 살면 그만큼 고통스러워서 차라리 일찍 죽는 편이 낫겠대요. 그런데도 그 집 어머니는 매일 놀러다니거나 마작에 정신이 팔려서 딸한테 그다지 신경도 쓰지 않는대요. 오히려 큰올케가 늘 걱정하면서 약이랑 물건을 보내주곤 해요. 어제는 마침 기회가 있기에 내가 언니의 상태를 언니 어머니께 말씀드렸지요. 그랬더니 그제야 당황한 모양이에요. 언니가 하는 말이 옳은지도 모르지만 나로서는 언니가 죽는 걸 그냥 보고만 있을 수는 없어요. 이런 얘기는 큰오빠에게 하지 마세요. 각혈한다는 사실을 절대 큰오빠에게는 알리지 말아달라고 언니가 신신당부했어요."

그녀는 쥬에민의 눈에 눈물이 고인 것을 보았다. 쥬에민도 입술을 달싹거리며 무슨 말을 할 듯했으나 결국 입 밖에 내지는 않았다. 그러나 친은 그가 하려는 말을 이미 짐작하고 있었다. 친은 갑자기 슬픔을 느꼈다. 그녀는 말을 꺼냈다가도 자꾸만 그냥 삼켜버렸다.

"이젠 더이상 얘길 계속할 수 없어요." 한참 동안 망설이던 그녀가 울음 섞인 목소리로 말했다. 그녀는 뒤로 몇 걸음 물러나서 두 손으로 얼굴을 가리고는 하염없이 눈물을 흘렸다.

"친! 나는 가야겠어." 쥬에민이 작별인사를 했다.

사실 그 역시 마음이 내키지 않았지만 이제는 돌아가지 않을 수 없었다. 그는 자신들의 유쾌한 대면이 이렇게 끝나리라고는 생각지 못했다. 두 사람 모두 울어버리고 말았기 때문이다. 그들은 새 시대의 청년이니, 용감한 청년이니 하고 자처하는 사람들이었지만 그 모든 노력들도 눈물로 끝맺고 말았다.

"가지 마세요. 가면 안 돼요." 친은 얼굴을 가리고 있던 손을 쥬에민에게로 내밀며 아쉬운 듯 이렇게 부르짖었다. 쥬에민도 그녀에게 달려가려고 했으나 쥬에후이에게 그만 어깨를 붙잡히고 말았다. 그는 말없이 쥬에후이를 돌아보았다. 쥬에후이의 눈동자는 강렬한 빛을 발하고 있었다. 그는 턱으로 바깥을 가리켰다. 돌아가자는 의미였다. 쥬에민도 동생이 옳다고 느꼈다. 그는 뒤돌아서 슬픔에 잠긴 친을 위로했다.

"친, 울지 마. 또 올게…. 가까운 데 있으니까 기회만 있으면 다시 만나러 올게…. 이제 가야지. 건강 주의하고 기쁜 소식이나 기다려." 쥬에민은 친 혼자만을 어두워지는 그 방에 남겨둔 채 쥬에후이를 따라나섰다.

친은 그들이 나가는 것을 보자 비틀거리며 문 어귀까지 따라가다 그만 걸음을 멈추었다. 그녀는 문설주에 기대어서 눈물을 닦으며 그들의 뒷모습을 바라보았다.

거리로 나간 쥬에민과 쥬에후이의 귀에는 마치 친의 울음 소리가 계속 들리는 듯했다. 그들은 둘 다 말없이 성큼성큼 걷기만 했다. 황춘렌의 집이 가까워지자 쥬에후이는 갑자기 걸음을 멈추고 쥬에민에게 나직이 말했다.

"형의 일은 반드시 이루어질 거고 꼭 승리를 얻을 거야. 이제 더 이상의 희생은 필요치 않아. 이미 바친 희생만으로도 충분해." 그는 잠시 말을 멈추었다가 다시 단호하게 말을 이었다.

"더이상의 희생이 필요하다면 이제는 그들에게 치르게 해야지."

영원한 이별

　그 즈음 쥬에신은 양심의 가책 때문에 쥬에민을 구해주어야겠다고 생각했다. 그러지 않으면 한평생 한이 맺힐 것 같았다. 그는 며칠 동안 생각하여, 계모와 아내와 상의한 끝에 겨우 할아버지 앞에 가서 쥬에민을 위해 사정을 얘기해보기로 했다. 그는 간곡하게 쥬에민의 심정을 설명하고(물론 쥬에민과 친의 일까지는 말하지 못했다) 할아버지에게 이 혼사를 당분간 미뤄두었다가 장차 쥬에민이 자립할 수 있을 때 가서 다시 거론해달라고 요청했다. 그의 말은 밤새껏 초고까지 써가며 준비한 것이었기 때문에 아주 감동적이었다. 그는 이만하면 자신의 말이 반드시 할아버지를 감동시킬 수 있으리라고 생각했다.

　그러나 쥬에신의 예상은 완전히 빗나가버렸다. 할아버지는 결코 쥬에신이 생각하는 그런 사람이 아니었다. 할아버지는 이야기를 듣자마자 노발대발 화를 냈다. 그는 이미 이성을 잃어버렸다. 그는 무엇보다 자기의 권위가 침해당하고 있다고 여겼기 때문에 어떤 강력한 수단을 써서라도 그것을 회복시켜야겠다는 생각이었다. 부모의 명령, 중매인의 말, 호주의 주장에 대해서 어린 놈이 뭘 안다고 불평을 하냐면서 이것은 하늘이 정해준 도리이니 여기에 거역하는 놈은 벌을 받아야 한다는 것이었다. 그는 젊은이들의 행복이나 소망에 대한 것은 염두에도 두지 않았다. 쥬에신이 애써서 얻은 것은 모진 패배감뿐이었다. 마지막으로 할아버지는 펑씨네와의 혼사는 절대 파기할 수 없으니 만약 쥬에민이 월말까지 돌아오지 않는다면 그놈은 가오씨네 집과 전혀 관계가 없는 놈이라고 신문지상에 공고하겠으며 쥬에민 대신에 쥬에후이를 장가보내야겠다고 통보했다.

쥬에신은 더이상 아무 말도 못하고 허리를 굽실거리기만 했다. 할아버지의 방에서 나온 쥬에신은 즉시 쥬에후이를 불러 강압적인 어투로 할아버지의 말을 전달했다. 그는 쥬에후이가 자신의 곤경을 모면하기 위해서라도 이른 시일 내로 쥬에민을 데려올 것이라고 생각했다. 그러나 쥬에후이는 총명했다. 뿐만 아니라 그도 예측하고 있던 일이기에 할아버지의 말에 대해서는 아무런 반대 의견도 표하지 않았다. 그는 다만 만일 희생이 필요하다고 해도 자신은 절대 희생자가 되지 않을 것이라고 다짐하며 형의 순종적인 태도를 비웃었다.

"아무리 생각해도 네가 쥬에민을 달래서 돌아오게 하는 것이 좋을 성싶다. 그렇지 않으면 이 혼사는 네게로 돌아갈 것 같구나."

쥬에신은 쥬에후이가 아무 말도 하지 않는 것을 보고 이러한 말로 쥬에후이의 마음을 움직여보려 했다.

"할아버지께서 그럴 의향이시라면 그렇게 하라고 하세요. 그러다가는 할아버지도 아마 후회하실 날이 있을 거예요. 나는 아무렇지도 않아요. 내게는 그보다 더 좋은 대책이 있으니까." 쥬에후이가 자신 있게 말했다.

쥬에신은 동생을 이해할 수가 없었다.

"형님이 어째서 그렇게 무기력하고 무능한지 알 수 없네요." 쥬에후이가 조롱하듯 말했다.

쥬에신의 얼굴은 당장 빨갛게 달아올랐다가 곧 핼쑥해졌다. 그는 화가 나서 부들부들 떨며 "너… 너…." 하는 말만 되풀이하며 무슨 말인가를 하려고 애썼다. 이때 문발이 들리면서 위안성이 들어왔다. 그는 당황한 낯으로 쥬에신에게 말했다.

"첸씨 마님댁에서 메이 아가씨가 돌아가셨다는 부고를 가지고 왔습니다."

"메이 아가씨가 돌아가셨다고? 언제?" 안방에 있던 우이쥬에가 뛰어나왔다.

"오늘 아침 7시가 조금 지나서 돌아가신 모양입니다." 위안성이 공손히 대답했다. 안방에 걸려있던 괘종이 '땡땡' 하고 아홉 번 울렸다. 방 안은 쥐죽은 듯 고요해졌고 한참 동안 아무도 말을 꺼내려 하지 않았다.

"급히 나가서 내 가마를 준비하라고 해라." 쥬에신이 침울하게 명령을 내렸다.

"저도 가봐야겠어요." 우이쥬에가 울음 섞인 어조로 간신히 이렇게 말하고 등의자에 주저앉았다.

"어서 나가거라." 쥬에신이 위안성에게 말하자 위안성은 즉시 문발을 들고 사라졌다. 쥬에신은 우이쥬에에게로 다가가 위로했다.

"당신은 가지 마오. 임신 중에 너무 슬퍼하면 몸에 해롭소. 그 집에 가게 되면 자연히 슬퍼질 거요. 당신은 몸이나 돌보고 있도록 하시오."

"메이 아가씨가 너무 불쌍해서 그래요⋯. 그날도 이모님 댁에서 가마에 오르려는데 메이 아가씨가 내 손을 잡더니 나보고 자주 놀러 오라고 당부하며 다음에 올 때는 꼭 하이천을 데리고 오라 했어요. 눈물이 글썽해져서 말이에요. 그런데 이렇게 이별할 줄이야. 가서 한 번 보기라도 해야겠어요⋯. 이것이 마지막일 텐데⋯ 살아 있을 때 그렇게 사이가 좋았었는데⋯." 우이쥬에가 목멘 소리로 떠듬떠듬 이렇게 말했다.

"여보, 당신 몸을 생각해요. 이제 내게는 당신 하나밖에 없다는 걸 당신도 알아야지요. 당신이 병이라도 나면 나는 어찌 되겠소?" 그는 몹시 침통했다.

쥬에후이는 책상 앞에 서서 흰 커튼만 멍하니 바라보고 있었다. 이것은 미리부터 짐작하고 있던 일이었다. 그때 그의 머리에는 친에게서 들은 메이에 관한 말들이 떠오르고 있었다. '하루라도 더 살면 더 사는 것만큼 고통스러워서 차라리 죽는 편이 낫겠어요' 이런 말이 메이 자신의 입에서 나왔다고는 하지만 가냘프고 애처로운 한 생명이 사라지는 것을 차마 보고 있을 수 없었다. 고통과 분노가 일시에 몰려와 그를 괴롭혔다. 그는 격해진 자기의 감정을 억누르고 차갑게 중얼거렸다.

"보세요. 또 한 사람의 희생자를 냈군요!"

그는 쥬에신이 이 말을 듣고 그 뜻을 이해하리라 생각하면서 그를 돌아보았다. 그는 고민에 싸여 자기를 바라보는 쥬에신의 시선을 외면하며 혼잣말처럼 다시 중얼거렸다.

"고통스러운 일이 다 끝난 건 아니지요. 그보다 더 무서운 일이 또 생길 테니까." 역시 쥬에신에게 들으라고 한 말이었다.

문 밖에 나선 쥬에신은 현기증이 나고 몸이 좋지 않았다. 그는 정신을 가다듬고 몇 걸음 떼었으나 가슴 속에서 갑자기 뜨거운 무엇이 치밀어오르는 것 같았다. 애써 참으려 했지만 목 안을 무엇으로 훑어내는 것처럼 고통스러웠다. 그는 마침내 기침과 함께 끈적거리고 비린내 나는 가래를 뱉어내었다. 땅에 떨어진 새빨간 가래침을 무의식중에 내려다 본 그는 마치 얼음 창고에라도 떨어진 것처럼 온몸이 오싹했다. 그는 손으로 가슴을 짚고 도로 방으로 들어갈까 하다가 생각을 고쳐먹고 말없이 그 가래침을 신발로 문질러버린 다음 애써 자세를 단정히 고치며 밖으로 나갔다.

첸씨네 집에 이르러 가마에서 내리자마자 울음 소리가 들렸다. 그는 급히 안으로 들어가 메이의 방문을 열어보았다.

이모와 어린 이종 동생과 친 그리고 어멈 한 사람이 있었다. 그들은 시체를 둘러싸고 통곡하다 쥬에신이 들어오는 것을 보자 울음을 그치고 인사를 건넸다.

"자네, 이걸 어쩌면 좋은가?" 산발을 한 첸씨 부인이 온통 눈물투성이가 된 얼굴로 쥬에신을 보며 이렇게 물었다.

"얼른 초상을 치러야지요." 쥬에신은 슬픈 목소리로 대답했다.

"그런데 관은 사왔습니까?" 쥬에신이 물었다.

"왕씨더러 사오라고 했는데 아직 돌아오지 않았네." 첸씨 부인은 울음 섞인 목소리로 떠듬떠듬 말했다. 왕씨는 그 집 하인이었다.

"메이가 죽은 지는 두 시간이 넘었지만 아직 아무 일도 못하고 있네. 식구라곤 나뿐이고 자네 사촌은 아직 나이가 어리고 왕씨는 사방으로 부고를 전해야 하니… 나 혼자서는 엄두도 못내고 있어. 집구석이 이렇게 되니 내 마음도 여간 심란하지 않네."

"이모님, 너무 걱정마세요. 제가 힘닿는 데까지 도와드리겠어요." 쥬에신은 이렇게 말했다. 이미 그는 자신이 방금 각혈을 했다는 것조차 까맣게 잊어버렸다.

"자네가 이렇게 친절하게 돌봐주니 저승에 간 메이도 감사할 걸세." 첸씨 부인이 진심으로 고마워했다.

이 '감사' 라는 말이 바늘처럼 쥬에신의 가슴을 찔렀다. 그의 가슴속에는 할 말이 많았으나 좀처럼 입 밖에 나오지 않았다. 그는 목놓아 통곡하고 싶었다. '메이가 나한테 감사를 하다니? 그녀는 나 때문에 죽은 것인데.' 그는 속으로 이렇게 생각하며 그녀의 시신 앞으로 다가갔다. 메이는 조용히 침대에 누운 채 가볍게 눈을 감고 있었다. 산발한 머리는 베갯머리 위에 흐트러져 있고 여윈 얼굴은 백짓

장처럼 창백하고 이마의 주름살은 더욱 깊어 보였다. 무슨 말을 하려다가 숨을 거두었는지 입은 약간 열려 있었다. 입술은 누가 닦아준 모양이었으나 아직 핏자국이 남아 붉은 빛이었다. 그녀의 손과 하반신은 얇은 이불에 덮여 있었다.

"메이, 내가 왔소."

그는 이렇게 나직이 중얼거렸다. 눈물이 가득 고여 아무것도 보이지 않았다. 쓰라린 가슴을 부여안고 그는 이런 생각을 했다. '우리는 이렇게 영원히 이별해야 한단 말인가? 나에게 하고 싶은 말은 하나도 없었을까? 나는 어째서 좀더 일찍 오지 못했을까? 내가 좀더 일찍 왔더라면 움직이는 그대의 입술을 보고 그대의 목소리를 듣고 그대가 무슨 생각을 하고 있는지 알 수 있었을 텐데….' 이런 생각을 하며 그는 또 속으로 중얼거렸다.

'메이, 내가 왔소. 내가 지금 여기 있어. 하고 싶은 말이 있으면 어서 하오. 내 다 들어줄 테니.'

그는 손수건을 꺼내 눈물을 닦고 메이의 얼굴을 들여다보았다. 파리 한 마리가 그녀의 이마에 앉자 손을 저어 날려보냈다. 메이는 여전히 차디찬, 돌덩이 같은 시신으로 거기에 누워 있었다. 목이 쉬도록 불러도 들릴 리 만무하고 그녀가 돌아올 리 없다는 것을 알게 된 그는 모든 것을 단념했다. 그와 그녀는 벌써 유명幽明을 달리했고 두 사람은 영원히 가까이 할 수 없게 되었다. 그는 후회와 비통과 절망으로 인해 울기 시작했다.

쥬에신의 울음은 또 첸씨 모자의 울음을 자아내었다. 친이 그에게

다가가서 말했다.

"큰오빠, 지금은 울고 있을 때가 아니에요. 얼른 언니의 후사를 치러야지요. 운다고 죽은 사람이 다시 살아나겠어요? 그렇지 않아도 아주머니는 정신을 못 차리시는데 오빠가 그렇게 우시면 마음이 어떠시겠어요. 죽은 언니도 이를 아신다면 슬퍼할 거예요."

쥬에신의 귀에 이 말이 아프게 울려왔다. '내가 메이를 슬프게 한 건 이번뿐만이 아니라 부지기수였어' 하고 그는 생각했으나 입 밖에 내어 말하지는 않았다. 그는 더이상 울지 않고 긴 한숨만 내쉬었다.

"자네 탓이 아니야. 메이와 그렇게 사이가 좋아서 혼사 말까지 있었는데… 그때 내가 승낙을 하지 않은 게 잘못이었지. 그렇지만 않았다면 이렇게 되지는 않았을 텐데…." 첸씨 부인은 울음 섞인 목소리로 이렇게 말했다.

"큰오빠, 언니를 이렇게 내버려두지 마시고 얼른 뒷일을 돌봐주세요." 첸씨 부인의 말이 쥬에신의 마음을 아프게 했으리라 여긴 친은 얼른 화제를 다른 데로 돌렸다.

"그렇게 해야지." 쥬에신은 한숨을 내쉬고 첸씨 부인을 한쪽으로 데리고 가서 메이의 뒷일에 대해 상의했다. 필요한 것을 모두 사들이라 말하고, 관을 어떻게 집 안으로 들여올지, 어멈을 시켜 메이의 몸을 씻어주고 옷을 갈아입히고 입관시키라는 것 등을 얘기했다. 그리고 모든 절차가 끝나자 마지막으로 관 뚜껑을 덮었다.

관 속에서 메이는 얼굴만 내놓았다. 눈을 살며시 감은 채 무슨 말을 할 듯 입은 약간 벌어져 있었다. 쥬에신은 미련이 담긴 시선으로 사랑했던 사람의 얼굴을 오랫동안 들여다보았다. 이제 몇 분 후면 그 얼굴이 자기의 눈앞에서 영원히 사라지게 된다고 생각하자 그는 견딜 수 없었다. 그녀를 이 세상에서 떠나보내고 싶지 않았다. 갖은 생각들이 마음을 뒤흔들었다. 그는 그녀의 시체에서 수의를 벗겨내 그녀를 안고 아무도 없는 곳으로 도망치고 싶었다. 그러나 차마 그럴 용기가 없었다. 붉은 비단천을 들고 있는 염장이가 미웠으며 그를 쫓아버리고 싶었다. 그 염장이가 손을 움직이면 메이의 얼굴을 다시는 볼 수 없기 때문이었다.

그러나 그는 마침내 관 뚜껑을 덮도록 지시했다. 염장이가 붉은 비단을 덮으려 하자 첸씨 부인이 갑자기 관 모서리를 붙들고 놓지 않았다. 그녀는 딸의 얼굴을 들여다보며 통곡했다.

"메이야, 아직도 입을 다물지 못하는구나. 무슨 할 말이 남았니? 어서 말해봐라. 어미가 여기 있다…. 메이야, 내가 널 죽였구나. 어미 눈이 어두워서 네 속을 몰라준 거다. 너의 좋은 인연을 몰라보고 평생 고생만 시키고 이 모양으로 만들었구나. 메이야, 내 잘못을 생각하니 정말 후회스럽구나. 메이야, 이 어미 소리가 들리느냐? 왜 대답 한 마디 없니? 나를 원망하겠지? 오냐, 내가 널 죽였으니 나도 데려가다오. 저 세상에서도 헤어지지 말고 모녀가 되자꾸나. 메이야, 대답 좀 하렴… 불쌍한 내 딸아. 이 어미도 데려가거라. 메이야, 메이야…."

첸씨 부인은 울먹이는 목소리로 메이의 이름을 불렀다. 그녀는 눈물과 콧물투성이가 되어 발을 동동 구르며 이마를 관에다 찧어댔다.

여러 사람들이 달래고 달래서 간신히 그녀를 관에서 떼어놓았다.

그러자 붉은 비단이 관을 덮어 관 속의 모든 것이 가려졌다. 염장이는 나무 못으로 비단을 관에다 고정시키고 뚜껑을 닫았다. 그리고 틈새들을 송진으로 발랐다. 이런 절차들은 잠깐 사이에 끝났다. 그리하여 집 안에서 메이의 존재는 사라지고 그녀의 시신을 담은 관만 남았다. 그러나 그 관도 그날로 메고 나가게 되어 있었다.

손님들이 차차 모여들었다. 그러나 늘 내왕하는 얼마 안 되는 친척들뿐이었다. 쥬에신의 계모 저우씨가 수화와 하이천을 데리고 왔고 친의 어머니인 장씨 부인도 왔다. 그 외에 또 여자 손님 두세 명이 왔으나 모두 잠깐 앉았다 가버렸다. 쥬에신은 메이가 관 속에서라도 볼 수 있게 하이천을 보내어 관 앞에 서게 했다. 모두들 울고 있는 모습을 보자 하이천은 따라서 울음을 터뜨렸다. 쥬에신은 저우씨에게 아이를 데리고 먼저 집으로 돌아가게 했다. 메이의 영구를 성 밖에 있는 빈소까지 전송한 사람은 메이의 모친과 어린 동생과 왕씨를 제외하고는 쥬에신, 쥬에후이, 수화, 친뿐이었다. 쥬에후이는 늦게야 와서 이 쓸쓸한 장례식을 겨우 참관했다.

빈소는 큰 사당 안에 있었다. 사당은 여러 해 동안 사람의 손이 가지 않아 형편없이 황폐해졌고 본전本殿의 섬돌 아래에는 잡초가 우거져 있었다. 양옆 돌층대 위의 조그만 방들은 영구를 안치하는 곳이었는데 방문이 열려져 방 안에 있는 낡은 기물들이 들여다보이는 곳도 있었다. 젯상다리 한 개가 부러진 것, 신주패가 상 위에 자빠진 것, 영구 앞에 써붙인 주련들이 떨어져 나갔거나 바람에 찢겨진 것들이 있었다. 그런가 하면 어떤 방은 문이 꽉 닫혀서 들여다볼 수 없는 곳도 있고, 조그마한 방 안에 아무런 장식도 없이 관만 서너 개씩 놓인 곳도 있었다. 이러한 관들은 임자가 없는 것으로서 1~2년이 지나도록 와보는 사람이 없었다. 파리들만이 그 위에서 윙윙거릴 뿐이었다.

그들은 잠깐 사이에 방 안을 정리하고 메이의 영구를 들여놓은 후 젯상을 마련하고 위패를 세웠다. 왕씨는 바깥 섬돌 위에서 지전을 태웠다. 첸씨 부인은 관에 엎드려 울었고 메이의 동생도 그녀 옆에서 울고 있었다. 친은 첸씨 부인을 위로하려 했으나 메이의 인생과 그녀와의 우정 그리고 지금의 쓸쓸한 정경, 그 위에 자기의 처지를 생각하자 그만 통곡하지 않을 수 없었다.

젯상 앞에서 쥬에신은 그들의 울음 소리를 듣고는 감각을 잃은 사람처럼 멍하니 서 있었다. 그의 눈에서는 까닭 모를 눈물이 저절로 쏟아져내렸다. 관 안에 들어 있는 것은 메이가 아니라 다른 사람이고, 메이는 아직 살아서 슬픈 표정으로 자기의 비참한 신세를 하소연하고 있는 듯했다. 눈물에 젖은 눈을 크게 뜨자 몽롱하던 것이 점점 또렷해지며 붉은 종이에 검은 글씨로 '고포자전매분여사지신위 故胞姉錢梅芬女士之神位'라고 쓴 위패가 사정없이 그의 눈을 파고 들었다. 메이는 확실히 죽은 것이었다. 젯상 저편에 관이 놓여 있었다. 메이의 모친은 통곡하면서 주먹으로 관 뚜껑을 쳤고 고인의 어린 동생도 관에 엎드려 "누님! 누님!" 하고 부르짖었다. 메이의 운명에 위압당한 친은 관 위에 올려놓은 오른팔을 베고 나지막이 울었다. 쥬에신의 눈에서는 다시 눈물이 쏟아졌다. 그러나 이번에는 무엇 때문에 눈물이 나오는지 알고 있었다. 쥬에신은 이런 정경을 더이상 보고 있을 수가 없어서 손수건으로 눈물을 닦고 문 밖으로 나가 섬돌 위에서 왕씨가 지전 태우는 것을 물끄러미 바라보았다. 이때 본전에서 씩씩하게 걸어오는 쥬에후이를 본 쥬에신은 나이는 어리지만 이러한 상황에서는 쥬에후이만이 믿음직한 존재라는 것을 순간적으로나마 분명히 느꼈다.

"돌아갑시다." 그는 쥬에신을 재촉했다. 왕씨가 태우던 지전은 말끔히 타버렸고 섬돌 아래에는 한 무더기의 검은 재만 남아 있었다. 간혹 타지 않은 것들이 하늘로 날아올랐다. 바람은 그 종이 재를 사방으로 날려보냈다.

"돌아가자." 쥬에신도 힘없이 말하고는 안으로 들어가 그만 울음을 그치라고 사람들을 달래기 시작했다. 자신의 슬픔도 가누기 힘든데, 다른 사람의 슬픔까지 달래기는 쉬운 일이 아니었다. 친과 첸씨 부인은 소리없이 눈물만 흘렸고 메이의 동생만이 애처로운 목소리로 "누님, 누님…." 하고 외치며 큰 소리로 목놓아 울었다.

그곳을 떠날 때 사람들은 모두 영전에 가서 마지막 배례를 했다. 배례를 마치고 나오려 할 때 메이의 동생이 갑자기 영전을 돌아보며 울음 섞인 목소리로 뇌까렸다.

"누님, 우리는 돌아가요. 누님 혼자 남아서 얼마나 적적하겠어요?"

소년의 이 말 한마디가 사람들의 심금을 울려 또 한 차례 눈물을 흘리지 않을 수 없었다. 친은 소년의 손을 잡고 다정스럽게 위로하며 그를 데리고 밖으로 나갔다. 쳰씨 부인도 울음을 그쳤다가 이 말에 다시 슬픔이 북받쳐올라 걸음을 멈추었다. 그는 다시 젯상 앞으로 가서 물기 어린 눈으로 촛대와 향불, 위패를 바라보다가 목 멘 소리로 넋두리를 늘어놓았다.

"메이야, 네 동생 말이 맞다. 그곳에서 얼마나 적적하겠니? 얼마나 외롭고 쓸쓸하겠니? 육친이라곤 하나도 없이 혼자 쓸쓸하게… 얘야, 오늘 저녁에는 집으로 돌아오렴. 너 혼자라고 집이야 못 찾겠니? 앞으로 매일 저녁 네 방에다 예전과 같이 불을 켜주마. 네가 돌아오면 그 불빛을 볼 수 있을 거야…. 네가 쓰던 물건도 모두 그대로 놓아두마. 얘야… 내 딸아." 그녀는 하고 싶은 말이 많았으나 가슴이 답답하고 목이 메어서 그 말을 간신히 마치고 돌아갔다.

쥬에신은 맨 마지막으로 가마에 올랐다. 그는 돌아오면서도 자주 뒤를 돌아보았다. 뒤에 처진 사람은 쥬에후이였는데 가마를 타지 않고 혼자 다시 그 방에 들어가 영구 주위를 한 바퀴 돌며 다른 사람들과 마찬가지로 메이에게 작별의 말을 고했으나 소리 내어 울지는 않았다. 그의 가슴 속에는 오히려 분노가 치밀어오르고 있었다. 그는 애증이 뒤섞인 목소리로 중얼거렸다.

"몇 마디 곡성과 몇 마디의 동정, 몇 방울의 눈물로 소중한 한 청춘을 매장하고 마는군요. 누님, 나는 누님을 그 죽음으로부터 불러내 누님이 어떻게 살해당했는지 밝히지 못하는 것이 안타까울 뿐이에요."

불협화음

    이튿날 오후, 쥬에후이가 쥬에민에게 메이의 소식을 일러주자 쥬에민은 한바탕 눈물을 쏟았다. 한 시간쯤 지나 쥬에후이가 집으로 돌아가려고 자리에서 일어나자 쥬에민도 동생을 문 밖까지 전송했다. 쥬에후이가 문턱을 넘어섰을 때 쥬에민이 갑자기 그를 불러세웠다.

    "또 무슨 일이 있어?" 쥬에후이가 돌아서며 물었다. 쥬에민은 다정하게 웃으며 말없이 한참을 바라볼 뿐 아무 말이 없었다.

    쥬에후이는 형의 심중을 헤아린 듯 부드럽게 말했다.

    "형, 여기서 지내자니 외롭지? 형이 적적하리라는 것을 나도 잘 알고 있어. 나 역시 마찬가지야. 집 안에는 나를 이해해주는 사람이 아무도 없어. 황씨 어멈은 방에 들어서기만 하면 형 소식을 묻고 눈물을 흘려. 형수님은 나만 보면 형 걱정을 하고 어머니, 수잉, 수화도 늘 나를 붙잡고 형 소식을 묻곤 해. 그러나 그들의 생각은 형이나 내 생각과는 거리가 멀어. 집에서는 나 혼자 완전히 고립되어 있어. 하지만 참고 견뎌야지. 형도 참고 견뎌야 해. 형은 기필코 이기게 될 거야."

"그렇지만 좀 겁이 난다." 쥬에민은 겨우 이렇게 한마디 하고는 눈물을 글썽거렸다.

"겁은 무슨 겁? 형은 반드시 승리할 텐데." 쥬에후이가 웃으며 쥬에민을 격려했다.

"몸서리칠 정도로 적적하단다. 너무 외로워."

"형에겐 마음을 이해해주는 사람이 두 명이나 있잖아?" 쥬에후이가 애써 웃으며 말했다.

"나를 이해해주는 두 사람 때문에 나는 더욱 너희들이 그립단다. 친은 물론 오기 힘들다지만 너조차 이렇게 획 가버리곤 하니…" 쥬에후이는 눈시울이 뜨거워졌다. 그러나 형에게 눈물을 보이지 않으려고 시선을 다른 곳으로 돌려버렸다.

"형, 참아. 형은 반드시 승리할 거야. 며칠 간이야 참아내지 못하겠어?" 여기까지 말했을 때 인기척이 들려오자 그는 입을 다물었다. 황춘렌이 빙긋이 웃으며 다가와 말을 건넸다.

"이 사람들, 왜 안에 들어가 이야기하지 않고 여기서 이러지? 경각심을 늦추어서는 안 되네."

"이제 돌아가는 길일세." 쥬에후이는 웃으면서 황춘렌에게 인사를 하고 발길을 돌려 그곳을 떠났다.

"그럼 나는 쥬에민과 안에 들어가서 이야기하겠네." 황춘렌의 말이 뒤에서 들려왔다.

그는 길을 걸으면서도 "반드시 승리할 거야."라고 중얼거렸다. 그러나 속으로는 '과연 승리할 것인가? 승리는 도대체 언제 올 것인가?' 하고 안타까워했다. 그러다 친의 집에 들어선 후에야 겨우 결심했다. '벌써부터 그런 걱정을 할 필요가 있나? 어쨌든 우리는 끝까지 싸워야 돼.'

그는 먼저 고모를 찾아뵌 후 친의 방으로 갔다. 친을 만나자마자 그는 이렇게 말했다.

"지금 작은형을 만나고 오는 길이에요. 작은형이 잘 있다는 안부를 전해달라고 하던데." 편지를 쓰고 있던 친은 급히 펜을 놓고 웃으며 대답했다.

"고마워, 나도 지금 오빠한테 편지를 쓰는 중이었어."

"편지 배달은 두말할 것도 없이 내가 해야겠지?" 쥬에후이가 웃으며 말했다. 그는 무심코 편지에 시선을 보냈다가 '메이 언니'라는 글자들이 서너 군데 보이기에 즉시 물었다.

"메이 누님의 소식을 알려주려는 거요? 내가 벌써 말해주고 오는 길인데…. 누님의 죽음에 대해 누나의 생각이 어떤지 그거나 좀 얘기해줘요."

"이 편지에 절대로 제2의 메이 언니가 되지는 않겠다고 썼어. 우리 어머니도 나를 그렇게 만들지는 않을 거고…. 어머니는 어제 언니의 참상과 그 집 어머니의 고통을 보시고 마음이 움직여서 내 소원대로 되도록 힘써주시겠다고 하셨어." 이렇게 말하는 친의 표정은 단호하고도 낙관적으로 보였으며 안색도 며칠 전처럼 그렇게 초췌하지 않았다.

"그거 좋은 소식인데. 그런 소식은 될 수 있는 대로 속히 알려줬어야지!" 쥬에후이는 이렇게 말하며 친에게 빨리 편지를 마치도록 재촉했다. 그리고 그들은 다시 이야기꽃을 피웠다.

쥬에후이는 친의 편지를 가지고 쥬에민을 다시 찾아갔다. 쥬에민은 마침 황춘렌과 재미있게 이야기를 하는 중이었다. 쥬에후이도 그들의 유쾌한 대화에 끌려들어가 한 시간 가량 주거니 받거니 하다가 그곳을 떠났다. 그는 집에 돌아오자마자 할아버지를 찾아뵈려 했다. 할아버지 방 앞까지 갔을 때 여러 사람들이 모여 서서 무언가 엿듣고 있는 것을 보았다. 흔히 있는 일이었기 때문에 아랑곳하지 않고 안채로 들어가 할아버지의 방에 드리워진 문발을 쳐들려고 하는 순간 갑자기 방 안에서 울음 섞인 어조로 무엇을 일러바치는 듯한 넷째 숙모의 목소리가 들려왔다. 이어서 할아버지의 성난 목소리와 기침 소리가 들려왔다.

'볼 만한 구경거리가 드디어 터졌구나.' 쥬에후이는 이렇게 중얼거리며 문발을 쳐들려던 손을 멈추었다.

"지금 가서 그놈을 데리고 오너라. 한바탕 혼내주어야지…. 정말 속 터지는구나." 할아버지의 노기 어린 목소리에 이어 다시 기침소리가 들렸다. 그의 기침 소리에 이따금 넷째 숙모의 흐느낌이 섞여 들려왔다.

"예! 예!" 하는 커밍의 소리가 들리더니 잠시 후 문발이 들리며 상기된 얼굴로 커밍이 밖으로 나왔다. 쥬에후이는 그곳을 떠났다.

할아버지 방 창 밑에서 엿듣고 있던 사람들 중에는 수화도 끼어 있었다. 그녀는 쥬에후이를 보자마자 달려와 물었다.

"오빠, 넷째 숙부 얘기 들었어?"

"벌써부터 알고 있었다." 쥬에후이는 고개를 끄덕였다.

"그런데 모두들 어떻게 알게 되었지?" 그는 턱을 내밀어 할아버지의 방쪽을 가리켰다.

수화는 무슨 자랑거리라도 되는 듯 이야기를 길게 늘어놓았다.

"글쎄, 넷째 숙부가 밖에서 작은댁을 두고 새 집을 얻어 살림을 차렸대요. 그런 일이 일어난 지 오래되었다는데 집에서는 아무도 모르고 있었어요. 그리고 숙모가 시집올 때 가지고 온 금은 패물들을 남에게 견본품으로 빌려준다고 거짓말하고 죄다 빼내어 이제껏 돌려주지 않았대요. 숙모가 찾아오라고 하면 이 핑계 저 핑계만 대다가 다그쳐 물으니까 잃어버렸다고 하더라나요. 게다가 숙부는 몇 달 전부터 밖으로만 나돌고 저녁에는 항상 늦게야 돌아오곤 했는데 숙모는 매일같이 마작에 정신이 팔려서 별로 의심도 하지 않은 모양이에요. 그런데 어제 아침에 숙모가 어쩌다 숙부 주머니에 여자 사진 한 장이 들어 있는 것을 발견했고, 그게 누구냐고 다그쳐 물었지만 사실을 말하지 않은 모양이에요. 그러던 중 어제 오후에 마침 숙모가 상점으로 물건을 사러 갔는데 웬 여자가 숙부의 가마를 타고 와서 가게문 앞에서 내리더니 그 뒤를 가오중이 따라가더라나요? 그래서 오늘 숙모가 기회를 엿보아 가오중을 자기 방에 불러놓고 숙부

의 행실을 낱낱이 캔 모양이에요. 가오중이야 사실대로 말하지 않을
수 없었겠지요. 집에서 가지고 나간 패물들은 전당포에 잡힌 것도
있고 더러는 그 작은댁에게 주어버렸대요. 그래서 숙모가 그 사실을
할아버지께 일러바쳤대요…. 작은댁은 기생인데 이름이 '월요일'이
라던가…."

수화의 입은 열렸다 하면 좀체로 말을 그칠 줄 몰랐다. 그러나 쥬
에후이는 이 사건에 대해 별로 신기하게 생각하지 않았다. 뿐만 아
니라 그는 수화보다 더 많이 알고 있었고 자기 눈으로 넷째 숙부가
'진링 가오씨 댁'으로 가는 것까지 보았던 것이다. 그는 이 껍질만
남은 집안이 나날이 몰락의 길로 접어들고 있다는 것을 진작에 간파
했다. 어떤 힘으로도 만회할 수 없을 성싶었다. 할아버지의 노력도
쓸데없는 것이고 다른 사람들의 노력도 헛되리라는 생각까지 들었
다. 뿐만 아니라 할아버지마저 역시 멸망의 길을 걷고 있고 오직 자
신만이 광명으로 나가는 길에 서 있는 듯했다. 그는 자신만이 이 몰
락해가는 가정을 구할 수 있다고 생각했다. 이런 열정에 사로잡힌
그는 자기의 심장이 오늘처럼 세차게 뛴 적이 없던 것처럼 생각되었
다. 소위 부자지간의 싸움은 이제 곧 끝날 것이며 자유와 사랑과 지
식을 얻기 위한 투쟁도 이제는 결코 비참한 종국을 고하게 되지만은
않으리라는 확신을 가지게 되었다. 메이의 시대는 이제 곧 끝나고
그 자리를 전혀 새로운 사람에게 내주어야 할 것이었다. 그것은 즉
친의 시대, 쉐첸루의 시대라 할 수도 있으며 자신과 쥬에민의 시대
이기도 했다. 이 젊은 세대의 힘에 그런 낡아빠지고 연약한, 온갖 죄

악을 내포하고 있는 낡은 가정은 절대 대항할 수 없을 것이다. 승리는 확실한 것이며 어떤 힘으로도 승리를 그들에게서 빼앗아갈 수 없다. 이러한 자부심이 생긴 그는 몇 년 간 자기의 어깨를 짓누르고 있던 고통스럽고 무거운 짐을 벗어버리기나 하듯 온몸을 부르르 떨었다. 그는 긍지와 증오가 뒤섞인 눈초리로 사방을 둘러보며 마음속으로 부르짖었다.

'이제 두고보아라. 너희들의 마지막 날이 곧 닥쳐오고야 말 것이다.'

그의 이러한 심정을 수화로서는 짐작도 할 수 없었다. 수화는 쥬에후이가 대꾸도 하지 않고 자기의 이야기에 아무런 흥미를 느끼지 않자 그곳을 떠나버렸다. 그녀는 그 길로 할아버지의 방문 앞에 가서 다시 엿듣기 시작했다.

쥬에후이는 자기 방으로 돌아갔다. 잠시 후 그는 창 밖으로 커밍이 커딩을 데리고 지나가는 것을 보았다. 할아버지 방에서 격앙된 목소리가 들려왔다. 두말할 것도 없이 할아버지가 커딩을 꾸짖는 소리였다. 상관하지 말자고 그는 생각했다. 고함 소리가 멎자 밖에서는 사람들이 무슨 큰일이라도 일어난 것처럼 이리저리 뛰어다니고 있었다. '우리 집 사람들은 본래 저런 구경거리를 좋아하니까.'

"한번 가봐! 할아버지가 막내 삼촌을 때리고 있어." 쥬에후이의 방 창 밑으로 달려가던 쥬에쥔이 흥분해서 다른 아이에게 하는 말이었다.

"쥬에스에게 이 광경을 보여주려고 가는 길이야. 막내 삼촌 같은

어른도 매를 맞으니까 말이야!" 쥬에쥔은 웃으면서 이렇게 말하고
는 다시 달려가기 시작했다.

'그런 어른이 매를 맞다니.' 이 말에 쥬에후이는 호기심이 생겼
다. 그는 방에서 나와 본채로 걸어갔다. 할아버지의 방문 앞에서 여
인들 너댓이 몰래 문 틈을 들여다보고 있었다. 그는 그들 틈에 끼기
싫어 혼자 창 밑으로 갔다. 돌층계 위에도 많은 사람들이 서서 방 안
에서 새어나오는 소리를 엿듣고 있었다.

또 몇 사람은 의자 위에 무릎을 꿇고 올라앉아 창구멍에다 눈을
붙이고 방 안의 동정을 훔쳐보았다.

매질하는 소리도 들리지 않고 매를 맞는 사람도 없는 듯했다.

"나이는 처먹을 대로 처먹고 집에는 다 큰 딸자식까지 둔 놈이 그
게 무슨 짓이냐? 수전에게 보여준다는 것이 겨우 그것이냐? 수전아,
이리 와서 이놈이 네 애비가 될 만한 인물인가 상판대기를 좀 들여
다봐라." 쥬에후이는 속으로 웃지 않을 수 없었다.

할아버지는 기침을 두어 번하고 잠깐 동안 말을 끊더니 갑자기 다
시 언성을 높여 꾸짖기 시작했다.

"이 뻔뻔스런 놈아. 여태껏 한 글공부는 다 어디로 갔단 말이냐?
처자의 패물까지 빼내다가 전당포에 잡히다니! 이런 창피가 또 어디
있단 말이냐? 예끼놈! 사흘 안으로 모조리 찾아오너라." 그러고도
할아버지는 한참을 더 꾸짖다가 마지막으로 명령을 내렸다.

"이 짐승 같은 놈아. 네 놈이 어려서부터 총기가 있어 다른 자식
들보다 더 귀여워했더니 이게 도대체 무슨 망신이냐? 이놈, 네 입으

로 말해봐라. 내 기대를 저버리지 않은 게 뭐가 있느냐? 네 놈은 나를 속였어. 그래도 널 좋은 자식으로 여겼는데 이 못된 놈. 어서 따귀를 치지 못할까? 네 손으로 직접 말이다!"

"아버님, 제가 잘못했습니다. 이번이 처음입니다. 다시는 그러지 않겠습니다." 커딩은 가련할 정도로 애걸했다.

"이놈. 용서 못한다. 네 손으로 뺨을 쳐라." 할아버지는 책상을 두드리며 호통쳤다.

그러자 살과 살이 부딪치는 소리가 났다. 분명히 손바닥으로 따귀를 갈기는 소리였다. 호기심이 난 쥬에후이는 안마당으로 돌아가 할아버지 방문 앞에 붙어서 안을 들여다보고 있는 수화에게 "나도 좀 보자."며 그녀를 한쪽으로 밀어버리고 거기에 붙어서서 방 안을 유심히 들여다보았다.

커딩은 정자세로 꿇어앉아 두 손으로 자기 뺨을 야무지게 올려붙이고 있었다. 이목구비가 수려한 새하얀 얼굴이 빨갛게 부어올랐지만 그래도 멈추지 않았다. 아내와 딸 앞에서 그러고 있는 그 자신도 부끄러울 것이다.

"그만 때려라." 할아버지의 명령이 떨어지자 커딩은 그제야 손을 멈추었다.

"내 묻겠다. 네가 먹고 입고 쓰는 게 다 어디서 온 거냐?" 할아버지가 물었다.

"다 아버님께서 주신 것입니다." 커딩이 대답했다.

"그래 놓고도 입에 밥이 들어가느냐? 내가 죽으면 네 놈을 누가 먹여 살린다더냐?" 할아버지는 더 크게 언성을 높여 소리쳤다.

"더 때려라. 호되게 쳐라." 할아버지의 명령이 다시 떨어지자 커딩은 또 자기의 뺨을 치기 시작했다.

이런 굴욕적인 거동도 할아버지를 만족시킬 수는 없었다. 그는 한참 꾸중을 하다 나중에는 커딩더러 나쁜 친구를 사귀게 된 경로와 나쁜 짓을 하게 된 전말 그리고 사창私娼과의 관계는 어떻게 맺게 되었으며 어떻게 새 집을 얻어 살림을 차렸는지, 어떻게 아내를 속여 패물을 가져다 전당잡혔는지를 모두 자백하게 했다.

커딩은 조금도 숨김없이 모든 것을 자백했다. 그를 꾸짖고 있는 부친은 전혀 생각조차 못했던 것까지 다 자백했다. 그는 자기가 부친 이름으로 얼마나 많은 빚을 냈는지, 누구에게 얼마를 빚지고 있는지 전부 말하지 않을 수 없었다. 거기에는 노름빚까지 있었다. 마지막으로 그는 커안의 일까지 들춰내어 커안이 자기가 이렇게 하는 것을 도와주었을 뿐만 아니라 자기 빚 가운데는 커안이 쓴 것도 들어 있다고 말했다. 어쨌든 그는 자기가 한 짓을 모두 다 털어놓았다. 이것은 할아버지가 예상하지 않았던 일이며 쥬에후이에게도 뜻밖이었다.

쥬에후이는 커딩과 쥬에민에게서 전혀 다른 두 종류의 인간상을 보았다. 쥬에민은 19세의 청년으로 온통 적들에게 포위되어 있지만 신념과 정열에 고무되어 일체를 돌보지 않고 용감히 싸워 가족들로 하여금 그들 마음대로 자신을 꼭두각시로 만들 수 없도록 저항하고 있는 반면 커딩은 나이가 이미 서른세 살이나 되어 열세 살 된 딸자식까지 있지만 마룻바닥에 꿇어앉아 제 손으로 제 뺨을 치고 제 입으로 자신을 꾸짖으며 다른 사람까지 끌고 들어가는 것이었다.

행동에서나 말에서나 그에게서는 아무런 기백도 보이지 않았다. 그는 늙은 부친의 말이 옳다고 생각지 않으면서도 전혀 반항하지 않고 부친이 시키는 대로 고분고분 듣고만 있었다. 그 완고한 조부의 위협하에 있다는 사실은 똑같지만 이 두 세대 사람들은 그야말로 전혀 다른 태도를 취하고 있었다. 하나는 집을 떠나 남의 집 좁은 방구석에 숨어서라도 자기의 주장을 끝까지 관철시키고자 했고 다른 하나는 늙은이 앞에 꿇어앉아 허우적대며 비겁한 행동으로 많은 사람들에게 조소의 대상이 되었다. 이러한 생각을 하며 쥬에후이는 자기 세대 사람들에 대해 기쁨과 긍지를 동시에 느꼈다.

'저런 작자는 당신네 세대에서나 찾아볼 수 있을 뿐 우리 세대에는 있을 수 없지.' 그는 이렇게 생각하며 그곳을 떠났다.

"짐승 같은 놈아, 네 그 숱한 빚을 무엇으로 갚는단 말이냐? 나는 돈이 어디서 솟아나는 줄 아느냐? 수재에, 병란에, 토지세에 돈 쓸 일이 태산 같은데 네 놈이 돈을 물 쓰듯 하니 이제 몇 해나 버티겠느냐? 이제 아이들은 뭘로 살아가란 말이냐? 아비된 몸으로 수전을 어떻게 결혼시킬 테냐?"

할아버지는 사설을 늘어놓고 한바탕 밭은 기침을 하더니 수전을 시켜 커안을 불러오라고 했다. 그는 커안이 들어오면 톡톡히 훈계를 하려고 별렀다. 그러나 조금 후 돌아온 수전은 커안이 집에 없다고 했다. 그러자 할아버지는 다시 노발대발했다. 그는 책상을 치며 닥치는 대로 욕설을 퍼부어댔지만 그래도 노기가 가라앉지 않는 모양이었다. 그는 다시 수전에게 "네 숙모는 어디 있느냐? 가서 불러오너라." 하고 분부했다.

넷째 마님 왕씨는 창문 앞에서 엿듣다가 급히 피하려 했으나 때는 이미 늦었다. 수전이 밖으로 나와 부르자 왕씨는 다소 겁이 났으나 들어가는 수밖에 도리가 없었다.

"아버님, 부르셨습니까?" 왕씨는 길쭉한 얼굴에 억지 웃음을 지으며 공손히 대령했다.

할아버지는 왕씨를 보자 커안이 어디를 갔느냐고 언성을 높여 물었다. 모른다고 하자 할아버지는 다시 커안이 언제 돌아올 것인지 물었다. 왕씨는 여전히 모른다고 대답했다.

"자기 남편이 뭘 하고 다니는지도 모르다니. 에이, 못난 것."

왕씨는 할 말이 없었다. 그녀는 부끄럽기도 하고 화도 났지만 그저 고개를 푹 숙이고만 있었다. 첩 천씨가 자기 옆에 서서 조소하는 표정을 지어 보이는 것 같았지만 시아버지 앞이라 어쩔 수 없었다. 눈물이 솟아나왔지만 울지도 못하고 속으로 삼켰다.

할아버지는 또 기침을 시작했다. 이번 기침은 여간 심하지 않았다. 그는 가래를 여러 번 뱉었다. 천씨는 옆에 앉아 그의 등을 쳐주면서 늘 하던 버릇대로 "저들 때문에 이렇게 화를 내면 몸에 해롭다니까 또 그러시네요." 하고 중얼거렸다.

한참 후에야 겨우 할아버지의 기침이 멎었고 노기도 좀 사그라들었다. 지금까지 느껴보지 못했던 슬픔이 노인을 덮쳤다. 몹시 피곤

해진 그는 만사가 귀찮아져서 그저 쉬고 싶은 생각, 눈을 감고 싶은 생각밖에 없었다. 그는 소파에 드러누우면서 자기 앞에 있는 사람들에게 말했다.

"모두들 다 나가거라. 꼴도 보기 싫으니 한 명도 남지 말고 썩 물러가거라." 그는 이렇게 말하고 긴 한숨을 내쉬었다.

이 말이 떨어지기가 무섭게 모두들 곧장 밖으로 나갔다. 커딩도 방바닥에서 일어나 조심스럽게 문을 나섰다. 방 안에는 할아버지와 첩 천씨만 남았다.

그러나 할아버지는 천씨까지도 보기 싫어지고 잠시 동안이라도 혼자 조용히 쉬고 싶었기 때문에 천씨마저 내보냈다. 그는 혼자 소파에 누워서 가래 끓는 소리를 냈다. 반쯤 뜬 그의 눈앞에 수많은 어두운 그림자가 나타났다. 몇몇 사람의 그림자가 그의 앞을 스쳐 지나갔으나 그를 친절한 얼굴로 대하는 사람은 하나도 없었다. 그의 눈앞에는 자신의 아들들이 술을 마시고 즐기며 자기를 조소하거나 원망하는 말을 하는 광경이 떠올랐다. 또 그의 눈에는 손자들이 노쇠하고 무기력한 자기를 본 척도 하지 않고 새로운 길로 자랑스럽게 나아가고 있는 모습도 보였다. 그는 지금처럼 실망과 고독을 느껴본 적이 한 번도 없었다. 지금까지 그의 모든 희망은 망상이었던가? 이러한 의혹이 들기 시작했다. 그는 이 대가족과 가업을 이룩했고 독단적인 수완으로 모든 것을 처리하고 지휘했으며 이 집안을 날로 융성시킬 수 있으리라는 확신을 가졌었다. 그러나 그러한 노력의 결과는 오늘과 같은 고독뿐이었다. 그는 최후의 안간힘으로 이 국면을 타개하려 했으나 그것도 불가능했다. 현실이 뚜렷이 보여주는 바와 같이 이 집안은 지금 내리막길을 걷는 중이었다. 이제부터의 일은 대체로 상상할 수 있었다. 그것은 결코 자기가 바라는 바가 아니지만 아마 머지않아 그대로 될 것이다. 그것은 자기로서도 막아낼 수가 없었다. 모든 것이 파국으로 치닫고 있었고 자기를 믿어주는 사람은 아무도 없었다. 모두들 자기를 속이기만 했다. 모두 다 제 갈 길을 걷고 있었다. 그처럼 믿어오던 커딩이 집안 망신을 시키고 있었다. 게다가 커안까지도⋯. 모두들 꿈속에서 헤매는 사이에 가오 집안은 몰락하고 있다. 출구는 어디인가? 이 방탕한 자식들에게 무슨 출구가 있을 것인가? 이제 끝났다. 모든 게 끝장났다. 그는 여러 해 동안 '4대동거四代同居'의 꿈을 꾸어왔으나 그 꿈이 실현된 오늘날 그가 얻은 것은 공허함뿐이었다. 실망과 환멸과 암흑뿐이었다.

쇠약할 대로 쇠약해진 그의 몸은 지금 이 자리에 누워 있지만 누구 하나 아는 체하는 사람도 없었고 그의 고통과 고독을 함께 할 사람도 없었다. 그는 이제야 이 집안에서 자기의 진정한 위치를 알았다. 그는 자기의 위엄뿐만 아니라 자기의 삶을 지탱해주던 기반마저 잃어버린 듯했다. 그는 평생 처음으로 실망과 환멸과 암흑을 느끼며 자신에게도 다소 잘못이 있다는 것을 깨달았다. 그러나 그 잘못이 무엇인지를 몰랐고 설사 안다고 해도 때는 이미 너무 늦었다.

그의 귀에는 커딩 부부의 말다툼 소리와 여러 사람들이 싸우는 소리가 불협화음처럼 들리는 듯했다. 그런가 하면 선씨가 눈물에 젖은 얼굴로 "아버님! 이 일을 처리해주세요." 하고 사정하는 것 같기도 하고 커딩이 가련한 몰골로 제 뺨을 치며 "모두들 제가 진 빚은 아버님이 갚아줘야 한답니다. 어쨌든 우리는 북문 일대의 부호로서 돈이야 얼마든지 있지 않습니까?"하고 사정하는 것 같았다. 그는 얼른 손으로 두 귀를 막았으나 그 시끄러운 소리들은 사정없이 그의 귀를 파고들어 머릿속을 어지럽혔다. 그는 자리에서 일어나 어디 조용한 곳으로 피하려고 했다. 여러 번 애를 쓰다 한 쪽 손으로 소파 팔걸이를 붙들고 간신히 일어났으나 침대 쪽으로 두어 걸음 옮겨놓자마자 갑자기 앞이 캄캄해지며 모든 것이 빙빙 돌았다. 자기 몸도 따라 돌아가는 듯했다. 눈앞이 캄캄하고 정신이 아득해졌다. 천씨가 놀라 날카로운 비명을 지를 때까지 그는 의식을 잃은 채로 있었다.

무당의 춤

할아버지는 병석에 누웠다.

그는 침대에 누워 신음하고 있었다. 유명하다는 의사들이 드나들었고 처음 보는 한약과 여러 약재들이 약탕관으로 달여져서 새까만 쓴 물이 되어 할아버지의 뱃속으로 흘러들어갔다. 하루가 지나고 이틀이 지나갔다. 의사들은 대수롭지 않다 했지만 병세는 점점 더 악화되어갔다. 사흘째 되는 날 할아버지는 갑자기 약 마시기를 거부하다가 커밍과 쥬에신의 간곡한 권유에 못 이겨 겨우 몇 모금 마셨다. 커밍은 여러 날 동안 집에서 의원과 함께 부친의 병구완을 하느라고 자기 법률사무소에도 나가지 않았다. 그가 나가지 않아도 사무소에는 서기가 있어 사무 처리를 하고 있었고, 또한 동업자인 천커자가 어려운 일을 도와주었기 때문이었다. 커안은 집에서 글씨를 쓰거나 시를 짓기도 하고 가끔 연극구경을 가거나 '진링 가오씨 댁'에 가서 놀기도 했다. 커딩은 부친이 병석에 누워 자기를 감독하지 못하게 되자 매일 '진링 가오씨 댁'에 가서 온종일 시간을 보냈고 마작을 하거나 계집을 희롱하기에 여념이 없었다. 그러나 아침 저녁으로는 집에 얼굴을 디밀며 가끔 부친의 방에 들어가 병문안을 했다. 할아버지의 병환은 이 집안에 그다지 큰 소란을 초래하지는 않았다. 사람들은 여전히 웃고 울기도 하며 말다툼을 하거나 싸우기도 했다. 할아버지의 병세에 대해 걱정하고 있는 몇 안 되는 사람들도 차차 큰 병은 아니라고 여기게 되었다. 그의 병세는 날로 악화되고 있었지만, 더 적절히 말하자면 그의 몸이 날로 쇠약해지고 있었지만 모두들 대수롭지 않게 여겼다.

할아버지의 병은 의약으로는 별로 효험을 볼 수 없었다. 이렇게 되자 그의 가족들은 어쩔 수 없이 미신의 힘을 빌기로 했다. 이들에게는 흔한 일이었다. 인간에 대한 믿음이 흔들리기 시작하면 신의 힘에 의지하는 식이었다. 신의 힘을 빈다는 것 또한 기도를 드린다거나 제비를 뽑아보는 정도의 간단한 것이 아니라 아주 복잡한 절차를 요했다. 다만 이 모두가 단순한 머리를 짜내서 생각해낸 것이기 때문에 단순한 머리를 가진 사람만이 이해할 수 있는 것들이었다. 굿을 해보자고 천씨가 의견을 제시하자 마님들이 모두 다 지지하고 나섰다. '성현들의 글을 읽을 만큼 읽었다'는 사람들조차도 그녀의 말을 믿고 그녀가 시키는 대로 따르기로 했다.

처음에는 도사道師 몇 사람이 대청에서 바라와 북을 울리며 주문을 외우기 시작했다. 고요한 밤이 되자 천씨가 혼자 묘당에 나가서 보살에게 배례를 올렸다. 쥬에후이는 그녀가 무슨 일을 하는지는 몰랐지만 유리창 너머로 그녀의 동작이 똑똑히 보였다. 향로에 향 아홉 대와 촛불 두 대를 세운 후, 분홍치마를 말쑥하게 차려입은 천씨가 뭐라 중얼거리면서 향로 앞에 꿇어앉아 절을 했다. 그녀는 꿇어앉았다가 일어서고 일어섰다가 또 꿇어앉는 동작을 무수히 반복했다. 하룻밤, 이틀밤, 사흘밤이 지나도 여전히 계속되었다. '도깨비놀음' 같은 이 광경을 보다 못해 쥬에후이는 "당신들은 그따위 짓에나 어울리지."라고 중얼거렸다.

머잖아 또 다른 구경거리가 시작되었다. 커밍, 커안, 커딩 3형제가 하늘에 제사를 지내는 것이었다. 역시 인적이 고요한 야밤에 마당에다 젯상을 차려놓고 천씨의 향로 대신에 큰 촛불, 굵직한 향 그리고 과일을 올렸다. 의식이 장엄했을 뿐만 아니라 제주인 3형제의 태도가 지나치게 엄숙하여 오히려 우스꽝스러웠다. 그들도 꿇어앉아 배례를 하긴 했지만 천씨처럼 오랜 시간을 끌지는 않았기 때문에 아주 빨리 끝났다. 쥬에후이는 천씨를 볼 때와 같은 심정으로 숙부들이 하는 짓을 바라보았다. 이것 역시 '도깨비놀음'이었다. 더군다나 몇 시간 전까지 커안은 극장에서 자기가 좋아하는 여배우인 장비슈의 연극을 구경했고 커딩은 여전히 '진링 가오씨 댁'에서 마작을 하고 술을 마시다가 지금은 마당에 꿇어앉아 부친 대신 자기가 죽어도 좋다는 기도문을 외우는 것이었다.

'당신네들이 하는 짓이란 겨우 그 정도인가.' 쥬에후이가 이런 생각을 하고 있을 때 또 새로운 연극이 시작되었다. 이번에는 쥬에후

이에게는 정말 새로운 것으로 '도깨비놀음'이 아니라 귀신을 잡는
답시고 무당을 청해온 것이었다.

어느날, 해가 지자 가오씨네 집 방문들을 꼭꼭 닫아걸어 온 저택
이 갑자기 인적이라곤 전혀 없는 절간처럼 되었다. 어디서 왔는지는
모르지만 좁고 긴 얼굴을 가진 무당이 도착했다. 산발한 머리에다
괴상한 옷을 몸에 걸치고 송진에 불을 붙인 채 불티를 사방으로 뿌
리며 괴상한 소리를 지르는 모습이 영락없이 무대에 나오는 귀신같
았다. 무당은 온 마당을 뛰어다니며 사람을 놀라게 하는, 이상한 소
리를 지르기도 하고 괴상한 몸짓을 하기도 했다. 그는 병자가 누워
있는 방에 들어가 뛰기도 하고 소리를 지르며 무엇이건 손에 닥치는
대로 뒤집어엎는가 하면 심지어 침대 밑에까지도 불티를 흩뿌려댔다.
소란스러움과 공포 때문에 침대 위 병자의 고통은 더 심해지고 신음
소리도 높아졌지만 무당은 여전히 자기가 하던 일을 그치지 않았으며
나중에는 병자를 위협하는 자세를 취하기까지 했다. 병자는 놀라서
비명을 지르기 시작했고 온 집안은 검은 연기와 튀는 불꽃과 송진 냄
새로 가득찼다. 이렇게 한 시간이나 굿을 하다가 무당은 획 하고 나가
버렸다. 한참이 지나서야 이 저택에서 인기척이 나기 시작했다.

그러나 이 연극은 여기서 그치지 않았다. 귀신을 쫓는 그날 밤의
제사는 겨우 병자가 있는 방의 귀신만을 몰아냈을 따름이므로 그것
으로는 부족하다 했다. 무당은 이 저택 어디에나, 어느 방에나 많은
귀신들이 있다고 겁을 주었다. 그래서 이튿날 저녁에는 모든 방에
있는 귀신들을 전부 몰아내는 대소동이 벌어졌다. 무당 말에 의하면

이렇게 해야 할아버지의 병이 완쾌된다는 것이었다.

이 말을 곧이듣지 않는 사람도 있었고 또 귀신을 쫓는 의식에 찬성하지 않는 사람도 있었지만 감히 나서서 반대하는 사람은 아무도 없었다. 커밍과 쥬에신만이 이 일을 반대했다. 그러나 첩 천씨가 한사코 주장하는 데다 다른 마님들이 이를 지지했고 커안과 커딩도 '시험해보는 것도 괜찮다'고 하자 커밍은 마지못해 고개를 끄덕였다. 쥬에신은 더이상 반대한다는 말을 꺼내지 못했다. 쥬에후이만이 그러한 용기가 있었지만 아무도 그의 말에 귀를 기울여주지 않았다. 그리하여 우스꽝스런 두 번째 굿판이 예정대로 시작되었다. 어느 방에서건 희극적이고 무시무시한 소동이 한 번씩 벌어졌다. 이 소동을 피해버린 사람도 있었지만 집에 남은 사람들도 많았다. 아이들은 울어댔고 여자들은 한숨을 쉬었으며 남자들은 고개를 내저었다.

쥬에후이는 자기 방에 앉아 있었다. 그는 널빤지로 된 벽 너머의 형수 방에서 일어나는 소동을 귀로 들었고 눈으로 볼 수도 있었다. 옆방의 애처로운 비명 소리를 듣자 그의 가슴에서는 분노가 치밀어올랐고 몸이 무언가에 눌려 움직여지지 않는 것 같았다. 그는 그 무서운 압박을 떨치고 일어나야겠다고 생각했다. 눈앞에서 일어나고 있는 이러한 사태를 방관할 수만은 없었다. 드디어 결단을 내린 그는 방문을 닫아 걸고 기다렸다.

얼마 후 그 무당이 쥬에후이의 방문 앞까지 왔으나 방문은 꼭 잠겨 있었다. 이 저택에서 방문을 닫아건 방이라곤 이 방뿐이었다. 무당과 쑤푸, 자오성, 위안성이 함께 방문을 두드렸으나 아무 소용이 없었다. 그들은 더욱 세게 두드리면서 "셋째 도련님!" 하고 불러댔지만 역시 소용이 없었다. 쥬에후이는 방 안에서 "나는 못 열겠다. 내 방에는 귀신이라는 게 없다."고 큰 소리로 외쳤다. 그는 아예 손으로 귀를 틀어막고 방문 밖에서 아무리 떠들어도 듣지 않으려 했다.

그때 밖에서 갑자기 누군가 사정없이 문을 쥐고흔들기 시작했다. 쥬에후이는 상기된 얼굴로 침대에서 일어났다. 그의 눈앞에는 산발을 하고 얼굴에는 눈물 자국이 가득한 밍펑의 얼굴이 떠올랐다. 그는 치미는 화를 삭이지 못하고 문으로 다가가 소리를 버럭 질렀다.

"도대체 어쩌자고 이렇게 야단들이야? 난 못 연다."

"쥬에후이야, 얼른 문 열어라." 둘째 숙부 커밍의 목소리였다.

"셋째 도령! 문을 여시오." 이것은 첩 천씨의 목소리였다.

'오냐 너희들이 구원병을 데리고 왔구나!' 그는 성난 목소리로 대답했다.

"못 엽니다."

그는 안으로 되돌아가 주먹을 불끈 쥐고 서성거렸다. 그의 머리는 금방이라도 터질 것 같았다. 그는 "저주가 있으라."고 연거푸 부르짖었다.

그러나 바깥 사람들의 소리는 전혀 움츠러들지 않았다. 아우성은 점점 커지기만 했다. 드디어 성난 목소리가 들렸다.

"셋째 도령! 도령은 할아버님의 병환이 나빠져도 괜찮단 말이오? 할아버지의 병환이 빨리 완쾌되기를 바라지 않아요? 그래도 문을 안 열겠소? 이렇게 불효한 법이 세상에 어디 있소?"

쥬에후이는 수많은 목소리들 중에서 첩 천씨의 날카로운 목소리를 알아들을 수 있었다. 그 소리는 위엄 있게 그에게로 날아왔다. 이로 인해 그의 분노는 더욱 거세어졌다.

"쥬에후이야! 너도 한번 생각해봐라! 모두가 할아버지의 병환을 낫게 하려고 이러는 거다. 너도 사리를 아는 사람이 아니냐? 어서 문을 열거라…."

커밍의 말이 미처 끝나기도 전에 또 다른 목소리가 들려왔다.

"쥬에후이야! 어서 문 열어라. 너한테 할 말이 있다." 이것은 쥬에신의 목소리였다.

쥬에후이는 '형님까지도 저 모양인가? 자기 혼자서나 신조 없이 행동했으면 됐지 또 어쩌려고?' 하는 생각이 들자 더이상 참을 수 없었다. 그는 심장이 곧 터질 것만 같았다.

"오냐! 열어주마!"

그는 혼잣말로 이렇게 중얼거리며 문고리를 벗겼다. 문을 열자 흥분하고 성난 표정의 사람들이 서 있었다. 방 안으로 뛰어 들어오려는 한 무리의 사람들 앞에 무당이 서 있었다.

"잠깐만 기다리시오!"

쥬에후이는 관문을 지키는 수문장처럼 문을 가로막고 서서 그들을 못 들어오게 막았다. 그의 얼굴은 분노와 흥분으로 새빨개졌다. 그는 사람들이 자기보다 항렬이 높은 어른들이라는 사실조차 잊고 있었다. 그는 분노와 경멸 어린 목소리로 말했다.

"도대체 어쩔 작정이오?"

증오에 찬 시선으로 그는 사람들을 노려보았다. 사람들은 이 말에 갑자기 멍해지며 어쩔 줄 몰라했다. 커밍과 쥬에신은 체면상 '귀신을 몰아낸다'는 말을 입 밖에 낼 수 없었다. 이런 미신 행위를 근본적으로 믿지 않았던 것이다.

"할아버지를 위해서 귀신을 내쫓는 중이오."

천씨가 짙은 분내를 피우며 이렇게 말하고는 무당더러 들어가라고 눈짓을 했다.

"귀신을 쫓는다고? 내가 보기에는 도깨비놀이를 하고 있는 것만 같아요!" 쥬에후이는 천씨의 얼굴에 대고 내뱉듯이 말했다.

"내가 보기에는 귀신을 쫓는 게 아니라 당신들이 할아버지를 하루라도 빨리 죽이려고 서두르는 것 같단 말입니다. 할아버지가 좀체 죽지 않으니까 멀쩡한 사람을 홧병나게 하거나 놀라서 죽게 만들려는 수작이 아니오?" 그는 정신없이 이런 악담을 퍼부어댔다.

"너…" 커밍은 화가 나서 얼굴이 창백해지며 뒷말을 잇지 못 했다.

"쥬에후이야!" 쥬에신이 나서며 쥬에후이의 말을 가로막았다.

"형은 무슨 낯으로 말하는 거예요? 부끄러운 생각이 들지도 않아요?" 쥬에후이는 형의 얼굴을 쏘아보았다.

"그래도 10여 년씩이나 학교를 다녔다는 형이 어쩌다 이렇게 됐어요? 사람이 병에 걸려 끙끙 앓는데 무당을 불러다 굿을 하다니? 아무리 당신들이 이성을 잃었어도 할아버지의 생명을 장난거리로 삼아서는 안 되는 법입니다. 나는 어제 저녁에 내 눈으로 직접 할아버지가 무당에게 놀라서 그 모양이 되신 걸 보았어요. 당신들은 효자 효손으로 자칭하는 사람들이 아니에요? 그런 사람들이 할아버지가 병석에 누워계시는데도 조용히 쉬지도 못하게 하는 겁니까? 나는 어젯밤에 직접 귀신 쫓는 활극을 보았어요! 당신들이 귀신을 내쫓는다는 미명하에 할아버지를 어떻게 귀찮게 하는지 그 꼴을 보고 말았지요. 하룻밤이나 그만큼 소란을 피웠으면 됐지 오늘 밤에도 또 그러겠다는 거요? 좋아요! 누구건 내 방에 감히 발을 들여놨단 봐요. 내가 우선 그 사람의 따귀부터 갈겨줄 테니! 나는 아무것도 무서운 게 없어!"

쥬에후이는 치미는 분노를 이기지 못해 단숨에 이런 악담을 퍼부어댔다. 그는 자기 말이 도가 지나쳤다는 것을 전혀 깨닫지 못했다. 평소 같으면 이런 말을 함부로 했다가는 좋지 못한 결과를 초래했을 것이고 그 자신에게 오히려 불리함을 가져왔을 테지만, 이날은 그의 말이 너무 과격했기 때문에 도리어 그에게 승리를 가져다주었다. 그는 문 어귀에 꿋꿋이 버티고 서서 사람들이 들어오지 못하도록 한 손으로 문을 막고 있었다. 그의 표정은 엄숙했고 눈빛은 자랑으로 빛나고 있었다. 정의가 자기 편이라는 믿음에 자신만만해진 그는 그들을 전혀 안중에 두지 않았다. '이런 어리석은 짓을 하고 있는 당신들을 내가 어찌 존경할 수 있겠소!' 라는 생각을 그는 하고 있었다.

커밍이 제일 먼저 부끄러워 고개를 떨구었다. 그는 쥬에후이의 말이 옳다고 생각했다. 일찍이 일본에 유학도 했고 현재는 성의 유명한 변호사인 그로서는 물론 '귀신 쫓기' 같은 것을 믿지 않았다. 그도 이런 짓이 병자에게 오히려 해를 끼친다는 사실을 알고 있었다.

그러나 집안에서 말썽을 일으키지 않고 다른 사람들에게 '효자'라는 말을 듣기 위해서 마음에도 없는 짓을 했던 것이다. 그는 확실히 병자의 안정을 고려하거나 병자의 입장에서 생각해본 적이 없었다. 뿐만 아니라 그는 어제 저녁에 '귀신 쫓는 굿'이 병자에게 어떠한 악영향을 주었는지 자기 눈으로 직접 보았다. 그는 더이상 쥬에후이를 책망할 이유도 용기도 없었다. 그는 고개를 숙인 채 그 자리를 떠났다.

쥬에신은 화도 나고 후회스러워 얼굴에 흘러내리는 눈물을 닦으려 하지도 않았다. 그는 커밍이 나가는 것을 보자 그 뒤를 따라 문턱에서 발을 떼었다.

다른 사람에게 등을 대고 위세를 부리던 천씨는 커밍이 가버리자 더이상 믿을 곳이 없어 말 한 마디 제대로 하지 못했다. '귀신 쫓는 굿'에 대해 깊은 신앙을 가지고 있고 또 할아버지의 병을 걱정하는 그녀는 쥬에후이의 말을 도저히 이해할 수 없었다. 그러나 커밍조차 자리를 떠난 상황에서는 아무리 사람들 앞에서 자기 체면을 떨어뜨렸다 해도 쥬에후이와 더이상 다툴 수 없었다. 그녀는 단지 민망한 표정으로 몇 마디 중얼거릴 뿐 그곳을 떠나는 수밖에 달리 도리가 없었다. 그러나 마음속으로는 이 불효한 손자를 저주했다.

천씨마저 가버리자 나머지 사람들도 역시 뿔뿔이 흩어지고 더이상 무당을 지지하는 사람이 없게 되었다. 무당이 몇 마디 불평의 말을 하자 아주머니들이 들릴 듯 말 듯 불만스럽게 소곤댔지만 어쨌든 이번만은 쥬에후이가 승리했다. 이 승리는 그 자신에게도 전혀 예상 밖의 일이었다.

할아버지의 죽음

　이날 밤 쥬에후이는 깊은 잠에 빠져들었다가 이튿날 아침이 되자 할아버지에게 문안을 드리러 갔다. 그는 적어도 몇 마디의 꾸중을 들을 것이라고 예상했다.

　침대 위의 모기장이 절반쯤 들려 있어서 할아버지의 상반신이 드러나 보였다. 그는 높다란 베개를 베고 얼굴을 바깥쪽으로 향한 채 옆으로 누워 있었다. 핏기가 전혀 없는 할아버지의 여윈 얼굴은 잠깐 사이에 더욱 수척해졌고 입은 약간 벌어져 콧수염에 묻은 침방울이 빛나고 있었다. 여전히 대머리에 툭 불거져나온 광대뼈 위에서는 움푹 들어간 퀭한 두 눈이 이따금 떴다 감기곤 했다. 완고하고 위엄 있는 할아버지가 아니라 몹시 쇠약하고 불쌍한 모습이었다.

　가쁘게 숨을 몰아쉬던 할아버지는 쥬에후이가 들어오는 것을 보더니 눈을 크게 뜨고 웃음을 띠며 그를 바라보았다. 웃는 모습은 그야말로 무기력했고 처참한 인상마저 풍겼다.

"왔니?" 할아버지는 전에 없던 부드러운 말씨로 먼저 쥬에후이에게 말을 건넸다.

"예." 쥬에후이는 대답했으나 어째서 할아버지가 이렇게 친절해졌는지를 알 수 없었다.

"이리 가까이 오너라." 할아버지는 겨우 이렇게 말하며 억지로 또 웃음을 지었다. 쥬에후이는 침대 앞으로 다가섰다.

"차 좀 따라다오."

쥬에후이는 장방형으로 된 테이블로 걸어가 사기로 된 찻잔에 더운 차를 좀 따라서 찻잔을 할아버지의 입에 대어드렸다. 할아버지는 머리를 들어 차를 두어 모금 마시고는 못 마시겠다며 고개를 힘없이 흔들더니 자리에 누웠다. 쥬에후이는 찻잔을 테이블 위에 놓고 침상으로 다가갔다.

"넌 정말 좋은 아이다." 이렇게 말하며 할아버지는 쥬에후이를 물끄러미 바라보다가 힘없는 목소리로 띄엄띄엄 말을 이었다.

"다른 것들은 모두 네 성미가 괴팍하다고 하지만… 모쪼록 열심히 공부하거라."

쥬에후이는 가만히 듣고만 있었다.

"나도 이제 와서는 좀 알 것 같다." 할아버지는 숨을 한 번 몰아쉬고 천천히 말을 이었다.

"너 쥬에민을 만나지? 그애는 잘 있는 것이냐?"

쥬에후이는 할아버지의 목소리가 변하며 눈에 눈물방울이 맺히는 것을 보았다. 예상치도 못한 할아버지의 자애와 친절로 인해(이것은 예전의 할아버지에게서는 찾아볼 수 없었던 것이다) 쥬에후이는 "예!" 하고 대답하는 수밖에 없었다.

"내 성미가 지나쳤다. 내 이제는 성내지 않으마. 그애를 한번 봤으면 좋겠다. 얼른 가서 불러오거라. 그애를 나무라지 않을 테니…."

할아버지는 이렇게 말하며 눈물을 닦았다.

이때 첩 천씨가 머리를 빗고 분을 바르고 눈썹까지 그린 채 옆방에서 나오다가 이 모습을 보고 쥬에후이를 책망했다.

"셋째 도령, 그만큼 컸으면 이제 정신을 좀 차려야지! 할아버지 병환이 이렇게 위중하신데 왜 또 속을 태우는 거요?"

천씨는 어젯밤 일을 두고 핀잔을 주는 것이었다.

할아버지가 머리를 내저으며 그녀의 말을 가로막았다.

"이 아이를 나무라지 말게. 이 아이는 좋은 아이라네!"

천씨는 무안해서 입을 삐죽 내밀고는 아무 말도 하지 않았다. 할아버지는 쥬에후이를 다시 재촉했다.

"빨리 가서 쥬에민을 불러오거라. 그리고 펑씨네와의 혼사는 잠시 입 밖에 내지 않겠다 내가 말하더라고 일러라. 나는 아무래도 며칠 더 살지 못할 것 같다. 그놈이 보고 싶고 너희들도 자꾸 보고 싶다."

쥬에후이는 할아버지의 방을 나왔다. 그는 바로 쥬에민에게 달려가지 않고 먼저 쥬에신의 방으로 갔다. 쥬에신은 우이쥬에와 이야기를 나누는 중이었는데 두 사람의 얼굴에는 수심이 가득했다. 쥬에신은 쥬에후이가 들어오는 걸 보자 부끄러운 듯 고개를 숙였다. 그는 전날 저녁의 일을 아직 잊지 않고 있었다.

"할아버지께서 펑씨네와의 혼사는 잠시 보류할 테니 작은형을 데려오라고 하시던데요."

쥬에후이는 방 안에 들어서자마자 기쁜 듯 목소리를 높여 말했다.

"정말이냐?"

쥬에신은 고개를 번쩍 들며 자기 귀를 의심했다. 그는 놀라기도 했지만 한편으론 기뻤다.

"물론 정말이지요. 할아버지께서는 이제야 깨달으신 모양이에요."

쥬에후이가 밝은 표정으로 의기양양해서 말을 이었다.

"처음부터 우리가 이길 거라고 하지 않았어요? 보세요. 우리가 끝내 승리했잖아요."

"어디 들어보자. 할아버지가 너에게 뭐라고 하시더냐?"

쥬에신은 벙글벙글 웃으며 자리에서 일어나 우이쥬에의 손을 잡았다. 우이쥬에는 손을 빼내려 했으나 이미 그에게 잡힌 뒤였다. 큰 문제가 이렇게 쉽게 해결되니 그들은 여간 기쁘지 않았다. 쥬에신은 기적이나 다름없는 이 일이 자기들에게 행복을 가져다줄 것이라 여겼다.

할아버지가 한 말을 쥬에신 부부에게 들려주면서 쥬에후이는 점점 더 유쾌해졌다. 그런데 그의 말이 미처 끝나기도 전에 갑자기 문발이 들리며 첸씨 어멈이 들어왔다.

"할아버지께서 서방님을 부르고 계십니다."

쥬에신은 밖으로 나갔다. 쥬에후이는 방에 남아 형수와 이야기를 계속했다. 그후 허씨 어멈이 하이천을 데리고 들어오자 그는 하이천을 데리고 한참을 더 놀았다.

쥬에민에게 가는 쥬에후이의 발걸음은 나는 듯했다. 집에서는 전혀 조급하지 않고 유쾌하게 이야기를 하며 시간을 보냈지만 거리에 나서자 이 좋은 소식을 쥬에민에게 빨리 전해야 했는데 공연히 시간을 허비했다는 생각에 조바심이 났다.

이 소식은 쥬에민에게 큰 기쁨을 주었다. 그들은 한참 동안이나 즐겁게 이야기하다가 급히 황춘렌의 집에서 나왔다.

그들은 먼저 친에게로 갔다. 이 소식이 친을 얼마나 기쁘게 했는지는 그들이 상상한 것 이상이었다. 이 세 젊은이들 앞에는 아름다운 미래가 그 어느 때보다도 가까이 다가와서, 손을 내밀기만 하면 잡힐 것 같았다. 이러한 미래는 결코 기적같은 꿈이 아니라 몇 년 간에 걸친 고통의 대가였으며 필사적인 싸움으로 얻어진 것이었다. 그래서 그들은 이 승리가 더 소중하게 느껴졌다.

그들은 친과 이야기를 나누다가 천천히 집으로 돌아왔다. 쥬에민은 할아버지와 계모와 형에게 할 말을 미리 생각해두었다. 그의 마음은 기쁨으로 가득 차서 개선장군이라도 되는 것 같았다.

집에 들어선 쥬에민의 눈에는 아무것도 달라진 것이 없어 보였다. 중문을 지나 대청에 들어서도, 옆문을 지나 안으로 들어가도 아무런 변화가 없었다. 쥬에민은 '집이 조금이라도 달라졌겠거니 생각했는데 어쩌면 이렇게도 예전과 꼭 같을까?'라고 생각하며 의혹을 품기까지 했다.

그러나 마침내 변화가 눈에 띄었다. 할아버지의 방에서 무언가 소동이 일어나고 있었기 때문이다. 모두가 당황한 표정으로 말 소리를 죽여가며 할아버지 방을 오락가락하고 있었다.

"무슨 일이 생겼지?"

쥬에후이는 이렇게 중얼거리며 쥬에민의 어깨를 붙들고 걸음을 재촉했다. 문득 불길한 예감이 들었던 것이다.

"어쩌면 할아버지께서….."

쥬에민은 이렇게 말하다가 그만 뒷말을 삼켜버렸다. 그의 가슴이 떨리기 시작하며 자기 손에 곧 잡힐 듯하던 희망이 달아나버리지나 않을까 하는 생각이 들었다.

그들 형제가 할아버지의 방으로 들어가니 이미 방 안에는 사람들이 꽉 차 있어서 할아버지를 볼 수가 없었다. 가느다란 신음 소리가 흐르는 가운데 그들을 아는 체하는 사람은 아무도 없었다. 겨우 사람들을 비집고 안으로 들어간 그들은 마침내 소파에 앉아 머리를 떨어뜨린 채 가쁜 숨을 몰아쉬는 할아버지를 볼 수 있었다. 그 가느다란 신음 소리는 할아버지의 입에서 나오는 것이었다. 그들은 할아버지가 왜 그러는지 알 수 없었다.

쥬에민은 이 모습을 보고 감정이 북받쳐서 할아버지의 품에 덮치듯 안기려 했으나 커밍에게 제지당하고 말았다. 커밍은 놀란 표정으로 그를 흘끗 바라보고는 아무 말 없이 고개만 내저었다.

"할아버지께서 작은형님을 보고 싶다고 저더러 데려오라고 하셨습니다."

쥬에후이가 앞에 나가 커밍에게 말했다. 커밍은 슬픔에 겨운 표정으로 머리를 흔들며 나직이 말했다.

"이젠 너무 늦었다."

'너무 늦었다'는 이 말에 쥬에후이의 가슴은 무너지는 것 같았다. 그는 처음에 '너무 늦었다'는 말뜻을 알아듣지 못했다. 그러나 할아버지의 고통스러워하는 숨소리에서 그 말의 의미를 직감할 수 있었다. 그들은 메울 수 없는 간격, 할아버지와 손자라는 두 세대 간의 간격을 남긴 채 서로 영원히 헤어지게 될 참이었다.

"할아버지! 할아버지! 작은형님을 데리고 왔습니다."

할아버지는 아무 대답도 없이 가느다란 숨소리만 낼 뿐이었다. 쥬에신과 다른 사람들이 쥬에후이를 할아버지에게서 떼어놓으려 했으나 그는 아예 할아버지의 무릎에 바짝 붙어 할아버지를 흔들며 슬픈 목소리로 "할아버지! 할아버지!" 하고 불러댔다. 쥬에민은 옆에 서서 그를 바라보고 있었다.

이때 할아버지가 "후—." 하고 한숨을 내쉬고는 두 눈을 크게 떴다. 그는 쥬에후이를 보고도 얼굴을 잘 알아보지 못하는 것 같았다.

"왜 그러니?" 그는 나직이 말하며 오른손을 내저어 물러나라는 듯한 시늉을 했다.

쥬에후이는 고개를 쳐들고 수척해진 할아버지의 얼굴을 한동안 바라보았다. 그러자 할아버지는 정신이 다소 돌아오는지 멍한 표정이 차차 사라지고 입술을 약간 들먹거리며 무슨 말인가를 할 듯했다. 그러나 그의 입에서는 아무 말도 나오지 않았다. 그는 눈길을 쥬에민에게 돌리며 입술을 다시 들먹거렸다. 쥬에민이 "할아버지!"라고 불렀으나 알아듣지 못하는 모양이었다. 할아버지는 다시 쥬에후이를 내려다보고 입술을 움직여 웃음을 지어 보이려 애썼다. 그의 여윈 얼굴 근육이 경련을 일으켰다. 그러자 그의 눈에서 서너 방울의 눈물이 떨어졌다. 할아버지는 손을 내밀어 쥬에후이의 머리를 한번 쓰다듬고는 나직이 말했다.

"왔니… 네 작은형은?"

쥬에후이는 쥬에민의 손을 끌어당기며 "여기 있습니다."라고 대답했다.

"할아버지!" 쥬에민이 외쳤다.

"너 돌아왔구나…. 펑씨네와 약속한 혼사는 그만두기로 했다. 너희들은 공부를 열심히 해야 한다! 음…." 그는 몹시 힘들게 한숨을 내쉬고 말을 이었다.

"잊지 말거라…. 입신양명해야 한다…. 몹시 피곤하구나… 내 비록 조상께 누를 끼쳤을 망정… 너희들은 그러면 안 된다…."

할아버지의 음성이 점점 더 잦아들며 고개를 수그리더니 나중에는 입마저 완전히 닫아버렸다.

커밍이 다가가서 "아버지! 아버지!" 하고 불러보았으나 노인은 아무 말이 없었다. 커밍이 그의 손을 만져보더니 "손이 싸늘하게 식어가는구나."하고 울먹였다. 그러자 모두들 할아버지를 둘러싸고 목놓아 그를 부르기 시작했다. 할아버지를 부르던 소리는 이내 대성통곡으로 변했다. 잠시 동안 통곡 소리가 방 안을 진동시켰다.

사망 소식이 순식간에 퍼졌다. 불과 몇 분 사이에 저택의 모든 사람들이 할아버지가 세상을 떠났다는 사실을 알게 되었다. 일부 하인들은 친척들에게 부고를 전하기에 바빴고, 조객들이 어느새 모여들기 시작했다. 여자 조객들은 상주들과 함께 한바탕씩 곡을 했고, 어떤 사람은 울면서 신세타령을 하기도 했다.

초상 치르는 일이 시작되자 남녀 모두가 일을 분담해서 진행했다. 여자들 몇 명은 시신 앞에서 곡하는 일을 떠맡았다. 할아버지의 시신은 모기장을 떼어낸 침대 위로 옮겨졌다.

사람들이 모두 바삐 움직였기 때문에 일은 매우 빨리 진척되었다.

신주, 젯상 및 기타 물건들과 벽에 걸렸던 그림들은 모두 다 뒷채의 대청마루라고 불리는 계당桂堂으로 옮겨졌다. 곧이어 몇 년 전에 사다가 다른 곳에 두었던 관을 들여놨다. 소문으로는 이 관은 그다지 비싸지 않은 것으로 은화로 1,000원에 불과하다고 했다.

장례의 '길잡이' 도사道士들이 와서 시신에 새로 지은 옷을 입히고 이불로 싸는 소렴小殮의식을 거행할 시각을 정했다. 고인에게 입힐 수의와 신발 등도 곧 준비되었다. 사람들은 할아버지의 시신을 목욕시킨 후, 수의로 갈아입히고 의식을 거행했다. 관 속에 할아버지가 편안히 뉘여지고 그가 생전에 좋아하던 물건들을 관 속에 가득 넣었다.

의식이 끝나자 벌써 저녁 무렵이었다. 많은 중들을 청해 전불식轉佛式을 거행했다. 모두 108명인 이 중들은 각자 향불을 한 대씩 든 채 염불을 하면서 안채와 정원을 빙빙 돌아다녔다. 그들은 이쪽 문으로 들어왔다가 저쪽 문으로 나가고 섬돌 위를 오르내리곤 했다. 중들 뒤에는 쥬에신과 그의 숙부 세 사람이 역시 손에 향불을 피워든 채 따라다녔다. 쥬에신은 종갓집 종손이었기 때문에 맨 앞에 섰다.

이튿날 오전 10시 대렴大殮(소렴을 치른 다음날 다시 송장에 옷을 더 포개놓고 이불로 싸서 베로 묶는 일)을 했다. 이 날짜와 시간은 도사들이 정했다. 온 저택이 곡 소리로 뒤덮였다. 쥬에후이는 그의 출생 시각이 대렴 시각과 상치된다고 하여 대렴에 참석하지 못했다. 대렴에 참석하지 못한 사람은 그 밖에도 여러 명이 있었다. 쥬에후이는 이것이 모두 도사들의 허황된 수작에 지나지 않는다는 것을 알고 있었지만 거기에 반대하지는 않았다. 그는 '나는 이미 할아버지와 영별했으니까 그따위 도깨비놀이에 가담할 생각은 없다. 어쨌든 관 뚜껑에 못질을 하고 나면 만사가 끝나는 거니까!' 라고 속으로 생각했다.

할아버지의 죽음은 집안에 커다란 변화를 몰고왔다. 일상의 모든 일들이 정지된 대청에 흰 천을 드리운 뒤 영구靈柩를 안치했고 바로 앞 대청마루는 경을 읽는 장소가 되었다. 대청에서는 여자들의 울음 소리가 났고 대청마루에서는 불경 읽는 소리가 흘러나왔다. 영구를 안치한 곳에는 만사挽詞가, 불경을 읽는 곳에는 불상과 염라전의 그림 열 폭이 걸렸다. 이리하여 이 저택에는 또 한 차례 귀신이 나타나게 되었다.

사람들은 초상 치르는 일에 모두 바삐 움직였다. 아니 초상 때문이라기보다 이 일을 기회로 자기 안면을 내세우기에 바빴고 자기들에게 돈이 많다는 자랑을 하느라고 여념이 없었던 것이다. 사흘 후

243

에는 성복成服(초상이 난 지 사흘이나 닷새 만에 상제와 복인들이 처음으로 상복을 입는 일)을 했다. 예물들이 계속 들어왔고 조객들도 문이 미어터지게 몰려오면서 의식은 성대히 거행되었다. 사람들의 기대와 예상이 적중했다. 그러나 영구를 안치한 휘장 속에 들어간 여자 권속들은 고생스럽기 그지없었다. 조객들이 많이 오면 올수록 그들이 곡을 해대는 횟수가 많아졌기 때문이다. 이때쯤에는 이미 그들의 곡 소리도 일종의 기예技藝나 다름없었다. 그것이 조객들을 대접하는 일종의 형식이었던 셈이다. 예를 들면 그들이 이야기를 나누거나 무엇을 먹고 있다가도 밖에서 악사들이 북을 치거나 나팔을 불면 그들은 즉시 대성통곡을 해야만 했다. 곡 소리는 구슬플수록 좋았다. 그러나 그들은 이미 눈물이 메말라서 형식적인 울음 소리를 낼 수밖에 없었다. 그러다가 여러 가지 웃지 못할 일들이 벌어졌다. 날라리 소리를 잘못 들어 '손님이 돌아가신다'는 뜻을 '손님이 오신다'는 걸로 알고 공연한 곡을 한바탕 해대는가 하면, 손님이 들어왔는데도 휘장 속에서는 모르고 있다가 의식을 진행시키는 사람의 암시를 받고서야 부랴부랴 곡을 하기도 했다.

종갓집 종손인 쥬에신과 효자 노릇을 하려는 그의 숙부들은 비록 '부고'에는 '피눈물을 흘리며 머리를 조아리고 재배한다'고 썼지만 그들은 하루 종일 휘장 속에 들어앉아서 곡을 할 필요도 없었고 나와서 조객들에게 답례를 하지 않아도 되었다. 조객이 오면 그들은 멍석 위에 엎드려 가만히 있다가 조객들이 간 후에는 누워서 놀거나 앉아서 잡담도 할 수 있었다.

쥬에민 형제도 이날만은 좀 고생스러웠다. 다른 날은 소극적인 저항수단으로 그저 모르는 척 가만히 있었지만 성복날인 이날만은 '체면치레'를 해주는 수밖에 없었다. 물론 그들은 내키지 않았지만 그다지 대수로운 일이 아니었기 때문에 시키는 대로 했다. 그들은 조객들에게 맞절을 하는 역을 맡았다. 제관이 효자 효손의 답례라고 소리칠 때마다 그들은 엎드려 절을 했다. 절을 할 때마다 상복을 입은 숙부들과 쥬에신의 모습이 그들의 눈에 들어왔다. 두건을 쓰고 뒷꼭지에 길다란 흰 천을 드리운 채 흰 상복과 삼베조끼를 삼베띠로 질끈 동여맨 복장에다 짚신을 신고 지팡이를 짚으며 천천히 걸어다니는 그들의 모습이 참을 수 없을 만큼 우스웠다. 그들은 마치 한 편의 희극을 구경하는 느낌이었다.

쥬에민 형제는 이렇게 하루 밤낮을 집에 갇혀 있다가 이튿날 아침을 먹고 뛰쳐나가버렸다. 먼저 나간 쥬에후이는 잡지사에 가서 일을 하다가 저녁에야 집으로 돌아갔고 쥬에민은 그때까지도 아직 집으로 돌아가지 않았다.

경을 읽는 중들도 벌써 돌아가서 대청은 잠잠했다. 쥬에후이는 안으로 들어가보았으나 대청에는 아무도 없었다. 영전에 밝혀놓은 촛불 두개에는 커다란 불똥이 앉아 있고 촛물이 녹아내려 촛대에 잔뜩 붙어 있었다. 향로의 향은 다 타버리고 없었다.

"오늘은 왜 이리 적적하지? 모두들 어디로 가버렸나?"

그는 혼자 이렇게 중얼거리면서 영전에 가서 가위로 불똥을 잘라내고 향 한 대를 붙여놓았다.

"말도 안 되는 소리요. 전답과 물건만 나누고 서화와 골동품은 그냥 둔다는 건 완전한 분가가 아니오!"

할아버지의 방에서 갑자기 숙부 커딩의 목소리가 들려왔다.

"골동품과 서화는 생전에 아버님께서 제일 좋아하시던 물건이고 또한 아버님은 그걸 모으시느라고 여간 애를 쓰지 않으셨다. 자식된 도리로서 그걸 함부로 흩뜨린다면 어떻게 되겠니?" 커밍의 목소리였다. 그는 거친 숨을 들이쉬는 것 같았다.

"나도 그따위 물건을 대수롭게 생각지는 않소! 그렇지만 그걸 지금 나누지 않으면 이 다음에 누군가가 혼자 삼켜버리고 말 거요!"

커안의 성난 목소리였다.

"아버님께서 가지고 계시던 물건은 무엇이든 다 똑같이 나눠야 하오!"

"그렇게 하자! 너희들이 나누기를 원한다면 내일이라도 나누자. 나는 그걸 혼자 독차지하겠다는 생각이 전혀 없다."

커밍이 이렇게 말하며 속이 타는 듯 기침을 두어 번 했다.

"물론 형님이 그걸 혼자 가지려 들거란 소리는 아니오. 변호사 수입도 많을 텐데 그까짓 거야 별거 아니잖소?" 커딩이 냉소하듯 말했다.

그러자 집 안이 소란해지며 여자들의 말 소리가 들려왔다. 조금 있다가 문발이 들리더니 커딩이 밖으로 나왔다. 그는 입 속으로 "유언이니 유촉이니 하는 게 다 뭐람? 순전히 거짓말로 꾸며낸 거지. 이런 불공평한 분배가 어디 있담?" 하고 중얼거리며 밖으로 나갔다.

잠시 후 쥬에신이 힘없이 걸어나왔다.

"벌써 분가를 논의하는 참이에요? 참 빠르기도 하지!" 쥬에후이가 비웃듯 말했다.

"나하고 어머니는 허수아비 노릇밖에 하지 못했다. 나는 할아버지의 유언으로 사수실업회사의 주식 3,000원을 갖게 됐지만 셋째 숙부는 그것조차 마음이 내키지 않는 모양이더라."

쥬에신이 고통스러운 어조로 말했다.

"고모님은?"

방금 밖에서 들어온 쥬에민이 이 말을 듣고 물었다.

"고모에게는 얼마 되지 않는 물건과 주식 500원이 돌아갔을 뿐인데, 그것마저도 유언에 씌어져 있었기 때문에 가능했다. 너도 알다시피 고모님과 사이가 좋은 건 우리뿐인데 누가 고모의 편을 들겠니?"

쥬에신은 한숨을 쉬며 말했다.

"그렇다면 형은 왜 가만히 있었어요?" 쥬에민이 형을 비난하듯 말했다.

"둘째 숙부가 나오세요!" 쥬에후이가 문득 낮은 소리로 말했다.

이때 문발이 들리더니, 커밍이 할아버지의 방에서 기침을 하면서 천천히 걸어나왔다.

쫓겨난 사람

우이쥬에의 해산일이 가까워졌다. 첩 천씨와 셋째 마님, 넷째 마님, 그리고 여러 어멈들은 걱정이 이만저만이 아니었다. 그들은 처음에 뒷공론으로 수군거리기만 했으나 좀 지나자 천씨가 엄숙한 표정으로 커밍 형제들에게 이 문제에 대해 정식으로 말을 꺼냈다. 말인 즉 어른의 시신이 집에 있는 동안 가족들 중 누군가가 해산하게 되면 임산부의 피가 죽은 사람의 영혼을 건드려 죽은 사람에게서 많은 피가 나온다는 것이었다. 이것을 모면할 유일한 방법은 산부를 집 밖으로 내보내는 것이며 또 집에서 나가기만 해서는 피를 묻혀들일 우려가 있기 때문에, 성 밖으로 멀리 나가야만 한다는게 그녀의 주장이었다. 게다가 성 밖에 나가더라도 성문이 산부의 피를 막지 못하기 때문에 다리까지 건너가야 한다고 수선을 떨었다. 이렇게 해도 안전하지 못할 때에는 벽돌로 무덤을 쌓아올려 영구를 보호해야만 '피의 재앙'을 면할 수 있다는 것이었다.

넷째 마님 선씨가 이 의견에 제일 먼저 동조하고 셋째 마님 황씨와 커딩도 이에 찬동했다. 커안도 처음에는 못마땅하게 여겼으나 왕씨가 몇 마디 설득을 하자 마음이 기울었다. 커밍과 큰마님 저우씨도 마침내 이에 동의했다. 어른들 중에는 둘째 마님 장씨만이 아무말도 하지 않았다. 이렇게 해서 온 가족이 천씨의 의견을 따르기로 했다. 그들은 쥬에신에게 그렇게 하라고 분부했다. 할아버지를 위해서라면 모든 희생을 감수해야 한다고 그들은 말했다.

쥬에신에게 이 말은 그야말로 청천벽력이었지만 그는 군소리 한마디 하지 못했다. 그는 이제껏 어떠한 불공평한 대우에도 불평을 한 적이 없었다. 속으로는 분하고 슬프고 속이 타더라도 남 앞에서는 절대 속내를 드러내지 않은 채 모든 것을 참고 견뎠다. 그는 자기가 참고 견뎌내는 것이 다른 사람을 불행하게 만들 수도 있다는 생각은 해본 적이 없었다.

쥬에신은 자기 방에 돌아와 우이쥬에에게 이 말을 전했다. 우이쥬에는 원망의 말 한 마디 없이 그저 울기만 했다. 그러나 이런 울음이 무슨 소용이 있으랴? 그녀에게는 자기를 보호할 힘이 없었으며 쥬에신에게도 자기 아내를 보호할 아무런 능력이 없었다.

"나도 그런 말을 믿지는 않지만 다른 방도가 없으니 어쩌겠소? 어른들은 '그런 일이 있을 수 있다고는 생각할지언정 그런 일이 없다고 단정하지는 말아야 한다'고 말하고 있소."

쥬에신은 절망적인 표정을 지으며 슬픈 목소리로 말했다.

"나도 당신을 탓하는 게 아니에요. 내 팔자를 탓할 뿐이지." 우이쥬에가 흐느끼며 말했다.

"어머니나 가까이 계셨던들… 그렇지만 당신이 불효의 오명을 덮어쓸 수는 없잖아요? 당신이 설령 가족의 의견에 따르지 않겠다 해도 저로서는 절대 그럴 수 없어요."

"여보! 당신 한 사람마저 보호하지 못하는 무기력한 나를 용서하시오. 우리가 이렇게 여러 해 동안 같이 살아왔는데… 나의 고충을 당신이 이해하리라 믿소."

"그런 말씀은… 그만두세요." 우이쥬에가 손수건으로 눈물을 훔치며 말했다.

"당신의 고충은… 저도 잘 알아요. 당신 속이야 오죽하겠어요. 당신이 저를 그렇게 걱정하시는데 대해… 그저 고마울 따름이에요."

"고마워하다니? 혹시 나를 비웃는 말이 아니오? 당신은 나 때문에 무척 속을 태우고 있을 텐데! 해산날이 다가오는데 몸도 약한 당신을 적적하고 불편하기 짝이 없는 성 밖으로 내보내 혼자 살게 하다니, 당신에게 미안할 뿐이오. 이런 대우를 받는 며느리가 세상에 또 어디 있겠소? 그런데도 내게 감사를 하다니…."

쥬에신은 말을 잇지 못하고 머리를 부여안은 채 울기 시작했다.

우이쥬에는 울음을 그치고 말 없이 가만히 일어나 밖으로 나갔다. 한참 후 그녀는 하이천의 손을 잡고 들어왔다. 허씨 어멈이 뒤따라왔다.

쥬에신은 계속 울고만 있었다. 우이쥬에가 하이천을 남편 앞에 데

리고가서 "아빠!" 하고 부르게 했다. 하이천은 쥬에신의 손을 잡아
끌면서 안아달라고 졸랐다.

쥬에신은 하이천을 안고 귀여워 못 견디겠다는 눈빛으로 어린 아
들을 들여다보며 몇 번 뺨에다 입을 맞추고는 아이를 우이쥬에에게
넘겨주며 서글픈 어조로 말했다.

"나는 이미 희망이 없는 사람이오. 당신은 이 아이를 훌륭하게 키
워야 하오. 나 같이 쓸모없는 인간이 되지 않도록…."

그는 한 손으로 눈을 비비며 밖으로 나가버렸다.

"어디 가세요?" 우이쥬에가 걱정스럽게 물었다.

"성 밖에 나가서 집이나 한 채 얻어야지."

아내를 돌아보는 그의 눈에는 또 눈물이 고였다. 그는 얼른 밖으
로 나갔다.

이날 밤 쥬에신은 꽤 늦게 집에 들어왔다. 집을 얻는 것은 결코 손
쉬운 일이 아니어서 그는 이튿날에야 겨우 집 한 채를 마련했다. 조
그마한 마당이 있는 세 칸짜리 집이었는데 종이를 바른 작은 창이 있
고 방은 마루도 깔지 않은 봉당이었다. 양지 바른 위치도 아니어서
벽은 습기에 젖어 있었다. 마음에 드는 집은 아니었으나 어쨌든 '거
리를 벗어나서 다리를 건너가야' 하는 조건에 맞았던 것이다.

셋집이 마련되자 우이쥬에가 그 집에 들어가기 전에 천씨가 직접
허씨 어멈을 데리고 한 번 가보았고 왕씨와 선씨도 같이 둘러보았
다. 그러나 그들은 그 집에 대해서 아무런 말도 하지 않았다. 우이쥬
에가 직접 자기 손으로 이삿짐을 꾸리려고 했으나 쥬에신은 한사코

그녀를 말렸다. 쥬에신은 자기가 모든 준비를 할 것이니 조금도 걱정하지 말라고 했다. 그는 아내에게 의자에 앉은 채 꼼짝 말고 자기가 하는 일을 바라보기만 하라고 했다. 우이쥬에는 남편의 호의를 거절할 수 없어 그러라고 했다. 쥬에신은 아내에게 필요하다고 생각되는 것을 전부 가져다 보이며 "이것도 가져가야지?" 하고 물은 후에야 물건들을 가방이나 그물망에 넣곤 했다. 남편의 질문에 대해서 그녀는 거의 매번 웃는 얼굴로 고개를 끄덕이며 동의하거나 그렇지 않으면 상냥하게 "예! 예!"라고 대답했다. 그래서 설령 불필요한 것이라 해도 그가 가져온 물건들은 모두 짐짝에 들어갔다. 이삿짐을 다 꾸리고 난 뒤 쥬에신이 웃으며 아내에게 말했다.

"봐요, 이만하면 됐지! 나는 그야말로 당신의 마음을 꿰뚫어보고 있소. 당신의 마음을 여지없이 알아보고 있단 말이오."

"당신은 정말 내 맘을 꿰뚫어보는군요. 내가 가지고 가야겠다고 생각하는 것을 그렇게도 잘 알아맞추다니… 짐도 잘 챙기시고요. 다음에 먼 길을 떠날 때도 제 짐을 꾸려주세요, 네?"

우이쥬에가 웃으며 무심코 말했다.

"다음에? 다음에 어디로 가겠단 말이오? 그땐 나도 물론 같이 가야지! 절대 당신을 혼자 보내지 않겠소." 여전히 웃는 낯으로 그가 말했다.

"다음번엔 어머니한테 갈까 해요. 가게 되면 당신과 함께 가야지요. 나도 다음번엔 절대 당신과 떨어지지 않겠어요." 우이쥬에도 역시 웃으며 대답했다.

쥬에신은 갑자기 안색이 변해서 얼른 머리를 숙였다. 그러나 곧 머리를 들고 억지로 미소지으며 말했다.

"그렇소! 함께 가야지요."

그들은 속마음을 숨긴 채 서로를 속이고 있었다. 그들은 속으로는 울고 있었지만 억지로 웃는 표정을 지어보이며 서로의 슬픔을 감추었던 것이다. 그러나 그 웃음으로도 슬픔은 감추어지지 않았다. 이점을 남편이나 아내나 너무나 잘 알고 있었지만 그들은 일부러 웃는 표정과 유쾌한 대화 속에 각자의 마음을 숨겼다. 사랑하는 사람이 눈물 흘리는 것을 보고 싶지 않았기 때문이다.

수화가 수잉과 함께 왔다. 그러나 두 소녀는 그들 부부의 얼굴에 나타난 표정밖에 볼 수 없었다. 이어 쥬에민과 쥬에후이가 들어왔다. 그들 역시 두 사람의 진심을 헤아리지 못했다.

그러나 쥬에민과 쥬에후이는 가만히 있지 않았다. 쥬에후이가 먼저 입을 열었다.

"형! 형은 정말 형수님을 내보내실 작정입니까?"

쥬에후이는 다른 사람에게서 형수가 나간다는 말을 들었지만 그 말을 곧이듣지는 않았다. 그런데 밖에서 돌아오다가 중문에서 위안성을 만났는데 "셋째 도련님." 하고 그가 부르더니 말을 꺼내는 것이었다.

"셋째 도련님, 도련님은 아씨가 성 밖으로 이사가시는 걸 어떻게 생각하세요?"

위안성의 여위고 시꺼먼 얼굴이 한결 더 까매지고 양미간에도 깊게 잔주름이 잡혀 있었다.

쥬에후이는 놀란 눈으로 위안성을 보며 대답했다.

"나는 반대지. 정말 나가라는 건 아닐 걸세."

"셋째 도련님은 잘 모르고 하시는 말씀이에요. 맏도련님께서 저와 장씨 어멈더러 아씨를 따라가 시중들라고 하셨어요. 우리가 보기에 아씨께서 이사하시는 건 좋지 않아요. 그건 무덤을 찾아가는 거나 다름없지요. 이사하려면 적당한 집을 찾아가야지 부잣집에선 가리는 게 뭐가 이리도 많은가요? 맏도련님은 왜 가만히 계세요? 우리는 비천한 인간이라 잘 모르지만 어쨌든 사람의 목숨이 중요한 게 아니겠어요? 셋째 도련님, 도련님께서 맏도련님하고 아씨께 한번 이야기해보세요." 위안성은 눈물을 글썽거리며 흥분한 목소리로 말을 이었다.

"아씨를 잘 돌보셔야지요. 이 집에서 아씨를 위하지 않을 사람이 있나요? 아씨께 무슨 변고라도 생기는 날이면…."

위안성은 더듬거리며 말을 제대로 잇지 못했다.

"내가 말하겠어요. 내 지금 큰형한테 말할 테니 염려마세요. 형수님은 별일 없을 거예요." 쥬에후이는 감격하여 흥분한 어조로 말했다.

"셋째 도련님, 감사해요. 그러나 이 위안성이 그러더라는 내색은 비치지 마세요."

위안성은 낮은 소리로 당부하고 몸을 돌려 문 쪽으로 걸어갔다. 쥬에후이가 그 길로 쥬에신의 방으로 가보니 방 안 모습은 위안성에게서 듣던 그대로였다. 쥬에신은 미간을 찌푸리고 쥬에후이를 멍하니 바라보면서 고개만 끄덕였다.

"형, 정신 나갔어요?" 쥬에후이가 놀라 물었다.

"그래, 그따위 터무니없는 말을 믿는단 말입니까?"

"그런 허튼소리를 내가 곧이들을 것 같으냐?"

쥬에신이 안타까운 듯 말했다.

"하지만 곧이듣지 않은들 무슨 소용이 있니? 집안 어른들 모두 그렇게 주장하는데!"

그는 절망적인 표정을 지으며 자기 손을 비벼댔다.

"일어나서 반항해야 합니다."

쥬에후이가 화가 나서 부르짖었다. 그는 쥬에신을 쳐다보지 않고 창 밖을 내다보고 있었다.

"형! 쥬에후이의 말이 옳아요!" 쥬에민이 곁에서 거들었다.

"형수님을 내보내지 말고 먼저 집안 어른들께서 이해하시도록 자세히 말씀드려보세요. 그러면 어른들도 알아듣겠지요. 사리를 아는 분들이잖아요."

"사리를 안다고?" 쥬에신은 답답하다는 듯 말했다.

"공부를 그렇게나 많이 하고 일본에 가서 법률공부를 했다는 둘째 숙부조차 그 모양인데 내가 설명한들 무슨 소용이 있겠니? 나는 불효하다는 소리를 듣고 싶지 않아. 나야 어른들이 시키는 대로 하면 되겠지만 네 형수가 정말 고생이지."

"내가 무슨 고생을 하겠어요? 밖에 나가서 살면 오히려 조용하고 좋지요…. 더군다나 시중을 들어줄 사람도 있고 함께 가서 지낼 사람도 있으니까 오히려 마음이 편할 것 같아요." 우이쥬에가 웃는 얼굴로 말했다.

"형은 또 굴복할 작정이세요? 나는 형이 왜 항상 그렇게 굽히기만 하고 사는지 알 수가 없어요. 형은 스스로 이미 상당한 대가를 치뤘다는 걸 기억해야 돼요. 형수님을 잊어선 안 돼요. 형수님을 생각하셔야죠. 우리 집에서 형수님 생각을 하지 않을 사람이 어디 있어요?"

쥬에후이는 위안성이 하던 말을 떠올리고 화를 내며 말했다.

"작은형만 해도 형이 굴복했더라면 자신의 미래를 희생하는 것은 물론이고 다른 사람의 장래도 망쳤을 겁니다. 그러나 둘째 형 자신이 반항했기 때문에 오늘의 승리를 얻을 수 있었잖습니까?"

쥬에민은 자기 얘기가 나오자 얼굴에 득의만만한 미소를 지었다. 그는 쥬에후이의 말대로 자기는 확실히 행복을 쟁취했다고 생각했다.

"도련님, 그만두세요. 이 일은 형님의 주장이 아니라 내 생각이에요." 우이쥬에가 쥬에신을 위해 변명했다.

"아니에요. 이건 형수님의 주장도 큰형의 주장도 아니고, 집안 어른들의 억지일 뿐이에요."

쥬에후이가 상기된 얼굴로 소리쳤다. 그는 쥬에신에게 진심으로 말했다.

"형, 형은 싸워야 해요!"

"싸움? 승리?"

쥬에신은 아픈 가슴을 가라앉히며 자조하듯 대답했다.

"그렇지, 너희들은 승리했다. 너희들은 모든 것에 반항했고 경멸했고 그리고 승리했다. 너희들이 이겼기 때문에 나는 더욱더 패배해야 했다. 어른들은 너희들에 대한 원한을 도리어 나한테 집중시키고 있으니까. 어른들은 너희들에 대한 화풀이를 내게 하고 있단 말이다. 어른들은 나를 미워하고 괴롭혔다. 뒷전에서 나를 나무랄 뿐 아니라 나더러 '가장노릇'을 잘 하라고 꾸짖었다…. 너희들은 반항할 수도, 집을 뛰쳐나갈 수도, 멀리 도망칠 수도 있다…. 그렇지만 내가 어떻게 행동해야 하겠니? 나도 너희들처럼 그렇게 행동해야 하겠니? 나 혼자 도망쳐야 하겠니? 너희들은 날 이해하지 못할 게다. 쥬에민의 혼사 때문에 내가 얼마나 속을 태웠는지 너희들이 짐작이나 하겠니? 이런 일을 나 혼자만 속으로 끙끙거리고 밖으로 내색을 하지 않았기 때문에 너희들은 아무것도 모른다. 너희들은 몰라. 너희들은 걸핏하면 나에게 반항해라, 싸워라 하지만 도대체 누가 속 타는 내 마음을 알 수 있겠니?"

여기까지 말한 쥬에신은 도저히 참을 수 없었던지 눈물을 흘렸다. 그는 무언가가 도저히 참을 수 없게 자기를 짓누르는 것 같아 침대로 가 쓰러져버렸다.

지금까지 가까스로 울음을 참아왔던 우이쥬에도 더이상 견디지 못하고 애써 짓던 웃음을 거두며 책상에 엎드려 울기 시작했다. 수잉과 수화가 울먹이며 그녀를 위로했다. 쥬에민의 눈도 눈물에 젖어들고 있었다. 그는 지금까지 형 내면의 고통을 전혀 생각지 않고 자기 자신만 생각해온 데 대해 후회하기 시작했다. 그는 자기가 형에게 너무 매정하게 대해온 것을 뉘우치며 형을 위로할 수 있는 말을 찾고 있었다.

그러나 쥬에후이의 심정은 그렇지 않았다. 쥬에후이는 눈물 한 방울 흘리지 않은 채 옆에서 쥬에신의 거동만 살폈다. 쥬에신의 거동과 말은 물론 그에게 고통을 안겨주었지만, 확고한 사상을 지닌 그는 쥬에신에게 동정을 보내지 않았다. 그의 마음은 연민보다도 증오가 더 큰 비중을 차지하고 있었다. 문득 그의 눈앞에 시체를 넣은 관이 가로놓여진 호수가 떠오르고 현재와 미래의 일들이 선명하게 그려졌다. 이 모든 것을 그는 결코 잊을 수 없었다. 이런 생각을 할 때마다 그의 가슴은 증오로 끓어오르곤 했다. 그도 본래 자기의 두 형과 마찬가지로 자애로운 어머니로부터 남을 사랑하는 성품을 이어받았다. 어머니가 사랑이라는 선물을 남기고 세상을 떠난 후, 그 역시 한동안은 어머니가 가르쳐준 대로 남을 사랑하고 도와주었으며, 어른을 공경하고 아랫사람을 아꼈다. 그러나 지금 어른이라는 사람들이 그의 앞에서 어떻게 행동하고 있는가? 그는 이 집안에서 사랑을 짓밟는 어두운 힘이 어떻게 자라나고 있는지를 꿰뚫어보았다. 그는 또 소중한 젊은 생명들이 어떤 식으로 헛되이 희생되어 사라졌는지를 자기 눈으로 직접 지켜보았다. 그들은 그가 가장 아끼며 결코 잃어버리고 싶지 않은 존재였다. 그러나 그들은 그의 곁을 영원히 떠나갔고, 자신은 그들을 구원해줄 수 없었다. 그들을 구해줄 수 없었을 뿐 아니라 또 다른 소중한 젊은 생명들이 멸망의 길로 빠져들어가는 것을 맥없이 지켜보아야만 했다.

동정. 이제 와서 그는 다른 사람을, 그가 비록 자기의 형이라 할지라도 동정할 수 없었다. 그는 한 마디 말도 없이 그곳을 떠났다. 방을 나가자 마침 허씨 어멈이 하이천을 데리고 들어왔다. 하이천은 방글방글 웃으며 "삼촌." 하고 불렀다. 조카의 부름에 고개를 끄덕이는 쥬에후이의 마음은 몹시 쓰라려 터질 것 같았다.

　자기 방에 들어온 쥬에후이는 전에 느껴보지 못했던 고독을 느끼며 눈물을 흘렸다. 그에게는 인간 세상이 온통 비극만을 보여주는 무대같이 여겨졌다. 그래서 눈물과 고통이 이다지도 많은 것일까? 수많은 사람들의 삶이란 오로지 자신을 멸망시키거나 다른 사람을 멸망시키기 위해서 지속되는 것이 아닌가 하는 생각마저 들었다. 그 밖에 그들이 무엇을 할 수 있을까? 고통 속에서 필사적인 최후의 발악을 해보아도 결국 멸망할 수밖에 없었으며, 또한 다른 사람에게까지 누를 끼치는 것이었다. 큰형의 운명도 그와 마찬가지로 느껴졌다. 그러나 그것은 큰형 한 사람만의 운명이 아니라 수많은 사람들이 걷고 있는 길이었다. '인간 세상에는 왜 이처럼 고통이 많을까?' 이러한 생각이 들자 그의 머릿속에는 여러 가지 괴로운 일들이 떠올랐다.

　'큰형은 왜 위안성조차 알고 있는 사실을 모를까?'

　쥬에후이는 자신에게 물었다.

　"세상 없어도 나는 그들과는 달라야 한다. 나는 나 자신의 길을 걸어가야만 한다. 그들의 시체를 밟고서라도 나는 앞으로 나아갈 것이다." 고뇌 속에서 허우적거리던 그는 자신의 나아갈 길을 헤매다가 결국에는 이런 말로 스스로를 격려했다. 그는 집을 나와 새로운 친구들을 만나기 위해 잡지사로 갔다.

쥬에신도 슬픔을 가라앉힌 뒤, 아내를 데리고 성 밖의 셋집으로 갔다. 저우씨와 수잉, 수화가 그들과 함께 갔다. 쥬에신은 아내의 시중을 들어줄 장씨 어멈과 하인 위안성을 데리고 가기로 했다. 나중에 쥬에민과 친도 그 집으로 갔다.

우이쥬에는 그 집이 별로 마음에 들지 않았다. 가오씨 집안으로 시집온 후 여지껏 남편과 떨어져 살아본 적이 없는 그녀였지만 이제부터는 이곳에서 혼자 살아야 하는 것이다. 이번 별거는 적어도 한 달 이상 계속될 것이었다. 게다가 이사온 집은 어둠컴컴하고 습기가 많아 눅눅했다. 이런 생각을 하던 그녀는 유쾌한 마음으로 자신을 위로하려 했으나 그것은 생각처럼 쉽지 않았다. 그러나 여러 사람들 앞에서 그녀는 자기의 설움을 견뎌내지 않으면 안 되었다. 다른 사람들이 가구를 들여놓을 때 그녀는 아무도 없는 곳에 가서 남몰래 눈물을 흘렸지만 사람들과 이야기할 때는 웃음을 지었다. 그녀는 이러한 행동으로 그녀에게 신경을 쓰고 있는 사람들을 다소나마 안심시키려고 애썼다.

어느덧 헤어져야 할 시간이 되었다. 모두들 그녀와 작별을 하고 성 안으로 돌아가야 했다.

"어째서 한 사람이 가자는 말을 하기 무섭게 모두 다 함께 가려고 해요? 친 아가씨와 수화 아가씨는 좀 있다가 돌아가도 되잖아요?"

우이쥬에는 차마 그들을 보내기 싫어서 이렇게 만류했다.

"늦으면 성문이 닫혀버려요. 여기서 성문까지는 꽤 멀거든요. 내일 또 올께요."

친이 웃으면서 말했다.

우이쥬에는 문득 "성문… 성문…." 하고 중얼거렸다. 마치 이 말의 의미를 제대로 알지 못하는 듯이. 그러나 그녀는 남편과 자신이 멀리 떨어져 있을 뿐 아니라 성문이 그들 사이를 가로막고 있다는 사실을 너무나 잘 알았다. 그렇기 때문에 이날 저녁부터 이틀날 새벽까지는 설령 자기가 죽는다 하더라도 남편은 도저히 알 길이 없으며 또 와볼 수도 없을 터였다. 이런 생각을 하자 그녀는 서러움에 겨워 또 눈물을 흘렸다.

"여긴 적적하기도 하고 무서워서…."

그녀의 입에서 자신도 모르게 이런 말이 흘러나왔다.

"언니! 걱정마세요. 내일부터 내가 여기 와서 말동무를 해드릴게요." 수화가 그녀를 위로했다.

"저도 어머니에게 허락받고 와서 같이 지내겠어요." 수잉도 덩달아 말했다.

"여보! 좀 참고 견뎌야지. 2~3일 지나면 익숙해질 거요. 듬직한 하인이 둘씩이나 있으니 무서워할 것 없어. 내일이면 수잉이가 올 거고 나도 틈이 나면 매일 오겠어. 참고 지내야 해. 한 달 정도는 금방 지나갈 거야."

쥬에신이 애써 웃으며 그녀를 달랬다. 그러나 그는 사실 아내를 부둥켜안고 통곡하고 싶었다.

저우씨가 몇 마디 위로의 말을 건넸고 다른 사람들도 번갈아 위로하다가 몸을 일으켰다. 우이쥬에는 문까지 나와서 그들을 전송하고 문기둥에 기대어 그들이 하나씩 가마에 오르는 모습을 지켜보았다.

쥬에신은 가마에 올랐다가 다시 내려와 우이쥬에에게 더 필요한 것이 없느냐고 물었다. 우이쥬에는 필요한 것은 모두 가져왔기 때문에 더 가져올 것이 없다고 했다.

"내일 오실 때는 하이천을 데리고오세요. 그애가 보고 싶어요…. 하이천을 잘 돌봐주세요…. 참, 친정 어머니한테는 이런 소식을 알리지 마세요. 몹시 걱정하실 거예요."

그녀는 이렇게 마음에 걸리는 일을 띄엄띄엄 말했다.

"내가 며칠 전에 당신 몰래 편지를 써보냈소. 당신이 알면 기어코 못 쓰게 할 것 같아서…."

쥬에신이 부드럽게 말했다.

"왜 그런 편지를 하셨어요? 어머니께서 이런 줄을 아시면…."

그녀는 자기의 말이 혹시 남편을 상심하게 만들지나 않을까 걱정하며 뒷말을 삼켜버렸다.

"그렇지만 어떻든 기별을 해야 할 것이 아니오? 만약 장모님이 오신다면 당신을 돌봐줄 사람이 하나 더 생기는 셈이니까!"

쥬에신이 나직이 변명했다. 그는 아내가 꺼내다 그만둔 말이 어떤 것인지를 감히 생각해볼 용기가 없었다. 그들은 할 말이 너무도 많았지만 마치 할 말을 찾지 못하는 것처럼 그저 서로 바라보기만 했다.

"이젠 가겠소. 당신도 들어가 쉬구려."

쥬에신은 잠시 동안 머뭇거리며 지체했지만 결국 떠나야만 했다. 그러나 그는 가마에 올라타기 전에 몇 번이나 아내를 돌아보았다.

"내일 일찍 와주세요."

우이쥬에가 문기둥에 기대어선 채 이렇게 말하며 손을 흔들었다. 남편이 탄 가마가 골목길을 돌아선 뒤에야 그녀는 커다랗게 부푼 아랫배를 안고 기우뚱거리며 방으로 들어갔다.

그녀는 그물배낭에서 무엇을 꺼내려 했으나 온몸을 가누기가 힘들었다. 그래서 침대 쪽으로 간신히 걸어가 털썩 주저앉았다. 갑자기 뱃속에서 태아가 꿈틀거리고 태아의 울음 소리가 들려오는 듯했다. 그녀는 슬픔과 분노로 인해 가슴이 미어지는 것 같아 힘없는 손길로 자기의 배를 두드리며 푸념했다.

"너도 나를 괴롭히는구나." 그녀는 장씨 어멈이 소리를 듣고 달려와서 위로할 때까지 흐느껴 울었다.

쥬에신은 이튿날 일찍 하이천을 데리고 왔다. 수화도 약속대로 짐을 싸들고 왔다. 그러나 수잉은 성 밖에 나가 사는 것에 대해서 부친이 허락하지 않아 이곳에 머무를 수 없다고 했다. 뒤늦게 친도 왔다. 그리하여 이 조그마한 집은 일시적이나마 웃고 떠드는 소리로 가득했다.

하지만 즐거운 시간은 빨리 흘러가고 또 헤어져야 할 시간이 다가왔다. 떠날 때가 되자 하이천이 한사코 엄마와 같이 있겠다며 떼를 썼다. 그러나 도저히 그럴 수 없는 상황이므로 겨우 달래어 아버지와 함께 돌려보냈다.

우이쥬에는 어제와 같이 쥬에신을 문 밖까지 전송했다.

"내일도 일찍 와주세요. 네?"

이렇게 말하는 우이쥬에의 눈에서는 눈물이 빛나고 있었다.

"내일은 못 오게 될 것 같소. 삼촌들이 인부를 불러다 할아버지의 가묘假墓를 만들기로 했는데 내가 그 일을 감독해야 하오."

그는 우울한 표정을 지으며 이렇게 대답하다가 문득 아내의 눈에 눈물이 맺히는 것을 보고는 웃으며 말을 고쳤다.

"그렇지만 어떻게 해서든 오도록 하겠소. 아니 꼭 오겠소. 여보, 상심하지 말아요. 당신 몸을 소중히 여겨야 해요. 당신이 병석에 눕기라도 하면 나는 어쩌란 말…"

그는 더이상 말을 잇지 못하고 말끝을 흐려버렸다.

"저도 왜 이렇게 툭하면 슬픈 생각이 드는지 모르겠어요"

우이쥬에는 서글픈 미소를 지었다. 그녀는 남편의 얼굴에서 눈을 떼지 않고 한 손으로 하이천의 뺨을 어루만지며 천천히 말을 이었다.

"당신이 돌아가실 때마다 어쩐지 다시는 당신을 만나지 못할 것 같은 생각이 들어요. 그래서 자꾸 겁이 나요. 왜 그런 생각이 드는지 나도 모르겠어요."

그녀는 이렇게 말하며 손으로 눈을 비볐다.

"왜 겁이 난단 말이오? 우리는 그다지 멀리 떨어져 있는 것도 아니고 내가 매일 이렇게 와볼 수도 있지 않소? 게다가 오늘부터는 수화가 와서 같이 지내게 되었잖소."

쥬에신은 억지로 웃으며 아내를 위로했다. 그는 더이상 생각하기가 두려웠다.

"저것이 바로 그 묘당墓堂인가요?"

우이쥬에가 문득 오른편으로 그다지 멀지 않은 곳에 있는 절간 지붕을 가리키며 물었다.

"메이 아가씨의 영구가 저기 있다는 말을 들었는데 저도 한번 가봐야겠어요."

아내가 가리키는 곳을 바라보던 쥬에신은 마치 무엇에라도 얻어맞은 것처럼 얼굴빛이 달라졌다. 그는 얼른 고개를 다른 데로 돌렸다. 누가 자기의 아내를 빼앗아가버릴 것 같은 무서운 예감이 그의 머릿속을 파고들기 시작했다. 그는 마음을 수습하고는 따뜻한 아내의 손을 꼭 쥐었다.

"그곳에 가면 절대 안 돼." 그가 강한 어조로 몇 번이고 말을 했기 때문에 우이쥬에는 오랫동안 그 말을 잊을 수가 없었다. 그렇지만 그녀는 남편이 왜 그토록 말리는지 영문을 몰랐다.

"이제 가야겠소." 그는 그녀가 더이상 말을 꺼내기 전에 아내의 손을 놓으며 다시 한 번 말했다. 하이천에게도 "엄마, 갈게요." 하고 인사하게 한 후 그는 성큼성큼 걸어 가마에 올랐다. 두 가마꾼이 가마채를 어깨에 올려놓은 후에도 하이천은 가마 속에 앉아 계속 엄마를 불렀으나 쥬에신은 묵묵히 눈물만 삼켰다.

집에 돌아와 영당靈堂으로 들어가려던 쥬에신은 안에서 나오는 천씨와 마주쳤다.

"하이천 어미는 잘 있던가?" 천씨가 웃는 얼굴로 물었다.

"덕분에 잘 지내고 있어요." 쥬에신도 억지 웃음을 지으며 대답했다.

"해산할 때가 되었지?"

"아마 며칠 더 있어야 할 겁니다."

"애 아범도 명심해야 할 게 있어. 산실에 들어가서는 절대 안 되네."

천씨는 웃음을 거두고 정색을 하며 말하고는 분 냄새를 풍기며 가버렸다.

쥬에신은 이 말을 벌써 세 차례나 들었다. 그러나 그런 말을 오늘 같은 날 천씨에게 다시 듣자 기분이 몹시 상해서 한동안 아무 말도 못하고 멍하니 선 채 그녀의 뒷모습만 바라보았다. 그는 자기 손을 잡은 하이천이 옆에서 올려다보며 "아버지." 하고 부르는 것도 듣지 못했다.

죽음과 탄생

　나흘째 되던 날, 쥬에신은 여느 때처럼 우이쥬에의 거처를 찾아갔다. 그날은 마침 집에 일이 있어서 늦게 출발했기 때문에 그곳에 도착하니 이미 오후 3시가 넘어 있었다.

　그는 마당에 들어서자마자 "여보!" 하고 부르면서 급히 그녀의 방으로 걸어갔다. 그가 문턱을 막 넘으려는데 뚱뚱한 장씨 어멈이 굳은 표정으로 문 앞에 버티고 서서 들어가지 못하도록 그를 막았다.

　"서방님, 들어오시면 안 됩니다."

　장씨 어멈은 더이상 말을 하지 않았지만 그는 그것이 무슨 뜻인지 금방 알아차릴 수 있었다.

　쥬에신은 도로 물러나와 대청마루에 한동안 멍하니 서 있다가 밖으로 나갔다. 우이쥬에의 방문이 쾅 하고 닫히고 방 안에서 왔다갔다 하는 발 소리가 났다. 그리고 들어본 적이 없는 여자의 목소리가 나직하게 들려왔다.

그는 창 밑에 서서 좁은 정원에 자라난 푸른 풀과 들꽃들을 넋 나간 듯 바라보았다. 그는 야릇한 감정에 사로잡혔다. 고통인지, 즐거움인지, 기쁨인지, 슬픔인지, 분노인지, 만족인지 그 자신도 설명할 수 없었다. 이 모든 것이 다 포함되어 있는 듯도 했다. 몇 해 전에도 지금과 비슷한 감정을 가진 적이 있었으나 단지 비슷할 뿐 실제로는 아주 달랐다. 그는 그 일을 떠올렸다. 당시 감동과 기쁨에 넘치는 눈물로 아내에게 감사를 표하며 그녀를 돌봐주던 일을 지금도 그는 또렷이 기억하고 있다. 그때 아내가 몸부림치는 것을 보며 자기도 고통을 느꼈었다. 또 아내가 안겨준 선물을 보며 무한한 기쁨을 느꼈었다. 그는 아내 곁에서 아내가 모든 고통을 겪고 마지막 승리를 얻는 모습을 지켜보았었다. 긴장으로부터 안도로, 고통에서 희열로 바뀌어가던 그 모든 과정을 아내와 함께 겪었다. 그리고 그는 갓 낳은 첫 아들을 보았다. 산파에게서 강보에 싸인 아들을 받아안고 감격과 사랑으로 아들의 뺨에 입을 맞추면서 그는 남아 있는 자기 생명을 그 아들에게 바치기로 결심했다. 아들을 위해서라면 모든 것을 희생하리라 맹세했던 것이다. 그리고 그는 아내의 침대로 가서 피로하고 창백해진 그녀의 얼굴을 들여다보며 아내의 손을 잡았었다. 몸이 좀 어떠냐고 물었고 말 대신 눈짓으로 다른 사람은 알아챌 수 없는 감사와 사랑을 보냈다. 아내 역시 자랑과 사랑이 담긴 시선으로 남편과 아이를 번갈아 바라보며 감격한 어조로 "나는 아무렇지도 않아요. 보세요, 애가 정말 귀엽지요? 얼른 이름을 지어주세요." 하고 말했다. 당시 아내의 얼굴에는 처음으로 어머니가 된 사람의 기쁨이 빛나고 있었다.

그러나 지금은 어떠한가? 지금도 아내는 그때처럼 침대 위에서 신음하고 방 안에서는 사람들이 분주히 걸어다니는 소리가 났다. 그리고 긴장된 목소리로 주고 받는 이야기까지, 이 모든 광경은 그때와 조금도 다름이 없지만 지금 그들이 있는 곳은 그때 그곳이 아니었다. 두 문짝이 그들을 격리시켜서 아내에게 들어가볼 수도, 격려할 수도, 위로할 수도, 또 그녀의 고통을 나누어가질 수도 없었다. 지금 그는 지난날과 전혀 다른 심정으로 이제부터 일어날 일들을 기다리고 있었다. 그에게는 기쁨과 만족 대신 두려움과 회한이 있을 뿐이었다. 오직 '내가 아내를 괴롭히고 있구나' 하는 생각만이 그의 머릿속을 맴돌았다.

"마님! 좀 어떠세요?" 장씨 어멈이 물었다.

이어서 한동안 엄숙한 침묵이 흘렀다.

"아이고… 음… 아아… 아이고… 배야!"

갑자기 고통스러운 신음 소리가 창문으로 새어나와 그의 귓속으로 파고 들어왔다. 신음 소리에 그의 온몸이 떨렸다. 그는 이를 악물고 주먹을 불끈 쥔 채 공포와 싸웠다. 처음 그는 '우이쮸에의 목소리가 아닐 거야. 아내는 지금껏 저렇게 큰 고함을 지른 적이 없었지.' 라고 생각했으나 그 방 안에서 아내 말고 또 누가 저런 신음 소리를 낼 것인가 하는 생각이 들자 "아내다. 틀림없이 우리 우이쮸에다." 하고 중얼거렸다.

"아! 아아, 음! 아파… 아아!" 신음 소리가 더욱 높아졌다. 그것은 사람의 입에서 나오는 소리가 아닌 것처럼 들렸다. 방 안에서는 발자국 소리와 말 소리, 그리고 사기그릇이 달그락거리는 소리, 가구를 옮기는 소리가 신음 소리와 섞여 나왔다. 그는 두 손으로 귀를 틀어막고 중얼거렸다. "아니다. 우리 우이쮸에가 절대 아니다. 내 아내가 저렇게 큰 소리를 낼 리가 없어." 그는 초조하게 창문 앞으로 달려가 방 안을 들여다보려고 애를 썼으나 소리만 들릴 뿐 안에서 벌어지는 광경을 볼 수는 없었다. 그는 절망적으로 몸을 돌렸다.

"마님! 참으세요. 이제 조금만 있으면 아프지 않을 거예요." 낯선 여자의 목소리가 들렸다.

"아이고… 아아, 아이고!" 또 신음 소리가 들려왔다.

"올케! 조금만 더 참으세요. 곧 괜찮아질 거예요." 수화의 목소리였다.

어느 순간부터 신음 소리가 차차 낮아지더니 나중에는 귀를 기울여야 겨우 들릴 정도로 잦아들었다. 갑자기 문이 열렸다. 그가 돌아보니 장씨 어멈이 바쁜 걸음으로 걸어나와 부엌에서 더운 물 한 대야를 들고 방 안으로 들어갔다. 그는 머뭇거리며 대청마루로 들어가 눈을 크게 뜨고 절반쯤 열린 방 안을 들여다보았다. 안에서는 이따금 사람의 그림자가 움직였다. 그는 마음만 졸일 뿐 방 안에 들어갈 엄두를 못내고 있었다. 장씨 어멈이 옆방에서 나와 아내의 방으로 들어가려고 할 때에야 그는 장씨 어멈을 따라 들어갈 결심을 했다.

그러나 어멈은 들어서기가 무섭게 문을 닫아걸었다.

그는 문을 여러 번 두드려보았으나 안에서는 아무 반응도 없었다. 그는 절망적으로 문에서 손을 떼고 돌아서려 했다. 그러나 바로 이때 안에서 또 신음 소리가 들려왔다. 그는 힘껏 문을 밀면서 세차게 두드렸다.

"누구세요?" 장씨 어멈이 물었다.

"문을 열어라!" 그가 외쳤다. 그 목소리는 공포와 고통과 분노에 차 있었다.

안에서는 대답하는 사람도 없고 문을 여는 사람도 없었다. 그의 아내는 여전히 고통에 찬 신음 소리를 내고 있었다.

"문을 열게! 어멈, 문을 여시오!" 그는 주먹으로 문을 두드리며 고함을 질렀다.

"들어오시면 안 돼요. 열어드릴 수 없어요. 큰마님과 셋째 마님, 작은할머님께서 분부를 내리셨어요!" 장씨 어멈은 문앞까지 다가와서 이렇게 말했다.

장씨 어멈은 또 뭐라고 지껄였으나 그는 더이상 들으려고 하지 않았다. 그는 장씨 어멈이 무슨 말을 할 것인지 짐작하고 있었다. 그것은 숙부들이 하던 그런 말일 것이다. 안으로 들어가려던 그의 욕망과 용기는 그녀의 말에 압도당하여 반박할 말을 찾아내지 못하고 절망적으로 문 밖에 멍하니 서 있었다.

"그이는? 그이는 어디 가셨지?" 방 안에서는 우이쥬에가 애처로운 목소리로 그를 찾고 있었다. "그이는 어째서 오시지 않지? 어멈!

어서 그이를 불러오게! 아아!"

이 소리에 쥬에신의 가슴은 도려내지는 것만 같았다.

"여보! 나 여기 있어. 여기 와 있어, 여보! 나 여기 있어! 어서 문을 열어라! 어서! 그녀가 나를 찾고 있지 않은가? 어서 문을 열어!" 그는 정신없이 고함치며 주먹으로 문을 두드렸다.

"여보, 당신 어디 계세요? 왜 들어오시지 않지요? 아아! 당신 어디 계세요? 모두들 왜 문을 열어드리지 않지? 아아!"

"여보! 나 여기 있어. 이제 곧 들어갈게. 내 들어가 당신을 지키겠소. 당신 곁을 떠나지 않겠어…. 어서 문을 열어라! 어서 문을 열라지 않느냐! 너희들은 사람이 저렇게 아파하는 데도 불쌍한 생각이 들지 않느냐?" 그는 목이 쉬도록 고함을 치며 문을 두드렸다.

방 안은 잠잠해졌다. 그러나 갑자기 떠들썩해지기 시작했다. 급한 발자국 소리와 우이쥬에를 부르는 소리가 한데 뒤엉켜서 들렸다. 두려움이 그의 머리를 스치고 지나갔다. 그는 아내가 정신을 잃지나 않았나 하고 큰 소리로 부르짖었다.

"여보! 나 여기 있어. 내 목소리가 들리시오?"

방 안에서 나던 소리는 멎었다. 우이쥬에가 무슨 말을 하고 있는 듯 했으나 잘 들리지 않았다. 다시 그녀의 신음 소리가 들리기 시작했다. 그 소리는 매우 가냘팠다.

참기 힘든 시간이 흘렀다.

"음!… 사람 좀 살려주세요! … 여보! 어디 있어요? 왜 나를 구해주지 않아요? 아아…." 아내의 신음 소리가 다시 높아졌다.

"나 여기 있어! 여보, 내 말 들려? 나 여기 있어! 우이쮸에 내 말 들려? 어서 문을 열어라! 수화야! 너는 사리를 아는 아이가 아니냐? 어서 문을 열어라! 어서 좀 들어가게 해줘!" 그는 미친 듯이 고함을 쳤다.

아내의 신음 소리는 멎었다. 방 안은 다시 잠잠해졌다. 엄숙한 정적 속에서 갑자기 갓난애의 울음 소리가 들렸다. 아주 큰 울음 소리였다.

"하느님, 감사합니다." 그는 가슴을 짓누르고 있던 돌덩이가 없어진 듯한 안도감을 느끼며 중얼거렸다. 아내의 고통도 이제는 곧 끝날 거라고 생각했다.

공포와 고통이 그에게서 떠나자 그는 또 형언할 수 없는 기쁨을 느꼈다. 눈에 감격의 눈물이 가득 고인 채 '이제부터 아내를 더욱더 사랑하고 보호해주리라! 이번에 낳은 아이도 사랑해주어야지!' 그는 이렇게 생각했다. 그는 혼자 문 밖에서 웃기도 하고 울기도 했다.

"올케 언니!"

갑자기 무서운 비명이 방 안에서 울려나왔다. 그 소리는 바윗돌처럼 그의 가슴을 내리눌렀다.

"올케 언니의 손이 차가워졌어!" 수화의 울음 섞인 목소리가 들렸다.

"마님!" 장씨 어멈도 다급한 목소리로 그녀를 불렀다.

"올케 언니!"

"마님!"

안타깝게 부르는 소리가 뒤섞여서 연거푸 들려왔다. 방 안에는 산파 말고 그녀 둘밖에 없기 때문에 우이쥬에를 부르는 소리도 둘뿐이었다. 상황은 이다지도 처참했다.

쥬에신은 큰 불행이 닥쳐왔다는 불길한 예감으로 머릿속이 하얗게 되었다. 그는 주먹으로 정신없이 문짝을 두드렸다. 문이 부서지도록 두드렸지만 아무 소용이 없었다. "우이쥬에!" "문을 열어라!" 하고 고함을 질렀으나 페인트칠이 벗겨진 문짝은 냉혹하게도 방 안의 모든 것을 가로막고 있었다. 문은 그의 발길을 완강하게 거부하면서 아내를 구하는 것도, 아내와 최후의 대면을 하는 것도 허락하지 않았다. 모든 희망은 여지없이 부서지고 말았다.

방 안에서는 여자들의 울음 소리가 터져나왔다.

"우이쥬에! 내 목소리가 들려?" 그는 여전히 밖에서 부르짖었다. 그것은 애통해하는 절규였으며 발작적인 부르짖음이었고 생명의 외침이었다. 자기의 사랑 전부를 그 목소리에 담아 저승으로 가고 있는 아내를 불러오려는 것이었다. 아내의 생명뿐 아니라 자기의 생명을 만회하려는 것이었다. 아내가 없어지고 나면 자기의 삶이 어떻게 될지 그는 잘 알고 있었다.

그러나 죽음은 찾아오고야 말았다.

안에서 사람이 나오는 소리가 나기에 그는 장씨 어멈이 문을 열기 위해 나오는 것이라고 생각했다. 그러나 뜻밖에도 산파가 갓난아이를 안고 문 틈으로 내다보며 "서방님! 축하해요. 아드님이에요." 하고 말했다.

"불쌍하게도 태어나자마자 엄마를 잃었구나!" 그녀는 다시 안으로 들어가며 혼잣말로 중얼거렸다.

이 말이 그의 심장을 아프게 찔렀다. 그는 아버지로서의 기쁨을 조금도 느끼지 못했다. 아이는 그에게 귀여운 자식이 아니라 아내의 생명을 빼앗아간 원수처럼 생각되었다.

분노와 비애가 한데 뒤엉켜 그를 휩싸고 있었다. 그는 결사적으로 문을 두드렸다. 그러나 조그마한 두 문짝은 천근이나 되는 것처럼 꿈쩍도 하지 않았다. 그는 모든 것을 돌보지 않고 뛰어들어가 아내의 침상 앞에 꿇어앉아 지난 몇 해 동안의 잘못을 뉘우치고 아내에게 마지막 용서를 빌려고 결심했지만 때는 이미 늦었다. 연약한 나무 문짝은 마치 전제적 폭군과도 같이 버티고 서서 최후의 사랑을 가로막으며 아내의 영결조차 허락하지 않았다. 그는 아내 앞에서 우는 일조차 할 수 없었다.

갑자기 그는 아내를 빼앗아간 것이 조그마한 문짝이 아니라 모든 제도와 예의, 도덕 그리고 미신의 힘이라는 것을 깨달았다. 이 모든 것이 수년 간 그의 두 어깨를 내리눌러 청춘과 행복과 그가 사랑하던 두 여인을 빼앗아간 것이다. 그는 이제야 그가 짊어진 짐이 너무 무겁다는 것을 깨달았다. 그 짐을 벗어버리려 발버둥쳤지만 무기력하고 연약한 그는 모든 것에 저항할 힘조차 없었다. 절망한 그는 문 앞에 꿇어앉아 울기 시작했다. 아내를 위해 우는 것이 아니라 자기 자신을 위해 울었다. 이리하여 그의 울음 소리는 안에서 나오는 통곡 소리와 한데 뒤엉켰다. 그러나 그것은 전혀 의미가 다른 울음 소리였다.

 가마 두 채가 문앞에 와서 멈추었다. 계모 저우씨와 여자 손님 한 분이 내렸고 그 뒤로 위안성이 헐떡거리며 따라왔다.

 대문에 들어서다가 울음 소리를 들은 저우씨는 얼굴빛이 변하며 여자 손님에게 "이게 웬일이죠?"라고 말했다. 그녀들은 급한 걸음으로 대청마루에 들어섰다.

 "이 사람아! 여기서 뭘 하는가?"

 저우씨는 쥬에신이 꿇어앉아 있는 것을 보고 깜짝 놀라며 물었다.

 쥬에신은 얼른 일어나 "우이쥬에, 우이쥬에⋯."라고 중얼거리며 흐느꼈다. 그러다가 저우씨 뒤를 따라 들어오는 장모를 발견하고 참담하고도 비통하게 대성통곡하기 시작했다. 바로 이때 방 안에서 갓 난아이의 울음 소리가 들려왔다.

 장모는 아무 말도 하지 않고 손수건으로 눈물만 훔쳤다.

 문은 이미 열려 있었다. 위안성이 열게 했던 것이다. 저우씨는 장모에게 길을 인도하며 말했다.

 "사부인! 들어가십시오. 저는 들어갈 수 없는 몸입니다."

 장모가 안으로 들어가자마자 방 안에서는 구슬픈 울음 소리가 새어나왔다.

 "얘야 우이쥬에야! 네가 이렇게 가버리다니! 어미 한 번 못 보고⋯ 어미가 왔다. 어미가 불원천리 널 보러 왔단다. 네게 할 말이 많은데. 너도 할 말 있으면 어서 하거라! 얘야 눈좀 떠봐! 어미가 아무리 늦었다지만 하루도 더 기다릴 수 없더란 말이냐? 이렇게 비참하게 죽다니! 팔자도 기구한 내 자식아! 불쌍하게도 혼자 이렇게 외로이… 내가 조금만 일찍 왔더라도 네가 이렇게 맥없이 죽지는 않았을 것을! 어미가 너를 죽였구나!"

결단의 날

"형! 나는 더이상 집에서 배겨낼 수가 없어요. 집을 나가겠어요."

방 안에 들어서자마자 쥬에후이가 성난 어조로 쥬에신에게 말했다. 날은 이미 저물어 방 안은 어두컴컴했지만 전등은 아직 켜지 않은 채였다. 쥬에신은 책상 앞에 앉아 두 손으로 턱을 괴고 그곳에 놓인 액자를 들여다보고 있었다. 거기에는 우이쥬에와 신혼 때 찍은 사진이 들어 있었다. 방 안의 빛으로는 사진의 얼굴을 똑똑히 알아볼 수 없었으나 우이쥬에의 모습이 마음속에 깊이 새겨져 있었기 때문에 그 복스러운 얼굴, 다정한 미소, 서글서글한 눈매, 귀여운 보조개 등이 마치 사진에서 선명하게 보이는 듯했다. 눈물을 머금은 채 사진을 정신없이 바라보던 그는 별안간 들려온 쥬에후이의 목소리에 정신이 들었다. 고개를 든 그는 열정으로 빛나는 쥬에후이의 눈과 마주쳤다.

"나가겠다고? 어디로 간단 말이냐?" 쥬에신이 놀라 물었다.

"상하이나 베이징이나 어디로든 가겠어요. 어떻든 이 집에서는 떠나야겠어요." 쥬에후이는 자신있게 대답했다.

쥬에신은 한동안 아무 말도 하지 못했다. 속에서 무언가가 치밀어 올라 가슴을 힘껏 내리누르는 것 같았다. 창 밖 나무 위에서는 매미가 처량하게 울고 있었다.

"반드시 나가고 말겠어요. 누가 뭐라 하든 나가겠습니다."

쥬에후이는 마치 누군가와 언쟁이라도 하는 말투였다. 그는 두 손을 주머니에 넣고 속이 타는 듯 이리저리 방 안을 걸었다. 자기의 걸음이 옮겨질 때마다 쥬에신의 가슴이 죄어들고 있다는 것은 생각지도 않았다.

"쥬에민은 뭐라든?" 쥬에신은 겨우 이렇게 한마디 물었다.

"나갈까 말까 망설이고 있어요. 내가 보기에 그 형은 당분간은 나갈 것 같지 않아요. 지금 형에겐 친 누나가 있으니까. 친 누나를 놔두고 떠나지는 않을 거예요." 쥬에후이가 초조하게 말했다.

"그렇지만 나는 세상 없어도 나가겠어요." 그는 곧 단호한 어조로 말했다.

"오냐! 가겠으면 가도 좋다. 상하이든지 베이징이든지 어디든 가라!" 쥬에신은 감정이 북받치는 듯 말했다.

쥬에후이는 쥬에신의 말이 무슨 의미인지 몰라 아무 대꾸도 하지 않았다.

"그러면 나는 어쩌지? 나는 어디로 가면 좋으냐?" 쥬에신은 손으로 얼굴을 가리고 울기 시작했다.

쥬에후이는 방 안을 서성이며 이따금 안타까운 시선으로 형을 바라보았다.

"나가면 안 돼." 쥬에신은 두 손을 떼며 애원하듯 말했다.

"어쨌든 너는 못 간다."

쥬에후이는 여전히 아무 말도 없었다. 그러나 그는 꿈쩍도 하지 않고 서서 여전히 괴로운 눈초리로 형을 바라보았다.

"어른들이 너를 못 나가게 하실 거야. 어른들은 결코 너를 못 가게 할 거다."

쥬에신은 마치 싸울 듯이 언성을 높이며 말했다.

"하!" 쥬에후이는 코웃음을 치며 단호한 어조로 말했다.

"어른들이 말려도 나는 기필코 나가겠어요!"

"네가 어떻게 간단 말이냐? 그들에게도 얼마든지 이유가 있을 텐데! 할아버지의 영구가 아직 집에 있고 졸곡卒哭(삼우三虞가 지난 뒤에 지내는 제사. 사람이 죽은 지 석달 만에 오는 첫 정일丁日이나 해일亥日을 가려서 지냄)도 지나지 않았고 안장도 하지 않았는데 네가 집을 떠난다는 건 말이 안 되잖니?" 쥬에신은 마치 '그들'에게서 도움을 구하려는 듯했다.

"할아버지의 영구가 집에 있는 게 나와 무슨 상관이에요? 다음달에 졸곡을 지낼 것이고 영구를 절간으로 모실 텐데 내가 왜 못 간단 말입니까? 어른들도 나를 형수님처럼 취급하지는 못할 겁니다."

쥬에후이는 영구라는 말에 그만 분이 치밀어올라 표독스럽게 이런 말을 던졌다.

"네 형수 얘기는 꺼내지 마라. 다시는 말하지 마. 죽은 사람을 들 먹이지 마라!"

쥬에신은 고통스럽게 말하며 애원하는 표정으로 손을 내저었다.

"뭘 그렇게까지 슬퍼합니까? 할아버지 대상이 지나고 나면 또 장가를 들겠지요. 기껏해야 3년인데!" 쥬에후이가 비웃듯이 말했다.

"다시는 장가 들지 않을 게야. 평생 후처를 맞아들이지 않을 작정이다. 그래서 이번에 윈얼雲兒을 장모님께 길러달라고 맡겼다."

쥬에신은 마치 노인처럼 힘없는 어조로 말했다.

"그러면 어째서 하이천까지 보냈죠?"

"하이천은 서너 달 지나면 돌아올 거다. 너도 생각해봐라! 우리 집 분위기가 어미 없는 아이에게 뭐가 좋겠니? 매일 어미를 찾으며 울 텐데 거두어줄 사람도 없고! 할아버지 장례식이 끝나면 가서 데려와야겠다. 나는 그애 교육에 전념할 작정이다. 지금의 나에게는 그애가 유일한 희망이다. 그애마저 잃어버릴 수는 없어. 그애를 다른 어느 여자에게 함부로 맡기지도 않겠다."

"지금은 그렇게 생각하겠지만 시간이 지나면 생각이 달라질 거예요. 나도 많이 봐왔지만 모두 그렇더군요. 아버지부터 우선 그랬으니까 말입니다. 어머니가 세상을 뜨시자 그렇게 상심하던 아버지가 이태도 되기 전에 후취를 두시지 않았습니까? 형이 재혼을 하지 않겠다고 해도 어른들은 그냥 두지 않을 겁니다. 어른들은 '네 나이가 아직 젊고 또 하이천을 거두어줄 사람이 있어야 한다'고 말할 것이

고 그렇게 되면 형도 승낙하게 될 테죠. 설령 형이 승낙하지 않는다
고 해도 어른들은 억지로 승낙하게 하고야 말 거예요." 쥬에후이는
여전히 냉소적인 어투로 말했다.

"다른 일은 몰라도 이 일만은 절대 승낙하지 않을 거다." 쥬에신은
괴로워하며 말했다. "더군다나 하이천을 위해서도 승낙할 수 없다."

"그렇다면 나는 형 자신이 방금 하신 말을 내 대답으로 삼지요.
나는 반드시 나가겠어요." 쥬에후이는 참다 못해 킥킥 웃어버렸다.

"나는 상관하지 않겠다. 네가 어떻게 떠나는지 두고보자." 한동안
잠자코 있던 쥬에신이 성난 어조로 말했다.

"상관하든 말든 맘대로 하세요. 그렇지만 형이 눈을 둥그렇게 떴
을 때는 이미 내가 집을 나간 뒤일 거예요." 쥬에후이의 어조는 단호
했다.

"하지만 너에겐 돈이 없을 텐데!"

"돈? 돈 같은 건 문제도 아니에요. 집에서 안 주면 꿔가지고 가겠
어요. 어떻게든 나가겠습니다. 내게는 친구들이 많고 그들이 나를
도와줄 겁니다."

"정말 얼마간이라도 기다릴 수 없겠니?" 쥬에신은 절망적으로 물
었다.

"얼마나 기다리란 말입니까?"

"2년쯤 기다려라. 그때엔 너도 외국어 전문학교를 졸업하게 될
거고…." 쥬에신은 사태가 호전되는 것으로 생각하고 부드럽게 권
유했다.

"그땐 네가 외지에 나가 일자리를 구해도 좋고 공부를 계속해도 좋다. 그렇게 되면 지금보다 훨씬 낫지 않겠니?"

"2년이라구요? 그렇게 오래 기다리란 말입니까? 지금 나는 잠시도 이곳에 머무르고 싶지 않아요. 당장 이곳을 떠나지 못하는 게 안타깝단 말입니다." 쥬에후이는 더욱 흥분했다.

"2년이 뭐 그리 긴 세월이라고 그러니? 네 성미는 언제나 그렇게 급하구나. 너도 이젠 곰곰이 생각하고 참을성도 가져야 하지 않겠니? 2년쯤 더 기다려서 손해볼 게 뭐야? 18년도 참았는데 2년을 못 참겠니?"

"지난날에는 내 눈이 완전히 뜨이지 않았고 대담하지도 못했어요. 또 그때는 우리 집에 내 마음에 드는 사람들이 더러 있었어요. 그러나 지금에 와서는 원수들뿐이에요."

쥬에신은 한동안 침묵을 지키다 비통한 어조로 물었다.

"나도 네 원수란 말이냐?"

쥬에후이는 동정하는 시선으로 형을 바라보았다. 그의 마음은 차차 풀려 말투가 부드러워졌다.

"형! 물론 나는 형을 사랑해요. 과거에 우리는 서로 이해할 수 있을 정도로 가까웠지요. 하지만 지금은 너무 멀어졌어요. 형은 나보다 형수님과 메이 누님을 더 사랑하셨지요. 그런데 형은 어째서 다른 사람들이 그들을 짓밟도록 내버려두고 심지어 형수님을 그렇게 참혹한 지경으로 몰아넣었습니까? 그때 형이 조금만 더 용감했더라면 형수님을 구했을 게 아닙니까! 하지만 지금은 너무 늦었어요. 그런데도 뭐가 부족해서 또 나에게 형을 따르라는 겁니까? 형! 나도 형을 사랑하지만 이 점은 도무지 이해할 수 없어요. 형도 이제부터 제발 그런 말로 내게 권유하지 마세요. 형을 원망하고 원수로 여기지 않도록 말입니다."

말을 마친 쥬에후이가 밖으로 나가려는데 쥬에신이 불러세웠다. 쥬에후이의 눈에도 눈물이 얼룩져 있었다. 쥬에후이는 그것이 형을 위해 흘리는 최후의 눈물이라고 생각했다.

"나가지 말고 내 말 들어라." 쥬에신은 울음 섞인 목소리로 말했다. "우리도 언젠가는 서로 이해하게 될 것이다. 지금은 말하지 않겠다만 나에게도 역시 고통이 있어…. 어떻든 나도 꼭 너를 도와주마. 어른들에게 말씀드려보마. 승낙하지 않는다면 반드시 다른 방법을 강구해보기로 하고…. 네가 반드시 떠날 수 있도록 힘써보겠다."

이때 전등불이 켜졌다. 그들은 눈물에 젖은 서로의 눈을 바라보며 마음을 주고받았다. 누가 뭐라 해도 그들은 정다운 형제간이었다. 그렇게 두 형제는 헤어졌다. 그들은 서로 상대가 자신의 마음을 이해했다고 생각했으나 실은 그렇지 못했다. 쥬에후이는 형의 방에서 나온 후 이제는 이 집을 편히 떠날 수 있게 되었다고 생각했다. 그러나 쥬에신은 사랑하는 사람이 또 한 명 떠난다는 분명한 사실 때문에 방구석에 틀어박혀 슬프게 울기만 했다. 이제부터 자신은 더욱더 쓸쓸하고 고적한 생활을 하게 되리라는 것을 그는 잘 알고 있었다.

쥬에신은 과연 자기의 약속을 이행했다. 며칠 후 그는 쥬에후이와 단둘이 이야기할 기회를 마련했다.

"네 일은 결국 실패했다." 그는 쥬에후이의 방으로 찾아가 네모난 책상 앞에 나란히 앉아서 이야기를 시작했다. 쥬에신의 어조에는 실망한 빛이 보였다. 그러나 전적으로 절망한 것은 아니었다.

"먼저 어머니께 말씀드렸다. 어머니는 일정한 주관이 없어서 네가 가는 데 대해서 찬성을 하지 않았지만 절대로 못 간다고 하지도 않더구나. 어머니도 물론 우리가 잘 되기를 바라시고 이번 네 형수의 죽음에 대해서도 몹시 슬퍼하고 후회하신단다. 어머니와 장모님 두 분께서 모든 일을 처리해주셨기 때문에 나도 많은 도움을 받았다. 사실 나는 아무 일도 할 수 없었다. 네 형수를 메이만큼도 대해주지 못했다. 메이는 마지막으로 얼굴도 보았고 내 손으로 장례도 지내줬지만…." 여기까지 말한 그는 또 울음을 터뜨렸다.

"우이쥬에는 정말 불쌍하다. 죽은 지 벌써 삼칠일三七日이 되었지만 우리 집 어른들은 어머니와 고모님 외에는 한 분도 가보는 사람이 없고 넷째 숙모는 수전이 가겠다는 것조차 막고 있단다. 죽은 우이쥬에가 상서롭지 못한 귀신이나 된 것처럼…. 우이쥬에처럼 인품 좋은 사람이 이렇게까지 될 줄은 정말 몰랐다. 그래도 어멈이나 하인들이 낫더구나. 우리 집과 이웃의 다른 집 어멈들은 누구 하나 빼놓지 않고 우이쥬에를 보러 갔단다. 나는 장모님을 뵐 때마다 가슴이 미어지는 것 같다. 아무렇지도 않게 하시는 말도 의미심장하게 들리고 나를 꾸짖는 것으로 여겨진다. 너는 내가 얼마나 안타까워하는지 모를 거다!" 그는 연신 눈물을 흘렸다.

처음 쥬에후이는 형이 자기가 집에서 떠나는 문제를 꺼내기에 귀를 기울여 듣고 있었다. 형의 화제는 형수의 죽음으로 옮겨지고 말았으나 그는 형수 얘기에 귀를 기울이면서 입술을 깨물고 두 주먹을 불끈 쥐었다. 그는 어느새 자기 자신의 일은 잊어버렸다. 그의 눈앞에는 복스러운 얼굴과 관이 나타났고 그 관이 차차 작아지면서 둘, 셋으로 보였다. 그 다음에는 세 여인의 얼굴이 나타났다. 하나는 복스러운 얼굴이고 또 하나는 수심에 잠긴 얼굴이고, 다른 하나는 천진하고 발랄한 얼굴이었다. 그 얼굴들은 갑자기 넷, 다섯으로 되었다가 나중에는 더 많이 불어나더니 한순간 그 많은 얼굴들이 사라져버리고 그의 앞에는 눈물에 젖은 형의 여윈 얼굴만 남았다. "나는 울지 않을 테다!" 그는 혼자 이렇게 중얼거리고 주먹으로 책상을 힘껏 누르며 참았다. 과연 그는 눈물 한 방울 흘리지 않았다.

방 안에는 무거운 침묵이 흘렀다. 대청에서 들려오는 중들의 경 읽는 소리가 바라 소리, 북 소리와 섞여 들려왔다. 이렇게 한동안 시간이 흘렀다.

쥬에신은 긴 한숨을 내쉬고 수건을 꺼내 눈물을 닦은 후 천천히 말을 이었다.

"너에 대한 말을 하려던 참이었는데 화제가 그만 빗나갔구나!" 그는 웃으려 했으나 웃음 소리가 나오지 않았다.

"어머니는 당신도 결단을 내릴 수 없다고 하시며 둘째 숙부에게 가보라고 하시더라. 그래서 숙부님께 말씀드렸더니 대번에 안 된다고 호통을 치시면서 예절도 모르는 놈이라고 나를 꾸짖으시더구나. 적어도 할아버지의 장례를 치른 후에야 네가 떠나는 것을 허락할 수 있다고 하셨다. 그때 숙부님은 영구를 모신 방에 계셨는데 그 방에 있던 다른 사람들도 숙부님 말에 동의하는 듯했다. 첩 천씨는 지난 번에 귀신 쫓을 때의 일까지 들춰내며 할아버지가 돌아가시게 된 것 도 그때 너의 행동과 관계가 있다는 듯다이 너를 나무라더구나."

"쳇, 모두가 그런다고 해도 두렵지 않아요!" 쥬에후이는 차갑게 웃으며 말했다.

"어디 나를 어쩌는지 두고봅시다."

"너를 어쩌다니?" 쥬에신이 말을 이었다.

"그런 일은 없을 거다. 단지 숙부님들이 나를 공격할 빌미를 하나 더 얻었을 뿐이지 너를 어쩌지는 않을 거다. 숙부들이 네가 떠나는 것을 허락하지 않는 것도 아마 나 때문일 거다." 그는 안타까운 듯 머리를 긁적이며 말했다.

"어른들 말씀은 네가 가자면 배를 타야만 하는데 가물기도 하고 강도라도 만날지 모르니 위험하다고 하셨다. 또 상하이라는 곳이 너 무 번화해서 너 혼자 보내면 행여 잘못될까 걱정이라는구나. 게다가 아이들을 학교에 보내는 건 좋지 않은 일이기 때문에 할아버지도 생 전에 한사코 반대하셨는데, 하물며 상하이의 학교는 기풍이 좋지 않 아 거기서 공부하게 되면 세상 물정 모르는 한량이나 부랑아가 될 거라는 말들을 하더구나. 어쨌든 남녀 할 것 없이 저마다 한마디씩 하는데 결론은 널 보내지 않겠다는 것이었다. 할아버지 장례가 끝날 때까지 기다리라는 건 너를 영원히 붙잡아두려는 속셈이다."

"형 생각엔 내가 영원히 붙들려 있을 것 같아요?" 쥬에후이가 문득 이렇게 물었다.

이때 쥬에신은 무슨 좋은 방도가 없을지 생각하는 중이었기 때문에 한동안 잠자코 있었다. 그는 쥬에후이가 기어이 집을 나가리라는 사실을 잘 알았고 자신도 동생을 도와주겠다고 확언했었다.

"잠시 참고 있다가 내년 봄 강물이 불은 다음에 떠나도 되지 않을까?"

쥬에후이는 벌떡 일어나 주먹으로 책상을 꽝 치면서 단호히 말했다.

"나는 가요! 일부러라도 집을 떠나서 내가 어떤 사람인지를 보여주겠어요! 이 집의 반역자가 되겠단 말이에요!" 그는 이렇게 말한 후 방 안을 두어 바퀴 돌았다. 그리고 반역자라는 말의 뜻을 음미하듯 입 속으로 "반역자! 반역자!" 하고 되뇌었다. 그는 쥬에신의 책상으로 가서 석관에 찍은 '졸곡' 날짜를 알리는 부고와 그 뒷면에 적힌 할아버지의 생전 약력(이것은 커밍이 초안을 잡고 커안이 쓴 것이다)을 집어들고 이리저리 살펴보더니 성난 소리로 말했다.

"듣기 좋은 말만 잔뜩 늘어놨군! '글공부를 하셔서 사리에 밝았고 근검으로 가업을 유지하셨다'고? 우리 집에 사리 밝은 사람이 어디 있다고?"

"얘! 그건 방금 찍어온 견본이다. 못 쓰게 만들지 말아라!" 당황한 쥬에신이 그를 제지했다.

쥬에후이는 빙긋이 웃으며 그것을 도로 책상 위에 놓은 후 물었다.

"형은 내가 그것을 찢어버리려는 걸 어떻게 알았어요? 그런데 형은 어떻게 생각해요?"

"내년에 가는 게 좋겠다." 쥬에신은 동생에게 애원했다.

"아니, 안 돼요. 나한테도 방법이 있어요. 형이 반대하며 도와주지 않더라도 가고 말겠어요! 영원히 이 집 식구들을 보지 않을 생각이에요!" 쥬에후이가 고집스럽게 말하며 방 안을 서성거렸다.

고개를 들고 동생을 바라보던 쥬에신의 눈이 반짝이더니 평상시에 보기 드문 단호한 어조로 말했다.

"이미 말했듯 내가 꼭 너를 도와주마. 내가 못한 일을 넌 할 수 있을 거야. 하지만 아무도 몰래 해야 한다. 여비를 대줄 사람이 있다고? 나도 여비를 마련해줄 수 있다. 돈은 넉넉할수록 좋으니까. 그다음 일은 그때 가서 생각해보자. 네가 떠나더라도 별 문제는 없을 거야."

"정말? 정말 도와주려구요?" 쥬에후이가 형의 어깨를 잡고 기뻐하며 물었다.

"조용히 해. 이 얘기는 누구에게도 하면 안 된다. 그래야 네가 떠난 후 난 모른다고 시치미를 뗄 수 있지. 그리고 네가 날 비난하는 편지라도 한 장 남긴다면 난 의심받지 않을 거야. 자세한 것은 나중에 화원에 가서 천천히 얘기하자. 여기는 불편하니까." 쥬에신이 정색을 하며 나직이 말했다.

"그렇고 말고요. 좀 불편하지요." 문 밖에서 맑은 여자의 목소리가 들렸다. 이어서 문발이 들리더니 두 남녀가 들어왔다. 쥬에민과 친이었다. 친은 방에 들어와서도 웃기만 했고 쥬에민이 입을 열었다.

"계획이 제법 그럴 듯하군요."

"엿듣고 있었구나! 왜 바로 들어오지 않았니?" 쥬에신이 꾸짖듯 말했다.

"형이 '아무도 몰래 해야 한다' 는 등의 말을 하기에 우리가 엿들으며 보초 노릇을 했지요. 이건 친의 생각이에요." 쥬에민이 친을 보며 빙그레 웃었다.

미소로 답하는 친의 얼굴이 붉게 물들었다가 차차 홍조가 사라지고 평상시의 활발하고 아름다운 얼굴로 되돌아갔다. 쥬에후이는 그녀의 얼굴을 한동안 바라보았다. 친은 쥬에후이의 시선이 자기에게 머물러 있는 것을 그제야 깨닫고 성난 표정으로 쥬에후이를 노려봤다. 쥬에후이가 어설프게 웃자 그녀의 표정도 밝아졌다. 그녀는 쥬에후이를 외면하고 책상 앞의 등의자에 앉았다.

"누나, 나는 곧 갈 사람이에요! 그런데 얼굴 좀 보면 안 되나요?" 쥬에후이가 놀리는지 원망하는지 알 수 없는 투로 말했다.

쥬에신과 쥬에민은 옆에서 웃고만 있었다.

고개를 들어 쥬에후이를 보는 친의 시선은 동생을 보는 듯 부드러웠으나 곧 슬픈 기색이 드러났다. 그녀는 무슨 말을 하려는 듯했으나 입 밖으로 내지는 않았다. 그러다 다시 웃는 얼굴로 경쾌하게 말했다.

"자! 볼 테면 실컷 봐. 부족하면 사진 한 장 주지! 어때?"

"그래요! 이건 누나 자신의 입으로 한 말이고 저 형들이 증인이니까." 쥬에후이가 기뻐하며 말했다.

"내일 꼭 가지러 갈게요."

"준다고 했으니 꼭 줘야지. 내가 언제 쥬에후이를 속인 적 있어?" 친은 웃고 있었으나 쥬에후이는 속으로 '누나도 말주변은 좋아요. 하지만 기어이 누나의 말문을 막아놓고 말아야지.'라고 생각하며 천천히 말했다.

"한 장으론 어림없어요. 다음에 누나와 작은형이 같이 찍은 사진을 보내라고 편지해야지!"

그의 이 말은 효과가 있었다. 그녀는 못 들은 척 고개를 돌려 책들을 뒤적거렸다.

"오냐! 이 다음에 꼭 보내주마!"

친 대신 쥬에민이 웃으며 다시 쥬에신에게 말했다.

"형, 우리를 도와주세요. 고모님은 이미 승낙했고 어머니도 반대하시지 않더군요. 상복을 벗게 되면 우리 결혼 문제를 정식으로 말씀드리려 합니다. 우린 신식 결혼식을 올리고 싶습니다."

쥬에신은 이맛살을 찌푸렸다. 그는 속으로 '또 골칫거리가 생겼구나' 하고 생각했지만 천연덕스레 말했다.

"아직 시일이 있으니 그때 가서 얘기하자, 무슨 방법이 있겠지!"

이 말은 쥬에민을 안심시키려 한 말일 뿐, 그가 실제로 그렇게 생각하지는 않았다.

"같이 나에게 와요. 난 상하이에서 형네를 맞을 거요!" 쥬에후이는 기쁘게 말했다.

"그래. 그렇지만 아직 확정지은 것은 아니야. 만일 고모님이 못

가시겠다면 우리도 당분간 그분을 혼자 남겨둘 수는 없으니까. 설령 간다 해도 최소한 1~2년은 걸릴 거다. 그렇지 않으면 둘 중 하나는 못 갈 거야."

"그러면 누나의 공부 문제는 어쩌지요?" 쥬에후이가 걱정스레 물었다.

"내년에 졸업이니 그때쯤이면 외국어 전문학교에서 여자 금지령을 해제시킬지 모르지. 아니면 혼자 1~2년 공부한 후 거기 가서 직접 대학 본과에 진학하는 게 좋을 것 같아. 친의 생각은 어때?" 쥬에민은 그녀에게 시선을 돌리며 물었다.

그녀는 빙그레 웃을 뿐 아무런 말도 없었다. 그녀는 쥬에민을 믿었고 그가 자기를 위해 다방면으로 신경 써준다는 것도 알고 있었다.

쥬에후이는 더이상 아무 말도 하지 않았다. 그는 묵묵히 친과 쥬에민을 바라보며 형이 자기보다 행복하다는 사실을 부러워하기도 했지만 한편으론 자기가 형보다 낫다고 생각했다. 자신만이 이 암담한 집을 떠나 사회에 나가서 새로운 일을 할 수 있기 때문이었다. 상하이, 새로운 활동으로 충만한 미지의 땅 상하이! 거기엔 많은 사람들과 활기차게 진행되는 신문화운동이 있고, 편지만 교환했을 뿐 아직 만나지 못한 몇몇 친구들이 기다리고 있었다.

"화원에 가서 일을 상의하는 게 좋겠다. 쥬에민 네가 친과 먼저 가거라." 쥬에신은 무슨 중대한 일이라도 벌이듯 이렇게 말했다.

"큰서방님!" 밖에서 위안성의 소리가 들렸다. 쥬에신은 급히 쥬에후이에게 말했다.

"쥬에후이야, 너도 먼저 가 있어라. 나도 곧 가마. 만향루에서 기다려라." 그는 곧 밖으로 나갔다.

친과 쥬에민 형제는 한참 후에야 방을 나왔다. 쥬에후이는 쥬에신이 마당에서 위안성과 주련을 펼쳐든 채 얘기하는 것을 보고 다가가 주련을 살펴보았다. 쥬에신이 펼쳐든 주련에는 이렇게 씌어 있었다.

온 가족이 모두 통곡하며 마음씨 곱고 총명한 누이의 죽음을 못내 애달파하네. 우리 남매간은 우애가 두터운지라 어린 동생들의 일을 걱정하고 있을 고인의 심정을 헤아려 백방으로 보살펴주려 하지만 뜻대로 되지 않아 부모님만 괴롭히고 있네.

서명을 보고 쥬에후이는 그것이 지방에 가 있는 형수의 오라버니가 보내온 주련이라는 것을 알았다. 그는 치밀어오르는 슬픔을 간신히 참으며 그곳을 떠났다. 쥬에후이가 친과 쥬에민을 찾으러 화원 입구에 들어섰을 때 문득 황씨 어멈이 그를 불렀다.

"셋째 도련님, 오늘 제비집 요리를 만들었는데 도련님이 좋아하시는 줄 알고 좀 남겨두었지요. 드실 생각이 있으시거든 저를 부르세요. 얼른 데워드릴게요." 황씨 어멈이 웃으며 쥬에후이를 바라보았다.

"그거 참 좋은 소식이네. 이경을 칠 때쯤 갖다주게." 쥬에후이는 웃으며 대답하고는 곧 화원으로 들어갔다.

쥬에신은 그냥 거기 선 채 주련을 들여다보느라 정신이 없었다.

쥬에신이 아내를 걱정하여 그러는 줄 알고 마음이 괴로워진 위안성은 고개를 숙인 채 주련 꼭대기에 매인 줄을 들고 그 자리에서 움직이지 않았다. 한참 후 정신이 든 쥬에신은 주련을 얼른 말아 위안성에게 방에 갖다놓으라고 하고는 화원으로 걸어갔다. 걸으면서 그는 속으로 '우리 집에는 반역자가 있어야 한다. 쥬에후이가 성공하도록 반드시 도와줄 테다. 그애는 내 울분까지 풀어줄 수 있을 게다.' 하고 다짐했다.

"이제 두고 봐라. 우리 형제들은 다 나처럼 지조 없이 굽신거리지만은 않을 것이다." 쥬에신은 걸음을 재촉하며 혼자 중얼거렸다.

작별을 위하여

"쥬에후이가 가버리면 우리 주보사는 더욱 적적해지겠군. 쉐첸루가 떠난 지 얼마 안 되는데 자네까지 가버린단 말인가?"

동인들 중 비교적 나이 든 우징스가 열람실에서 감회 어린 목소리로 말했다.

"적적하기만 하겠나? 우린 그야말로 훌륭한 동인 하나를 잃게 되는 거지." 장후이루가 말을 받았다.

쥬에후이는 책상 위에 놓인 신문을 뒤적이고만 있었다. 친우들의 얼굴을 바라보자 지금껏 그들과 함께 해온 지난 일들이 머리에 떠올랐다. 그들이 자신에게 준 위안과 정, 격려, 원조, 희망, 환희… 이 모든 것은 집에서 얻을 수 없는 것들이었다. 지난 수개월 간 그는 거의 매일같이 이곳에서 이 사람들과 함께 했으며 이 열람실과 친구들은 그의 삶에 없어서는 안 될 존재가 되었다. 그는 이 친구들과 이별하게 되리라고 생각해본 적이 없었지만 이제 그들을 떠나야 했다. 그의 가슴은 미련과 감회로 미어질 듯했다. 앞으로도 이 열람실은 매일같이 개방될 것이고 동인들은 예전처럼 여기에 모일 것이며 간행물은 여전히 일요일마다 발행될 것이지만 그는 이 모든 일에 참여할 수 없었다. 그는 아주 먼 곳으로 가 다시는 이 벗들과 고락을 같이 할 수 없게 된다. 회비를 바치라고 독촉하는 황춘렌의 목소리도 듣지 못할 것이며 전당포에 찾아갔던 장후이루의 재미있는 이야기도 이제는 들을 수 없을 것이다. 그제야 그는 차마 이별하기 어려운 것들이 너무나 많다는 걸 느꼈다. 그는 우울하게 말했다.

"나도 자네들을 두고 혼자 떠나고 싶진 않네. 지금 할 일이 많고 자네들이 얼마나 바쁘게 뛰어야 하는가를 알면서 말야. 그렇지만 나는 여태껏 별로 한 일이 없으니 내가 없어도 일에는 지장이 없을 거야."

"쥬에후이, 그 무슨 소리인가? 자네는 가정환경이 그러니까 하루라도 속히 떠나는 게 좋을 걸세. 외지에 나가면 학식과 견문이 넓어질 테고 또 그곳엔 평소 편지를 주고받던 벗들도 있잖아. 새로운 친구들도 많이 사귀게 되겠지. 여기서보다 뜻 있는 일을 더 많이 하게 될 걸세. 그곳엔 신문화운동이 이곳보다 더 활발하게 전개되고 있다니 여자의 단발조차 금지하고 있는 여기완 다르지 않겠는가?" 황춘렌이 격려해주었다.

"뿐만 아니라 자네는 상하이에 가 있더라도 늘 투고할 수 있을 걸세. 우리에게 더욱더 새롭고 열정적인 글을 많이 써보내주게." 장후이루가 말했다.

"그러지. 매호마다 투고하겠네. 잘 쓰든 못 쓰든 매호마다 한 편씩 써보내겠네." 쥬에후이는 기쁜 마음으로 말했다.

"편지도 자주 주어야 하네." 황춘렌이 다시 입을 열었다.

"그야 물론이지. 나는 자네들보다 더 편지를 고대할 걸세. 자네들과 헤어지면 그야말로 적적할 거야. 거기 가서 자네들처럼 좋은 벗들을 만날 수 있을지…." 쥬에후이는 서운해하며 말했다.

"우리도 그래. 자네 같은 사람을 어디서…." 장후이루가 웃으며 말했다.

"이번에 내가 이렇게 갈 수 있게 된 것도 다 자네들 덕분이지. 특히 춘렌은 나 때문에 수고를 많이 했어."

쥬에후이는 가슴 한구석이 떨리는 걸 느끼며 감회 어린 시선으로 황춘렌을 바라보았다. 황춘렌은 이 말에 엷은 웃음을 지으며 대답했다.

"무슨 소릴…. 수고는 무슨 수고인가? 내가 그런 처지에 있으면 자네는 그렇게 안 해줄 텐가. 그런데 자네가 가지고 갈 짐은 다 우리 집에 옮겨놨나? 아직도 물건이 남았나?"

"이제 없네. 아니, 더 없는 게 아니고 짐을 많이 가지고 갈 수가 없네. 아직도 가지고가야 할 책들은 많지만 그건 다음에 큰형이 우편으로 부쳐주기로 했네. 조금이라도 주의를 게을리 했다가 집안 사람들이 알게 되어 말썽이 날까 걱정일세. 그래서 내가 가지고갈 짐을 꼭두새벽에 아무도 모르게 자네 집으로 옮겨놓은 거지."

말을 마치고 쥬에후이는 춘렌에게 물었다.

"춘렌, 배는 3일 후에 떠난다고 했던가?"

"글쎄, 우리 친척이 알아본다던데 나는 아직 못 들었네. 어쨌든 배가 며칠 동안이라도 더 있다 떠나면 좋겠네. 그래야 우리가 몇 번이라도 더 만날 수 있고, 또 우리 '이군주보사' 동인들이 내일 자네의 송별회를 열기로 되어 있잖은가?"

"송별회? 당치도 않아." 쥬에후이가 사양하며 말했다.

"지금처럼 이렇게 서로 하고 싶은 얘기를 나누면 되었지 송별회는 해서 뭘 하나?"

"송별회는 꼭 해야 하네. 헤어지는 마당에 모두 모여 한바탕 놀아야지. 지금 내게 돈이 있으니까 전당포에 가야 할 일도 없을 거고." 장후이루의 말에 모두가 웃음을 터뜨렸다.

"그럼 나도 한몫 끼지." 쥬에후이가 나섰다.

"자네가 내야 할 몫은 없네." 우징스가 쥬에후이를 만류하며 막 말을 이으려는데 젊은 사람 하나가 뛰어들어왔다. 모두 그에게 시선을 돌렸다. 천츠陣遲였다. 그는 쥬에후이의 동급생으로 주보사의 동인이었다.

"늦어서 미안하네."

그는 달려오느라 상기된 얼굴로 말했다.

"늦는 게 당연하지. 자네는 언제나 늦는 사람이고 자네 이름 '츠遲'도 늦는다는 뜻이 아닌가?" 장후이루가 우스갯소리로 놀렸으나 그는 들은 척도 하지 않고 황춘렌에게 말했다.

"춘렌, 내가 방금 거리에서 자네의 친척 되는 왕씨를 만났는데 그분이 배가 내일 아침에 떠나게 되었다며 자네에게 알려주라고 했네."

"내일 아침에 떠난다고?" 쥬에후이가 놀라며 물었다. "3일 후에 떠난다고 하더니 어째서…."

"거짓말인 줄 아나? 내일 아침에 떠난다는 말을 내 똑똑히 듣고 왔네."

"그렇지만 저 사람들이 내일 나의 송별회를 베풀어준다고 말하던 참이었는데." 쥬에후이가 실망한 표정으로 말했다.

"걱정 말게. 그렇다면 오늘 저녁에 해버리지. 이젠 시간도 늦었으니 어서 음식점으로 가세. 자넨 집에 돌아가 할 일도 있을 테니까 서두르세." 장후이루가 열을 내며 말했다.

"아니, 나는 곧 돌아가봐야겠어." 쥬에후이는 집에 있는 두 형을 생각하고 조급해하며 말했다.

"돌아가긴 어디로 돌아간단 말인가? 우리가 놓아주지 않겠네." 다른 여러 동인들이 이구동성으로 말했다.

황춘렌은 쥬에후이가 난처해하는 것을 보고 의아한 듯 물었다.

"왜 돌아가겠단 말인가? 이번에 헤어지면 언제 다시 한자리에 모이게 될지 모르는데 저녁 한 끼 쯤 같이 먹지 못하겠단 말인가?"

쥬에후이는 대답할 말이 없었고 다른 동인들도 그를 붙들었다. 장후이루는 어느새 덧문을 닫기 시작했다. 힘이 센 그는 덧문짝을 쉽게 들어올렸다. 장환루와 천츠가 그를 도와주었으며 황춘렌은 서류를 정리했다.

서두르는 친구들을 본 쥬에후이는 더이상 집에 돌아가겠다는 말을 할 수 없었다.

"그럼 같이 가세." 하는 수 없이 쥬에후이가 말했다. 그는 말없이 벗들을 따라 술집으로 갔다. 친구들과 함께 그는 모든 시름을 잊어버리고 유쾌한 시간을 보냈다.

술집에서 나왔을 때는 밤이 이미 이슥해져 있었다. 가을밤의 선선한 바람이 확확 달아오르는 그들의 얼굴을 식혀주었다. 청회색 겹저고리를 입은 쥬에후이는 몸이 으스스해지는 것을 느꼈다. 처마 밑에서 그들은 웅성거리는 거리의 행인들을 바라보았다. 우징스가 먼저 쥬에후이에게로 다가가 손을 내밀며 말했다.

"볼 일이 있어서 먼저 실례하겠네. 내일 아침에 전송하러 나갈 것 없이 여기서 작별하세. 부디 조심하고 편안한 여행이 되길 바라네."

두 사람은 악수를 나누었다.

"고맙네." 쥬에후이는 이 말을 되풀이했다.

"잘 가게."

"잘 있게."

마지막 인사를 한 후 우징스는 사람들 속으로 사라졌다. 또 몇 사람이 가버리고 장환루도 학교로 돌아갔다.

"우리가 집까지 바래다주지." 장후이루가 이렇게 말하며 쥬에후이를 바라보았다. 이마가 넓고 턱이 좁은 삼각형의 혈색 좋은 얼굴에서 조그마한 두 눈이 반짝이고 있었다.

쥬에후이는 대답 대신 고개를 끄덕였다. 그들 네 사람은 붐비는 행인들 속으로 들어갔다. 그리고 서너 골목을 지나서 천츠와 작별했다.

그들은 조용한 골목으로 들어섰다. 어슴푸레한 가로등은 밝은 달빛 아래서 더욱 희미해졌고 몇몇 저택들의 대문은 어두운 동굴 입구와도 같이 입을 벌리고 있었다. 담장 안에 서 있는 몇 그루의 홰나무들은 달빛을 받아 자갈이 깔린 새하얀 길바닥에다 그림자를 던지고 있었다. 그림자에 나타난 나뭇가지와 잎들은 사람들의 손이 닿은 적도 없고, 바람마저 잠잠했기 때문에 마치 유명한 화가의 화필로 이루어진 한 폭의 정물화처럼 보였다.

"이 도시가 왜 이렇게도 조용하지?" 쥬에후이는 그것이 이상스럽게 여겨졌다. 그는 말을 할 생각도 않고 고개를 들어 푸른 하늘에서 미끄러져가고 있는 밝은 달을 올려다보았다.

"달이 참 밝기도 하군! 정말 달이 물처럼 흘러가는 것 같네. 그러고보니 모레가 추석이군." 장후이루가 찬사를 던지며 쥬에후이에게 말을 건넸다.

"쥬에후이, 자넨 여기를 떠나는데 아무런 미련도 없나?" 쥬에후이가 대답하기도 전에 황춘렌이 말을 받았다.

"여기에 무슨 미련이 있겠나? 이 사람이야 거기 가면 여기보다 환경이 더 좋을 텐데."

"나와 가까운 몇 안 되는 사람이 모두 여기에 있는데 내가 어떻게 아무런 미련도 없겠나?" 쥬에후이는 간신히 이렇게 한마디 했다. 그가 말하는 친근한 사람이란 이 두 벗과 집에 있는 몇 사람이었다.

그들은 마침내 쥬에후이의 집 앞에 다다랐다.

"다시 보세."

인사의 말을 나누고 그들은 작별했다. 집에 들어간 쥬에후이는 먼저 쥬에신의 방으로 갔다. 이때 쥬에신은 쥬에민과 무언가 이야기를 하고 있었다.

"큰형, 내일 아침에 떠나게 되었어요." 그는 잠깐 주저하다가 겨우 이렇게 말했다.

"내일 아침이라니? 사흘 후에 추석을 쇠고 간다고 하지 않았니?" 쥬에신은 안색이 변하며 의자를 밀고 일어섰다.

쥬에민도 놀라 일어서며 쥬에후이의 얼굴을 주시했다.

"출항 날짜가 갑자기 바뀌었대요. 이 배는 황춘렌의 친척이 관장하는데 그 사람 마음대로 결정하는 모양이에요. 나도 오늘 저녁에야 알았어요." 쥬에후이가 떨리는 목소리로 말했다.

"그렇게 빨리 떠나게 될 줄은 생각도 못했구나." 쥬에신이 한 손으로 책상을 짚으며 실망한 어조로 중얼거렸다.

"그럼 네가 집에 있는 것도 오늘 저녁뿐이로구나."

"큰형." 쥬에후이가 감정이 가득한 어조로 그를 불렀다.

동생을 돌아다보는 쥬에신의 눈에는 벌써 눈물이 고여 있었다. 쥬에후이가 말을 이었다.

"나도 좀 일찍 돌아와서 형들과 함께 저녁이라도 먹으려고 했지만 친구들이 붙잡고 송별회를 하겠다고 해서 이제야 돌아왔어요…." 그는 다음 말을 삼켜버리고 말았다.

"내 얼른 가서 친에게 알려주고 오겠다. 너에게 무슨 할 말이 있는 모양이더라. 아마 내일 네가 떠날 때는 나오지 못할 거다." 쥬에민은 이렇게 말하며 곧 나가려고 했다.

쥬에후이는 얼른 쥬에민을 붙들며 제지했다.

"지금이 어느 때인데 그래요? 이런 밤중에 그 집에 가서 문을 두드릴 작정이야? 괜히 남의 일을 망치지 말아요."

"그러면 친이 너를 만날 기회가 없지 않니?" 쥬에민이 실망하며 말했다.

"그렇게 되면 내가 원망을 듣는다. 나에게 신신당부했는데."

"내일 새벽에 가서 만나지요. 그럴 시간은 있을 테니." 쥬에후이는 안타까워하는 쥬에민의 얼굴을 보며 위로했다. 그러나 이튿날 아침 친을 만날 수 있을지 어떨지 그 자신도 알 수 없었다.

"가지고 갈 짐은 다 꾸렸니?" 쥬에신이 걱정스러운 듯 물었다.

"다 꾸렸어요. 짐이라고 해야 이불 꾸러미 하나, 망태 하나, 가방 하나, 이렇게 세 개뿐인 걸요."

"옷은 어떠냐? 많이 가지고 가거라. 날씨도 추워지는데." 쥬에신은 눈물을 글썽거리며 동생을 위아래로 훑어보았다.

"넉넉히 꾸렸으니 안심하세요." 쥬에후이는 고개를 끄덕이며 대답했다.

"도중에 먹을 반찬이 많이 부족할 거다. 나에게 햄 통조림이 좀 있다. 누가 먹으라고 가져온 것인데 그거라도 가지고 가거라." 쥬에신은 이렇게 말하며 동생의 대답을 기다리지도 않고 안방에 들어가서 통조림 네 개를 가지고 나왔다.

"그렇게 많이 필요없어요. 도중에 모자라진 않을 거예요." 쥬에후이는 형이 통조림을 싸는 것을 보고 감격해서 사양했다.

"그렇지 않다. 좀 많이 가지고 간다고 해로울 것 없다. 남겨봤자 나는 먹지도 않을 거다." 쥬에신은 벌써 통조림을 싸서 쥬에후이 앞에 내놓았다.

"여비 문제는 지난번에 말한 대로 하는 것이 어떠냐?" 쥬에신이 쥬에후이에게 말했다.

"내가 돈을 충칭이나 상하이 우체국으로 각각 부쳐놓을 테니까 네가 직접 가서 찾도록 해라. 내일 곧 부치겠다. 어제 준 돈으로 부족하지 않겠니? 부족하면 좀더 주마."

"넉넉합니다. 그것이면 충분할 것 같습니다. 현금을 너무 많이 가지고 가면 도중에 오히려 불편하니까요. 다행히도 요즘은 평온하지만…." 쥬에후이가 대답했다.

"그래, 요즘은 평온하니까." 쥬에신은 기계적으로 그 말을 되풀이했다.

쥬에민도 쥬에후이와 이야기를 주고받았다.

"쥬에후이야, 이제 가서 자거라. 내일은 새벽에 일찍 일어나야 하고 며칠 동안 목선에 앉아 시달릴 테니 푹 쉬어야 할 거다." 쥬에신이 부드럽게 말했다.

"이제부터 넌 혼자니까 기후와 음식물에 대해서 충분히 주의해야 한다. 너는 본래 이러한 면에 주의가 부족하지만 외지에 나가면 각

별히 조심해야 해. 병이라도 들면 누가 보살펴주겠니?"

쥬에신이 염려스러운 듯 당부했다.

"도중에 편지나 자주 해라. 책은 네가 상하이에 도착하면 곧 부쳐주마." 쥬에신은 여전히 동생을 붙들고 말했다.

"상하이에 가서 돈 쓸 일이 있으며 마음 놓고 얼마든지 쓰거라. 네가 어떤 학교에 들어가든지 학비는 내가 책임지고 부쳐주마. 내가 집에 있는 한 너를 곤경에 빠뜨리지는 않을 테니 안심하거라." 쥬에신이 눈물을 흘리며 말했다.

쥬에후이는 형들에게 애매한 표정으로 대답을 하며 슬픈 감정을 애써 억제했다.

"그래도 넌 잘 되었다. 곧 이 고해苦海를 벗어나게 되니까. 남아 있는 우리가…" 여기까지 말하던 쥬에신은 더이상 말을 잇지 못했다. 그는 비틀거리는 걸음으로 두어 걸음 물러가 의자에 쓰러지며 두 손으로 얼굴을 가렸다.

"큰형." 쥬에후이가 슬픈 목소리로 불렀으나 쥬에신은 대답이 없었다. 쥬에후이가 다가가 다시 부르자 쥬에신은 얼굴에서 손을 내리고 고개를 약간 흔들며 동생을 바라보았다.

"나는 아무렇지도 않다. 어서 가서 자거라."

그제야 쥬에후이는 쥬에민을 따라 그 방에서 나왔다.

"잠깐 어머니를 만나보고 오겠어요." 쥬에후이는 저우씨 방에 불이 켜져 있는 것을 보고 이렇게 말했다.

"어머니를 만나 뭘 하니? 네 일을 어머니에게 말할 작정이냐?" 쥬에민이 놀라며 물었다.

"그게 아니라…." 쥬에후이가 미소를 지으며 대답했다.

"이제 마지막일지도 모르니까 떠나기 전에 어머니를 한 번 보고 싶어서 그러는 거요."

"그럼 갔다오거라." 쥬에민이 나직이 말했다.

"그러나 조심해라. 어머니가 눈치채지 않도록 해야 한다." 쥬에민은 자기 방으로 돌아가고 쥬에후이 혼자 계모의 방으로 들어갔다.

저우씨는 등의자에 걸터앉아 수화와 이야기를 하고 있다가 쥬에후이가 들어오는 것을 보고 웃으며 말했다.

"너는 오늘 저녁에도 집에서 밥을 먹지 않았지?"

"예." 쥬에후이도 웃으면서 대답하고 저우씨와 멀찍이 떨어진 곳에 서 있었다.

"도대체 뭘 하느라고 온종일 나가서 돌아다니고 있니? 몸조심을 해야지." 저우씨가 부드럽게 말했다.

"제 몸은 괜찮아요. 집에 앉아서 속을 썩이기보다 밖에 나가서 뛰어다니는 게 운동도 되고 좋지요." 쥬에후이가 웃으면서 변명했다.

"네 입은 여전히 그렇게 야무지구나." 저우씨가 웃으며 쥬에후이를 나무라는 어조로 말했다.

"그러니까 오늘도 셋째 숙부와 넷째 숙부가 네 험담을 하고 셋째 숙모, 넷째 숙모, 작은할머니까지 덩달아 야단들이지. 사실대로 말하자면 너도 고집이 어지간하다. 너에게는 무서운 사람도 없고 나도 어쩔 수가 없으니까 말이다. 그나저나 너와 맏형은 한 어머니 뱃속에서 나왔건만 어쩌면 성미가 그렇게도 다르냐? 너희들 형제는 다네 어머니와는 딴판이로구나. 네 맏형은 너무 순하고 너는 너무 고집이 세고. 너희들 형제는 어쩔 수가 없구나." 수화도 옆에서 쥬에후이를 바라보며 방긋 웃었다.

쥬에후이는 뭐라고 말을 할까 하다가 그만두었다. 그는 계모에게 작별을 암시하는 말을 한두 마디라도 해야만 나중에 가서 그녀가 지금의 자기 심정을 어느 정도 이해하리라는 생각이 불현듯 들었다. 그래서 그는 계모에게로 한 걸음 다가갔다.

저우씨는 무슨 말을 할 듯하다 멈추는 쥬에후이의 거동을 보고 부드럽게 물었다.

"왜 그러니? 또 상하이로 공부하러 가겠다는 말을 하러온 게 아니냐?" 이 말은 그에게 쥬에민의 경고를 상기시켰다. 그래서 말을 많이 하지 않는 것이 상책이라고 판단한 그는 억지로 웃음을 지으며 간단히 대답했다.

"아니, 별로 할 말은 없습니다. 이제 가서 자겠습니다."

그는 저우씨의 둥근 얼굴과 수화의 모습을 바라본 후 천천히 돌아서서 나와버렸다. 문 밖을 나가는데 자신의 성미가 괴팍하다고 말하는 저우씨와 수화의 말 소리가 어렴풋이 들렸다. 그는 고통스러운 심정으로 이런 생각을 하고 있었다. '우리는 두 번 다시 만날 기회가 없을 겁니다. 나는 일단 집에서 나가기만 하면 새장에 갇혔다가 풀려난 새처럼 다시는 돌아오지 않을 거니까요.'

계모의 방에서 나온 그는 발길 닿는 대로 안채 대청마루에 들어섰

다. 할아버지의 영전에는 종이로 만든 금동옥녀金童玉女가 외로이
서 있었다. 전등불 아래 차려놓은 젯상 위에 큰 촛불 두 대가 켜져
있는데 거기에는 큼직한 불똥이 앉아 있었다. 흰 포장 뒤에는 나지
막한 의자 두 개가 있고 그 위에는 새로 칠을 올린 할아버지의 관이
얹혀 있었다. 임시로 쌓아올렸던 분묘를 뜯어버린 지가 얼마 되지
않았다. 할아버지의 방에서는 첸씨와 왕씨의 말 소리가 들려오는데
이따금 갑자기 울려나오는 왕씨의 웃음 소리는 평소에 늘 듣던, 진
실이라곤 없는 그런 허위에 찬 소리였다. 그는 고개를 돌려 흰 문발
을 쳐놓은 할아버지의 방문을 흘끗 바라본 후 다시 할아버지의 위패
로 시선을 돌렸다. 거기에는 '전청고봉통봉대부현고고공 휘 둔재부
군지영위前淸誥封通奉大夫顯考高公諱遯齋府君之靈位'라고 씌어 있었다.
그는 이맛살을 찌푸리며 "이것도 노예근성이 꼬리치고 있는 증거
군."하고 중얼거렸다. 가위로 촛불에 앉은 불똥을 베어버리려고 할
때 뒤에서 인기척이 났다. 돌아다보니 쑤푸였다.

"셋째 도련님, 제가 베지요." 짤막한 수염조차 반백이 되어가는
하인 쑤푸가 말했다.

"어째서 한 사람도 없지? 향불도 다 타가는데." 쥬에후이가 말했다.

"나리님들이 분부를 내리지 않으시니까 소인들도 게으를 대로 게
을러져 있습죠." 쑤푸가 미안한 듯 웃으며 대답했다. 쥬에후이는 아
무 말 없이 그곳을 나왔다.

뱃머리에 서서

그날 밤, 쥬에후이는 서너 시간밖에 자지 못했다. 날이 채 밝기도 전에 잠에서 깬 그는 하는 수 없이 그냥 침대에 누워 이런 저런 생각을 하면서 날이 밝기를 기다렸다.

출발할 시간이 되었다. 그는 쥬에민과 함께 친의 집에 가야 했기 때문에 집에 잠시도 더 머물러 있을 수 없었다. 쥬에신은 두 동생을 길 어귀까지 바래다주었다.

꼭두새벽이라 거리는 아주 조용했다. 광주리를 들고 채소를 사러 가는 요리사 몇 사람과 똥거름을 치러 들어온 농민 한 사람, 그리고 아침식사로 먹을 간단한 음식을 팔러다니는 장사꾼 한두 사람이 보일 뿐이었다. 하늘은 맑게 개고 솟아오르는 아침 햇빛은 맞은편 저택의 담장을 눈부시게 비춰주었다. 홰나무 가지에는 참새들이 떼지어 앉아 재잘거리며 솟아오르는 아침 햇살을 맞이하고 있었다.

"그럼 큰형, 전 이만 가겠습니다." 어느 저택의 문 앞에서 쥬에후이는 걸음을 멈추고 눈물이 글썽해진 채 말했다.

"이젠 돌아가세요." 그는 쥬에신의 손을 힘 있게 쥐었다.

"더 전송해줄 수 없는 게 유감이다." 쥬에신은 눈물 어린 눈으로 쥬에후이를 바라보며 슬프게 말했다.

"가는 길 내내 몸조심하고 편지 자주 해라."

"그럼 전 가겠습니다." 쥬에후이는 이 말을 거듭한 뒤 다시 한 번 쥬에신의 손을 힘껏 쥐며 말했다.

"슬퍼하지 마세요. 반드시 다시 만날 것입니다. 다시 만날 날이 반드시 올 거예요." 그는 쥬에신의 손을 뿌리치듯 놓아버리고 얼른 몸을 돌려 떠났다. 왼손에는 햄통조림을 싼 보퉁이가 들려 있었다.

길을 걸으면서 그는 쥬에신을 서너 번 돌아보았고 쥬에신은 그대로 선 채 손을 흔들었다. 동생의 뒷모습이 멀리 사라져 보이지 않을 때까지 쥬에신은 멍하니 그 자리에 선 채 손을 흔들었다. 이제 그의 눈에는 더이상 동생의 그림자가 보이지 않았다.

고모네 집에 도착한 그들 형제는 친이 거처하는 방의 창 밑까지 갔다. 쥬에민이 먼저 유리창을 두어 번 가볍게 두드렸다.

방 안에서 친의 기침 소리와 인기척이 나더니 커튼이 걷히며 유리창에 친의 얼굴이 나타났다. 머리는 헝클어졌으며 아직 잠에서 덜 깬 얼굴이었다.

친은 그들을 보고 방긋 웃다가 문득 쥬에후이의 표정을 보더니 놀란 어조로 나직이 물었다.

"오늘 떠나?"

"응, 지금 떠나요." 쥬에후이가 고개를 끄덕이며 대답했다.

친은 깜짝 놀라 얼굴빛이 달라졌다. 그러나 그녀는 미소를 지으며 다시 나직이 물었다.

"이렇게 일찍?"

"누나, 누나." 쥬에후이는 얼른 창 밑으로 다가가서 친을 쳐다보며 나직이 불렀다. 이때 그에게는 주위의 모든 것이 보이지 않고 오직 유리창 하나를 사이에 두고 친의 얼굴만 보일 뿐이었다.

"정말 가는 거야?" 친이 반신반의하며 물었다. 그녀의 부드러운 눈길이 무엇을 찾아내기나 하려는 듯 쥬에후이의 얼굴을 뚫어지게 바라보았다.

"거기 가도 나를 잊어버리지는 않겠지. 어때? 잊어버리지 않겠어?" 친의 얼굴에 서글픈 미소가 떠올랐다.

"잊어버리다니? 나는 언제나 누나 생각을 할 거요. 내가 늘 누나 생각을 하고 있다는 걸 누나도 알잖아요." 쥬에후이가 도리질을 하며 말했다.

"가지 말고 잠깐만 기다려." 친이 무언가 생각난 듯 쥬에후이에게 고개를 끄덕여 보이며 유리창에서 사라졌다.

쥬에후이는 그 자리에서 가만히 기다렸다. 이윽고 미소를 띤 얼굴로 친이 다시 나타났다.

"나도 선물을 해야지. 언젠가 주기로 약속했던 것 있잖아." 그녀는 이렇게 말하며 창 틈으로 종잇조각 같은 것을 내밀었다.

쥬에후이가 받아보니 그녀가 최근에 찍은 사진이었다. 쥬에후이가 기쁨과 감격에 찬 시선으로 친을 쳐다보려 했으나 커튼은 이미 내려져 있었다. 그는 그 자리에 좀더 서 있고 싶었지만 쥬에민이 가자고 재촉했다.

"누나." 그는 다시 한 번 나직이 불렀으나 안에서는 대답이 없었다. 그는 창문을 한 번 더 바라보고는 결연히 그 자리를 떠났다.

쥬에후이와 쥬에민은 걸으면서 많은 이야기를 나누었다. 부두에 이르자 황춘렌과 장후이루가 벌써 와서 그들을 기다리고 있었다.

장후이루는 흥분된 표정으로 쥬에후이의 손을 굳세게 잡으며 굵직한 목소리로 말했다.

"왜 이렇게 늦었나? 하마터면 배를 놓칠 뻔했네."

"천만의 말씀입니다. 우리는 가오 선생을 기다리고 있습니다." 옆에 앉아 있던 한 중년 상인이 웃으며 말했다. 그가 바로 황춘렌의 친척 되는 왕씨였다. 쥬에후이는 이미 그와 인사를 한 사이였기 때문에 그를 쥬에민에게 소개했다.

"쥬에후이, 이리 와서 자네 짐을 살펴보게." 황춘렌이 쥬에후이를 데리고 선창으로 들어갔다. 쥬에민도 그들을 따라 배에 올랐다.

"자네 이불 보따리를 풀어서 이렇게 다 갖다놨네. 그리고 이건 가면서 먹으라고 장후이루 형제와 내가 사온 간식과 비스킷일세." 황춘렌이 하나하나 가리키며 말했다. 쥬에후이는 고마운 마음으로 고개만 끄덕일 뿐이었다.

"도중에 생기는 모든 일은 저분이 처리해줄 것이니까 자네는 가만히 쉬기만 하게. 저분이 자네를 충칭까지 데려다줄 것이고 그 다음 노정은 힘들지 않을 걸세. 충칭에 도착하거든 잊어버리지 말고 내 사촌형을 찾아가게. 그 사람이 다 주선해줄 걸세." 황춘롄이 낱낱이 일러주었다.

그 옆에 정박하고 있는 배는 어느 관료가 세를 낸 것으로 배에는 보초병이 서 있고 기슭에는 많은 사람들이 나와서 전송하고 있었다. 강기슭에서는 배의 출범을 축하하는 폭죽이 터지고 있었다.

"이 사람, 쥬에후이. 편지와 글 많이 써보내는 것 잊지 말게." 장후이루도 선창에 들어와 쥬에후이의 어깨를 흔들면서 당부했다.

"자네들도 편지 많이 해야 하네." 쥬에후이가 웃으면서 대답했다.

"이제 곧 출범하게 됩니다. 세 분은 배에서 내리셔야 하겠습니다." 왕씨가 배에 오르며 말했다. 그는 이미 전송하러 나온 사람들과 작별인사를 했던 것이다.

그래서 쥬에후이도 장후이루, 황춘롄과 악수를 하고 그들과 함께 뱃머리로 걸어갔다.

"작은형." 쥬에후이는 곧 작별하게 될 쥬에민의 손을 쥐고 정열적인 어조로 말했다.

"안녕히 계세요. 그리고 앞으로 시간이 나면 춘롄, 후이루와 자주 상의하는 게 좋겠어. 무슨 일이 생기면 이 사람들이 도와줄 거예요." 그는 황춘롄과 장후이루에게 말했다.

"앞으로 우리 형을 나처럼 대해주기 바라네. 그러다보면 우리 형이 어떤 사람인지 알게 될 걸세. 우리 형도 좋은 사람이네."

"물론이지. 여부가 있나? 나는 벌써 자네 형과 친해졌네. 자네 형도 우리 그룹에 가담해서 우리와 함께 일하게 될 것이라 생각하네." 황춘렌이 격려하듯 친절히 말했다.

"형도 승낙하세요." 쥬에후이는 주저하고 있는 쥬에민에게 충고했다.

"쥬에민, 들어오게. 우리는 자네를 환영할 걸세." 장후이루가 정열에 넘치는 표정으로 쥬에민에게 손을 내밀었다.

"그러지, 나도 들어가겠네." 쥬에민도 결심한 듯 장후이루, 황춘렌과 악수를 했다. 그리고 몹시 섭섭한 듯 쥬에후이에게 물었다.

"쥬에후이야, 더 할 말은 없니? 이제 내려가겠다."

"없어요." 쥬에후이는 이렇게 대답하고 조금 지나 다시 어조를 바꾸어 말했다.

"한 가지 말할 게 있어요. 이 다음에 지엔윈을 만나거든 안부나 전해줘요. 내가 미처 시간이 없어서 만나보지 못했거든…. 그 사람은 몸이 약해서 한동안 잘 요양해야 할 텐데."

"응, 꼭 전해주마. 다른 할 말은 없니?" 쥬에민이 서글피 말했다.

"황씨 어멈과 헤어지는 게 몹시 섭섭해. 나중에라도 잘 대해주세요."

"나도 안다. 또 없니?"

"친 누나…." 쥬에후이는 이렇게 말을 떼다가 그만두고 곧 단호한 어조로 대답했다.

"이젠 없어요." 그리고 그는 한마디를 더 보태었다.

"형이랑 친 누나도 곧 상하이로 오도록 해요."

"몸조심해서 잘 가거라." 쥬에민은 이렇게 말하고서 장후이루, 황춘렌과 함께 배에서 내렸다.

언덕을 오르는 세 사람을 쥬에후이는 뱃머리에 선 채 바라보며 끊임없이 손을 흔들었다.

배는 움직이기 시작하여 차차 육지와 멀어지다 마침내 방향을 바꾸었다. 언덕에 있는 사람들의 모습이 차차 작아졌다. 여전히 뱃머리에 서 있는 쥬에후이의 눈에는 아직도 그들이 거기 서서 자기에게 여전히 손을 흔들고 있는 듯했다. 그는 자기 눈앞이 몹시 흐려진 것 같아서 손등으로 눈을 비벼댔다. 그러나 눈에서 손을 뗐을 때는 벌써 그들의 모습이 보이지 않았다.

그들, 형과 두 벗은 그의 시야에서 흔적도 없이 사라지고 말았다. 여태까지의 모든 것은 꿈처럼 자취를 감추고 다시는 그들을 볼 수 없었다. 눈에 보이는 것은 오직 맑고 끝없는 강물과 산과 나무들뿐이었다. 저편에서는 사공들의 흥얼거리는 노랫소리가 들려왔으며 쪽배 서너 척이 노를 저어가고 있었다.

그는 차츰 기쁨인지 슬픔인지 모를 새로운 감정에 사로잡혔다. 그러나 그 자신이 집을 떠났다는 것만은 확실히 깨달을 수 있었다. 앞에는 끝없는 푸른 물결이 구비구비 흐르고 있었다. 그 물결은 쉬지 않고 흘러 그를 미지의 대도시로 실어다줄 것이다. 거기에서는 모든 새로운 것들이 자라나고 있을 것이다. 새로운 운동이 일어나고, 많은 대중이 있을 것이며, 편지 왕래만 했을 뿐 아직 만나본 적 없는 정열적인 젊은 벗들이 자신을 기다리고 있을 것이다.

'강물이여, 축복받아야 할 강물이여! 너는 나를 18년 동안 살아온 내 집으로부터 미지의 도시, 미지의 사람들에게로 실어다주는구나.' 이런 생각을 하는 그의 눈앞에는 미래의 환영이 떠올랐다. 이 환영은 그가 버리고 떠나는 지난 18년 동안의 생활에 대해 미련을 자아낼 시간적 여유를 주지 않았다. 그는 마지막으로 뒤를 돌아보며 "안녕." 하고 나직이 중얼거렸다. 그러고는 다시 고개를 돌려 잠시도 쉬지 않고 영원히 흘러갈 푸른 강물을 내려다보았다.

- 끝.

바진과 인연을 맺은 지 어언 스물여섯 해가 되어간다. 1982년 대학원에 진학한 나는 '중국현대소설' 강의시간에 《가》를 읽으면서 바진이라는 작가에 관심을 갖게 되었다. 《격류》의 서문을 읽고 나는 그가 작품을 통해서 전달하려는 메시지가 내가 문학에 대해 막연하게 지니고 있었던 생각과 상통한다는 느낌으로 흥분했다.

거기에는 인간이 살아가는 데 따르는 숱한 고통을 알면서도 그것을 회피하지 않고, 그것과 맞서 싸우며 극복하려는 작가정신이 있었다. 그는 젊은이들의 미래를 향한 열정과 헌신적 노력을 통해 머지않아 밝은 미래가 이룩될 수 있으리라는 것을 믿는, 낙관적인 신념의 작가였다.

1984년 나는 홍콩의 중문대학 아시아과정亞洲課程部에서 방문학자로 연구할 기회를 얻었다. 그 무렵 중문대학 측에서 바진에게 명예문학박사 학위를 수여했다. 그 덕에 나는 바진을 직접 만나 이야기를 나눌 수 있는 행운을 누렸다. 그는 80세의 고령임에도 불구하고 솔직하고 열정적인 태도로 나의 질문에 성심껏 답해주었다. 오래된 일이지만 바진의 당시 심경을 이해할 수 있는 자료라 여겨져 대화를 간략하게 옮겨본다.

문 선생님은 15세 때 크로포트킨의 〈청년에게 고함〉이란 글을 읽고 "모든 사람이 행복을 누리는 이상사회가 내일의 태양과 함께 떠오르리라."고 말했다는데 지금도 그렇게 생각하시나요?

답 그때 나는 몇 권의 책(크로포트킨과 엠마 골드만의 아나키즘에 관한 책)을 읽고 감동한 나머지 모든 사람이 행복을 누릴 수 있는 세계가 곧 실현되리라고 생각했다. 그러나 오랜 삶의 경험을 통해 내 생각은 점차로 변하게 되었으며, 그것이 그렇게 간단한 일만은 아니라는 사실을 느꼈다.

문 현재의 중국이 과거에 비해 이러한 이상에 가까워졌다고 생각하십니까? 또 그러한 이상사회가 이 세상에서 실현될 수 있을 거라 생각하시나요?

답 대답하기 곤란하지만 사람들의 삶이 과거보다 좀 나아진 것은 사실이다. 나 자신은 반드시 아름다운 세계가 실현되리라고 믿는다. 하지만 상당한 기간이 걸릴 것이다.

문 선생님의 소설, 예를 들면 《가》《신생》《애정삼부작》 등의 주인공은 일정한 신념, 즉 삶에 대한 신념을 지니고 있는데 그들의 신념을 선생님은 지금도 믿고 계십니까?

답 그 소설에 나오는 주인공들의 신념은 그 작품을 쓸 당시 나의 신념이라고 말할 수 있다. 물론 현재의 나는 변화를 겪었지만…. 왜냐하면 삶이라는 것은 계속되는 것이고, 나는 삶과 배움과 글쓰기를 병행해왔기 때문에 글 쓰는 것도 살아가는 것과 마찬가지로 변화한 것이 사실이다. 몇십 년 살아오는 동안 나의 사상도 각 방면에서 변화했다. 요즘 내 생각은 최근에 나온 몇 권의 수상록에 씌어져 있는데 1권, 2권은 그런 대로 괜찮은 작품이라고 할 수 있다.

문 《가》의 등장인물 중에서 누구를 가장 좋아하십니까?

답 쥬에후이를 제일 좋아한다. 쥬에후이가 나의 자화상은 아니지만, 그 안에는 나의 모습이 있고, 또한 그 당시 청년들의 모습이 있다. 쥬에후이는 결코 영웅적인 인물은 아니며, 많은 결점의 소유자이다. 그러나 그가 비록 이상적인 인물은 아닐지라도 당시 청년으로서 매우 진보적인 생각을 가진 인물이었다.

문 문화대혁명기에 작가를 포함한 많은 지식인들이 박해를 받았고, 선생님 역시 예외가 아니었는데 그 무렵 선생님의 삶을 지켜준 신념은 무엇이었습니까?

답 나는 줄곧 광명이 암흑을 이겨내리라는 신념을 지니고 있었다. 그때에도 역시 밝은 미래를 믿었다. 하지만 당시에는 나로서도 해결할 수 없는 문제들이 많았다. 특히 다른 사람들이 모두 나를 나쁜 사람이라고 박해할 때 견디기 힘들었는데 나의 아내 샤오산만이 나를 믿으며 격려해주고 위로해주었다. 그것이 내게는 커다란 힘이었다.

(문화대혁명 기간에 병이 났으나 바진의 아내라는 이유 때문에 제대로 치료를 받지 못해 죽어간 아내를 언급하는 그의 어조에는 서글픔이 깃들어 있었다.)

문 문화대혁명기에 지식인들을 하방下放(일정 기간 동안 지식인들을 농촌이나 공장 등에 보내어 그들의 생활을 체험하게 하는 것)시켜 실제로 노동에 참가하도록 했는데 선생님은 작가가 민중 속으로 들어가 생활하는 것이 작가에게 유리하다고 생각하십니까?

답 작가가 생활 속으로 뛰어든다는 것은 어쨌든 좋은 점이 있다고 생각한다. 내 생각으로는 자신에게 적합하다고 생각되는 곳을 작가가 선택하는 것이 무엇보다 중요하다. 때로 내가 어느 지방에 가볼 필요가 있다고 판단돼 그곳에서 여러 해를 보내도 수확이라곤 없는 경우가 있었다. 작가에게는 그가 접해보고 싶어하는 곳이 있고 그렇지 않은 곳이 있는데, 만일 작가에게 어디로 가서 어떤 일을 하라고 정해준다면 그것은 작가에게 방해가 될뿐 다른 장점은 없을 것이다.

문 선생님의 초기 작품은 이상주의적 색채가 강한데 비해 후기 작품은 주로 현실주의적으로 변화하고 있습니다. 의식적으로 그렇게 쓴 것입니까?

답 꼭 그렇지만은 않다. 의식적이기도 하고 무의식적이기도 하다. 젊은 시절에서부터 중년, 장년, 노년기를 거치면서 감정과 생활방식이 변화하고, 아울러 삶에 대한 이해도 변화했다. 젊을 때에는 감정 자체를 그대로 토해냈는데, 나이가 들수록 조금씩 변모한 나머지 세련되고 함축적인 것을 좋아하게 되었고, 삶을 더 경험하게 됨에 따라 실현 가능한 이상을 삶이라는 토대 안에서 해결하려고 들었다. 젊은 사람은 흥분하기 쉽지만 나이가 들면 좀 달라지는 것이 아닌가. 그래서 젊은 시기의 작품은, 독자가 나의 감정을 이해하지 못할까봐 나 자신이 책 속에다가 해설을 덧붙였던 것이 사실이다. 나이 든 후의 작품은 그렇게 설명할 필요 없이 다만 우리를 에워싸는 일상생활을 있는 그대로 보여줌으로써 독자로 하여금 차차 깨닫게 하는 경향으로 변한 것 같다. 그래서 나이가 들면서부터 해설을 덧붙이지 않고 좀 간략하게 쓰게 되었다.

문 선생님의 작품은 처녀작 《멸망》이 발표되면서부터 독자들의 열렬한 환영을 받다가, 문화대혁명 기간에는 극심한 비판을 받고, 문혁이 종료된 이후 다시 독자들의 호응을 얻고 있는데, 선생님의 사상과 현체제와는 어떠한 차이점이 있다고 생각하십니까?

답 대답하기 곤란한데…. 사실 나에게는 나 자신의 사상이 있는데 아직 자세히 연구하거나 분석해 보지는 않았지만 《수상록》에 단편적으로 써놓았다. 현재의 사회가 어떠한 길로 가게 될지 나도 잘은 모르겠다. 나는 삶 속에서 배우며, 다른 사람들의 저작들을 주의해서 본다. 다만 나이가 너무 많고, 건강이 좋지 못해서 독서시간이 적으므로 진보 속도도 더딘 것 같다.

문 선생님의 작품은 매우 평이하고도 유창하다고 평가되는데 어떻게 문장을 쓰는 기술을 숙련하셨는지요?

답 예전에도 말했듯이 나는 문장에 부단히 수정을 가한다. 소설을 처음 쓸 때, 내 문장은 매끄럽지 못했으나, 외국 문학작품을 번역하면서 문장이 점점 매끄러워졌다. 뿐만 아니라 나는 글을 쓰면서 소리 내어 그 문장을 읽는 습관이 있다. 그렇게 읽다가 이상한 내용이 귀에 들어오거나 문장이 매끄럽지 못한 경우에는 수정을 가한다. 초기의 작품은 특히 여러 번 수정을 가한 것이다.

문 선생님은 항전삼부작《불》에서 항일독립운동을 하는 몇몇 한국 사람들을 묘사했는데 그들은 선생님이 실제로 만난 인물들이었습니까? 어떻게 그들을 알게 되었는지요?

답 나는 지난날 많은 한국 사람들을 보았고 그들과 친숙하게 지낸 적이 있어 그들에 관한 이야기를 쓰게 되었다. 1930년대에 베이징의 한 아파트에 살던 한국인 친구를 알게 되었는데 나는 그와 한국 민족이 처한 상황과 한국 독립운동에 관한 이야기를 나누기도 했다. 단편〈머리 이야기髮的故事〉가 바로 그로부터 전해들은 한국 독립운동을 배경으로 한 것이다.

바진과《가》

1904년 출생하여 2005년에 생을 마감한 바진은 20세기 중국 역사의 증인으로 '국민작가'라는 칭호로 불렸다. 쓰촨성 청두의 관료지주 가정에서 태어난 바진의 본명은 리야오탕李堯棠이다. 5·4운동 시기에 청두 외국어고등학교에 다니다가 서구의 급진사상인 아나키즘에 접하게 되었는데 특히 크로포트킨의 〈청년에게 고함〉을 읽고 깊은 감명을 받았다고 한다.

1929년 처녀작 《멸망》을 발표하면서 문단과 독자층의 주목을 모은 바진은, 1930년대에 이미 중국 현대문학사에 중요한 위치를 차지하는 작가로 부상했다. 그후 1946년 중편 《추운 밤》을 발표하기까지 20여 년 동안 무려 400만 자에 달하는 소설과 산문, 기행문들을 창작해냈다. 《가》는 그의 자전적 소설이자 대표작이다.

사회주의 중국 수립 이후 바진은 전국인민대표대회 쓰촨성 대표(1954) 등의 역할을 맡으며 문화계 전면에서 활발한 활동을 벌였으나 문화대혁명이 발발하면서 혹독한 비판 대상이 되었다. 문화대혁명이 종료된 후 그는 1981년 중국작가협회 주석으로 선출되었으며 1978년부터 1986년까지 8년 여에 걸쳐 문혁기의 체험을 쓴 《수상록》은 중국 당대 지식인의 양심을 대변하는 책으로 평가되며, '한 위대한 영혼의 사상의 참회록'이라 불린다.

1985년 바진은 노벨문학상 후보에 오르게 되는데 결국 수상은 못했지만 당시 출판사들의 뜨거운 관심에 힘입어 《가》에 대한 세 종류의 번역본이 출판되기도 했다. 나는 석사학위 논문을 쓸 당시 초벌 번역해둔 《가》를 수정하여 출판했는데 벌써 스물두 해 전의 일이라 지금 다시 읽어보니 직역 위주의 고문투 번역이었다.

그 이후 박사과정에서도 계속 바진의 작품을 연구하다보니 중국에서 2~3년에 한 번씩 개최되는 바진 학술대회를 통해 많은 바진 연구자들을 만날 기회가 있었다. 작년 10월에는 제8차 바진 국제학술대회가 자싱嘉興에서 열렸다. 그런데 학술대회가 열리기 며칠 전

인 10월 17일 바진 선생이 서거하는 바람에 장례식에 참석하게 되었
다. 10월 25일, 장례식이 거행되는 상하이의 룽화龍華 장례식장에는
전국각지에서 모여든 조문객들로 가득했다. 지팡이를 짚은 백발의
노인, 중년의 아주머니, 교복 차림의 학생 등 인민작가라는 호칭이
말해주듯 각 세대를 망라한 조문객들은 "바진은 우리의 본보기이며
우리 마음속에 살아계신다."라는 말로 이승에서 그를 떠나보내는 서
글픔을 달랬다.

《격류삼부곡》의 제1부인 《가》는 중국현대사의 전환점인 5·4운동
시기 쓰촨 청두를 배경으로, 4대에 걸친 가오씨 일가의 삶을 그리고
있다.
《가》의 무대인 가오씨 집안에는 20여 명의 구세대와 30여 명의 신
세대, 그리고 40~50여 명의 남녀 하인이 살고 있다. 이 집안의 최고
통치자인 가오 나으리, 2세대인 커克자 돌림의 세대, 3세대인 쥬에
신, 쥬에민, 쥬에후이 등이 등장하는데, 소설은 3세대인 쥬에신 3형
제의 사랑과 결혼을 중심으로 이야기가 전개된다. 그 중 쥬에후이와
밍펑의 사랑이 최초의 비극적 사건을 구성하고 있으며, 쥬에신과 메
이 및 우이쥬에가 또 다른 비극을 빚어낸다. 이러한 비극의 원인은
봉건예교 및 전제제도이다. 하녀 밍펑의 죽음은 가정 내부의 모순을
격화시켜 쥬에후이의 반항에 불을 당기며, 그런 쥬에후이의 적극적
지지에 힘입어 둘째 형 쥬에민은 봉건적 혼인에 반항해 자유를 얻는
다. 그 직후 온 가족 위에 군림하던 가오 나리가 사망하면서 잠재되

어 있던 가족 내 모순들이 표면화되면서 청년세대의 공개적인 반항은 이 대가정의 기초를 뒤흔든다.

소설 속에는 봉건군벌의 혼전混戰, 노예 매매, 완고한 봉건예교의 수호자, 탐욕스러운 지주, 시기와 질투로 평안한 날이 없는 지주의 부인 등이 묘사되어 있다. 그러나 5·4 시기 전국을 휩쓴 신사상의 물결이 이 가정에도 밀려듦에 따라 각종 형태의 인간다운 삶을 위한 반항이 진행된다. 즉 군벌의 횡포에 대한 학생들의 시가행진, 늙은 지주의 첩으로 팔려가는 대신 순결한 애정을 지키기 위해 자살하는 하녀, 봉건예교 제도에 대항해 결혼의 자유를 꿈꾸는 청년, 그리고 아직은 확실하지 않지만 희미한 빛으로 다가오는 새로운 세상을 꿈꾸며 그를 위해 헌신하는 젊은이들 등이 있다. 이 모든 것들이 작품 속에 복잡하게 뒤섞여 사랑과 증오, 기쁨과 슬픔이 한데 엉켜 서로 충돌하며 험한 바윗돌 틈 사이를 흘러가는 하나의 '격류'가 된다. 결국 가오씨 대가정은 내부의 분열과 신생 세력의 충격에 의해 몰락의 길을 걷게 된다.

고등학교 졸업 후 프랑스에서 유학하고 있던 바진은 큰형의 자살이라는 난데없는 소식을 접한다. 부모님을 여읜 후 장자로서 은행에 취직하여 동생들의 학비를 부담하던 큰형은 은행에 넣어둔 돈이 시세가 폭락하여 종잇조각이 되고 말자 이를 견디지 못한 채 자살하고 만 것이다. 이 소식을 들은 바진은 봉건제도 때문에 전도유망한 청년의 미래가 꺾이고 말았다며 당시 이 작품의 주인공을 큰형을 모델로 삼아 쓰게 된다.

소년시대의 경험에 바탕을 두어 이 소설을 창작한 바진은 〈문지방에서〉라는 글에서 다음과 같이 당시를 회고한다.

그 10여 년 간의 삶은 얼마나 두려운 악몽이었던가. 나는 케케묵은 책을 읽고 예교의 감옥에 틀어박힌 채, 많은 사람이 그 안에서 고통을 받으며 몸부림치고, 청춘도 행복도 누리지 못하며, 불필요한 희생을 당하다가 끝내 멸망의 나락으로 떨어지게 되는 것을 보았다. (…) 그 10여 년 간 나는 많은 시체를 눈물로 매장했는데 그것은 진부한 전통적 관념과 몇몇 사람의 일시적 횡포에 의해 치러진 불필요한 희생이었다. 나는 가정을 떠나자마자 두려운 그림자를 떨쳐 버린 것 같았다….

소설 속 젊은이들인 쥬에후이, 쥬에민 등이 공격하는 것은 바로 이러한 봉건대가정의 생활이다. 소설은 봉건제도와 사상 및 이에 대항하는 새로운 사상 간의 충돌을 기초로 전개되는데 이는 두 방면에서 일어난다. 하나는 5·4 신문화운동의 영향을 받은 청년, 즉 쥬에후이와 쥬예민 등이 봉건예교의 수호자인 조부·숙부의 권위에 대해 반항하는 것과, 다른 하나는 의식의 연약함과 지식의 부족함에 대한 쥬에후이·쥬에민 등의 각성과정이 그것이다. 그들은 토론과 부단한 탐구를 통해 점점 자신의 연약함을 극복하고 성숙하게 된다.

작가는 이 소설에서 두 세대의 서로 다른 생활방식을 묘사했다. 커딩과 커안·펑러산 등윗세대가 몰락해가는 계급의 화신으로 허위와 사리사욕에 가득 찬 이기주의자로 묘사된 데 비해 쥬에후이, 쥬에민, 친으로 대표되는, 자유와 행복과 지식을 갈망하는 신세대는 개인의 요구에서 출발하여 공통적인 이상에 의해 연결됨으로써 대다수 인간이 안락한 삶을 누릴 수 있는 세상의 건설을 위해 분투한다. 즉 봉건세대의 죄악을 여지없이 드러내고 이에 대한 청년세대의 반항과 자유에 대한 추구를 열렬히 찬양함으로써 봉건사회에서 민주사회로의 전환점이 되는 5·4 신문화운동의 역사적 의의를 제시해준다.

바진은 인류의 희망을 미래에 두어 그 미래의 주인공이 될 청년들의 고통과 몸부림, 희망을 표현함으로써 '청년의 영원한 스승'이라고 불린다. '청춘은 아름다운 것이며, 광명이 바로 눈앞에 있고 미래는 우리의 것'이라는 낙관적 신념을 불어넣어준다. 그로써 수천년 간 지속되어온 봉건사회의 인습에 얽매여 고뇌하는 중국 청년들을 질곡으로부터 벗어날 수 있도록 일깨운 점은 이 작품의 가장 큰 수확이라고 할 것이다.

끝으로 이 책의 번역 원본으로는 베이징 인민문학출판사人民文學出版社에서 출판된 '바진전집巴金全集' 제1권 《家》를 사용했음을 밝힌다.

2006년 10월
역자 박난영

옮긴이 **박난영**朴蘭英

전북 김제에서 태어났다. 고려대학교 문과대학 중어중문학과를 졸업하고 동대학
교에서 석박사 학위를 취득했다. 홍콩 중문대학 아시아 과정 수료, 미국 메릴랜
드 대학교 동아시아학부 방문학자를 거쳐 현재 수원대학교 인문대학 동양어문
학부 부교수로 재직 중이다. 저서로《혁명과 문학의 경계에 선 아나키스트 바진》
역서로《한 여자의 전쟁》이 있다.

가家

첫판 1쇄 펴낸날 2006년 10월 17일
첫판 2쇄 펴낸날 2020년 4월 14일

지은이 | 바진
옮긴이 | 박난영
펴낸이 | 지평님
본문 조판 | 성인기획 (010)2569-9616
종이 공급 | 화인페이퍼 (02)338-2074
인쇄 | 중앙P&L (031)904-3600
제본 | 에스제이피앤피 (031)942-6006

펴낸곳 | 황소자리 출판사
출판등록 | 2003년 7월 4일 제2003-123호
주소 | 서울시 종로구 송월길 155 경희궁자이 오피스텔 4425호 (03165)
대표전화 | (02)720-7542   팩시밀리 | (02)723-5467
E-mail | candide1968@hanmail.net

ⓒ 황소자리, 2006

ISBN 89-91508-26-X   04820
      89-91508-24-3   (전 2권)

* 잘못된 책은 구입처에서 바꾸어드립니다.